Peter O. Stecher

BOWMAN

MISSION

THRILLER

*Personen und Handlung sind frei erfunden.
Ähnlichkeiten mit lebenden oder toten Personen
sind zufällig und nicht beabsichtigt.*

1. Auflage
Satz: Herwig Art
Cover: Herwig Art

peterostecher@gmail.com
ISBN 9798740727035

BOWMAN

"(...) sobald ihr davon esst, da werden euch die Augen aufgetan, dass ihr werdet, wie Gott, erkennend Gutes und Böses."

1. Buch Moses 3:5

1. Kapitel

Thomas Dorn trat mit der Stiefelspitze die Zigarette auf den speckigen Bodenbrettern aus und raunte der schwarzen Königin zu: "*Hakuna Matata!* Los, zeigen wir's den seidenen Bauchbinden!"

Nach dem Abenteuer in den Salzburger Alpen und den dramatischen Ereignissen im Hamburger Hafen (Siehe Bd. 1: Bowman – Blutiges Horn), ging Dorn wieder seinen weniger gefährlichen Tätigkeiten nach; er gab Schieß-Seminare und trat als Show-Bogenschütze, als *Bowman*, auf. Das war sein Beruf, er hatte diesen Weg gewählt. Jedoch, gerade weil er die gefährlichen Geschehnisse rund um den Steinbock-Fall erlebt und überlebt hatte, sehnte er sich nach einer neuen aufregenden Jagd, nach einer Aufgabe. Dorn ahnte nicht, wie bald er dem Tod wieder begegnen würde.

Die Nacht ist klar; der Vollmond erhellt die Szene und macht die Sterne im Schwarz des Himmels unsichtbar. Zuerst leise, langsam schwellend, tönen Trommeln. Huschende Schatten, die Fackeln entzünden.

Der Platz ist von Palmen, Büschen und Farnen gerahmt. Ein Duft von exotischen Blumen erfüllt die Luft. Links begrenzt eine hölzerne Palisade den Raum. Drei dunkelhäutige Männer schlagen einen dumpfen, einpeitschenden Rhythmus. Sie tragen Lendentücher, ihre glänzenden Oberkörper sind nackt.

Zwei hünenhafte Krieger zerren einen Mann in die Mitte. Es wird heller. Der Mann trägt eine khakifarbene Buschjacke und ein rotes Halstuch. Ein lederner Pfeilköcher hängt an seinem Rücken und in seiner Linken hat er einen schlanken Bogen. Die Krieger halten ihn an seinen Oberarmen fest. Sie drehen ihn herum und stellen den Bogenschützen mit dem Rücken zur Palisade. Vor ihm ragt ein starker Holzpfahl mit einer stählernen Kette aus dem Boden. Die schwarzen Hünen halten den sich wehrenden Bogenmann an den Oberarmen fest und zwingen ihn ruhig zu stehen.

Die Trommeln werden lauter und steigern sich zu einem ekstatischen Höhepunkt, dann verstummen sie. Stille. Eine hochgewachsene, schöne Frau betritt den Platz. Nur ein breiter silberner Schmuck bedeckt ihren Hals und umfängt ihre Brüste. Ein silberner Gürtel hält ein rotes Lendentuch, ihre Beine sind nackt. Sie tritt vor den Bogenschützen und hebt ihren rechten Arm zu einer gebietenden Geste.

Einer der Krieger nimmt dem Mann den Langbogen weg und legt ihn auf den Boden. Der andere fasst den Bogenschützen an den Armen und legt ihm die schweren Handschellen der Kette an. Die Trommler schlagen einen neuen, stampfenden Rhythmus.

Eine riesenhafte afrikanische Armbrust, eine *Nayin*, wird von zwei Kriegern auf einer hölzernen Lafette befestigt. Ein schwerer Bolzen mit einer weidenblattförmigen, schimmernden Stahlspitze ist aufgelegt. Die Armbrust ist gespannt. Schussbereit. Die Spitze des Bolzens zeigt genau in die Mitte der Brust des gefesselten Bogenschützen.

Etwa einen Meter über dem Schaft der *Nayin* steht ein Holzfässchen auf hohen Stelzen. Das Loch mit dem Spund befindet sich in der Mitte des Fasses. Auf dem gegabelten Schaft der Armbrust, der zugleich als Auslösemechanismus dient, ist ein tönernes Gefäß befestigt.

Die schöne Frau schreitet anmutig an die tödliche Maschine. Sie blickt dem angeketteten Mann in die Augen. Mit einer vorsichtigen, drehenden Bewegung lockert sie den hölzernen Spund des Fasses über der *Nayin*. Ein dünner Strahl Wassers entspringt dem Spundloch und ergießt sich in das Gefäß auf der Armbrust. Die Frau drückt mit dem Handballen an den Spund und der Strahl wird zu einem steten, schnellen Tropfen im Takt der Trommelschläge reduziert.

Thomas Dorn richtet sich gerade auf und blickt auf die breite Stahlspitze des Armbrustbolzens. Die Handschellen sitzen stramm um seine Handgelenke. Er tastet nach dem Metallstift, der die linke Schelle zusammenhält. Er versucht ihn zu drehen. Der Stift bewegt sich nicht. In dreißig Sekunden löst die starke Armbrust aus und die scharfe Spitze des Bolzens wird sein Herz zerteilen. Dorn versucht den Stift der rechten Handschelle zu bewegen. Er sitzt fest.

Tack – tack – tack! Das Wasser tropft in das Tongefäß.

Die Frau steht, von den beiden Kriegern flankiert, vor den Trommlern, abseits der Flugbahn des tödlichen Bolzens und mustert den Bogenschützen mit hochmütiger Miene. Sie blickt Dorn in die Augen. Die Krieger sehen fasziniert auf das kleine Gefäß über dem Abzugsmechanismus der *Nayin*.

Aussichtslos. Die Stifte der Handschellen sitzen fest. Dorn

tastet nach seinem Uhrband und zieht eine kurze, dünne Stahlfeder hervor. Er muss beide Arme frei bekommen. Unerbittlich füllt sich das Tongefäß. Die Augen der großen Frau weiten sich. Dorn sieht, wie sich ihre Beinmuskeln spannen. Er nickt ihr zu, nur einen Zentimeter bewegt sich sein Gesicht. Gleich wird die Armbrust auslösen, ihn töten.

Klirrend fallen die Handschellen und die schweren Ketten zu Boden.

Dorns linke Hand greift den Bogen, in derselben Bewegung zieht seine Rechte einen Pfeil aus dem Rückenköcher. Blitzschnell, schneller als die Beobachter folgen können, hebt und zieht er den schlanken Bogen und schießt. Sein stumpfer Pfeil trifft mit einem Krachen den Spund im Fass und drückt ihn zurück. Das Wasser versiegt. Der Bogenschütze springt endlich aus der Schusslinie der *Nayin.* Drei letzte Tropfen fallen in das Tongefäß. Er sieht wie die Frau tief einatmet und spürt einen einzigen Schweißtropfen an seinem Nacken kriechen.

Die Trommler schlagen einen langsameren Rhythmus; die Frau und die Krieger stellen sich neben den Bogenschützen. Es wird heller auf der Bühne. Alle Spannung fällt. Plötzlich, ein letzter Wassertropfen rinnt vom Fass und tropft in das Gefäß. Mit einem lauten, schnappenden Geräusch löst die Armbrust aus. Der schwere Bolzen zischt hinter der Gruppe vorbei und schlägt mit böser Wucht in die Holzpalisade. Die scharfe Spitze dringt tief ein und spaltet den Stamm der Palisade.

Tosender Applaus erfüllt den Raum! Damen in Abendkleidern und Herren in Smokings stehen von ihren Stühlen auf und klatschen, rufen: "Bravo! Bravo Bowman!"

Der Bogenschütze, die Frau, die Krieger und Trommler treten an den Bühnenrand und verbeugen sich. Dorn sehnt sich nach einer filterlosen Zigarette.

"The Handcuffed Bowman" war ein neuer Escape-Stunt, eine Reminiszenz an den legendären Bogenschützen "The World's Greatest Archer" Howard Hill und an den genialen Bühnenmagier und Stunt-Performer Harry Houdini dem "King of Handcuffs". Dorn hatte die Nummer ursprünglich für eine TV-Show entwickelt und heute erstmals, adaptiert für den Safari Club, gezeigt. Der Act war der Höhepunkt des jährlichen Charity-Balls des Safari Club Wien zugunsten des Tiergartens Schönbrunn.

Die Assistentin Laryana Asali die 'Schwarze Königin' ist ein äthiopisches Fotomodell, die Trommler und Krieger sind Studenten aus Kenia, die in Wien die Universität besuchen. Sie alle hatte der Safari Club Wien vermittelt, nachdem eine Künstler-Agentur im letzten Moment, "aus Gründen der Political Correctness" abgesagt hatte, weil Jäger die Organisatoren des Balls sind. Dorn war das Risiko eingegangen, nach nur drei Proben den Act durchzuführen.

Die Event-Lounge des Schönbrunner Palmenhauses war überfüllt und wie immer bewunderte der Bogenschütze die wundervolle Architektur des Gebäudes aus Glas und Stahl. Er späht nach oben durch das gläserne Gewölbe. Der helle Mond ist ein Stück weitergezogen und das helle Licht im Palmenhaus macht ihn fast unsichtbar.

2. Kapitel

Dr. Arda Develdt stand auf und ging zum Fenster des geräumigen Büros. Vom 24. Stockwerk hatte sie einen schönen Blick über die Stadt und auf das Kaiserwasser. Es glitzerte in den Juni wie ein lebendiger Spiegel. Sie hatte die Schuhe ausgezogen und wippte auf den Fußballen hoch. Die großgewachsene Frau zog ihr helles, knielanges Sommerkleid etwas hoch, sie blickte auf ihre Beine und fühlte sich gut, weil ihre Wadenmuskeln noch wie gemeißelt aussahen.

Das VIC, das Vienna International Center, von den Wienern UNO-City genannt, wurde von 1973 bis 1979 von der Republik Österreich und der Stadt Wien nach den Plänen des österreichischen Architekten Johann Staber im 22. Wiener Gemeindebezirk Donaustadt, als Amtssitzzentrum für internationale Organisationen errichtet.

Österreich hatte der UNO 1967 ein solches Internationales Zentrum angeboten und es ist heute Sitz des United Nations Office at Vienna (UNOV) sowie anderer internationaler Organisationen.

Das VIC hat im österreichischen Staatsgebiet exterritorialen Status. Im Falle eines Krieges wären jedoch die Streitkräfte der Republik Österreich zur Verteidigung des VIC verpflichtet.

Auf Dr. Develdts aufgeräumten Schreibtisch lagen ein Apple-Tablet, ein Aktenordner, eine Füllfeder, ein Cosmopolitan Magazin, zwei Natur-Magazine und ihre Handtasche. Es gab einen nüchternen Besprechungstisch und ein Sideboard. Neben der Tür befanden sich eine Garderobe und ein Waschtisch.

Über dem Sideboard hing ein Gemälde, das eine große Walfluke in stürmischer See mit einem Segelschiff im Hintergrund zeigte. Auf dem Board lag ein abgegriffener Stadt-Führer, daneben standen ein Chanukka-Leuchter aus Messing und ein kleiner Holzschuh.

Sie trug ihr dunkelbraunes Haar zu einem Knoten hochgeschlungen. Hinter dem Schreibtisch, neben dem großen Fenster, stand ein dunkelgrün lackierter Tresor. Er hatte die Größe eines Kühlschranks und auf dem Tresor lag eine Laptop-Tasche. An der Wand rechts vom Schreibtisch hing eine große Weltkarte mit bunten Stecknadelköpfen, darunter befand sich eine Glasvitrine, in der verschiedene Fußabdrücke aus Gips lagen.

Sie atmete durch und drehte sich zum Schreibtisch, strich das Kleid glatt und zog die Pumps an. Keine Sekunde zu früh. Es klopfte an der Tür und sie setzte sich zurecht. Ihr Besucher war pünktlich.

"*Come in!*", sagte Arda Develdt.

"Herr Dorn, ich freue mich, Sie zu sehen!"

Sie stand auf und ging ihm entgegen.

"Ich freue mich auch!", sagte Dorn.

Sie gaben sich die Hände und sie wies ihn in Richtung Schreibtisch.

"Nehmen Sie Platz", sagte sie und zog ihm den Stuhl vor dem Tisch zurecht.

Er öffnete einen Knopf seines Sakkos und wartete bis sie auf ihrem Stuhl Platz nahm, dann setzte er sich. Sie musste gerade frischen Duft aufgelegt haben und er lächelte sie an. Dr. Develdt musterte ihn und stützte ihre Ellbogen auf die Schreibtischplatte. Eine UNODC-Schreibunterlage lag vor ihr.

Sie ist eine beeindruckende Erscheinung, dachte Dorn. Dr. Develdt hatte dunkles Haar und strahlende dunkelblaue Augen; unter dem linken saß ein kleines Muttermal. Er blickte sie unfokussiert an und eine Sekunde lang war er abwesend, er dachte an Simone.

"Herr Dorn?"

Er erwachte und entschuldigte sich.

"Ich sagte, die Steinbock-Sache wäre ein ekelhafter Fall gewesen. Getötete Menschen! Von den österreichischen Alpen, bis nach Hamburg. Der arme Inspektor Höllrigl wurde fast erschossen", wiederholte Dr. Develdt.

"Ein ekelhafter Fall, ja, eine üble Sache. Aber, wir haben etwas gegen diese Wilderer und Gangster getan. Sie sind nicht ungestraft entkommen", antwortete Dorn.

"Was ich nicht ganz verstehe, Sie jagen, Sie töten Tiere, aber nach allem was ich hörte und gelesen habe, sind Sie trotzdem ein großer Tierfreund und Tierschützer. Wie geht das zusammen?"

"Das passt gut zusammen, Jäger sind die passioniertesten Tierschützer. Ich habe gehört, Sie haben auch Psychiatrie studiert?"

"Zoologie, Medizin und Psychiatrie."

"Beeindruckend!"

"Danke! Wie geht es Inspektor Höllrigl? Wieder gut?", sagte Dr. Develdt.

"Ja, er ist zäher als ich dachte. Es geht ihm wieder gut."

"Ich habe die Steinbock-Fall-Polizeiakte von Oberst Hübner im Rahmen einer neuen internationalen Kooperation zur Bekämpfung der Wilderei bekommen und auch gelesen, darum bin ich mit dem Fall vertraut", erklärte Develdt.

"So etwas lesen Sie?"

"Grauenhaft wie Sie den Mann in Hamburg, Jonas Axham, aufgespießt haben!"

"Ich habe ihn nicht aufgespießt! Er stand, nein, er stolperte geradezu ...", sagte Dorn.

"Kurz davor haben Sie dem Ukrainer Koslow zwei Pfeile durch die Brust geschossen. Oder war das auch ein *Unfall*?" Sie malte zwei Anführungszeichen in die Luft.

"Ich tat nicht mehr als der Situation angemessen war. Würden Sie zögern, eine gefährliche Ratte zu zertreten?", antwortete Dorn.

"Nein, ich würde keine *Ratte* zertreten! Ich würde Menschen auch nicht als *Ratten* bezeichnen!"

"Verstehe!"

"Die Dame, die meinen Namen benutzte, um Sie und Inspektor Höllrigl zu narren, zwei offenbar willfährige Männer, diese Elsa Winter scheint ein echtes Biest zu sein."

"Wie Sie sagen, ein echtes Biest! Sie war beeindruckend! Pure, toxische Weiblichkeit. Man hat sie glücklicherweise eingesperrt."

Arda Develdt lehnte sich zurück und nahm einen roten Haargummi ab. Ihr duftendes Haar löste sich, sie fuhr mit den Fingern durch und offen fiel es in vollen Wellen über ihre Schultern.

"Herr Dorn, ich möchte Ihnen ein vielleicht interessantes Angebot machen."

"Oh, hm, also, ich kenne bereits jemanden. Eine Frau. Sie ist gerade in Wales, in Britannien ...", stammelte der Schütze.

Dr. Develdts Augenbrauen spitzten sich beinah bis zum Haaransatz ihrer hohen Stirn und ihr Unterkiefer klappte nach unten. Sie sog eine Lunge voll frischer Luft ein, dann zogen sich ihre Augen zu Schlitzen zusammen. Dorn wich in seinem Sessel zurück.

"Nun, also, leider, ähm, kann ich Ihren Scherzen oder wirren Gedanken wirklich nicht folgen, Herr Dorn!"

Er lächelte. Eine senkrechte Narbe teilte seine linke Wange und verlieh seinem Gesicht einen grausamen Zug. Sie war nicht sicher, ob er sie provozieren wollte oder ob er wirklich so tickte.

"Wie dem auch sei, was für ein Angebot haben Sie?", fragte er.

"Durch meine Arbeit hier, habe ich jede Menge Informationen, was den Handel mit geschützten Tierarten und deren Teilen betrifft. Ich kommuniziere mit Behörden, mit NGOs, mit Wildhütern und Tierschützern weltweit, um ein größeres Bild zu sehen."

"Das muss sehr belastend sein für eine Frau denke ich!"

Sie blickte ihn böse an und er streifte sein Jackett zurecht, dann betrachtete er die Fingernägel seiner linken Hand.

"Nun, die Polizei ist oft nicht schnell genug, sie hat selten einen Blick fürs Ganze. Meist schlüpfen diese Transporte, diese Kriminellen, durch das bürokratische, rechtstaatliche Netz. Immer sind wir zu langsam! Wir können keinen Nachrichtendienst finanzieren, dürften gar keinen solchen Dienst betreiben. Darum wissen wir immer erst von Ereignissen, wenn sie irgendwo auf einem Papier, in einer Datei stehen. Den Input liefert die Polizei hauptsächlich. Wir sind zu langsam, weil wir zu wenig Informationen und Mittel haben", erklärte Dr. Develdt.

"Sie möchten eine Spende?"

"*Nein*, Herr Dorn, ich will keine Spende!"

Dorn wusste nicht recht was er sagen sollte und wollte die Spannung lockern.

"Schönes Bild, das Sie hier haben", merkte er an.

Er nickte zu dem Bild mit der Wal-Flosse und dem Schiff im Meer. Es war ein imposantes Gemälde.

Wie eine typische Holländerin sah Dr. Develdt nicht aus, sie hatte dunkelbraunes, fast schwarzes Haar und dunkelblaue Augen.

"Es ist ein Gemälde von Abraham Storck. Er war ein niederländischer Marinemaler im 17. Jahrhundert."

"Was stellt es dar?"

Arda Develdt richtete ihren Blick auf ihn. Ungläubig und entsetzt starrte sie ihn an.

"Einen abtauchenden Wal! Eine Schwanzflosse! Was denken Sie denn?", sagte sie und widmete Dorn ein neues Kapitel im DSM-5, im *Diagnostic and Statistical Manual of Mental Disorders.*

"Ich dachte es wäre eine abtauchende Nixe", grinste Dorn.

"Gut! Ich versuche es einfach zu halten. Es ist so: Das UNODC hat Interessen und Büros, Mitarbeiter, in verschiedenen Staaten der Erde, wir schützen bedrohte Tiere und versuchen die internationale Wilderei und den Handel mit Teilen geschützter Tiere zu verhindern", erklärte sie.

"Eine große Aufgabe, Dr. Develdt! Als Jäger hasse ich Wilderer ebenfalls!"

"Ich *hasse* niemanden! Aber, Sie sind ein vielseitiger Mann, wie es scheint und sind viel unterwegs, weil sie ein Entertainer, ein Showman sind. Sie könnten unserer Organisation, nützlich sein", fasste Dr. Develdt zusammen.

"Ich werde es mir überlegen!"

3. Kapitel

Bleigrau wächst eine haushohe Wasserklippe vor der Bug-Reling des alten Frachters in die dunkle Wolkenwand. Keine hundert Meter Sicht. Stürzende Gipfel und senkrechte weiße Schaumlawinen machen das scheinbar grundlose, ansatzlose Wüten des Ozeans überwältigend. Heulende Böen und brüllende Sturzfluten bilden ein ungeheures Getöse. Golfballgroße Regentropfen patschen an die starke Verglasung der Brücke.

Soldaten, die ernsthafte Konflikte erlebt haben und Männer, die Stürme auf See ausgesessen haben, gewinnen eine andere Sicht auf das Leben; selbst sanfte Stürmchen, wie die Brise heute, genügen - wir sind eine andere Rasse, denkt Kapitän Victor Iwanowitsch Nowikow. Er nimmt einen Schluck Kaffee und der nächste Brecher stürzt über dem Bug seines Schiffes. Es sieht aus, als bohrte er sich in die steile Flanke des Wellenmassivs, als rasten sie geradewegs in die tobende Unterwelt, die vier Männer auf der Brücke starren auf eine weißmarmorierte graue Wand aus Wasser, vier Sekunden, dann hebt sich der Bug der *Czarina Laurente* steil in den schwarzen Himmel.

Ungewöhnlich rauer Seegang hob und senkte den kleinen Frachter. Er pflügte seinen Weg nach Norden und lief vor der holländischen Küste, etwa auf der Höhe von Amsterdam. Morgen würden sie in Cuxhaven einlaufen. Die widrige Nordsee kostete sechs Stunden und eine Menge Treibstoff. Am Horizont, hinter dem tobenden Meer, lag ein heller Schleier, der Sturm würde sich bald legen.

* * *

Das Dorf in Niederösterreich war nicht groß. Es lag weit abseits der Autobahn und von stark frequentierten Straßen, inmitten von bewaldeten Hügeln; warum es hier noch einen Bahnhof gab, wusste niemand genau. Vielleicht weil die Sebastians-Kirche der Eulbacher Abtei ein alter Wallfahrtsort war und das Dorf deshalb immer noch als Fremdenverkehrs-Gemeinde galt. In den letzten Jahren war es aber ruhig geworden.

Nachdem Elwin der IT-Spezialist in die Abtei gekommen war, hatte Severin der Abt die Lage erkannt und ein Ziel und einen Plan definiert. Er ließ ab vom mittelalterlichen Kirchendenken und holte die Abtei und damit auch das Dorf Eulbach in die Gegenwart. Busse voller Wallfahrer, sogar Pilger zu Fuß, kamen wieder. Es gab Führungen, Workshops, eine Kloster-Apotheke, einen Arzt, WLAN, Gärtner-Kurse und Vieles mehr.

Seit Monaten strömten immer mehr Touristen in das Dorf, auf die Festung Eulhorst, in die Kirche, in die Abtei mit den lauschigen Gärten. Sogar das Rathaus aus den 1950er Jahren bewunderten die Besucher. In alle Kassen klingelten Einnahmen. Abt Severin sanierte die Abtei weiter, sämtliche Installationen, die Heizung, die Büros und er unternahm mit Elwins Hilfe kluge Marketing-Maßnahmen. Es gab eine neue Website, Werbung, Medien; sie zogen alle Register.

Die Kassen der Gemeinde füllten sich ebenfalls. Die Schule und das Freibad wurden saniert, ein Park wurde angelegt, Wohnungen wurden gebaut. Es war Geld für Projekte zum Schutz von Vögeln und Insekten da, für professionelle Fremdenverkehrs-Werbung und alles konnte aus eigenen Mitteln, ohne EU-Förderungen und Bürokratismus, finanziert werden. Neue Gewerbe siedelten sich an. Innovative Kleinunternehmer, Souvenir-Shops, ein Rad-Verleih, ein Zahnarzt und einige Familienzuzüge aus Wien belebten Eulbach.

Gut, dass die hohen Mauern und die Gebäude der Abtei viel von den Geräuschen des neuen, regen Dorflebens abschirmten und, dass im Areal des Klosters, in den Gebäuden, in allen Gärten, nur leises Sprechen erlaubt war. Da gab es keine Ausnahmen. Anfangs hatte es viel Kritik an den strengen Regeln in der Abtei gegeben, vom Bürgermeister, von Gemeinderäten, von besorgten Eltern und von Lehrerinnen.

Abt Severin wich von seinem Konzept nicht ab. Er wusste, bald würden die Leute genau *wegen* dieser strengen Regeln kommen. Der Abt hatte erlebt, dass Kinder, wenn ihnen das Abenteuer, jetzt eine abgeschlossene, ruhige Welt zu betreten, eine Welt mit Regeln, richtig erzählt wurde, sich gerne auf die neue Umgebung einließen. Sie verstanden das Spiel.

Seit Kurzem war es gesetzlich vorgeschrieben, dass Klassen auf jedem Schulausflug, zusätzlich zu den Lehrerinnen, von einer Schulpsychologin begleitet werden mussten. Abt Severin war zufrieden, denn erst zwei Psychologinnen hatten sich bisher beim Bürgermeister beschwert. Sie hatten via E-Mail ihrer Angst Ausdruck gegeben, dass es für die Entwicklung von Kindern schädlich sein könnte, wenn sie frühzeitig durch Regeln traumatisiert und so in ihrer Entwicklung blockiert würden. Das könne Allergien und sogar ADS triggern.

Die schmalen Lippen des alten Abtes hatten gebebt, er hatte sie fest zusammenpressen müssen, fast hätte er lauthals losgelacht, als der Bürgermeister ihm diese Kritiken überbracht hatte.

Die Besucherzahlen stiegen, weil sich die Kunde vom "stillen Kloster", vom "authentischen Ambiente" im Dorf selbständig weiterverbreitete. Dies bewirkte, dass ein bestimmtes Publikum, jene Besucher, die Stille und Beschaulichkeit suchten, Spiritualität vielleicht, bald den größten Teil der Gäste in Eulbach bildete. Das "Stille Kloster" wurde zur Marke.

Die Abtei lag am Südrand des Dorfes, dahinter sah man nur Felder und Wiesen, dann stieg das Gelände an und ein grüngescheckter Mischwald bedeckte den Hügel, aus dem trutzig die Festung Eulhorst ragte; rundum wuchsen dichte Wälder.

Die Nordmauer hingegen, mit dem Haupteingang, dem alten eisernen Tor der großen, rechteckigen Anlage, verlief am Hauptplatz. Ein Weg führte in die Sebastians-Kirche und dann, durch ein zweites Tor, weiter in den Klosterbereich.

Rechts, außerhalb der Westmauer, floss der Eulbach durchs Dorf. Links der Ostmauer lag der Friedhof der Gemeinde. Durch diese Lage und aufgrund Abt Severins strikter Regeln, war es in der Abtei tatsächlich ruhig.

* * *

Der Kapitän strich über seinen kurzgestutzten Schnurrbart. Sie mussten den Plan ausarbeiten, sobald sich die See beruhigte. Er war stolz auf seine strategischen und taktischen Fähigkeiten. Auf der *Kamtschatka* waren sie nur durch Verrat aufgeflogen, das System war perfekt gelaufen. Sie hatten "freie Operationen" im Pazifik durchgeführt. Aufgeklärt, Waffensysteme getestet, Amerikaner, Briten, Chinesen und Inder bespitzelt – und sie hatten buchstäblich Tonnen von Heroin geschmuggelt.

Kapitänleutnant Nowikow, den die Crew Kommodore nannte und seine Komplizen, der 1. Offizier Oberleutnant Juri Tolkin, der 2. Offizier Leutnant Takumi Kano, sowie der 1. Steuermann Unterleutnant Pavel Antonin und sechs Alpha Group Marine-Soldaten des russischen U-Bootes *Kamtschatka* B-464 der konventionell angetriebenen Projekt-877-Klasse, waren vor zwei Jahren im Hafen von St. Petersburg verhaftet worden. Ein

Spitzel des Marine-Geheimdienstes an Bord der *Kamtschatka* hatte Kapitänleutnant Nowikows Geschäfte entlarvt. Eindeutige Beweismittel wurden sichergestellt. Sie sollten in Moskau einem geheimen Marine-Standgericht übergeben werden. Es herrschte absolute Nachrichtensperre und die verhafteten Mitglieder der Skandal-Mannschaft waren völlig isoliert worden.

Ihre Angehörigen wurden schriftlich durch das Marine-Ministerium von einem tragischen Unfall an Bord der *Kamtschatka*, von einer bislang ungeklärten Explosion, welche die russischen U-Boot-Helden tötete, unterrichtet; und den Hinterbliebenen wurde eine Helden-Rente zugesichert.

Nur die gemeinsame, waghalsige Flucht aus dem berüchtigten Lefortowo Gefängnis in Moskau hatte sie vor dem Tod oder lebenslangem Verrotten in einem feuchten Keller bewahrt, da war Victor Nowikow sicher. Zumindest konnte er sich nicht vorstellen, dass der Kreml es zugelassen hätte, dass dieser Drogenschmuggel-Skandal in der U-Boot-Flotte der Russischen Föderation jemals an die Öffentlichkeit gelangte. Tote Männer waren kein Risiko, sie konnten nicht überlaufen und nicht singen.

Der Kapitän und seine Crew hatten gemacht was sie gelernt hatten. Sie tauchten unter, flüchteten in den Nahen Osten und orientierten sich neu.

Mit Bargeld, das sie auf ihren einträglichen Fahrten vorsorglich an verschiedenen Orten deponiert hatten, kauften sie die MS *Castor* einen alten, deutschen Stückgut-Frachter mit 1161 Bruttoregistertonnen, 80,01 m Länge, 11,80 m Breite und 4,32 m Tiefgang. Sie machte ursprünglich 13 Knoten und war 1978 für eine 19-köpfige Crew und 9 Passagiere gebaut worden.

Nowikow hatte die rostige, alte Dame im Hafen von Bengasi entdeckt und für ideal befunden. Unauffällig, klein, geringer Tiefgang, ausreichendes Ladevolumen. Sie hatten neue, stärkere Diesel eingebaut, die Elektrik überholt und ein paar andere praktische Modifikationen durchgeführt. Insgesamt waren 22 Mann an Bord der *Czarina Laurente*, die zehn geflüchteten, russischen U-Boot-Männer und zwölf Matrosen aus Somalia. Sie fuhren unter jordanischer Flagge.

4. Kapitel

Hinten, im stillsten Teil, an der Südmauer der Abtei, stand das kleine Gärtnerhaus mit dem angebauten Glashaus. Dichte Haselnuss- und Eibenhecken umfingen den Garten rund um das Gebäude. Vor einer hölzernen Terrasse befand sich eine in den Boden eingelassene Steinschale. Zwei Rotkehlchen saßen am Rand der Schale und tauchten ihre Schnäbel ins Wasser.

Es war früh am Morgen und nach dem Trunk plusterten sie ihre orangeroten Brustfedern und schüttelten den Schlaf aus den Flügeln. Sie erhoben sich in die Luft und flatterten auf den Ast einer Linde. Eines putzte sein Gefieder und das andere blinzelte in den Morgen und begann zu trillern. Gleich stimmte seine Gefährtin ein und ihre feinen Stimmen erfüllten den Garten.

Heißer, schwarzer Kaffee dampfte im blechernen Kaffeebecher. Sein Duft vermischte sich mit dem von Wiesenblumen, dem morgendlichen Grün des Gartens und dem Rauch von brennendem Tabak.

Dorn saß auf der hölzernen Stiege der Terrasse und starrte auf einen Punkt am Himmel; gleich würde die Sonne dort über die Ostmauer steigen. Er trug einen hellblauen Sweater und Khaki-Shorts, einen Armschutz und einen Schieß-Handschuh. An seinem Rücken, an einem Gurt, hing ein weicher, hellbrauner Köcher, gefüllt mit einem Bündel rotgefiederter Pfeile. Neben ihm, auf den Planken der Terrasse, lagen ein schlanker Langbogen aus gehärteten Bambuslaminaten und drei Cold Steel-Speere.

Durch wiederkehrende Albträume unterbrochen, hatte er schlecht geschlafen. Zwei Stunden vor Sonnenaufgang hatte er zu schießen begonnen. Jetzt nahm er einen Schluck vom Kaffee, starrte aber weiter auf den Punkt am Himmel. Immer heller glühte die Luft über der Mauer.

Dorn schloss die Augen und setzte seine Sonnenbrille auf. Seit vier Tagen war er aus Wien zurück. Simone war wieder in Cardiff, in Wales. Drei Tage und drei Nächte hatten sie gehabt. Müde, nach einer TV-Show in London, sie hatte nur drei Stunden geschlafen, war sie angekommen. Am Flughafen fiel sie in seine Arme. Sie sprachen nicht und er brachte sie ins Hotel in der Innenstadt.

"*Don't talk, Archer! I love you. Just feed me, fuck me and then only sleep will be heaven!*", flüsterte sie.

"*My pleasure, Miss Kitty!* ", sagte Dorn.

Sie küsste ihn leidenschaftlich und ließ sich zurückfallen auf das große Messingbett im Hotelzimmer. Sie lag wie ein junges Mädchen, ihre Stimme, die Augen, ihre helle Haut, ihr zartes Fleisch, alles an ihr, berührte Dorns Herz immer neu. Sie wollte Rotwein; er trank und küsste sie.

Der Bogenschütze nahm einen Schluck vom Kaffee und zündete eine neue filterlose Zigarette an. Mylene, die kleine Tigerkatze strich herbei und ihre feuchte Nase stupste ihn stürmisch am Ellbogen. Er stellte den Kaffee auf die Terrasse und kraulte ihren Rücken. Sie machte einen Buckel und begann laut zu schnurren. Die Rotkehlchen auf der Linde verstummten. Er war müde. Er musste aufstehen, weiter schießen, etwas tun.

Sein Blick maß die drei dicken, hölzernen Pfähle. Sie standen, etwa jeweils zwei Meter voneinander entfernt, vor der Mauer, die zugleich die hinterste Außenmauer der Abtei war. An jedem Pfahl hing eine kleine Zielscheibe auf einem Pfeilfang aus fest gepresstem Stroh, ähnlich einer *Makiwara*, der traditionellen Reisstrohrolle auf japanischen Schießständen. Die Ziele hatten einen Durchmesser von etwa sechzig Zentimetern.

Dorn hatte früher unzählige gute Pfeile zerbrochen, in Zedernholzsplitter verwandelt, wenn ein Ziel sich vor einem harten Hintergrund befand. Allen echten Bogenschützen blutete das Herz, wenn sie einen Pfeil zerstörten, besonders wenn es selbstgemachte Pfeile waren. Das ist der Grund warum viele, wenn ihnen bewusst ist, dass ein Fehlschuss einen kaputten Pfeil bedeutete, so nervös werden, dass ihr Schaft mit tödlicher Präzision an dem Felsen, an der Mauer, jedenfalls am Objekt der Angst, zerschellte und sein Ziel sicher verfehlte. Durch ständiges Schießen auf kleine Ziele vor einem harten, zerstörerischen Hintergrund, hatte Dorn diese Macke besiegt. Dinge oder Zustände, die sich außerhalb eines Punktes in seinem Ziel befanden, außerhalb seines Fokus, blendete er aus. Zugleich wusste er um sie, weil seine Augen diese Details aufnahmen, auch sein Gehirn, aber es verführte ihn nicht mehr zu Schießfehlern aufgrund dieser Informationen.

Er streichelte über Mylenes Kopf und zupfte an ihren Ohren. Dorn erhob sich ansatzlos, fließend, als wäre er selbst eine Katze. Er nahm den Bogen und schnell, schneller als er selbst es erwartete, schoss er drei Pfeile, einen in die Mitte jeder Strohscheibe; ohne innezuhalten legte er den Bogen ab und nahm mit einem Griff der linken Hand die drei Cold Steel Samburu-Speere, mit großen, messerscharfen, blattförmigen Spitzen vom Boden der Terrasse auf. Dorn schleuderte die drei Speere beinah ebenso schnell und präzise wie sein Bogen die Pfeile. Kraftvoll schlugen sie etwa eine Handbreit über den Strohzielen in die Kiefernpfähle. Die breiten Spitzen drangen tief ins Holz ein.

Er musste Mylene Wasser und ein kleines Frühstück geben. Die Katze war so wohlerzogen, dass sie nie bettelte oder ihn bedrängte; sie saß auf der Terrasse und hatte Dorns Eskapade mit großen, grünen Augen beobachtet. Er ließ die Speere und Pfeile stecken, ging hinein und füllte Mylenes Wasserschale. Sie erhob sich und kam freudig schnurrend zu ihm gelaufen; er ging zum Kühlschrank und gab etwas faschiertes Fleisch in ihre Futterschale.

***

Kapitän Nowikow nahm das Fernglas von den Augen. Die Nordsee hatte sich beruhigt. Sie machten Fahrt und es war ein gutes Gefühl auf der Brücke zu stehen. Er zog eine Packung türkischer, dicker Zigaretten aus der Hosentasche und steckte eine davon in eine kurze, beinerne Zigarettenspitze, zündete sie an und beobachtete die Männer an Deck.

"*Ftaroi*, lass die Crew nach dem Frühstück antreten", sagte er zu Takumi Kano.

"Wird gemacht, Kommodore!", antwortete der Japaner.

Der *Ftaroi* - der Zweite, Zweiter Offizier Takumi Kano lehnte an der Konsole der Brücke und wärmte seine Hände an einer Blechtasse heißen, schwarzen Tees. Seine Eltern waren in Japan unbeliebte Kommunisten gewesen, sie waren kurz vor dem Zusammenbruch der Sowjetunion nach Russland ausgewandert. Später waren sie wieder Außenseiter gewesen. Zuerst hatte er seine Eltern dafür gehasst, aber später war er in die Marine eingetreten und war auf die N. G. Kusnezow Seekriegsakademie in St. Petersburg gegangen. Schon als Junge hatte er ein U-Boot-Fahrer werden wollen. Er war der IT-Spezialist an Bord und der Kapitän wusste, auf Kano konnte er sich verlassen, wenn es ums Tarnen, Programmieren, Hacken, oder Ähnliches ging. Sie hielten die alten Dienstränge aufrecht an Bord, wenn sie unter sich waren. Der Ton auf der *Czarina Laurente* war locker, aber dennoch diszipliniert.

* * *

Dorn hörte Schritte auf der Terrasse. Er wollte niemanden sehen und sein Gesicht wurde finster. Nur kurz, dann erblickte er Severin mit Ethon, dem blinden Adler; er war fast ausgewachsen, sein braunes Gefieder glänzte in der Morgensonne, die durch die offene Terrassentür strahlte. Er war ein starker, junger Adler geworden; ein wenig würde er noch wachsen.

Jeden Freitag holte Severin der Abt Ethon ab. Er setzte ihn dann auf eine hölzerne Stange mit einem Napf Wasser und einem Napf Futter in Reichweite. Ethon hatte einen schattigen Platz, seine Sitzstange befand sich unter einer starken Eiche im Klostergarten. Seit Severin diese Idee hatte, war der junge Adler zum Liebling der Kinder, eigentlich aller Besucher der Abtei geworden. Sein Platz war durch Messingsäulen und Kordeln, wie in einem Museum, abgetrennt. Niemand durfte ihn berühren oder füttern. Ein Mönch, Bruder Mertin, stand immer bei Ethon und passte auf. Der Adler saß stolz auf seiner Stange; Severin und Dorn waren sich darüber einig, der Greif genoss seinen Job im Kloster. Sobald er unruhig wurde, brachte Bruder Mertin Ethon in Abt Severins Obhut. Das kam aber selten vor. Zu sehr schätzte Ethon den stets gefüllten Fressnapf am rechten Ende der Stange und das bewundernde Gemurmel seiner Fans. Dorn hatte Mertin schon gescholten, weil er den Adler den ganzen Tag mit Leckerbissen versorgte.

Ethon hatte die Nacht in Severins Quartier verbracht und jetzt brachte der Abt ihn zurück. Er saß auf einem ledernen Schutz auf Severins rechtem Unterarm.

"Guten Morgen, Thomas!"

"Guten Morgen, Severin! Guten Morgen Ethon!"

Der Bogenschütze trat näher; er berührte den Adler an der Wange und schüttelte die Hand des Abtes. Dann bot er Ethon seinen Unterarm an und der schöne Greifvogel stieg auf Dorns Arm. Er war vorsichtig; nie hätten seine scharfen Klauen Dorns Haut auch nur geritzt. Er sprach einige leise Worte und der Adler zupfte mit dem Schnabel an Dorns Hemdkragen.

"Möchtest Du auch einen Kaffee?", fragte Dorn.

"Gerne! Er duftet durch den ganzen Garten!"

Der Abt nahm seine Lieblingstasse, weiß mit dem Wappen der Abtei, und goss sich Kaffee ein. Er trat an die offene Schiebetür, die auf die Terrasse führte und blickte hinaus in den Garten.

"Es ist ein Glück, hier im Morgengrauen auf der Terrasse einen guten Kaffee zu trinken", sagte Dorn.

"Und trotzdem wirkst Du nicht gerade glücklich", bemerkte Severin.

"Simone ist zurückgeflogen nach Wales und ich habe keine vernünftige Aufgabe", antwortete Dorn.

"Wann siehst du sie wieder?"

"Sie arbeitet viel und weiß es nicht. Ich würde sie ja in Wales besuchen, aber sie ist ständig unterwegs, TV-Shows und Vortragsreisen", berichtete der Schütze.

"Hm, schade, Thomas."

"Ja, ich vermisse sie jeden Tag."

"Mich wundert nicht, dass du finsteren Gedanken nachhängst. Du hast Schlimmes erlebt! Die Tragödie mit dem Ukrainer, den du hier töten musstest und dann die Sache in Hamburg, die auch übel für den Gangster ausging, scheußlich!"

"Ich musste den Ukrainer nicht töten!"

"Du hast uns gerettet dadurch! Wer weiß, was dieser Killer und dieses Biest, Elsa Winter, oder wie sie wirklich heißt, uns allen angetan hätten. Der Ukrainer hatte zuvor in Salzburg einen Reporter ermordet und Chefinspektor Höllrigl wurde fast erschossen von dieser Bande. Mach dir keine Vorwürfe!"

"Ich hätte auf die Pistole des Mannes schießen können. Die Distanz war kurz. Ich hätte sie getroffen und er würde noch leben."

"Ach was! Du hast blitzschnell reagieren müssen!"

"Ich habe ihn absichtlich getötet. Und es machte mir nichts aus, im Gegenteil. Das ist das Schlimme."

"Der Mann war ein Killer, ein Psychopath!", sagte Severin.

"Bin ich besser als er?"

"Ja, ich - und einige andere Personen, die noch leben, sind froh! Wir sind froh, dass du da warst und geschossen hast! Er war ein böser Mensch!"

"Ich bin auch froh darüber und genau das, macht mir Kopfzerbrechen", antwortete Dorn.

"Wir müssen, wenn wir können, das Böse bekämpfen! Es gibt zweifellos böse Menschen, Thomas."

"Das Gute und das Böse, das ist Religions-Zeug. Ich glaube eher, der Mensch kann jede Sekunde Entscheidungen treffen. Er kann Gutes oder Böses tun; auch beides zugleich. Was als gut oder böse gilt, das hängt von der Perspektive ab, auch von der

Zeit. Es ist sehr kompliziert, meine ich", antwortete Dorn.

"Jeder Mensch sollte sich für eine verantwortungsvolle Perspektive entscheiden, sonst findet er keinen Sinn und kein Ziel im Leben. Er zerbricht an der Vielfalt der Perspektiven und dient so unwissentlich dem Bösen", erklärte der Abt.

"Na, das beruhigt mich!"

"Menschen, die an eine Religion glauben, die sich spirituell entwickeln, haben es leichter, denn ihre Lehre sagt ihnen, was gut ist und was böse", merkte Severin an.

"Sagt nicht jede Ideologie, jede Sekte, jeder Klugscheißer, jeder Journalist, ja, jeder Künstler, jeder Wissenschaftler und jeder Politiker den Leuten was jetzt gerade gut ist und was böse?"

"Das ist etwas Anderes! Vielleicht gehörst du zu den Menschen, die erst durch ein spirituelles Erlebnis verstehen können, dass es mehr gibt zwischen Himmel und Erde; wie Saulus, der durch seine Erleuchtung zum Paulus wurde."

"Nein, danke! Spiritualität ist etwas für Träumer. Außerdem wohne ich ja schon im Kloster, das ist genug Religion für mich!"

"Ich werde mir was einfallen lassen, du ungläubiger Thomas!"

Sie lächelten und nahmen einen Schluck vom heißen Kaffee.

"Hm, du könntest mir einen Gefallen tun. Warum fängst du nicht ein paar Forellen?", brach Severin das Schweigen.

"Mach ich gerne! Kommen Gäste?"

"Wir haben einen neuen Bruder im Kloster. Pater Julian. Er wurde von Wien hierher versetzt. Ich möchte Elwin, den Pater und dich zum Abendessen einladen", sagte der Abt.

"Danke, für die Einladung! Hab' schon länger nicht gefischt. Eine gute Idee!"

* * *

Das Wetter war gut, der wolkenlose, blaue Maihimmel versetzte die Mannschaft in emsige Stimmung. Die Hafenformalitäten in Cuxhaven waren erledigt. Sie hatten eine voraussichtliche Liegezeit von sieben Tagen wegen einer Reparatur angemeldet.

Die Laderäume waren fast voll. Eine Tarn-Ladung von asiatischen Kunsthandwerk-Produkten stellte die offizielle Fracht dar. Die Somalier arbeiteten an Deck und unter Deck, Frachtkisten und Verhaue wurden mit den zwei Ladekränen der *Czarina Laurente* hin und her gehoben, ein geschäftiger Eindruck entstand, der durch kleine Ausbesserungsarbeiten am Rumpf verstärkt wurde.

* * *

Ein Bussard kreiste über der Abtei. Ohne einen Flügelschlag segelte er über die Gärten und die Forellenteiche und verschwand in Richtung der Festung. Still jäteten Mönche Beete und trimmten Hecken. Die mit neuem Kupferblech gedeckten Dächer der drei Türme der Abtei leuchteten in der Morgensonne und gleich würde die Glocke läuten.

Dorn stand an einer ruhigen Stelle. Eine sachte Gegenströmung verlief entlang des steilen Westufers. Ein paar Schritte bachabwärts wandelte sich das Wasser. Scheinbar unvermittelt schlug es Wellen; der Bach wurde seichter und schneller, Felsen stemmten sich der Strömung entgegen. Überhängende Erlen, Holunder- und Haselnussbüsche säumten die sanften Kurven des Bachbetts.

Allerlei Mücken und andere Insekten schwirrten nah am Wasser. Er lächelte. Gestern hatte er eine große Forelle beobachtet, die wollte er heute kriegen. Die Glocke der Abtei schallte jetzt über das ruhige Dorf. Autos wurden gestartet, der Ort erwachte vollends. Dorns Blicke folgten dem ewigen Spiel der Wellen und Strudel, den unendlich vielen Strukturen und Mustern des dennoch ruhigen Laufs des Wassers. Trotz aller Eskapaden, Hindernisse und Spielereien, verlor es nie seine Richtung, es strebte stets seinem Ziel zu.

Seit er sich erinnern konnte, schon als kleiner Junge, hatte er Abenteuer herbeigesehnt und sich eine sinnvolle Aufgabe gewünscht. Ein Ziel zu verfolgen auf dieser aufregenden Insel des Lebens im Universum namens Erde, nur dieser Weg war erstrebenswert. Etwas Gefahr und ein wenig Blut gehörten zu diesem Weg, dachte er.

Der Bogenschütze warf den Haken mit dem Köder in die ruhige Stelle neben dem bemoosten Bachfelsen. Wäre er die große Forelle, würde er heute hier stehen und auf ein Insekt warten, das früher oder später, tief, knapp über der Wasseroberfläche, den Felsen als Rast anfliegen würde.

Dorn setzte die Polaroid-Sonnenbrille auf. Sie nahm das Glitzern von der Oberfläche des Wassers und er konnte klar bis zum steinigen Grund sehen. Der Fisch stand nicht hinter dem

Felsen. Er warf bachaufwärts erneut aus und sah einen Schatten huschen, die große Forelle. Sie hatte sein Tun wohl durchschaut, heute würde er sie nicht fangen.

Vier ungefähr gleich große Bachforellen lagen im nassen Gras des Weidenkorbs. Ihre Augen waren noch klar; die Mäuler, wie verwundert, leicht geöffnet. Er hatte den ersten Fisch mit einem dunklen Streamer gefangen, gleich ausgenommen und dann Stücke der purpurroten Kiemen als Köder benutzt.

Er drückte den Haken durch die harte, weiße Stelle, da, wo die Lamellen der Kiemen angewachsen waren. Das ging nicht leicht, zweimal stach er sich den Haken in den Finger. Die Fingerkuppe blutete, als er den Haken mit dem feinen Widerhaken herauszog. Er saugte am Finger, doch der blutete weiter; das Blut kam auf den Köder, klebte an dem Kiemenstreifen, den er auswarf. Ab und zu muss man eben einen Tropfen Blut opfern, will man ein ehrenwerter Teil der Natur sein, sinnierte Dorn amüsiert.

Der Köder mit dem Haken tauchte mit einem leisen *Blubb* ins Wasser und sofort schoss ein Schatten darauf zu. Dorn brachte schnell die Schnur auf Spannung und spürte einen feinen Ruck, den Biss der Forelle. Er schlug an, die Schnur spannte sich, und er wusste, der Fang war am Haken. Es war jetzt die Kunst des Anglers, den Fisch an der feinen Leine an Land zu bringen. Dorn hielt den Zug der durchs Wasser schneidenden Schnur kaum auf, der Haken saß fest. Sanft, den Bewegungen des Fischs nachgebend, sie ein wenig ahnend, holte er die Schnur ein. Der Fisch schnellte vor ihm im Wasser und Dorn nahm den kurzen Kescher in die Rechte. Er fasste mit dem Netz unter und hob den Fang heraus. Zwei kurze, harte Schläge mit dem Messerrücken töteten die zappelnde Forelle in seiner Hand. Er könnte mehr von ihnen fangen, doch eine mehr als nötig waren genug.

Die Reste der Kiemen schnitt er klein und warf sie in den Bach zurück. Die Innereien der Forellen nahm er für Mylene und Ethon mit. Gierig würden sie nach den frischen Leckerbissen schnappen, wie die Bachforellen nach einem Köder. Er versorgte die Rute und nahm den Korb. Die Forellen brachte er in die Klosterküche.

***

Kapitän Victor Nowikow, Oberleutnant Juri Tolkin, Leutnant Takumi Kano, sowie Unterleutnant Pavel Antonin standen am großen Tisch in der Offiziersmesse und brüteten über einer Karte Norddeutschlands. Sie trugen ausgewaschene, dunkelblaue Sweater und über der linken Brust war mit weißem Garn ein maritimes Logo und der Schiffsname eingestickt.

"Wir klären das Einsatzgebiet vor Ort mit der Drohne auf", erklärte Kano, der IT-Mann.

"Gute Idee, wir müssen nur unsichtbar bleiben", sagte der Kapitän.

"Zuerst nehmen wir einen Leih-PKW und die Drohne und finden alle Details des Ziel-Objekts und die Muster der Securities heraus", schlug Juri Tolkin vor.

Er stand neben dem Kapitän. Tolkin war der Einzige an Bord, der immer eine Pistole in einem verdeckten Holster trug.

"Ein Deutscher, ein gewisser Lothar Helfrich besorgt die sechs 7,5-Tonner-Lastwagen und die 10 Heckler & Koch-Pistolen", sagte Pavel Antonin, der Tscheche. Er war Ingenieur und Sprengmittel-Experte.

"Vielleicht kann dieser Helfrich auch einen PKW auftreiben", fragte Kano.

"Ein Porsche wäre angemessen", sagte Antonin.

"Wir brauchen einen unauffälligen Kombi oder Kleinbus, Blödmann!", schimpfte Kano lachend.

"Ja, wir fragen diesen Lothar Helfrich nach einem PKW. Je weniger Kontakte und involvierte Personen, desto besser", entschied Tolkin.

"So ist es! Gute Arbeit!", sagte der Kapitän.

Tolkin boxte den Japaner auf die Schulter. Die Bullaugen standen offen und vom Land her klang das gierige Geschrei der verwöhnten Hafen-Möwen herein.

"Wie sieht's mit Vodka aus?", fragte Pavel Antonin. "Wenn die Männer keinen Landgang bekommen, beginnen sie zu quengeln wie zahnende Babys, dann brauchen sie ein Beruhigungs-Fläschchen, sonst werden sie zu Seeteufeln, Kommodore!"

"Sie bekommen jeder eine Flasche. Sie muss heute nach Dienst getrunken werden! Ab morgen Mittag ist Operations-Modus angesagt, ihr Trunkenbolde!", sagte der Kapitän lachend.

"Zu Befehl, Kommodore!", bellte Antonin. Er salutierte und verließ die Messe, um den Männern die frohe Kunde zu bringen.

* * *

Es war schon dunkel als Dorn sich auf den Weg zum Forellenessen machte. Der Bogenschütze durchschritt den Klostergarten, ging dann durchs offene Südtor des Gebäudekomplexes und nahm die Stiegen hinauf zu Elwins Turmzimmer mit großen Schritten, immer zwei Stufen.

Dorn war froh, dass der junge Mann in der Abtei ein Heim gefunden hatte. Seine Eltern hatten den IT-Freak und Hacker fallenlassen als sie bemerkten, dass er mit Drogen experimentierte und immer wieder mit dem Gesetz in Konflikt kam. Da war Elwin dreizehn gewesen. Er hatte sich einer Tierschutz-Aktivisten-Gruppe angeschlossen und jahrelang in einer illustren Wohngemeinschaft mit Anarchisten und Wirrköpfen gelebt. Mit 25 übertrieb er seine Aktivitäten, er hackte die EDV eines internationalen Rindfleisch-Konzerns und brachte Tierschutz- und Finanzbehörden dazu, den Betrieb zu prüfen. Detektive des Konzerns identifizierten den Hacker. Das hieß, eine Art Rindfleisch-Mafia wollte ihn kriegen. Elwin flüchtete, sprang dem Tod buchstäblich von der Schaufel. Ein Sprung in einen Zug brachte ihn nach Eulbach und durch das Tor der Abtei in Sicherheit. So viel wusste Dorn aus Gesprächen mit dem Jungen.

Severin hatte Elwins Fähigkeiten erkannt und bot ihm einen Job in der Abtei an. Der junge Mann, das hatte sich bald herausgestellt, arbeitete zuverlässig und leitete in der Folge, Schritt für Schritt, das digitale Zeitalter im Kloster ein.

Dorn nahm Elwins Hilfe, was Smartphones, Computer oder gar - *das Internet* - anging, gerne an. Im Fall der gewilderten Steinböcke hatte Elwin durch seine Kompetenz und seine Hilfsbereitschaft überzeugt; Chefinspektor Max Höllrigl hatte sich dafür eingesetzt, dass dem jungen Mann für seine Hilfe bei der Aufklärung der Vorfälle, eine Ehren-Medaille der Polizei verliehen wurde. (Siehe Band 1: "Bowman – Blutiges Horn")

* * *

Kapitän Nowikow und die drei Offiziere Juri Tolkin, Takumi Kano, Pavel Antonin sowie die sechs Alpha Group-Kampfschwimmer saßen um den großen Kartentisch in der Messe der *Czarina Laurente*; alle hatten Papiere, Stifte und einen Becher dampfenden Kaffee vor sich. In der Mitte des Tisches lagen verschiedene Landkarten. Der Raum war verdunkelt und die Gruppe betrachtete Fotos und Drohnenaufnahmen vom Zielobjekt, die auf einem großen Monitor an der Kabinenwand wiedergegeben wurden.

Nur der Tscheche Pavel Antonin sprach akzeptables Deutsch und konnte als Deutscher durchgehen. Nach einigen Beratungen und Bedenken hatte Kapitän Nowikow entschieden, dass sie Lothar Helfrich, weiter als ursprünglich geplant, in die Operation integrieren würden. Schlimm genug, dass alle anderen, insgesamt 12 Männer, in jedem LKW zwei, kein Deutsch konnten. Ihr Plan musste dieses Risiko möglichst geringhalten. Ein zweiter Mann, der perfektes Deutsch sprach, war besser, sicherer.

Helfrich hatte, wie vereinbart, die 10 Pistolen, die sechs Mercedes *Atego* Planen-LKW und die 10 Pistolen besorgt, schwarz lackiert und rechtzeitig bereitgestellt. In einer Lagerhalle standen die Fahrzeuge bereit. Der Deutsche war kooperativ und nützlich. Dass Lothar Helfrich sich als ehemaliger Fremdenlegionär vorgestellt hatte, überzeugte die ehemaligen U-Boot-Soldaten von seinem Wert für den Plan. Juri Tolkin sollte die Operation leiten.

"Und wenn der Legionär später Probleme macht?", fragte Tolkin.

"Wenn Probleme auftreten, lösen wir sie", knurrte der Kapitän.

"Helfrich bringt später die Uniformen, die Aufnäher, Mützen, die deutschen Pistolen samt Zubehör, Gürtel und Stiefel", meldete Pavel Antonin.

"Die Kennzeichen, Karten, Ausweise und Papiere sind heute nachmittags fertig, Kommodore", sagte Takumi Kano.

"Die ZZK-Aufkleber für die Fahrzeuge?", fragte der Kapitän.

"Sind auch fertig!", berichtete Kano.

"Zoll-Zugriffs-Kommando – ZZK! Einfach genial!", sagte Juri Tolkin.

"Wir werden mit den schläfrigen deutschen Zoll-Fritzen Polka tanzen", versprach Kapitän Nowikow grimmig lächelnd.

* * *

Im Gewölbe des Refektoriums duftete es wunderbar. Einer der starken Eichentische, der Tisch des Abts, war mit einem weißen Tischtuch und weißen Stoffservietten aufgedeckt. Pater Julian, Elwin und Dorn saßen bereits. Mertin öffnete eine Flasche kühlen Weißwein und Abt Severin befand sich in der Küche. Elwin schenkte Wasser in die Wassergläser. Mertin faltete eine

Stoffserviette um die Weinflasche und schenkte Dorn einen Schluck zum Kosten ins Weinglas.

"Schenk ein, bitte! Du weißt, Mertin, ich halte nichts von Wein-Blabla", sagte Dorn lächelnd.

Der Bogenschütze betrachtete den neuen Pater. Er war jung, vielleicht 35 Jahre alt und eine angenehme Erscheinung. Pater Julian sah sportlich aus, hatte lockiges, etwas längeres, hellblondes Haar und trug eine modische Goldrandbrille. Auffallend war sein offener Blick. Es schien, als bestaunte er alles was er sah, als sähe oder höre er immer Neues.

"Mertin, wo bleibst du?", schallte Severins Stimme aus der Küche.

"Ich eile, ehrwürdiger Vater!"

Mertin verdrehte die Augen und huschte in Richtung Küche. Dorn warf Elwin einen amüsierten Blick zu und Pater Julian staunte. Severin kam aus der Küche und nahm neben Pater Julian Platz; Dorn und Elwin saßen gegenüber. Der Abt blickte in die Runde und hob sein Weinglas. Er wollte mit seinen Gästen anstoßen, da hielt er inne.

"Mertin, wo bist du nur wieder?", rief er in die Küche.

Der arme Mertin kam im Sauseschritt mit einer dampfenden, großen, silbernen Platte und stellte sie auf eine vorgeheizte Warmhalteplatte in die Mitte des Tisches. Frisch zerlassene und gebräunte Butter duftete. Auf grünen Salatblättern lagen fünf goldgebratene Forellen neben Petersilienkartoffeln. Mertin brachte noch eine Schüssel marinierten, grünen Salat. Am Tisch träufelte er Kernöl aus der Steiermark über den Salat.

"Nun setz dich endlich und greif zu!", sagte Severin.

"Danke, ehrwürdiger Vater!", antwortete Mertin.

"Pater Julian, willkommen nochmal in der Abtei Eulbach! Mahlzeit und Vergelt's Gott!", sagte der Gastgeber.

"Beten wir nicht, Vater Abt?", fragte Pater Julian.

"Die gebräunte Butter kühlt aus! Macht ein stilles Kreuzzeichen! Mahlzeit und Guten Appetit!", antwortete Severin.

Wieder staunte der Pater. Sie griffen zu. Elwin, als eingefleischter Vegetarier, nahm nur von den Kartoffeln und dem Salat. Sie redeten kaum während des Essens.

Nachdem alle fertig waren und nur noch die Karkassen, Flossen und Köpfe der Forellen sowie ausgequetschte Zitronenspalten übrig waren, servierte Mertin geschäftig ab. Severin hatte ab und zu seine Freude daran in der Klosterküche zu kochen und ein paar Freunde zu bewirten.

"Der Fisch, das ganze Essen und der Wein waren köstlich", sagte Pater Julian.

Dorn und Elwin stimmten zu. Der Abt dankte.

"Pater Julian, ich werde dich hier Bruder Julian nennen. Was war deine Aufgabe in der Jakobs-Schule in Wien?", sagte Severin.

"Hauptsächlich leitete ich Meditationen mit Schülern. Ein spirituelles Erlebnis für Kinder im Alter von sechs bis zehn Jahren, sozusagen kindergerechte Exerzitien, Vater Abt", antwortete Pater Julian.

"Klingt sehr modern", sagte Severin.

"Vielleicht eine coole, neue Erweiterung unseres Angebots?", meinte Elwin.

"Es gibt Gebetszeiten, Gespräche und Zeiten des Schweigens. Dazu kommt viel Austausch in der Gruppe, gemeinsames Beten und Üben, wie etwa kreative oder bibliodramatische Körperübungen", erklärte Pater Julian.

Dorn rümpfte die Nase. Unter Exerzitien wurden ursprünglich geistliche Übungen verstanden, die der Gründer des Jesuitenordens, Ignatius von Loyola in seinem "Exerzitienbuch" festgelegt hatte. Kindergerecht war das kaum, dachte er.

"Kannst du diese Exerzitien für Kinder, für unser Haus, adaptieren? Dann könnten wir herausfinden, ob Nachfrage besteht", sagte der Abt.

"Ja, gerne! Ich habe schon bemerkt, dass hier in der Abtei interessante Kurse angeboten werden. Diese Aufgabe würde mich freuen", antwortete Pater Julian.

"Wann kann es losgehen?", fragte Severin.

"Ab sofort, ich habe ein fixes Konzept", sagte Pater Julian.

Severin hob das Glas und blickte in die Runde.

"Sehr gut! Dann ist es abgemacht! Prost Freunde, und dann ab mit euch, ich habe noch zu arbeiten heute", verabschiedete der Abt seine Gäste.

* * *

Bei Tagesanbruch kriechen sechs mattschwarze Mercedes *Atego* Planen-Lastwagen träge aus Lothar Helfrichs gemieteter Lagerhalle am Stadtrand von Cuxhaven. Einige Kilometer fahren sie durch ein Industriegebiet, dann erreichen sie die B 73 und erhöhen ihr Tempo. Die Bundesstraße führt durch Morgennebelschwaden und flache Felder, durch kleinere Ortschaften über Hemmoor nach Hamburg; 164 km weit. Die Autobahn meiden sie, wegen der vielen Kameras und der höheren Wahrscheinlichkeit von Polizeikontrollen.

Güter oder Beweismittel, die im Hamburger Hafen vom deutschen Zoll oder der Kriminalpolizei beschlagnahmt wurden, lagerte man bisher in bewachten Lagerhäusern der Bundeszollbehörde ein. Im Herbst 2014 war es so weit gewesen. Durch den verstärkten Import von Waren aus aller Welt, besonders aus China und durch die einfache Bestellbarkeit von einzelnen Produkten via Retail-Plattformen wie Ali-Express oder Ali-Baba, war die Menge verdächtiger oder illegaler, und deshalb beschlagnahmter Sendungen und Gütern explosionsartig angewachsen.

Viele dieser beschlagnahmten Waren wurden in neue, von privaten Geschäftsleuten gemieteten oder errichteten und daher von privaten Securitiy-Unternehmen bewachten Lagerhallen im Umland von Hamburg, gebracht. Genau das war die Schwachstelle im System, die Kapitän Viktor Nowikow und sein ausführender Offizier Juri Tolkin, nutzen wollten. Seit Monaten lagerte Jonas Axhams beschlagnahmte Ware, die aus illegal importierten Stoßzähnen, Mengen von Rhino-Hörnern, Narwal-Zähnen, Tiger-Präparaten und anderen exotischen Tierteilen in Millionenwert bestand, in einem privaten Außenlager im Dienste der deutschen Zollbehörde. In drei hellblauen Containern der CORP Enterprises Spedition befand sich die hochwertige Ladung. Den Auftrag hatte Kapitän Nowikow vom CORP Enterprises-Hauptquartier in Jordanien erhalten.

* * *

Seit er in der Abtei war, hatte sich Elwins Leben völlig verändert. Seine Tage waren strukturiert. Pünktlich um sieben trabte der schlanke junge Mann durch den Klostergarten nach hinten zur kleinen Pforte in der Westmauer. Früher hatte er gedacht er wäre ein Rebell. Er hatte jede Ordnung in Frage gestellt und nicht gewusst was ihm fehlte. Täglich hatte er an der Welt und den Menschen gezweifelt. Doch heute war er sicher, genau die Ordnung in der Abtei, zusammen mit seiner Arbeit hier, die ehrlich geschätzt wurde, machten sein Leben schön, sogar aufregend.

Von der Pforte folgte er seiner Route entlang des Baches

hinaus aus dem Dorf. Er lief auf dem Feldweg durch Wiesen und gelb leuchtende Rapsfelder. Eine Runde joggte er um den kleinen Eichenwald, dann zurück in Richtung Abtei. Mit jedem Schritt, den er ihr näher kam, freute er sich mehr auf ein gutes Frühstück. Elwin trug eine schwarze Trainingshose und einen hellgrünen Kapuzen-Sweater. Seit er regelmäßig diese Runde lief, war sein Kopf klarer. Er genoss es, seinen Geist beim Laufen ebenfalls frei zu lassen. Heute wühlten Zweifel in seinen Gedanken.

Was er gestern beobachtet hatte, musste geklärt werden.

* * *

Die sechs Fahrzeuge mit den ZZK-Aufklebern und den weißen Zahlen-Codes an den Türen, wurden von fünf der U-Boot Männer gefahren. Das erste lenkte Lothar Helfrich, der Tscheche Pavel Antonin saß neben ihm. Sie hatten einen offiziell anmutenden, schriftlichen ZZK-Einsatzbefehl und Frachtpapiere. Beide sprachen perfektes Deutsch. Im letzten Fahrzeug des Konvois saß Juri Tolkin, der erste Offizier der *Czarina Laurente*. Er trug eine Body-Cam und via Headset war er sowohl mit Kapitän Nowikow auf dem Schiff als auch mit den Männern in den Fahrzeugen verbunden.

Alle trugen schwarze Overalls mit gestickten Aufnähern. Das "ZZK-Emblem", das von Takumi Kano entworfene, falsche Zoll-Zugriffs-Kommando-Abzeichen, prangte jeweils an der linken Brust und am linken Oberarm und eine deutsche Flagge befand sich am rechten Ärmel. Dunkelrote Barette, ebenfalls mit Abzeichen, Headsets, taktische Einsatzwesten, originale Gürtel mit Magazintaschen und Holster der deutschen Zollwache, mit Heckler & Koch P30-Pistolen, gaben der Truppe ein authentisches Aussehen.

Die deutschen Pistolen samt Zubehör hatte Lothar Helfrich besorgt. Glücklicherweise und überraschend einfach, hatte er bei einem neuen Anbieter in Österreich zehn der Heckler & Koch-Pistolen günstig auftreiben können. Zusätzlich trug jeder der U-Boot-Männer ein Kampfmesser, Kabelbinder und Garotten bei sich. Alle konnten sich mit einer Zoll-Zugriffs-Kommando-ID-Karte ausweisen.

* * *

Gestern am Nachmittag hatte Pater Julians erster Kinder-Exerzitien-Workshop stattgefunden. Vier Buben und drei Mädchen der Eulbacher Volksschule waren von ihren Müttern gebracht worden. Im Innenhof des Klostergebäudes hatte Pater Julian die Kinder empfangen. Es war nicht vorgesehen, dass Eltern oder andere Erwachsene blieben oder mitmachten. Das war Teil des Konzepts. Nach einer kurzen, aber lustigen Vorstellungsrunde hatten sich die Begleitpersonen verabschiedet und der Pater war mit den Schülern scherzend in den Klostergarten gegangen.

Elwins Laufschuhe knirschten über den weißen Kies des Weges. Er lief nach vor in Richtung Klosterküche, um sich ein Frühstück zu holen und grüßte im Vorbeilaufen zwei Mönche, die ein Gemüsebeet jäteten. Ja, er war jetzt sicher. Der Lauf hatte ihm Klarheit verschafft. Er musste gleich nach dem Frühstück mit Severin reden.

Er war oben im ersten Stock des Südflügels des Klosters am Fenster gestanden. Vom Fenster dieses Raumes überblickte man den vorderen Teil des Gartens.

Einige Lauben aus Liguster mit steinernen Bänken darunter, boten lauschige Plätze zum Verweilen. Gepflegte Rasenflächen, Blumenbeete, gekieste Wege durch Gassen von Hainbuchenbüschen und Eibenhecken, Platanen, Linden und Kastanienbäume bildeten diesen Teil des Gartens, der für Besucher der Abtei zugänglich war. Befand man sich in diesem Bereich, war er nicht übersichtlich. Manche der Hecken und Sträucher waren mannshoch und schufen durch sinnig angelegte Kurven unerwartete Sichtachsen auf Lauben und schöne Plätze mit steinernen Heiligenfiguren und Bänken.

Elwin war dabei gewesen einen neuen Beamer auszupacken und diesen in dem kleinen Sitzungszimmer im ersten Stock zu installieren. Am Fenster war mehr Licht, darum hatte er die Gebrauchsanleitung da überflogen.

Unten auf einer kleinen, kurzgemähten Wiese inmitten von hohen, dichten Eibenhecken stand Pater Julian mit seitlich ausgestreckten Armen. Die sieben Schulkinder folgten seinen Anweisungen. Der Pater neigte den Kopf in den Nacken und blickte in den wolkenlosen Himmel; unmittelbar folgten die Köpfe der Kinder seiner Bewegung und Pose. Wie unschuldige, kleine Sonnenanbeter, dachte Elwin.

Für den Moment vergaß er den Zettel in seiner Hand samt

Beamer und sah weiter der Gruppe bei den spirituellen Übungen des Paters zu. Sechs Kinder trugen bunte Trainingsanzüge. Ein Bub, er war vielleicht neun Jahre alt, trug einen dunklen Sweater und schwarze Leggings. Jetzt knieten alle und hatten die Arme hinter dem Nacken verschränkt. Pater Julian erhob sich und half dem Buben die richtige Position zu finden.

Dann standen alle auf und sie schüttelten ihre Arme und Beine aus. Die Gruppe setzte sich an einer Hecke ins Gras. Eine Pause wurde gemacht und Elwin sah, wie die Kinder mit dem Pater redeten und lachten. Der Bub mit dem dunklen Sweater saß neben Pater Julian.

Elwins Blick ruhte auf dem friedlichen Bild, das er da unten sah. Es hätte ein romantisches Gemälde eines großen Meisters sein können - da bemerkte er eine Bewegung, eine Geste des Paters, die Alarmglocken in ihm läuten ließ.

* * *

Der Kapitän und der IT-Spezialist Takumi Kano waren an Bord geblieben. Kano würde punktgenau die Überwachungskameras des Lagers hacken und die Securities damit täuschen. Lief alles wie geplant, würden die Männer keinen Schuss abgeben, keinen Schaden anrichten und einfach die CORP-Ware aus dem Lager abholen und auf die *Czarina* laden. Bis die deutschen Behörden darauf reagierten, würden sie längst in internationalen Gewässern sein.

* * *

Der Abt saß an seinem schweren Schreibtisch im hellen Arbeitszimmer. Ihm gegenüber, im Besucherstuhl, saß Elwin. Severin klappte eine Aktenmappe zu und blickte dem jungen Mann freundlich ins Gesicht.

"Darf ich dir eine Limonade anbieten?"

"Das ist sehr nett, aber nein danke!"

"Alles in Ordnung?"

"Nun, hm, ich weiß nicht, ob ich jetzt das Richtige mache, Herr Abt."

"Erzähl' was dich bedrückt. Ich bin sicher, wir können jedes Problem lösen", sagte Severin.

"Es kann aber falsch sein, was ich glaube und ich könnte

dadurch jemanden im Kloster sehr schaden."

"Das ist deine Entscheidung. Dein Gewissen muss es erlauben. Wenn ich es wirklich wissen muss und wenn ich dir helfen kann, dann sag es mir. Andernfalls sag nichts."

Elwin berichtete was er gestern vom Fenster aus im Klostergarten gesehen hatte. Severin barg sein faltiges Gesicht in seinen schlanken Händen und hörte zu. Als Elwin endete, gab der Abt sein Gesicht wieder frei. Er ballte die Hände zu Fäusten und schüttelte traurig den Kopf.

"Ich weiß nicht, ob es wirklich so war, es war zu kurz. Falls ich aber richtig gesehen habe, muss man etwas unternehmen, denke ich", sagte Elwin.

"Du hast richtig gehandelt! Danke! Ich werde der Sache auf den Grund gehen, glaube mir! In meiner Abtei kommen solche Dinge nicht vor, das habe ich noch nie zugelassen!", erklärte der Abt mit ruhiger, kalter Stimme.

Elwin fühlte sich sofort besser.

"Ich habe noch eine Bitte, Elwin. Wenn es für dich in Ordnung ist, dann lass Pater Julian nicht aus den Augen, wenn er mit Kindern zusammen ist. Unauffällig! Diese Sache bleibt unter uns, bis wir Gewissheit haben!", sagte der Abt.

Der junge Mann fühlte sich noch besser und versprach Severin zu berichten.

* * *

Das Objekt war gut bewacht, ein hoher Zaun, darüber Stacheldraht, Kameras, je zwei Securities an den Schranken und vier Securities im Lagerhaus. Doch, wer konnte schon alle Einsatz-Gruppen des deutschen Zolls kennen? Niemand.

"Guten Tag! ZKK! Wir haben Auftrag bestimmte Asservate abzuholen, Kollege!"

Helfrich zeigte seinen Ausweis und den Einsatzbefehl an der Eingangsschranke des Areals. Pavel Antonin neigte sich vor und nickte dem Security-Mann im Wachhaus ernst zu. Der Mann nickte zurück und drosch einen Stempel auf die Papiere, dann öffnete er die Schranke. Auf der anderen Seite der Lagerhalle befand sich die Ausfahrt des Zoll-Lagers, ebenfalls von zwei Securities und einer Schranke gesichert.

* * *

Pater Julian stand am Gang des Klostergebäudes vor der hohen eichenen Tür von Abt Severins Büro. Er fuhr sich mit den Fingern durch die lockigen Haare und dann klopfte er. Severin bat ihn herein. Er saß am Schreibtisch und vor ihm lag eine offene Mappe mit Papieren. Der Pater trat näher. Severin hatte den Besucherstuhl in die kleine Kaffeeküche nebenan gestellt.

Der Abt sagte einige Sekunden kein Wort, sondern musterte den stehenden Besucher von oben bis unten. Dann starrten seine Augen auf einen Punkt an der Stirn des jungen Mannes.

"Ich habe dich zu mir gebeten, weil ich dich etwas fragen muss."

Der Pater trug einen schwarzen Anzug mit Hemd und Priesterkragen. Sein Mund lächelte. Severin lächelte nicht.

"Ich habe eine üble Geschichte gehört, die ich zuerst nicht glauben wollte", begann der Abt.

"Ich verstehe nicht!"

"Heute aber, habe ich diese Papiere bekommen. Ich habe sie gelesen und führte daraufhin einige Telefonate. Jetzt glaube ich die üble Geschichte. Sie hat mit unschuldigen Kindern zu tun."

"Vater Abt, ich ..."

"Still! Um es kurz zu machen, ich weiß um deine Neigungen, Pater Julian. Sie wurden mir berichtet und durch deine Personal-Akte bestätigt."

"Das muss ein Missverständnis sein! Ich unterrichte nach modernsten pädagogischen Erkenntnissen, ehrwürdiger Abt! Das sind böse Verdächtigungen!", beteuerte Pater Julian.

"Ruhe! Du wurdest insgesamt sechs Mal, stets aufgrund zahlreicher Beschwerden von Lehrern, Eltern und Kindern, von einer Schule in die andere versetzt."

Der Abt erhob sich aus seinem Schreibtischsessel, seine stahlgrauen Augen fixierten das Gesicht des Paters. Er klappte den Aktenordner zu.

"Hör gut zu! Hier, hier in Eulbach, in meiner Abtei, kommen solche Dinge nicht vor! Nichts dergleichen wird übersehen oder geduldet! Ich schere mich auch nicht darum, wie es anderswo gehandhabt wird. Es ist mir völlig egal! Solche Handlungen kommen hier nicht vor. Du gehst von hier aus schnurstracks vor ein Strafgericht und ins Gefängnis!"

"Aber, ehrwürdiger Vater Abt, wir können doch darüber reden und intern ... "

"In der Abtei Eulbach wird nichts intern geregelt! Ganz sicher keine abscheulichen Straftaten an unschuldigen Kindern!"

Der Pater blickte zu Boden, seine Hände zitterten und er schwankte.

"Bitte nicht! Vater Abt! Beim Erlöser, ich gelobe Besserung und es wird keinen Grund zur Beschwerde mehr geben! Es tut mir leid! Vergib mir!", jammerte Pater Julian.

"Ich kann dir nicht vergeben, das kann nur der Allmächtige. Wir sind alle sündig, doch wir können unsere Triebe und kriminellen Energien im Zaum halten, wenn wir es wahrhaftig wollen und Gott um Hilfe bitten. Davon bin ich überzeugt! Darum gebe ich dir eine Chance. Suche Erlösung im Gebet, Pater Julian! Erkenne und bereue deine Sünden! Enttäuschst du uns, sorge ich dafür, dass du ins Gefängnis kommst! Mein Wort darauf! Geh jetzt! Gott helfe dir!", beendete der Abt ernst das Gespräch.

* * *

Tolkin zieht an der Zigarette und wirft sie aus dem Fenster als vorne an der Schranke der erste LKW anfährt. Die Kolonne folgt und die Fahrer grüßen die beiden Securities. Wie er aus den Aufklärungs-Videos weiß, besteht das Lagerhaus aus vier Etagen von 40-Fuß-Containern und einem Blechdach darüber. Die Außenwände des Lagers wurden von den Containern gebildet. Das Tor war etwa vier Meter breit, die Gasse, die innen von Seecontainern gebildet wurde, war ungefähr sechs Meter breit. Helfrich zeigte den Securities am Tor der Halle die Papiere und Antonin zückte seinen Ausweis. In Zweierreihen parken die schwarzen LKW ein.

"Wir holen die ganze Ware aus den CORP-Containern, das CITES-Zeug wird verlegt", sagt Helfrich.

"Alles klar! Wir sind vier Mann und ein Staplerfahrer, plus die zwei Mann am Eingang und zwei an der Ausfahrt-Schranke. Die CORP-Container sind da hinten", antwortet einer der Security-Männer.

Die Fahrer steigen aus. Sie schieben die Planen-Verdecke der Fahrzeuge auf und machen sich bereit zum Laden. Die Securities öffnen die Türen der CORP-Container. Ein Stapler fährt hinein und ein LKW nach dem anderen wird beladen. Paletten, Verhaue, Gebinde und Kisten werden gestaut. Zwischen den Fahrzeugen stehen breitbeinig die U-Boot-Männer.

5. Kapitel

Am nächsten Morgen, während Pater Julian und alle anderen Bewohner des Klosters im Refektorium beim Frühstück saßen, huschte Elwin in die Zelle des Paters. Er klappte den Laptop auf dem kleinen Tisch auf und fuhr ihn hoch. Acht Versuche brauchte er, um das Passwort zu knacken. Elwin steckte einen USB-Stick an, dann durchsuchte er die Festplatte nach Bildern. Angewidert lud er alle Bild-Dateien auf den USB-Stick und schaltete den Laptop wieder ab.

Elwin hatte, nach Rücksprache mit Abt Severin, Bruder Mertin eingeweiht. Er wollte einen Helfer und Zeugen haben. Nachmittags fand der nächste Kinder-Meditations-Workshop statt. Sie beobachteten Pater Julian und die Gruppe unauffällig.

Er stand wieder am Fenster des Südflügels, diesmal mit einem Fernglas, welches er sich von Dorn geliehen hatte. Mertin trieb sich mit einem Rechen auf den Kieswegen im Garten herum. Er hatte mit Begeisterung seine Hilfe zugesagt, als Elwin ihm die Lage schilderte. In der Tasche seiner Kutte befand sich ein Smartphone. Gegebenenfalls würde er Fotos machen können. Er harkte den Kies hinter einer Eibenhecke; ab und zu blickte er zwischen Zweigen mit weichen grünen Nadeln in Richtung der Kindergruppe. Mertin hörte die angenehme Stimme des Paters und vorsichtig seine Füße setzend, immer in der Deckung der Hecken, kam er der Gruppe näher.

Der Mönch lugte jetzt durch eine Öffnung zwischen dichten Hainbuchenblättern. Die Knöchel seiner Hände, die den Stiel des Rechens umfassten, wurden weiß. Pater Julian kniete am Rasen und massierte den Unterschenkel eines sommersprossigen Buben. Mertin fischte das Smartphone aus der Tasche, visierte durch die Blätter und schoss vier Bilder. Er steckte das Telefon ein. Dann nahm er wieder den Rechen, der an seiner Schulter lehnte und trat hervor zur Gruppe.

"Pater Julian! Steh auf!"

"Bruder Mertin, was, was…?", stammelte der Pater.

"Wir bringen die Kinder zurück ins Kloster und du kommst mit mir!"

"Ich denke nicht daran! Was bildest du dir ein?"

Mertin hob den Rechen und blickte dem Pater starr in die Augen.

"Ich meine es ernst! Wir gehen zum Abt! Jetzt und sofort!"

"Schon gut, ich kann alles erklären! Kommt Kinder, wir machen später weiter", sagte der Pater und erhob sich.

Es ist gegen fünf Uhr am Nachmittag. Wolken zogen auf und die Luft hängt drückend feucht über der Abtei. Das Arbeitszimmer des Abtes ist hoch und gediegen. Dorn hat das Gefühl, als würde es jede Sekunde dunkler im Raum. Er späht aus dem Fenster und beobachtet draußen auf der alten Platane ein rotes Eichhörnchen. Der Schütze sieht in seinem Kopf, wie er seinen Körper ausrichtet und den Bogen hebt. Er blinzelt mit den Augen und hadert mit seinen Gedanken.

Severin sitzt an seinem Schreibtisch. Einen Schritt dahinter, links neben ihm, stehen Elwin und Bruder Mertin. Vor dem Tisch, auf dem Besucherstuhl, sitzt steif Pater Julian. Sein Gesicht ist starr. Die Lippen sind zu einem Strich zusammengepresst und seine schlanken Finger halten sich an den Armlehnen des Stuhls fest.

Umlaufende Eichentäfelungen, darüber weiße Mauern, einige Gemälde, Stuckbordüren; das wundervolle Fresko an der gewölbten Decke, "Die Verdammten aus dem Jüngsten Gericht" von Meister Luca Signorelli, beherrscht den Raum. Ein ähnliches Gemälde, nur viel größer als dieses hier in Eulbach, hatte Signorelli 1503 im Dom von Orvieto geschaffen. Besonders die neue Darstellung von bewegten, lebendigen Körpern war es, die Signorelli zu einem Wegbereiter Michelangelos machte. Was zählte, war der menschliche Körper in Bewegung. Angeblich hatte Luca Signorelli das Fresko in Eulbach als Vorbereitung auf jenes im Dom von Orvieto gemalt. Das alles hatte Abt Severin ihm einmal beim Tee erzählt und Dorn wundert sich darüber, was man sich alles merken konnte. Zwei große Engel mit Posaunen blicken hinab in den Raum. Dorn steht zwei Schritte hinter dem Besucherstuhl.

"Obwohl sich mein Gewissen dagegen sträubte, habe ich dir die Möglichkeit zur Umkehr gegeben, Pater Julian. Du hast mein Geschenk wohl nicht ernst genommen oder nicht verstanden. Der Fall ist jetzt beim Staatsanwalt angezeigt! Du kommst vor ein Gericht und ins Gefängnis, dafür sorge ich! So wahr mir Gott helfe!", erklärt der Abt mit ruhiger, kalter Stimme.

"Es ist ein Missverständnis! Alles ist ganz anders! Ihr macht einen schlimmen Fehler, ehrwürdiger Vater Abt!", keucht Pater Julian.

"So? Nun, wie ist es denn wirklich?", fragt Severin ungeduldig.

"Es ist eine Racheaktion, eine bösartige Intrige!"

"Weihe uns ein, erzähle!"

"Nun, es ist sehr privat und auch wieder nicht, ich schäme mich darüber zu sprechen. Aber ich muss es wohl angesichts dieser haltlosen Beschuldigung."

"Rede!"

"Eines Abends, ich holte mir Wasser aus dem Refektorium, nun, ich will es kurz machen, Bruder Mertin war da. Er war sehr sonderbar. Es ist so peinlich, Vater Abt! Er, also Bruder Mertin, näherte sich mir. Er öffnete seine ... und, nein, es war so garstig! Gut! Ich wies ihn ab. Seitdem fürchtet er, dass ich sein sündiges Verhalten verraten könnte. Darum beschuldigt er mich! Deswegen will er mich diskreditieren! Zerstören will er mich, glaubt mir!", erklärte der Pater.

"Vater Abt, das ist eine infame Lüge!", ruft Bruder Mertin wütend. Er will sich auf den Pater stürzen. Nur ein gebietender Blick des Abts hält ihn zurück.

"Keine Sorge, Mertin! Aus mindestens zwei Gründen bin ich sicher, dass es eine Lüge ist", sagt Severin.

"Es ist wahr!", ruft der Pater.

"Still! Erstens, weiß ich, dass Bruder Mertin eher dem weiblichen Geschlecht nachstellen würde, weil ich ihn schon mehrmals davon überzeugen musste davon abzulassen und reinigende Ruhe im Gebet und in der Einsamkeit seiner Zelle zu suchen."

Bruder Mertin blickt verlegen nach unten.

"Zweitens, und viel wichtiger, habe ich Kenntnis von Pater Julians Personalakte, von unzähligen Beschwerden und Anschuldigungen die im Laufe von fünf Jahren vertuscht oder zumindest übersehen wurden. Sechs Versetzungen! Und es gibt noch abscheulichere Beweise! Nämlich Fotos, die wir auf dem Laptop des Paters gefunden haben!", erläutert der Abt.

"Aber, Vater Abt", stammelt Pater Julian.

Immer wieder streicht er durch sein lockiges Haar. Dann krallt er sich an den Sessellehnen fest, dass die Ränder seiner Fingernägel zu gelben Halbmonden werden.

"Was ich nicht verstehe, warum hast du es so kurz nach meiner Ermahnung, trotz meines Rats, wieder getan?", will der Abt wissen.

"Ich, ich kann nicht anders ... meine Mutter ... es war so, ich war noch klein und sie und die Tante ... ich kann nicht anders!", wie im Fieber presst Pater Julian die Silben heraus.

"Du kannst nicht anders? Du armes Opfer! Du bist ein boshafter Lügner und Kinderschänder! Wir haben Beweise und Zeugen. Du bist eine Gefahr! Ich habe die Polizei verständigt. Die Anzeige ist gemacht. Auch wenn die staatliche Gerechtigkeit dich wohl auf freiem Fuß ließe bis zur Gerichtsverhandlung, werde ich nicht zulassen, dass du davonläufst.

"Was? Was soll das heißen?", jammert der Pater.

"Thomas, bitte bringe den Pater in sein Quartier", sagt Abt Severin.

"Ich werde dich verklagen! Euch alle! Das ist gegen die Menschenrechte! Ein Skandal!", zischt der Pater.

"Du bist der einzige Skandal hier!", antwortet Severin streng, "Sieh es als umgekehrtes Kirchen-Asyl!"

Dorn fasst den Pater am Oberarm, der erhebt sich zögernd. Sein ewiges Lächeln, sein staunender Blick und alle Sportlichkeit sind verschwunden. Er sieht nur mehr dünn und armselig aus.

Dorn tritt zur Seite und lässt den Pater vorausgehen. Ihre Schritte hallen auf den schwarzen und weißen Steinplatten des Ganges. Dann passieren sie die große Tür zum Stiegenhaus und steigen hinunter ins Erdgeschoß, hinaus durch den Innenhof, zum Ostflügel, wo Pater Julians Zelle liegt. Auf halber Strecke durch den Hof, im Schatten einer Säule des Kreuzganges, bleibt der Pater plötzlich stehen und dreht sich zu Dorn.

"Sie scheinen vernünftig zu sein, Herr Dorn. Lassen Sie mich gehen! Seien Sie ein guter Mensch! Ich bitte Sie!"

"Ich habe hier nichts zu entscheiden! Das macht der Abt und später ein Gericht. Gehen Sie weiter, Pater!"

Sie betreten den Gang des Ostflügels und erreichen die Tür von Pater Julians Unterkunft. Die Türen waren üblicherweise nie versperrt, doch Dorn hatte den Schlüssel des Zimmers, auf Severins Geheiß, vom Verwalter bekommen, um den Pater einschließen zu können.

Dorn öffnet die Tür und der Pater tritt drei Schritte in den Raum. Er dreht sich um. Seine großen Augen suchen Dorns Blick. Der bleibt im Türrahmen stehen und verharrt. Tränen, von jedem Auge eine, rollen über die Wangen des Paters. Er kniet sich nieder und blickt hoch zu Dorn.

"Ich, ich … Gott sei mir gnädig, ich bereue alles! Ich gestehe alles, aber lassen Sie mich gehen", schluchzt der Pater.

Ein verlorener, jämmerlicher Mensch, denkt Dorn. Er hebt die Hand mit dem Schlüssel und weiß nicht, warum er dem Pater noch einmal ins Gesicht blickt und sagt: "Wie ich das sehe, haben Sie heute die zweite Chance ein Mann zu werden."

"Wie meinen Sie das?"

"Die erste Chance hatte Ihnen Abt Severin eingeräumt. Jetzt haben Sie wieder eine. Bitten sie ihren Gott um Stärke!"

"Um Stärke? Stärke wofür?"

"Ich würde ein Kabel oder einen Gürtel verwenden. Oder möchten sie ein Taschenmesser?"

Dann schließt und versperrt Dorn die Türe von außen. Vor den Fenstern der Zimmer im Erdgeschoß befinden sich schmiedeeiserne Gitter. Die Polizei wird den Pater bald abholen und vernehmen. Ich schäme mich für meine bösen Worte, andererseits spüre ich eine Art von grimmigem Spaß daran, grübelt Dorn auf dem Weg ins Gärtnerhaus.

6. Kapitel

Alles läuft präzise. Der schnauzbärtige, dunkle Staplerfahrer versteht sein Handwerk. Tolkin vermutet, der Mann ist ein Kurde. Die vier anderen Männer sind, wie die jeweils zwei Mann an den Toren des Geländes, übergewichtige, deutsche Securities. Die haben noch keine Kugel pfeifen gehört, der Kurde vielleicht schon, denkt Tolkin. Vier der LKW waren bereits gestaut und zugeplant. Der gelbe Stapler rangiert zwischen den Fahrzeugen und die vier Securities stehen rechts der Kolonne, an der Seite der Halle mit den CORP-Containern.

Juri Tolkin steht am Eingang der Container-Gasse und überblickt alles. Es war wie es immer ist. Die Dinge nehmen, meist durch banale Ursachen, ihren Lauf.

Einem der fetten Securities wird es offenbar langweilig; er geht drei Schritte auf Igor Sukow zu und redet ihn an. Sukow kann kein Deutsch. Pavel Antonin macht vier Schritte. Er redet den Security deutsch und freundlich an und will die Situation retten.

Der Security sagt etwas und tritt einen Schritt zurück. Er zieht seine Pistole. Tolkin schaltet um, was bedeutet, er reagiert in Echtzeit, unmittelbar, wie ein Haifisch, während der Feind wie von zähem Wasser umschlossen strampelt, in Zeitlupe und für Tolkin vorhersehbar. Die U-Boot-Männer verwandeln sich in wütende, kalte Seeteufel. Pavels Messer stößt seitlich in den Hals des Securities neben ihm. Er reißt es nach vorne und durchtrennt die Luftröhre und die großen Adern. Der Mann lässt die Pistole fallen und fasst sich an die Gurgel. Blut spritzt und er bricht röchelnd zusammen.

Alles bewegt sich, wie ein fließender, tödlicher Tanz. Kein Schuss fällt. Tolkin ist zufrieden und er stößt einem der Securities den Handballen ans Kinn; zugleich rammt er dem Mann sein Kampfmesser von unten hinter das Brustbein. Er dreht die Messerklinge, es knirscht und kracht. Rundum schnellen Gliedmaßen. Blut rinnt über den Beton und bildet dunkelrote Lachen. Der Geruch des Todes erfüllt die Luft.

Etwa sechs Sekunden dauert es, dann liegen die vier Wachmänner am Boden und sterben. Die U-Boot-Männer wischen ihre blutigen Hände und die Messerklingen an den Uniformblusen der Toten ab.

Tolkin sucht Pavels Blick und nickt ihm zu. Pavel läuft mit zwei Männern zum Eingang. Sie töten die Wachen, die offenbar keinen Ton vernommen haben, mit Garotten, um Blut im Außenbereich zu vermeiden. Sie fixieren die Körper in ihren Sesseln, bis sie stillsitzen und binden sie mit Klebeband fest. Bald glotzen die toten Securities mit geschwollenen Gesichtern aus ihrem Wachhäuschen. An der hinteren Schranke neutralisieren Sukow und sein Team die beiden anderen Wachen auf ähnliche Weise.

Lothar Helfrichs Unterkiefer hob sich wieder; er schloss den Mund. Der Deutsche war ruhig in seinem LKW sitzen geblieben und hatte das Gemetzel ungläubig, doch mit dem abgebrühten Blick eines Ex-Legionärs verfolgt. Er hinkte auffällig, seit ihm eine schwere Holzstange seinen rechten Knöchel in Splitter gehauen hatte. (Siehe Bd. 1: Bowman – Blutiges Horn) Es war vereinbart, dass er deshalb, sobald sie die Eingangs-Schranke passiert hatten und im Lager waren, im Fahrzeug sitzen blieb, und nur einspringen sollte, wenn es darum ging Deutsch zu reden. Ein hinkender Mann könnte auffallen und zu Fragen führen.

Jedenfalls, wie alle Soldaten liebte Lothar Helfrich Untertreibungen, war mit diesen russischen Piraten nicht gut Kirschen essen. Das hatte er gerade gesehen. Sein Gehirn kochte.

Zuerst war er nur über die perfekte Planung der Mission überrascht gewesen. Dass die Russen so trainiert waren, dermaßen auf Zack, das hatte er nicht gedacht. Er muss weg, bevor es zu spät ist. Er atmet flach und hat das Gefühl, nein den Wunsch, dadurch unsichtbar zu sein.

Der kurdische Staplerfahrer sitzt starr mit erhobenen Armen auf dem Stapler.

"Los, weiterladen! Das ganze Zeug aus den CORP-Containern! Wir haben es eilig, wie du siehst", sagt Pavel Antonin freundlich.

"Jawohl, Effendi!", ruft der Kurde.

Das Wetter war gut. In bleigrauer Dünung glitt der Frachter auf den Ärmelkanal zu. Sie machten 18 Knoten und liefen auf Südkurs im Nord-Atlantik. Backbords lag Holland, Den Haag.

Kapitän Nowikow stand auf der Brücke. Juri Tolkin lehnte an der Steuerbord-Konsole und Steuermann Pavel Antonin hatte das Ruder. Die See war ruhig und die *Czarina Laurente* war ebenfalls still. Das hieß, sie hielten absolute Funkstille und liefen ohne die Hilfe des Autopiloten. Kein Satellit konnte den Frachter lokalisieren. Eine Funkpeilung war unmöglich. Kein elektronisches Gerät, kein Telefon oder Sender, war aktiv.

Lothar Helfrich hielt sich an der Backbord-Reling am Vorschiff fest und versuchte die Wellen in seinem Magen, mit den Bewegungen des Decks unter seinen Beinen zu versöhnen.

Nachdem der Frachter in Cuxhaven beladen war, hatte ihm der Russen-Kapitän zwei Möglichkeiten angeboten. Der Legionär hatte sich, ohne zu zögern, fürs Überleben, fürs Mitkommen an Bord, entschieden. Wohin die Fahrt ging, hielten die Russen geheim.

Er wurde nicht schlau aus ihnen. Beim Überfall im Zolllager, nachdem die letzte Kiste in den letzten LKW geladen war, saß der Staplerfahrer zitternd auf dem Stapler. Er hatte den Motor abgestellt. Sukow hatte seine Pistole mit Schalldämpfer gehoben. Tolkin hatte dem Staplerfahrer in die Augen geblickt und den Kopf geschüttelt. Sukow hatte den Schalldämpfer abgeschraubt und die Pistole weggesteckt.

Sie hatten die Überwachungskameras gehackt und den ganzen Mummenschanz abgezogen, ein guter Plan, zackig ausgeführt. Nachdem sie, ohne zu zögern, in ein paar Sekunden die acht Zoll-Securities geschlachtet hatten, hatte der Russe jetzt den einzigen Zeugen, diesen türkischen Penner, am Leben gelassen. Der Legionär verstand diese Iwans nicht. Sie waren wie gefährliche Kinder.

7. Kapitel

Sie stellte den Kaffeebecher auf den Arbeitstisch und starrte auf den Monitor mit dem Tracking-Programm. Die zehn Pistolen verließen in Cuxhaven Deutschland. Susanne Stoebers Hände zitterten. Dass die Waffen bis heute zusammengeblieben waren, hatte sie erstaunt. Die Operation "Long Range" hatte *sie* dem Chef vorgeschlagen. Itzinger war skeptisch gewesen. Aber, nach ein paar halbherzigen Einwänden und nachdem sie ihm erklärt hatte, dass für die Operation kein großes Budget nötig war, stimmte der Oberst zu.

Experten des Innenministeriums gingen von zwei Millionen illegalen Waffen in Österreich aus. Es hatte ewig gedauert. Ohne die Intervention Itzingers im Ministerium, wäre die Beschaffung der Transponder unmöglich gewesen. Sie durfte ihn nicht enttäuschen. Weil er ihr vertraute, weil sie imstande gewesen war, die nötige Software selbst zu entwickeln und dreist angeboten hatte, die ganze Operation verantwortlich durchzuführen, hatte sich der Oberst für sie eingesetzt.

Der Wiener V-Mann hatte die zehn Heckler & Koch-Pistolen in einem türkischen Handy-Shop am Mexikoplatz in Wien an einen Deutschen verkauft. Sobald der Oberst den Weg der Waffen auf der Landkarte des Tracking-Programms verfolgen konnte, war er begeistert gewesen wie ein Kind. Sie hofften, da die Waffen immer noch zusammen waren, dass die Spur zu einer Gruppe des organisierten Verbrechens, zu Islamisten oder anderen Radikalen führte.

Sie wollten nicht zu früh eingreifen. Die Operation "Long Range" war mit den deutschen Kollegen abgestimmt. Ein Zugriffs-Kommando stand bereit. Bis heute war die Kooperation mit den Deutschen gut gelaufen. Sie hatten warten wollen, bis die Waffen sich verteilten, bis sie im Hafen eventuell an Einzelkunden verkauft würden. Dann wollten sie die Pistolen weiterverfolgen, zugreifen und das Umfeld der Käufer ermitteln.

Sie hatte es verbockt, zu lange gewartet, gedacht, der Cuxhavener Hafen wäre der Ort der möglichen Übergabe an eine in Deutschland operierende Bande. Die Waffen hatten sich zusammen von Cuxhaven nach Hamburg bewegt und wieder zurück. Sie hatte zugesehen. Im Lage-Briefing waren sie übereingekommen, dass die Zielperson, der Hehler, der die Waffen beförderte, anscheinend ein anderes Geschäft zuvor in Hamburg abwickelte, bevor er die Pistolen in Cuxhaven verkaufen wollte. Das vermuteten auch die deutschen Kollegen.

Und jetzt, weil sie zu hoch gepokert hatte, befanden sich die zehn Polizeipistolen auf hoher See. Die verdammten Dinger waren auf einem Schiff! Warum war sie nur so naiv gewesen? Sie suchte nach einem guten Argument für ihr inaktives Verhalten und fand keines.

Wenn sich die Aktion zu einem buchstäblichen Schlag ins Wasser entwickelte, brauchte sie Itzinger mit keinen genialen, neuen Methoden mehr kommen.

Susanne Stoeber trank hektisch den letzten Schluck Kaffee im Becher. Die Beamtin warf noch einen Blick auf den Bildschirm und machte sich auf zum Büro von Oberst Johann Itzinger, dem verantwortlichen Leiter der Sonder-Kommission "Illegaler Waffenhandel im digitalen Zeitalter III/EU/VI-AUT-15."

Entweder er schickte sie zurück in die Analyse-Abteilung oder sie waren auf dem Weg zu einem internationalen Fahndungserfolg. Sie strich ihr kurzes, schwarzes Haar zurecht und klopfte an die Tür des Vorgesetzten. Immerhin waren die Pistolen noch zusammen an einem Ort. Auf einem Schiff, einem grünen Punkt in der Nordsee, der in Richtung Süden kroch.

8. Kapitel

Von unten, von der Straße klangen die ewigen Geräusche der Stadt zu ihm herauf. Chefinspektor Max Höllrigl wischte über seine schmerzenden Augen. Seit seiner Verwundung, machte es ihm zu schaffen, länger auf einen Monitor zu starren. Das deutsche BKA und Interpol informierten ihn über neue Entwicklungen in einem Fall, den er für abgeschlossen gehalten hatte.

Er las weiter. Es war unglaublich. Erst hatte alles harmlos begonnen. Eine simple Wilderei auf Steinböcke in Salzburg, hatte sich zu einem mörderischen, internationalen Fall entpuppt. Menschen waren getötet worden. Er selbst hatte nur mit Glück den Schusswechsel mit den Hamburger Tätern, einer international agierenden kriminellen Vereinigung, überlebt.

Zuerst hatte er das Lager von illegalen Präparaten exotischer Tiere des Salzburger Apothekers Christoph Thaler ausgehoben. Die beschlagnahmten Güter waren nach Wien in das Asservaten-Lager im Hafen Albern der neuen SOKO Diana verbracht worden; dort wurden sie von der Bande aus Deutschland gestohlen. Dabei wurde er von Jonas Axham, dem Kopf der Bande, angeschossen.

Axham war mit einem Lieferwagen beladen mit wertvoller Beute nach Hamburg geflüchtet. Während er, Höllrigl, mit dem Tod gekämpft hatte, war Thomas Dorn der Bogenschütze dem geflohenen Axham in den Hamburger Yachthafen gefolgt. Der Gangster wurde von Dorn gestellt und verlor sein Leben. (Siehe Bd. 1: Bowman – Blutiges Horn)

Die exotischen Tierpräparate an Bord der Yacht, sowie eine weitere große Menge davon, die Axham auf dem Gelände seiner Firma gelagert hatte, wurden von der deutschen Polizei beschlagnahmt und in ein bewachtes Zoll-Lager außerhalb von Hamburg gebracht.

Der aufsehenerregende Fall wurde aufgearbeitet. Der Mitarbeiterin Axhams, Elsa Winter, konnte man keine Verbrechen nachweisen. Sie behauptete, sie hätte unter Zwang, unter Bedrohung ihres Lebens durch Axham und Koslow gehandelt und wurde, nach der Untersuchungshaft, wieder auf freien Fuß gesetzt. Axhams Yacht, die *Gismara,* wurde später versteigert.

Nie hatte er vermutet, dass der Handel mit Teilen geschützter Tiere weltweit ein derartiges Ausmaß hatte, welche Riesensummen dieses Geschäftmodell abwarf und wie gut organisiert die professionellen Täter waren.

Er las ungläubig die Interpol-Meldung. Vor ein paar Tagen war ein Zoll-Lager in der Nähe von Hamburg überfallen worden. Acht Security-Männer waren ermordet worden. Die flüchtigen Täter waren professionell und brutal vorgegangen. Sie hatten es ausschließlich auf drei Container, jene mit den hochwertigen Tier-Präparaten aus der beschlagnahmten Beute des Axham-Steinbock-Falles, abgesehen gehabt.

Ein Zeuge, ein Staplerfahrer, hatte das Massaker überlebt. Er gab an, das Lager wäre von einer deutschen Zoll-Spezialeinheit überfallen worden. Von zehn Männern, die sich wie Soldaten verhalten hätten.

Nach zwei Tagen hatte man sechs gestohlene LKW in einer Lagerhalle in Cuxhaven gefunden. Alle waren schwarz lackiert, sowie an den Türen und Aufbauten mit amtlich aussehenden Fantasie-Emblemen beklebt. Die deutschen Kollegen nahmen an, dass die Beute, nach dem Überfall bei Hamburg, im Cuxhavener Hafen auf einen Frachter mit unbekanntem Ziel verladen worden war.

Der Chefinspektor las das Protokoll noch einmal. Ein Schauder überlief ihn. Er konnte nichts dagegen tun. Seine SOKO war im Vorjahr, zur Aufklärung von Wilddiebstahl-Delikten in ländlichen Gegenden Österreichs, gegründet worden; als kriminalistische Unterstützung der Polizei vor Ort. An Mordtaten und internationale Banden hatte dabei niemand gedacht.

Er musste die Neuigkeiten im "Steinbock-Fall" Thomas Dorn mitteilen. Sie hatten einander einige Wochen nicht gesehen und auch nicht telefoniert. Höllrigl schloss das Programm, hob sich aus dem Drehsessel und trat ans Fenster. Er blickte hinunter auf die glänzende Gleisanlage, die Speditionsgebäude und das ruhige Hafenbecken an der Donau, alles sah friedlich aus. Er wählte die Nummer des Bogenschützen.

"Hallo Dorn, Höllrigl hier!"

"Hello Chefinspektor! Freut mich von Ihnen zu hören! Wie geht's?"

"Hab' mich ganz gut erholt - bei der Arbeit. Ich lebe ja noch nicht im Kloster", scherzte Höllrigl.

"Ja, ich lebe wie ein Mönch, könnte man sagen", lachte Dorn, "aber, ich habe vor, demnächst nach Wien zu fahren."

"Was wollen Sie denn in der großen Stadt? Ich dachte immer, die hohen Häuser und die vielen Leute machen Wilde wie Sie krank", stichelte Höllrigl.

"Ich will auf einen Schießstand, wahrscheinlich zu Springer im 8. Bezirk; muss wieder einmal mit etwas schießen, das Lärm macht."

"Ach ja? Haben Sie ihre Beretta von der deutschen Kripo zurückbekommen?", fragte der Chefinspektor.

Dorn besaß die Waffe legal. Als er Jonas Axham verfolgt hatte, hatte er sie aber illegal mitgenommen nach Deutschland. Ein Komplize des Gangsterchefs hatte sie ihm dann abgenommen und war samt der Pistole und mit Dorns Hilfe, in das Wasser des Hamburger Hafens gestürzt. Der Mann überlebte und die Polizei fand, neben der Waffe des Gangsters, auch die Beretta wieder. Nach einigem amtlichen Hin und Her und nachdem sich Oberst Hübner, der Vorgesetzte Höllrigls, dafür eingesetzt hatte, war Dorn die Pistole zurückgegeben worden. Ab und zu überkam ihn die Lust ein paar Schüsse zu machen, um seine Treffsicherheit und die Funktion der Waffe zu überprüfen.

"Ja, ich habe die kleine Beretta wieder. Vielen Dank für Ihre Hilfe! Richten sie das auch bitte Oberst Hübner aus! Sie war leicht angerostet vom Bad im Salzwasser, aber wurde gründlich gereinigt und geölt. Jetzt will ich sehen, ob sie OK ist", sagte Dorn.

"Ich habe eine Idee!"

"Oh Schreck!"

"Hören Sie auf! Ich dachte, wenn sie schießen wollen, könnten wir uns beim Schießzentrum Süßenbrunn im 22. Bezirk treffen. Die Wiener Polizei hat dort fixe Schießzeiten", sagte Höllrigl.

"Eine gute Idee, Inspektor! Das machen wir. Danke für die Einladung!"

Sie vereinbarten, einander am nächsten Tag, am Donnerstag, in Wien zu treffen.

"Schön Sie zu sehen", sagte der Chefinspektor.

"Ganz meinerseits!"

"Trinken wir einen schnellen Kaffee in der Kantine, bevor wir schießen?"

"Gerne!"

Sie standen vor dem Eingang der Schießstätte in Süßenbrunn. Dorn freute sich, den Chefinspektor zu sehen und klopfte ihm freundschaftlich auf die Schulter. Sie gingen hinein.

"Wo haben sie denn ihre Waffe und die Munition, Dorn?", fragte Höllrigl.

"Die Pistole habe ich am Körper, zwei Schachteln Patronen in meiner Sakkotasche", antwortete Dorn.

"Genau wie ich", sagte der Chefinspektor.

"Ich wette, sie haben aber kein Taschenmesser mit! Ich schon!"

"Im Gegensatz zu Ihnen, lebe ich in der Zivilisation!"

Sie betraten das Gebäude und gingen in die kleine Kantine. Es gab sechs Tische und einen Kaffeeautomaten. Dumpf klangen die Schüsse aus dem Schießstand bis hierher und der Geruch von Schießpulver hing in der Luft.

An einem der Tische saß eine, schlanke junge Frau in burschikoser Kleidung und las in einer Waffen-Zeitschrift. Sie trug eine Glock-Pistole und zwei Reservemagazine lagen neben ihrem Kaffeebecher. Sonst war niemand im Raum. Höllrigl und Dorn grüßten und holten sich Kaffee vom Automaten. Sie setzten sich an einen der Tische.

"Was gibt's Neues, Höllrigl?", fragte Dorn.

"Alles bestens soweit! Aber, stellen Sie sich vor, die Beute aus Wien, die Ware aus dem Axham-Fall, die in Hamburg asserviert war, wurde wieder geraubt!"

"Was? Unglaublich!"

"Ein brutaler Überfall! Acht tote Security-Männer! Vermutlich wurde das Zeug auf ein Schiff geladen. Deutsche Kollegen fanden die LKW, die ziemlich sicher beim Überfall benutzt wurden, in der Nähe des Hafens von Cuxhaven."

Dorn schüttelte nachdenklich den Kopf. Dann blickte er hinüber zu der jungen Frau am anderen Tisch; ihre Körperhaltung hatte sich verändert, sie schien aufmerksam zuzuhören.

Er hatte recht, sie bemerkte Dorns Blick und sagte: "Entschuldigen Sie, ich habe Teile Ihres Gesprächs mitgehört. Sind Sie der Chefinspektor Höllrigl, der im Vorjahr, im Alberner Hafen angeschossen wurde?"

Höllrigl war erstaunt und wendete sich der Frau zu.

"Ja, der bin ich. Wie kann ich helfen?"

"Mein Name ist Susanne Stoeber, ich bin Inspektorin der Sonder-Kommission Illegaler Waffenhandel im digitalen Zeitalter III/EU. Ich hoffe es geht Ihnen wieder gut!"

"Ja, danke! Sehr erfreut!", sagte der Chefinspektor. "Das hier ist Thomas Dorn, der Bogenschütze, der Jonas Axham, den

Kopf der Bande, in Hamburg zur Strecke gebracht hat."

Die beiden Männer standen auf; sie begrüßten Susanne Stoeber und luden sie an ihren Tisch ein. Die Inspektorin nahm dankend an und setzte sich.

"Ist mir eine Ehre Sie beide kennenzulernen! Ich musste gerade aufhorchen, als ich hörte, dass Sie die Städte Hamburg und Cuxhaven erwähnten."

"Warum das, Kollegin?", fragte Höllrigl.

"Nun, ich arbeite mit einem neuen Tracking-System, welches Waffen, die wir in den Schwarzmarkt einschleusen, verfolgen kann. Das heißt, wir können die Routen, die die Waffen nehmen, digital verfolgen und in der Folge die Käufer ermitteln und dingfest machen. Theoretisch!"

"Interessant!", meinte Höllrigl.

"*Digital* verfolgen?", staunte Dorn.

"Wir haben zehn Heckler & Koch P30-Pistolen auf den Schwarzmarkt gebracht. Sie wurden hier in Wien von einem V-Mann an einen bislang unbekannten Hehler verkauft. Überraschenderweise bewegten sich die Pistolen nach Deutschland, nach Cuxhaven. Natürlich informierten wir die zuständigen deutschen Kollegen, sie hielten sich zugriffsbereit. Wir wollten aber zuwarten, weil wir dachten, die Pistolen würden einzeln verkauft und wir würden so an neue Täterkreise kommen. Die Waffen blieben aber zusammen, bewegten sich von Cuxhaven nach Hamburg und wieder zurück nach Cuxhaven. Dann lief die Sache aber schief und die zehn Pistolen befinden sich jetzt wohl auf einem Schiff im Atlantik", erklärte die Inspektorin.

"Donnerwetter!" Höllrigl kratzte sich im Nacken und kniff die Augen zusammen.

"Das ist ja ein Ding! Wenn ich das alles richtig verstehe, scheint es, als ob diese Pistolen eventuell beim Überfall auf das Zoll-Lager in Hamburg benutzt wurden. Dann bewegten sich die Gangster nach Cuxhaven, entsorgten die Waffen jedoch nicht, sondern nahmen sie mit auf ein Schiff", konstatierte der Chefinspektor.

"Das kam mir auch in den Sinn, als ich Ihre Unterhaltung hörte", antwortete die Polizistin.

"Sie können mit dem digitalen Zeugs die Route der Pistolen, also auch die des Schiffes mit der geraubten Beute, verfolgen?", sagte Dorn.

"Ja, so sieht es aus", sagte Susanne Stoeber, "zumindest, solange wir ihre Signale noch empfangen können."

"Somit, wenn wir es schlau angehen, sind weder Ihre Pistolen noch die Beute aus Hamburg ins Nichts verschwunden", sagte Höllrigl.

"Na ja, wie sollen wir das machen? Wir wissen nicht, welches Ziel das Schiff hat", sagte die Polizistin.

"Wir arbeiten einen Plan aus, schlage ich vor. Zuerst klären wir unsere Kooperation mit den Vorgesetzten, wenn das OK für Sie ist. Wer ist Ihr Chef, Kollegin?"

"Gerne! Oberst Johann Itzinger ist mein Boss."

"Gut! Ich nehme umgehend Kontakt mit ihm auf", versprach Höllrigl.

9. Kapitel

Chefinspektor Max Höllrigl saß in Susanne Stoebers kleinem Büro in der Landespolizeidirektion Wien am Schottenring. Die Finger der Inspektorin flogen über die Tastatur, dann konnte er den grünen Punkt im Atlantik sehen. Den Punkt, der seinen "Steinbock-Fall" mit dem "Pistolen-Fall" Susanne Stoebers ver-knüpfte. War die Hamburger Beute für immer verloren? Wegen der zehn Waffen lohnte sich der Aufwand einer internationalen Fahndung kaum. Die wertvolle Fracht hingegen, die Beute des Überfalls in Hamburg, bestehend aus Rhino-Horn, Narwal-Zähnen, Elfenbein und verschiedenen anderen exotischen Tier-Präparaten, stellte einen Gegenwert von einigen Millionen Euro an Wiederverkaufswert dar.

Ihre Vorgesetzten, Oberst Hübner und Oberst Itzinger hatten einer Zusammenarbeit der SOKO Diana und der SOKO Illegaler Waffenhandel im digitalen Zeitalter III/EU, zögernd zugestimmt, aber klar gemacht, dass sie eine Erfolgsmeldung in den Medien erwarteten.

"Das Schiff bewegt sich nach Süden, in Richtung Afrika", berichtete die junge Frau, "gestern war es noch hier."

Sie deutete auf einen Punkt weiter nördlich.

"Ich habe versucht, das Schiff online via 'Schiffsradar-Marinetraffic.de' zu finden. In diesem Programm kann man alle Schiffe, die unterwegs sind, identifizieren und verfolgen. Dort scheint es nicht auf", fügte sie hinzu.

"Das bedeutet, das Schiff hat anscheinend alle Transponder an Bord deaktiviert und nur die Sender der Pistolen sind zu orten?", fragte Höllrigl.

"So sieht's aus! Ich habe mich gründlich in die Materie eingearbeitet, als ich herausfand, dass die Pistolen auf einem Schiff sind."

"Erklären Sie mir das, bitte genauer, Kollegin!"

"Schiffe sind heute mit einem *Automatic Identification System*, dem sogenannten AIS, ausgestattet und senden laufend ihre aktuelle Position. Jedes Schiff schickt über das AIS eine Nachricht über eine bestimmte Frequenz. Dieser Sender ist zusätzlich mit einem GPS-System verbunden. Schiffe in einem bestimmten Radius und Satelliten empfangen und verarbeiten das Signal und wissen somit immer, wo sich welches Schiff befindet. Die AIS-Nachricht enthält unter anderem die GPS-Position, die Geschwindigkeit, den aktuellen Kurs und eine eindeutige Schiffs Identifikationsnummer."

"Wow, Sie kennen sich aus! Gute Arbeit, Frau Kollegin!"

"Danke! Leider können wir nichts unternehmen, solange wir nicht wissen welchen Hafen das Schiff anläuft", sagte sie.

"Genau, es wäre sinnlos Interpol zu involvieren, ohne das Ziel des Schiffes zu kennen. Wir sollten Dr. Develdt von der UNO einweihen. Sie hat internationale Möglichkeiten und kann uns vielleicht helfen."

"Dr. Develdt? Wie kann sie uns von Nutzen sein?", fragte die Inspektorin.

"Dr. Arda Develdt arbeitet für die UNODC. Sie leitet eine Abteilung, die international gegen Wilderei und den Handel mit Teilen geschützter Tierarten vorgeht", erklärte Höllrigl.

"Wir sollten ein Meeting vereinbaren!", schlug Susanne Stoeber vor.

10. Kapitel

Geier kreisen am Himmel, tief im unübersichtlichen Buschland Kenias, nahe der Grenze zu Tansania. Neben einem dicken, glattstämmigen Baobab-Baum, von dichten Dornbüschen umgeben, liegen zwei leblose, massige Körper, grau, von rötlichem Staub bedeckt und bereits aufgedunsen.

Eine Nashornkuh und ein eineinhalbjähriges Bullenkalb liegen wie umgeworfene Spielzeugtiere da; die stämmigen Beine sind steif und ragen beinah waagrecht zur Seite. Die Kuh tötete eine, jetzt von verkrustetem Blut und von schwarzen Fliegen umschwärmte, Schusswunde an der Flanke. Den jungen Bullen traf ein Geschoss hinter das rechte Ohr. Tiefe, blutige Krater prangen an ihren Nasen. Beiden Spitzmaul-Nashörnern waren die Hörner mit einer Axt oder einem schweren Hammer abgeschlagen worden.

Bestialischer Gestank erfüllt die heiße, stehende Luft der kleinen Lichtung im Busch. Maurice Kaburu und Worubu Kibaki stehen rauchend bei dem Baobab-Baum. Ihre AR-15 Gewehre lehnen am Aufbau ihres ockerfarbenen Isuzu Trooper Pickup. Sie betrachten den Mann am Boden und beraten sich leise. Er liegt am Rücken und ist völlig nackt. Arme und Beine sind weit abgespreizt. Sie sind mit verzinktem Draht an vier starke, in den Boden geschlagene, Holzpflöcke gebunden. Gesicht, Hände und Füße des Mannes sind dunkelrot und geschwollen. Worubu reibt sich die Knöchel seiner linken Hand. Das Gesicht des Gefangenen ist von Schlägen geschwollen, die Hände und Füße von den einschneidenden Drahtschlingen.

Nur das Surren der Fliegenschwärme um die Wunden der Nashörner und das leise Wimmern des gefesselten Mannes unterbricht die Stille der Lichtung. Maurice nickt Worubu zu; der zieht sein Jagdmesser und bückt sich zu dem Mann am Boden.

"Rede! Wir ziehen dir die Haut ab, du Mistschwein!", zischt Maurice.

Der Mann lallt etwas und bewegt den Kopf hin und her. Er versucht Worubu ins Gesicht zu spucken.

"Nein? Du redest nicht? Gut, wenn du es so haben willst!"

Worubu setzt die Klinge des Messers auf den Bauch des Gefangenen und mit sachtem Druck zieht er die scharfe Schneide von links nach rechts. Die schwarze Haut klafft einen Zentimeter auseinander und Blut quillt aus der oberflächlichen Wunde. Der

Mann schreit. Er zerrt an den Drähten und windet sich, reißt seine zugeschwollenen Augenlider auf.

"Ich frage dich noch einmal! Wo sind deine Komplizen und wohin bringen sie die Hörner? Rede!", sagt Maurice, "Los, mach weiter, Worubu!"

Zuletzt erzählt der Wilderer alles. Die Ranger sind überzeugt, er hat keine Informationen verschwiegen. Sie binden ihn los und legen ihm Handschellen an, dann ziehen sie ihn zum Pickup und ketten ihn an der Ladefläche fest. Sie starten den Isuzu und holpern über den Buschpfad bis sie die Piste, die nach Crownville, zum Hauptquartier führt, erreichen.

Der Tsavo-West-Nationalpark umfasste eine Fläche von 9.065 km^2, fast 30 % der Gesamtfläche aller Parks in Kenia. Seine Savannen erstreckten sich von der tansanischen Grenze im Süden, der Straße zwischen Mombasa und Nairobi und dem Athi River im Norden. Dieser Fluss und die Straße, die A 109 bildeten die gemeinsame Grenze zum Tsavo-East-Nationalpark. 1948 war der Tsavo National Park mit einer Gesamtfläche von 21.812 km^2 eingerichtet worden; 1949 war aus administrativen Gründen die Teilung in Ost und West erfolgt.

Die Landschaft des Tsavo West war hügeliger und feuchter als die des Tsavo Ost. Aus den Ebenen ragten Vulkankegel. Den nördlichen Teil des Parks dominierten Akazien-Savannen mit einzelnen Bäumen, dann wieder formten Felsen und Felskämme die Landschaft.

Am Fuß der Chyulu Hills lag das kahle Shetani-Lavafeld. Die schwarze Lava reinigte das Schmelzwasser vom Kilimandscharo, das aus der Mzima Springs-Quelle floss. Sie bestand aus zwei Quellbecken aus denen täglich 250 Millionen Liter glasklares Wasser strömten und in denen viele Flusspferde und Nilkrokodile lebten.

Der südliche Sektor bestand aus offenen Grassavannen. Der permanent wasserführende Tsavo war von Galeriewäldern gesäumt. In der Südwestecke des Parks lag der Jipe-See, durch den die Grenze zu Tansania verläuft. Schmelzwasser vom Kilimandscharo und die Flüsse des Pare-Gebirges speisten den See.

Neben den "Big Five", Elefant, Nashorn, Löwe, Leopard und Afrikanischer Büffel, lebte hier viel Wild. Die Fauna umfasste einige gefährdete Arten.

Maurice und Worubu zerren den Gefangenen zur Hafthütte und schließen ihn ein. Dann gehen die über den kleinen Platz zum Office des Commanders. Sie reden los, doch Challacombe hebt den Arm und bringt sie zum Schweigen. Er sitzt auf seiner Veranda, stopft sich ruhig seine Pfeife und raucht sie an. Dann nickt er seinen Männern zu und sie berichten, was sie von dem gefangenen Wilderer erfahren haben. Challacombe zieht die Augenbrauen hoch und sagt: "Gut gemacht, Jungs! Lasst den Gefangenen verbinden und versorgen."

Die Ärmel seines Buschhemds sind hochgekrempelt und auf seinem rechten Oberarm prangt der Slogan *Seek & Destroy*.

Damien Challacombes Familie stammte ursprünglich aus Wales; seine Vorfahren waren nach Australien ausgewandert und wurden erfolgreiche Schafzüchter. Er hatte einige Jahre als Scharfschütze in einer australischen Spezialeinheit gedient und nach seiner Militärzeit war er nach Kenia gegangen.

Er liebte die Wildnis und schätzte es, sein eigener Boss zu sein. Er war der Commander der Bush Rangers und für das Ayaa Jannada-Schutzgebiet, einem Teil des Tsavo-West-Nationalparks verantwortlich. Es lag im westlichsten Teil, an der Grenze zu Tansania. Sein Revier wies die höchste Dichte an Nashörnern in ganz Kenia auf.

Am späten Nachmittag bat Challacombe Sergeant Maurice Kaburu zu einem Sundowner auf die Veranda.

"Danke für die Einladung, *Mzee*!", sagte der Sergeant.

"Lass uns was Gutes trinken und rauchen, Maurice", schlug der Commander vor.

Er hob sich aus seinem Sessel und ging ins Haus um zwei Drinks zu holen. Challacombe pflegte ein freundschaftliches Verhältnis zu seinen Männern. Sie waren eine kleine Einheit und es war lebenswichtig einander vertrauen zu können. Mindestens zweimal die Woche lud er Maurice auf die Veranda zu einem kräftigen Single Malt mit einer Handvoll Eiswürfeln ein; meist wurden ein paar Drinks mehr und ein gutes Gespräch daraus.

Challacombe prostete dem Sergeanten zu, dann stopfte er seine Pfeife und Maurice zündete sich eine Zigarette an. Er wollte dem Commander mit seinem Zippo Feuer geben, doch der lehnte ab und benutzte Zündhölzer.

"Du sagst, der verhaftete Mann ist der Anführer der Bande?", fragte Challacombe.

"Ja, ich glaube schon. Sonst hätte er nicht so viel auspacken können", antwortete Maurice, "er wollte zuerst nicht reden, dann hatte ich eine Idee."

"Ich habe die Spuren deiner Idee an dem Mann gesehen", sagte der Commander.

"Nein, dass wir ihn ein wenig strenger befragt haben, das war es nicht, *Mzee*! Er hat nichts gesagt."

Challacombe zog die Brauen hoch und nahm einen Schluck vom Whisky.

"Erzähl. Wie hast du ihn überredet?"

"Wir hätten ihn umbringen können. Er redete nicht. Dann sah ich, dass er einen kleinen Lederbeutel mit *Muti*, mit Zaubermedizin, um den Hals trägt. Ich habe dem dummen Kikuyu gesagt, dass wir ihn mit einem neuen Zauber gefunden haben."

"Du Gauner!"

"Ich erzählte ihm, dass ein Medizinmann über unser Revier ein unsichtbares Zaubernetz gelegt hat, das jede Sorte von *Muti* wirkungslos macht und, dass dieser Zauber eine Spur an jedem hinterlässt, der im Revier war. Dass wir damit seine Kumpanen und auch ihre Familien sowieso finden und sie alle aufhängen werden."

"Das hat geholfen?"

"Davon hat er eine Riesenangst bekommen. Na ja, ich sagte ihm auch, dass wir ihn sofort töten werden, wenn er nicht sagt, was er weiß. Aber, dass wir ihn vor seinen Komplizen schützen, wenn er auspackt."

Maurice grinste breit und zündete sich eine nächste Zigarette an, "Ich bin auch abergläubig, aber so eine Scheiße würde ich nie glauben!"

Challacombe lächelte und schüttelte verwundert den Kopf. Er war schon einige Jahre hier, aber es gab immer wieder unglaubliche Dinge zu erleben. Manche der Schwarzen hier im Busch glaubten, eine spezielle *Muti* könne sie für die Ranger unsichtbar machen. Es gab geheime Zaubersalben, die die Haut vor dem Eindringen von Geschossen schützen sollen, und viele andere Mittel, die ausgefuchste Medizinmänner an die Leute verkauften.

"In vier Tagen also, soll das Horn im Hafen von Mombasa übergeben werden. Ihr habt erfahren wo und wann. Wir können etwas unternehmen. Gute Arbeit! Cheers!"

"Cheers, *Mzee*! Wir melden die Information der Polizei in Mombasa, dann können sie die Wilderer-Bande vielleicht bei der

Übergabe im Hafen fassen", schlug Maurice vor.

"Nein! Darum wollte ich mit dir reden. Wir müssen Stillschweigen bewahren. Du weißt, alles spricht sich herum und viele der Polizisten und Beamten sind korrupt; sie würden die Gang warnen."

"Was hast du vor?"

"Ich werde selber nach Mombasa fahren."

"Das kann gefährlich werden! Ich komme mit, Commander!"

"Nein, Maurice, du musst hier die Stellung halten und ihr müsst verstärkt im Revier patrouillieren. Ich fahre allein und werde sie kriegen!"

11. Kapitel

Auf seltsame Weise hatte der Bogenschütze ihr Interesse geweckt. Sie wusste nicht, ob als psychologisches Studienobjekt oder als männliches Wesen. Seit, sie rechnete nach, sieben Jahren bevorzugte sie Frauen. Dr. Develdt sinnierte; sie hatte die hohen Schuhe abgestreift und saß entspannt im Schreibtischsessel in ihrem Büro, da summte ihr Telefon auf der gläsernen Tischplatte.

Chefinspektor Höllrigl informierte sie über Susanne Stoebers Entdeckung und die neuesten Entwicklungen im "Steinbock-Fall". Sofort dachte sie an Dorn, hasste sich dafür und sagte: "Ich würde gerne den Bogenschützen, Herrn Dorn, wieder hinzuziehen."

"Ich konnte gut mit ihm arbeiten. Man muss ihn nur in Zaum halten. Er ist ein wenig, hm, altmodisch vielleicht. Als was für eine Art Experte oder Berater sollen wir ihn führen?", sagte Höllrigl.

"Er ist ein Jäger und hat anscheinend mehr Ahnung als wir davon, wie Wilderer und Killer ticken. Wenn er mitmachen will, übernimmt die UNODC seine Spesen, wenn das in Ordnung ist für Sie, Chefinspektor."

"Gut! Weil Sie Dorn erwähnen, will ich etwas anmerken. Es geht in dem Fall um Ortungen und Peilungen und internationale High-Tech-Gangster. Elwin, ein Freund in Dorns Kloster, besitzt besondere IT-Fähigkeiten und er hat unserer Einheit zuletzt sehr geholfen. Elwin kann mehr als unsere Polizei-Experten und ist sehr motiviert, denn er ist ein aktiver Tierschützer. Ich hätte auch ihn gerne dabei."

"Ein Tierschützer? Laden Sie ihn ein! Und, natürlich, Susanne Stoeber, Ihre Kollegin", sagte Develdt, "es wäre gut, wenn wir ein Meeting mit Frau Stoeber, Tom Dorn und dem IT-Elwin organisieren."

"Vielleicht in Dorns Kloster?", fügte sie hinzu.

"Gute Idee! Ich organisiere das und melde mich. Vorab, Danke für Ihre Unterstützung!", sagte Höllrigl.

Der dunkelblaue, zivile Dienstwagen des Chefinspektors hielt vor der UNO-City in Wien. Arda Develdt sah auf ihre Armbanduhr; sie waren pünktlich, es war kurz vor neun und der Himmel strahlte. Max Höllrigl stieg aus und öffnete ihr die Tür. Susanne

Stoeber saß am Steuer und Höllrigl nahm am Beifahrerersitz Platz. Die Fahrt nach Eulbach dauerte etwa eine Stunde. Ein wenig Smalltalk, dann wurden die Gespräche fachlich, sie erörterten die Fakten und wie die künftige Zusammenarbeit aussehen könnte.

"Unterstützt uns Elwin der IT-Spezialist, haben wir gute Möglichkeiten, die Pistolen und somit die Ladung Horn genauer verfolgen zu können, denke ich", sagte Höllrigl.

"Sobald wir den Bestimmungs-Hafen des Schiffes, also der Beute erkennen, muss es unser Ziel sein mit den Behörden vor Ort zusammenzuarbeiten und diese Bande verhaften zu lassen", erklärte Stoeber.

"Ich kann nur zustimmen! Wichtig ist, dass wir so früh wie möglich agieren! So ein Schiff kann schnell entladen und wieder weg sein, befürchte ich", sagte Develdt.

Nach dem Mittagessen im Gasthof "Zum Raben" in Eulbach, zu dem Chefinspektor Höllrigl eingeladen hatte, saßen sie auf Dorns Veranda vor dem Gärtnerhaus der Abtei. Es war heiß. Ein helles Sonnensegel spendete der Runde Schatten. Dorn trug Kaffee auf und bot Mineralwasser oder Himbeersaft an.

Dr. Develdt, Stoeber und Höllrigl kamen gleich zur Sache und klärten Dorn und Elwin über den Stand der Dinge auf, über die Möglichkeit, die Fährte der Steinbock-Fall-Beute durch die Transponder in den Pistolen zu orten.

Der Bogenschütze und der junge IT-Profi folgten den Ausführungen interessiert und sagten ihre Mitarbeit gerne zu. Allerdings wusste niemand wie sie weiter vorgehen sollten. Solange das Ziel des Schiffs nicht klar erkennbar war, der Entlade-Hafen der Beute, war es sinnlos eine Behörde zur Zusammenarbeit zu kontaktieren. Sie loteten alle Möglichkeiten aus und waren einig, dass sie aktiv werden mussten, sobald sie mehr Informationen hatten. Momentan konnten sie nur die Route des Frachters verfolgen und Vermutungen über sein Ziel anstellen. Irgendwann erklärte Höllrigl das Meeting für beendet und bat um einen Himbeersaft.

Im Garten war es still und nur wenn ein Lüftchen aufkam, flüsterte das Rauschen vieler Blätter. Dr. Develdt sog genüsslich die gute Luft in ihre Lunge, sie schmeckte nach Blüten und Grün. Sie saßen auf Campingsesseln rund um einen abgewetterten Holztisch. Susanne Stoeber und Elwin steckten die Köpfe über dem Laptop zusammen. Abwechselnd deuteten sie auf den Bildschirm und nickten einander zu. Mal flogen die Finger der jungen Frau über die Tastatur, mal tippte Elwin so schnell, dass man den Bewegungen seiner Finger kaum folgen konnte.

Gegenüber Dr. Develdt saßen Höllrigl und Dorn. Der Chefinspektor erschien ihr freundlich und kompetent. Er wirkte harmlos und offen. Höllrigl musste aber auch eine andere Seite haben; sie dachte an seinen Beruf, seine Verwundung und daran, dass er dem Tod schon begegnet war. Er erzählte gerade, wie Dorn auf der Almhütte in Ammerach zwei Schnapsflaschen in ein paar Sekunden geleert hatte, indem er sie mit geworfenen Kaffeelöffeln zum Zerplatzen brachte. Develdt hörte aufmerksam zu und betrachtete den Bogenschützen mit unauffälligen Blicken.

Dorn hatte bis jetzt nicht viel gesagt. Die senkrechte, feine Narbe an seiner Wange, verlieh seinem Mund einen spöttischen Ausdruck, der ihr unangenehm war, sobald er sie anblickte.

Die Gartentür knarrte und ein großer, schlanker Mann in einfachem Mönchshabit trat in den Garten. Er mochte ein paar Jahre älter als siebzig sein und trug in seiner Linken ein silbernes Tablett mit einem weißen Tuch darüber. Dorn hob sich aus dem Sessel und ging ihm entgegen.

"Grüß Gott zusammen! Ich bringe frischen Gugelhupf zum Kaffee. Ich heiße Severin und bin der Abt des Klosters", stellte sich der Mönch vor.

Er trat an den Tisch, stellte das Tablett ab und entfernte das Tuch. Ein duftender, offenbar noch warmer Marmorgugelhupf kam zum Vorschein.

"Das ist sehr nett! Vielen Dank! Trinkst du eine Tasse mit uns?", sagte Dorn.

"Wenn ich nicht störe, gerne!", antwortete der Abt.

"Die Besprechung ist beendet, setzen Sie sich zu uns, Herr Abt!", sagte Höllrigl.

Er stellte Dr. Develdt und Susanne Stoeber vor und Severin schüttelte die Hände aller Gäste. Dann ließ er seinen Blick über den Tisch schweifen.

"Thomas, bring doch Dessertteller, frischen Kaffee für alle und Staubzucker für den Kuchen", sagte er leise zu Dorn.

"Natürlich, mache ich", antwortete der Bogenschütze und verschwand ins Haus, in die Küche.

Bald kam er wieder und brachte die Teller, eine frische Kanne

Kaffee, Servietten und einen Staubzuckerstreuer. Elwin schenkte ein und alle nahmen ein Stück vom flaumigen Gugelhupf.

Nachdem Arda Develdt ihr Stück verzehrt hatte wollte sie ihre vom Staubzucker klebrigen Finger säubern und fragte nach einer Waschgelegenheit. Dorn erhob sich und führte sie ins Gärtnerhaus.

Ihr Blick glitt durch den Raum und sie sah eine fremde Welt. Das kleine Haus war innen offen wie ein Loft. Es war größer, als es von außen betrachtet schien. Anscheinend waren nur Schlafzimmer, Badezimmer und Toilette getrennte Räume. Im Küchenbereich stand ein massiver, eichener Tisch mit Stühlen. Auf dem Tisch lagen einige Zeitschriften, zwei Paar Handschellen, eine Landkarte, eine Sonnenbrille und eine Stoppuhr; in der Mitte stand eine Vase mit einem einzelnen blühenden Fliederzweig.

Develdt sah Jagdtrophäen und eine Anzahl verschiedenster Waffen, die an den Wänden hingen oder auf Regalen lagen. Im angebauten, hellen Glashaus stand ein fast raumhohes Bücherregal aus Fichtenholz mit einer großen Couch davor.

In der Ecke neben dem Bücherregal lehnten drei Speere, eine Wurfaxt, ein Schwert, ein Degen, ein Säbel und in drei Schaukästen an der Wand befand sich eine umfangreiche Sammlung verschiedenster Pfeilspitzen. Auf einem Bord lagen einige Jagdmesser, Dolche und Wurfmesser; daneben stand ein alter Schreibtisch. Von einem Deckenbalken hing ein großer Box-Sandsack.

Unbewusst verharrte sie nach einigen Schritten und musterte die Einrichtung und die martialischen Waffen. Sonnenlicht fiel durch ein Dachfenster und sie stand in diesem Strahl. Dorn hörte ihre Schritte hinter ihm nicht mehr und wendete sich. Sie trug ein luftiges Kleid und er sah ihre Gestalt durchscheinen. Die Sonne blendete sie, doch sie meinte auf Dorns Gesicht ein listiges Lächeln zu erkennen. Sie trat augenblicklich aus dem Lichtschein. Er stand da und wartete.

"Entschuldigen Sie, ich wunderte mich einen Augenblick darüber, dass ich über Ihre Neigungen überrascht bin", erklärte sie.

"Sie wundern sich, dass Sie überrascht sind? Verstehe", meinte Dorn grinsend.

Bögen in verschiedenen Längen und Bauarten lagen auf einem Display; eine Menge Pfeile stand in einem speziellen Pfeilhalter. An einem Kleiderständer hingen lederne Pfeilköcher voll rot befiederter Pfeile, ein Fernglas, eine Armbrust, Tarnkleidung und ein rotes Halstuch. Develdt sah Bilder, Fotos, einige Zeichnungen und die alte Fotografie eines Mannes am Deck eines Segelschiffs. Ein Show-Plakat zeigte Dorn in seinem Bowman-Bühnen-Outfit, auf einem anderen trug er ein Robin Hood-Kostüm und hielt eine schöne Frau im Arm.

"Nachdem was ich über Sie in der Steinbock-Akte erfahren habe und nach unserem Gespräch in Wien, hätte mir klar sein müssen, dass Sie in einem antiken Waffenlager wohnen", sagte sie.

"Diese Sachen sind mein Handwerkszeug!"

"Mordwerkzeug!"

"Ich arbeite an Shows und gebe Unterricht im Bogenschießen, Messerwerfen, Boxen und Ähnlichem; das ist keine *Neigung*, die Ihren Psycho-Sinn erregen muss, es ist mein Beruf, Dr. Develdt", antwortete Dorn.

"Glauben Sie? Ich sehe nur Gewalt und Macho-Romantik!"

"Hier ist übrigens das Badezimmer!" Dorn wies auf eine Tür.

Dr. Develdt strich sich eine schwarzbraune Locke aus der Stirn und ging ins Bad. Sie wusch ihre Hände und kontrollierte ihr Gesicht im Spiegel. Als sie die Badezimmertüre wieder hinter sich schloss, suchte ihr Blick Dorn. Er redete offensichtlich mit einer der Jagdtrophäen, einem ausgestopften Adler. Da bewegt sich der Vogel, er blinzelt mit seinen Augen und zupft mit dem kräftigen Schnabel an Dorns Zeigefinger.

"Das ist Ethon. Ein Steinadler. Ich habe ihn im Wald gefunden als er noch klein war. Er ist blind, aber er scheint nie unglücklich zu sein; ich glaube er weiß gar nicht, dass er blind ist", sagte Dorn.

Als er zu Dr. Develdt sprach, wendete sich der Kopf des Adlers und seine schönen Augen schienen sich in die ihren zu bohren. Ethon saß auf seinem Lieblingsplatz, auf dem Treibholz-Ast, befestigt auf einem Säulenstumpf, der wie eine Theater-Requisite aussah.

"Wow, ist der schön!", rief Develdt.

"Ja, er ist ein prächtiger Bursche! Er hat einen Job im Kloster und ist der Liebling aller Besucher. Stimmt's, Ethon?", sagte der Bogenschütze und kraulte den Nacken des Greifs.

Sie trat neben Dorn, hielt aber einen Respektabstand zum Adler. Ethon hob den Kopf, legte ihn ein wenig zur Seite und blinzelte ihr zu.

"Wenn Sie leise reden, können Sie ihn sicher streicheln. Er ist gutmütig, auch zu Frauen", erklärte Dorn.

Sie kam näher und streckte ihre Hand aus, dabei sprach sie leise, dann strich sie vorsichtig über die Federn an Ethons Hals.

"Er hat eine Spielgefährtin. Mylene, eine Tigerkatze, sie ist aber heute geflüchtet. Im Gegensatz zu Ethon, mag sie keine Gäste", erläuterte Dorn.

"Schade, dass sie nicht da ist, ich habe auch eine Katze, eine gescheckte Glückskatze", sagte Dr. Develdt.

"Und?"

"Und was?"

"Bringt sie Glück, die Katze?"

"Ich habe sie erst ein halbes Jahr."

Sie machte eine hilflose Geste. Dorn lachte und sie stimmte ein. Sein Blick streifte ein Foto von Simone an der Wand. Sie stand darauf in Dressur-Kleidung neben ihrer Stute und winkte ihm zu.

"Nun, ich bin nicht abergläubig", sagte er, "glaube nicht an Glückskatzen."

"Ich dachte mir schon, dass Ihnen jegliche Spiritualität fremd sein muss", meinte Dr. Develdt.

"Das kann sein, aber selbst Wissenschaftlern und Akademikern glaube ich nicht alles, falls Sie das beruhigt. So gesehen, bin in ganz in Balance."

"Keine Spiritualität, keine Religion, kein Glaube, kein Vertrauen in die Wissenschaft? Warum das?"

"Ich weiß es nicht, irgendwann kam ich drauf."

"Erzählen Sie!"

"Schon als Bub, habe ich erkannt, dass alle Religionen und Lehren trügerische Haltegriffe und Humbug sind, ich vertraute aber der Wissenschaft. Ich dachte lange, diese selbstlosen Forscher folgen keinen Ideologien, sie dienen der Wissenschaft, sie suchen nach der reinen Wahrheit und dem Wesen der Dinge, nach dem besten Weg zum Glück der Menschen; bis ich bemerkte, dass sie, genau wie die alten Schamanen, die Gläubigen ausnutzen."

"Sie sagen, die Wissenschaft ist Glaubenssache wie Religion?"

"Viele Erkenntnisse der Wissenschaft glaube ich, wenn sie logisch nachvollziehbar sind und mir erklärt werden kann, wie man zu den Fakten gekommen ist", differenzierte Dorn.

"Immerhin!"

"Aber, Magie, Wissenschaft und Scharlatanerie sind schon immer vermählt. Pythagoras, John Dee, Newton, Darwin, sie alle waren Forscher, Wissenschaftler und zugleich Magier und Okkultisten, Astrologen, Spiritisten und Vieles mehr. Häuptlinge, Herrscher und Gönner bezahlen diese Magier und Wissenschaftler seit jeher; mit dem Geld des Volkes, mit Steuergeld, klarerweise. Horoskope, Wundermittel, Kriegsmaschinen, metallurgische Geheimnisse, der Jungbrunnen, der Stein der Weisen, Mittel gegen Krebs, den natürlichen Wandel eines Planeten aufzuhalten; das alles wurde und wird den Förderern und Gläubigen der Weisen versprochen. Bis heute."

"So sehen Sie die Wissenschaft? Schlimm!"

"Seit einigen Jahren, nachdem ich mich eingehend mit gewissen Theorien befasst habe, misstraue ich Wissenschaftlern ebenso, wie ich einem Medizinmann im Kongo skeptisch begegnen würde", antwortete Dorn.

Er versuchte sich daran zu erinnern, wann er zuletzt jemanden so viel erzählt hatte. Ausschließlich mit Severin dem Abt sprach er über solche Dinge. Ihre dunkelblauen Augen haben mich wohl behext, dachte er.

"Ein düsteres Bild malen Sie da! Ich bin auch nicht sehr religiös, aber an Spiritualität und an die Wissenschaft glaube ich schon", sagte Develdt.

"Vergessen Sie Therapie-Versuche! Severin der Abt gibt sich schon länger Mühe mir Glauben und fromme Werte einzuflößen!"

"Er sperrt Sie sogar ins Kloster!", merkte sie amüsiert an.

Dann gingen sie hinaus auf die Terrasse zu den anderen Gästen. Abt Severin fachsimpelte mit Höllrigl über Wein; Susanne Stoeber und Elwin tippten noch auf dem Laptop herum. Dr. Develdt nahm neben Severin Platz. Dorn lehnte sich an einen Holzsteher und zündete eine Zigarette an.

Der Abt unterbrach das Gespräch mit Höllrigl und sagte zu Dorn: "Übrigens, Mylene ist in meinem Arbeitszimmer, falls du sie gesucht hast. Ich habe sie gefüttert und sie hält wohl ein Mittagsschläfchen auf meiner Couch."

Dorn nickte und bedankte sich.

"Mylene?", fragte Dr. Develdt nach.

"Meine Katze", sagte der Bogenschütze.

"Herr Dorn hat mir im Haus Ethon den Adler gezeigt. Er ist wunderschön und sehr lieb", berichtete sie.

"Ja, alle die ihn sehen, verlieben sich in ihn", sagte der Abt.

"Glauben Sie, es wäre möglich, dass ich Mylene sehen kann? Ich habe auch eine und mag Katzen sehr."

"Gerne, wenn Sie mich nach vor ins Kloster begleiten, kann ich ihnen unsere Mylene zeigen", bot Severin an.

Sie erhoben sich und gingen durch die Gärten, vorbei an den Fischteichen, Gemüsebeeten und Obstbäumen in Richtung des Klosters.

Dorns Tigerkatze Mylene lag schnurrend auf Arda Develdts Schoß und grub ihre Krallenspitzen immer wieder zart in den Oberschenkel der Frau, die sie am Rücken kraulte. Sie hatten in Severins Arbeitszimmer, am Besuchertisch mit den zwei Stühlen, Platz genommen. Der alte Abt saß ihr gegenüber.

"Sie ist süß - wie der Adler! Kaum zu glauben, dass der brutale Dorn so anschmiegsame Tiere hat", sagte Develdt.

"Er ist ein großer Tierfreund und nicht so schlimm, wie Sie vielleicht denken", antwortete der Abt.

"Ich war sehr irritiert, als ich in seinem Haus die vielen barbarischen Waffen und die scheußlichen Jagdtrophäen gesehen habe."

"Wir sind Freunde und ich kenne ihn gut. Er ist im Grunde seines Herzens ein Jäger, ein Kämpfer. Er mag Waffen und manchmal habe ich den Eindruck, seine Seele stammt aus einer anderen Zeit", erwiderte Severin lächelnd.

"Seele? Er glaubt doch an keine Religion und macht sich über Spiritualität höchstens lustig. Verharmlosen Sie ihn nicht ein wenig, Herr Abt?"

"Ich bemühe mich schon länger, ihm ein wenig Religion und Glauben einzupflanzen. Thomas ist ein Ruheloser, er sucht stets nach herausfordernden Aufgaben, nach dem Abenteuer. Abgesehen davon, dass ich ihn manchmal zum Angeln schicke, kann ich ihm aber kaum helfen. Wenn er keine aufregende Tätigkeit ausübt, leidet er, als wäre er am falschen Ort."

"Hat Dorn eine Beziehung, eine Freundin? Familie?", fragte Develdt.

"Doch, eine Fernbeziehung. Mit Simone Jument, sie ist Französin; eine Journalistin und Autorin, die in Wales lebt. Sie sehen einander selten und das bedrückt ihn, das weiß ich. Familie hat er keine. Soweit ich weiß, er verlor seine Eltern, als er noch sehr klein war."

Arda Develdt ließ ihren Blick sinnend durch den Raum schweifen und nur das laute Schnurren der Katze war im Arbeitszimmer des Abts zu vernehmen.

"Verstehen Sie mich nicht falsch, er interessiert mich nicht als Mann und dennoch berührt er mich irgendwie und ich würde ihm gerne helfen", erklärte sie dann.

"Hm, manchmal denke ich, er bräuchte ein spirituelles Erlebnis, eine Art Erleuchtung, wie Saulus, der dadurch zum heiligen Paulus wurde", sinnierte Severin.

Tausend Gedanken flogen durch ihren Kopf, sie konnte weder ihre Gefühle noch ihre Absichten klar einordnen. Nachdenklich strich sie über das Fell der entspannten Katze auf ihren Beinen. Dann blickte sie lange in die grauen Augen des Abts. Offenbar versuchte er Dorn zu helfen, fühlte sich verantwortlich für ihn. In ihr regte sich ebenfalls der Wunsch, den Bogenschützen zu läutern, ihm zu zeigen, dass Spiritualität heilsam für Geist und Seele ist, dass er etwas im Leben verpasste, glaubte er an nichts.

"Wie Sie vielleicht wissen, arbeite ich für die UNODC, dem *United Nations Office on Drugs and Crime*. Ich führe eine Abteilung, die Wilderei und den Handel mit Teilen geschützter Wildtiere international bekämpft."

"Ich hörte davon! Eine sinnvolle, interessante Tätigkeit, Kompliment, Dr. Develdt!"

"Dorn ist ein Jäger, einer der sein Ziel, seine Beute passioniert verfolgt. Er ist ein Insider, was Wilderei angeht, das hat er im Steinbock-Fall bewiesen; auch wenn er nicht immer für mich nachvollziehbar handelte", erklärte Dr. Develdt.

"Das stimmt! Er ist, anders als Sie vielleicht denken, auch gebildet und belesen. Ich staune immer wieder über seine Gedanken", sagte der Abt.

"Den Eindruck habe ich auch. Darum hatte ich gerade die Idee, ihn in meine Arbeit, den Kampf gegen Wilderei und die ausführenden Strukturen, einzubinden. Ich glaube, er könnte dem UNODC nützlich sein."

"Das klingt wunderbar! Thomas trainiert wie besessen und zwischen seinen Shows, den Werbeaufträgen und seinen Schieß-Seminaren, vegetiert er melancholisch dahin. Eine solche Aufgabe täte ihm sicher gut!"

"Sobald sich die Möglichkeit ergibt und er zustimmt, werde ich Dorn einen UNODC-Auftrag geben."

"Ich schätze das wirklich, dass Sie ihm eine neue Perspektive eröffnen. Aufrichtigen Dank, liebe Frau Doktor!"

Arda Develdt nickte und lächelte, ein weiterer Gedanke kam ihr in den Sinn und amüsierte sie.

"Ich habe noch eine andere Idee!"

"Wenn sie so gut ist wie Ihre letzte, nur her damit!", sagte der Abt neugierig.

"Durch meinen Beruf kenne ich viele Menschen. Weil ich mich für Religionen und spirituelle Erfahrungen interessiere, zählen zu diesen Menschen auch einige, die aus den verschiedensten Kulturkreisen stammen und Zugang zu ursprünglichen Lehren und zu heiligen Orten haben. Herr Abt, wir werden Dorn, neben seinen künftigen UNODC-Missionen, auf eine spirituelle Reise schicken. Er kann davon nur profitieren, was meinen Sie?"

"Ich würde zwar bevorzugen, wenn ich Thomas auf den christlichen Weg bringen könnte, und werde mich weiterhin bemühen ihn davon zu überzeugen, aber Sie haben Recht, schaden kann es ihm nicht", stimmte Severin lachend zu.

"Ich lasse mir etwas einfallen, Herr Abt!", sagte Dr. Develdt.

12. Kapitel

Die ziegelrote Piste verlief fast schnurgerade durchs Buschland. Die große Regenzeit war vorbei und Damien Challacombes alter Land Rover wirbelte eine dichte Staubfahne über das frischgrüne Land. Einzelne Baobab-Bäume, Schirmakazien, Dornbüsche und Elefantengras bedeckten die Ebenen. Im Norden erhoben sich smaragdgrüne Hügel und Berge; im Süden lagen Plantagen und ebenes Terrain.

Er trug seine alte Browning Armeepistole in einem Gürtelholster und ein amerikanisches AR-15-Gewehr lag auf dem Beifahrersitz. Hinten im Rover war der gefangene Wilderer angekettet. Von Crownville, dem Stützpunkt der Bush Rangers, führte die Piste nach Osten. Bei Maktau würde er die A 23 nach Osten nehmen, von da ging es zwischen Bura im Norden und Mwatate im Süden nach Voi und dann auf die A 109, die vom Norden, von Nairobi, nach Mombasa an die Küste verlief.

Es war unsicher geworden im Land. In ganz Kenia musste man zu jeder Zeit mit Angriffen von islamistischen Terroristen-Gruppen, wie Al Shabab, Al-Qaida oder gewalttätigen Banditen, rechnen. Seit 2002 in Mombasa ein Bombenanschlag von Al-Qaida-Terroristen im *Hotel Paradise* 15 Todessopfer forderte und fast zeitgleich eine startende israelische Boeing 757 mit 261 Passagieren an Bord nur knapp einem terroristischen Raketenanschlag entging, nahm die Bedrohung durch Radikale und Kriminelle stetig zu. Der Tourismus spielte früher in Kenia eine große wirtschaftliche Rolle, hatte jedoch in den letzten Jahren unter der instabilen politischen und sozialen Lage des Landes erheblich gelitten, vor allem wegen der Zunahme von Raubüberfällen auf Touristen.

Drei Stunden war er schon unterwegs; wie stets, wenn er nach Mombasa fuhr, genoss Challacombe die Weite des herrlichen Landes. Von Maktau bis Mombasa waren es nur 216 km, mit dem Isuzu hätte er die Strecke in unter 4 Stunden geschafft.

Im Gelände und bis 80 km/h auf einer ebenen Straße war sein Serie III 88er Land Rover erträglich. Jenseits dieser Grenze entwickelte das Fahrzeug mit dem sandfarbenen Segeltuchverdeck einen höllischen Lärmpegel. Lautes Motorgeräusch dröhnte, Bleche begannen zu scheppern und die Fahrt fühlte sich an wie ein unsicheres Schweben und Hüpfen. Das Steuern war in diesen Phasen eine Tätigkeit, der man mit der Aufmerksamkeit eines

Hochseiltänzers oder Toreros nachkommen musste, wollte man unbeschadet an sein Ziel kommen. Die maximale Geschwindigkeit betrug, dank des eingebauten Fairy Overdrives, ungefähr 120 km/h. Meist ritt er mit atemberaubenden 90 km/h über die Asphaltstraße. Doch er liebte seine alte Alu-Kiste und nutzte den Dienst-Isuzu der Rangers nur, wenn er es wirklich eilig hatte.

Er musste erst morgen im Hafen von Mombasa sein, um die Bande mit den Rhino-Hörnern abzufangen. Bis dahin würde er einen Plan haben. Dafür brauchte er möglichst viele Informationen und er musste alle Möglichkeiten erwägen. Er durfte nicht zulassen, dass sich herumsprach, in seinem Schutzgebiet würden Wilderer davonkommen und gutes Geld dabei verdienen.

Samburu im Kwale County, mit seinen Feldern, Hütten, Läden und Häusern, war in Sichtweite und hier würde er stoppen. Er musste nur vor 14:00 Uhr Kibet Ngogu, den Polizeipräsidenten von Mombasa, in seinem Büro antreffen. Ngogu hatte seine Schwächen, aber er war wohl nicht korrupt. Den gefangenen Kikuyu wollte er Ngogu persönlich übergeben und dabei den Polizeipräsidenten teilweise einweihen.

Der Rover rollte durch die Siedlung und an der Kreuzung, bei Kitau Enterprises, einem Haufen von Blechhütten, Buden, eines "Hotels", einiger Läden und einiger einfacher Diners, hielt er mit steifen Gliedern und quietschenden Bremstrommeln.

Immer wenn er durch Samburu kam, besuchte er Zena Nungo's Restaurant, das sauberste und beste Lokal im Kitau Enterprises-Areal. Die Front nahm eine hölzerne Veranda ein und darüber saß, wie eine tief die Stirn gezogene Krempe eines Schlapphutes, das Dach, eine flache Pyramide aus Wellblech. Das Gebäude aus Betonhohlblöcken war himmelblau getüncht, Fensterstöcke und Türen waren weiß gestrichen wie die Veranda.

Challacombe stieg aus. Das AR-15 konnte er nicht im Rover lassen; er hängte es um und öffnete die Heckklappe des Geländewagens. Der Gefangene saß rechts auf dem Alublech des Radkastens und seine Arme waren mittels der Handschellen und einer Kette, die an einem Ring an der Seitenwand des Rovers hing, fixiert. Er trug zerrissene Jeans und ein T-Shirt undefinierbarer Farbe, seinen löchrigen Sweater hatte sich der Kikuyu als Sitzpolster untergelegt.

"Wie heißt du?", fragte Challacombe.

Der Gefangene blickte den Commander an, als hätte er ihn aus

tiefen Gedanken geweckt.
"Arap Mnene."
Challacombe neigte sich ins Wageninnere und blickte dem Gefangenen streng in die Augen.
"Hör zu Arap, ich nehme dir die Handschellen ab. Du kannst wie ein freier Mann mit mir kommen und essen und trinken. Verhalte dich vernünftig! Machst du Unfug, zögere ich nicht, dich zu erschießen!"
"Gut."
"Versprichst du mir das?"
"Ja!"
Der Commander sah dem Mann in die Augen und nach einigen Sekunden schloss er die Handschellen auf. Arap Mnene rieb seine Handgelenke und schüttelte die tauben Beine. Challacombe ließ den Mann voran gehen und sie betraten Zena Nungo's Restaurant.
Sie erblickte den hochgewachsenen Australier sofort und über Zena Nungos Gesicht strahlte ein Lächeln. Sie kam hinter dem Tresen hervor und schüttelte freudig die Hand des Rangers. Dann zögerte sie. Ihr Blick glitt über das noch verschwollene Gesicht seines Begleiters und über Challacombes Gewehr. Der Ranger nickte ihr ruhig zu und sie begrüßte auch den Kikuyu.
"*Jambo*, Zena! Schön dich zu sehen! Wir wollen Coke mit viel Eis und was Gutes zu essen", sagte Challacombe.
"*Jambo*, Challacombe! Ich habe heute leckeres *Mchuzi wa Samaki* - Fischcurry mit Reis und dazu gibt es *Chapati* - frisches Fladenbrot. Das Coke kommt sofort", antwortete Zena.
"Das nehmen wir! *Asante*, schöne Frau!"
Sie war eine attraktive Somali und das großgeblumte, knielange Kleid stand ihr gut. Es waren nur drei der neun kleinen Tische besetzt; Zena geleitete die Männer an Challacombes Lieblingstisch. Er parkte seinen Wagen immer am selben Platz vor dem Restaurant und von diesem Tisch aus konnte er den Rover im Auge behalten.
Zena und der Commander waren Freunde, seit er ihr vor einigen Jahren bei einem Streit mit gewalttätigen Gästen beigestanden war. Vier Kamba-Männern hatte er damals eine Lehre erteilt, die sie im Hospital auskurieren mussten.
Die Getränke wurden serviert und ein paar Minuten später brachte Zena zwei Teller mit dem duftenden Fisch-Curry, dazu Reis und Fladenbrot. Arap Mnenes Augen wurden groß und

nachdem sie einander *Karibu chakula!* - Guten Appetit! gewünscht hatten, machten die Männer sich über das dampfende Gericht aus Nilbarsch her.

"Hast du Familie, Arap?", fragte der Commander.

"Ja, eine Frau und drei Kinder. Wir wohnen in einem Dorf nördlich deines Schutzgebiets."

"Sie werden nichts zu essen haben, wenn du im Gefängnis bist."

"Sie hatten auch nichts zu essen, bevor ich ein Wilderer wurde."

Challacombe wischte mit dem Handrücken über seinen Mund und nahm einen Schluck vom eiskalten Coke.

"Hör zu! Wenn du Sergeant Kaburu die Wahrheit erzählt hast und ich deine Komplizen dadurch hochnehmen kann, hast du mir sehr geholfen."

"Deine Leute haben mich gefoltert und gedroht mich zu töten."

"Ohne extreme Härte würden wir die Nashörner und andere, gefährdete Wildarten nicht schützen können, das weißt du. Du kanntest das Risiko, das du eingegangen bist, sobald du das Schutzgebiet in übler Absicht betreten hast."

"Hm, ja, wusste ich. Und jetzt bin ich in noch größerer Gefahr, auch meine Familie. Weißt du, was meine Brüder mit mir machen werden?"

"Sie werden dir nur etwas antun, wenn ich nicht die ganze Bande erwische. Darum ist es wichtig, dass du uns die richtigen Informationen gegeben hast. Ich sorge dafür, dass sie im Gefängnis verrotten, glaube mir."

"Sie werden mich *necklacen*, wenn du nicht alle kriegst!"

Necklacing war eine furchtbare Folter, die zu einem qualvollen Tode führte. Ursprünglich kam diese Tortur aus Südafrika. Dem Opfer wird ein mit etwas Benzin befüllter Autoreifen um Hals und Arme gehängt und angezündet. *Necklacing* wurde in Südafrika in den 1980er und 1990er Jahren, von Nelson Madelas ANC (African National Congress) in den Townships gegen tatsächliche oder angebliche Spitzel der damaligen weißen Regierung angewendet. Winnie Mandela, die Frau des ANC-Führers und Friedensnobelpreisträgers Nelson Mandela, sagte 1986 in einem Interview: "*Together, hand in hand, with our matches and our necklaces, we shall liberate this country!*"

Der Commander riss nachdenklich ein Stück vom Fladenbrot

und tunkte etwas vom Curry auf. Arap trank einen großen Schluck, seine Hände zitterten und sein Blick war leer.

"Du erklärst mir ganz genau, genauer als Sergeant Kaburu, wo, wann und wie die Übergabe des Horns ablaufen soll. Ich muss herausfinden, wer dir und deiner Bande den Auftrag gab die Rhinos zu wildern", erklärte Challacombe.

"Ich bin sowieso verloren und meine Frau und meine Kinder auch."

"Du hast vermutlich recht, aber ich mache dir einen Vorschlag."

Über das Gesicht des Kikuyu legte sich ein Ausdruck ungläubiger Überraschung.

"Ich bringe dich in eine sichere Haft in Mombasa und ich rufe meine Jungs an. Sie werden deine Familie nach Crownville holen, dann schnappe ich mir deine Kumpanen."

"Warum willst du das tun?"

"Erstens will ich die Bande kriegen. Zweitens will ich, wenn alles gut läuft und du die Wahrheit gesagt hast, dass du für uns arbeitest. Ich biete dir einen Job an."

Arap Mnene dachte kurz nach und sah eine neue Zukunft, ein neues, ein vielleicht sicheres Leben für seine Familie. Er beschloss dem Bush Ranger zu vertrauen.

"Abgemacht, Sir!", antwortete er lächelnd.

"Sehr gut, Mr. Arap Mnene! Noch zwei schöne, kalte Cokes!", rief Challacombe in Richtung des Tresens.

Zena brachte die Getränke und servierte die leeren Teller der Männer ab. Sie sahen sauber aus, denn der Commander und Arap Mnene hatten das schmackhafte Curry mit dem Fladenbrot von den Tellern gewischt.

Challacombe ging zur Theke und bezahlte. Er gab Zena ein gutes Trinkgeld und wie immer, lächelte sie ihn beinah verliebt an.

"*Karibuni!* - Auf Wiedersehen! Wir kommen wieder, wenn wir zurückfahren, schöne Frau!"

Der Commander ließ Arap Mnene jetzt auf dem Beifahrersitz Platz nehmen und legte ihm wieder die Handschellen an. Sie fuhren los und während der Fahrt stellte der Ranger dem Gefangenen verschiedene Fragen zu der geplanten Übergabe des Horns in Mombasa.

Mombasa ist mit fast einer Million Einwohnern die zweitgrößte Stadt in Kenia und die wichtigste Hafenstadt Ostafrikas.

Es liegt am Indischen Ozean auf Mombasa Island und ist die Hauptstadt des gleichnamigen Countys. Die Stadt wurde im 11. Jahrhundert von Arabern gegründet und entwickelte sich durch den Elfenbein- und Sklavenhandel zu einer ostafrikanischen Handelsmetropole. Anfang des 16. Jahrhunderts erbauten Portugiesen die Festung Fort Jesus. Sie diente als Basis für die nach Goa segelnden Handelsschiffe Portugals. Von der portugiesischen Verwaltung, bis in die zweite Hälfte des 19. Jahrhunderts war Mombasa ein Zentrum des Elfenbein- und Sklavenhandels. 1698 wurden die Portugiesen von Arabern, die aus dem Oman kamen, vertrieben. 1728 kehrten sie zurück und gründeten erneut einen Stützpunkt im Fort Jesus. 1729 wurden sie wieder von den Arabern vertrieben. Ein letzter Versuch der Rückeroberung wurde 1730 gestartet. Eine Flottille von fünf Schiffen segelte unter dem Kommando von Luis Melo de Sampaio nach Mombasa, sie kehrte aber, ohne einen Angriff zu unternehmen, zurück nach Mosambik.

Auch die Araber blieben danach nicht lange. 1741, als im Oman die Said-Dynastie, an die Macht kam, erklärte sich Mombasa unter der lokalen Dynastie der Mazrui für unabhängig. 1837, nach vielen Kämpfen, konnten die Saids ihre Herrschaft über die Stadt endgültig durchsetzen.

Ab 1856 gehörte Mombasa zum Sultanat Sansibar. 1887 verpachtete der Sultan die Küste des heutigen Kenia mit Mombasa an die *Imperial British East Africa Company*. Sie unterstand ab 1895 der Verwaltung des *East Africa Protectorate*, ab 1920 der britischen Kronkolonie Kenia, blieb aber völkerrechtlich Teil des Sultanats, bis zur Unabhängigkeit Kenias im Jahr 1963.

In Mombasa befindet sich der wichtigste Seehafen Ostafrikas, der auch von den Nachbarländern Tansania und Uganda für deren Import und Export genutzt wird.

Eineinhalb Stunden später rollte der lindgrüne Land Rover durch die Vororte von Mombasa, dann ging es über die Nyali-Brücke in die bunte, lebhafte Stadt.

Das Hauptquartier der Polizei, wo Polizeipräsident Kibet Ngogu residierte, lag am anderen Ende der Stadt im Bezirk Kizingo, am Mama Ngina Drive nahe der Küste.

Es war ein großes Gelände, das von einer hohen, weißen Mauer umgeben war, einige Baracken mit grünen Dächern befanden sich da und das große Verwaltungsgebäude mit den

Büros, das schmiedeeiserne Tor stand offen. Challacombe betätigte den Blinker und ging vom Gaspedal, um einzubiegen. Im letzten Moment riss er den Rover zurück in die Fahrspur und beschleunigte. Weg vom Polizeihauptquartier. Der Wachposten am Tor schüttelte den Kopf. Arap Mnene riss die Augen auf und musterte erschrocken Challacombes Gesicht.

"Planänderung! Ich hab' es mir anders überlegt. Vertraue der ganzen verdammten Polizei hier nicht", knurrte der Commander.

"Was hast du vor?"

"Nicht die Polizei wird auf dich aufpassen, sondern ich werde dich in die Obhut meines alten Jagdfreundes Oliver Sutherland bringen. Er betreibt ein kleines Hotel an der Bunyala Road. Ihm kann ich vertrauen und er kann dich notfalls beschützen. Oder, falls ich nicht zurückkomme, weiß er auch was zu tun ist."

Aus dem Norden klangen die Geräusche des Moi International Airports und des geschäftigen Containerhafens herüber und vermischten sich mit dem Kreischen der unzähligen Möwen in der Bucht von Port Reitz. Im Osten lagen die Navy Docks. Die ruhige Uferstraße befand sich weit vom großen Frachthafen von Mombasa. Von der anderen Seite der Bucht hörte Challacombe die Geräusche des Öl-Hafens.

Den Land Rover hatte er etwas entfernt geparkt. Challacombe war zu Fuß gekommen und das kurze AR-15-Gewehr verbarg er unter seinem alten, grauen Staubmantel, um keine Aufmerksamkeit in den Gassen und Straßen der Stadt zu erregen. Die Pistole trug er, verdeckt durch seine Tropenjacke, hinten im Hosenbund und in seinen Jackentaschen befanden sich vier geladene Ersatzmagazine.

Es war gegen fünf Uhr am Nachmittag. Die Übergabe der Rhino-Hörner an das Frachtschiff war für sechs Uhr geplant, das hatte ihm Arap Mnene der gefangene Wilderer versichert. Die Sonne ging gegen sieben Uhr unter.

Vorsichtig strich der Bush Ranger herum und erkundete die Umgebung. Teils verfallene Lagerschuppen mit vom Seewasser zernagten, hölzernen Bootsstegen säumten die Uferseite der Straße.

Er fand das von Arap Mnene beschriebene Lagerhaus mit der verblichenen Aufschrift *CORP Enterprises*. Es maß etwa dreißig mal zwanzig Schritte und es war ungefähr fünf Meter hoch. Zur Straße hin verschloss ein Schiebetor den Eingang und seeseitig gab es ein zweites Tor und eine Pier, an der ein rostiges Boot mit Außenbordmotor festgemacht war. Niemand war zu sehen.

Auf der anderen Seite der Straße befand sich eine Reihe von verlassenen Hütten, Schuppen und halb eingestürzten Gebäuden. Challacombe bezog in einer der Ruinen, gegenüber des CORP-Gebäudes Stellung.

Er kniete auf dem gestampften Lehmboden, zwischen einem Stapel rostiger Wellblechplatten, zwischen Schutthaufen, von Eisenschrott und Überresten blecherner Ölfässer umgeben. Als ehemaliger Scharfschütze war er es gewohnt stundenlang still zu beobachten. Von seinem Versteck hatte er gute Sicht auf die Wasserfläche der Bucht und das Lagerhaus. Ein kleiner, altmodischer Frachter lag etwa 600 Meter entfernt, in der Nähe des Kipevu Oil Terminals, sonst sah er nur kleinere Fahrzeuge.

Der Ranger faltete den Staubmantel zusammen und legte ihn auf ein stehendes Ölfass hinter seiner Deckung. Vorsichtig bettete er das halbautomatische Gewehr auf diese Unterlage. Durch das Zielfernrohr erkannte er Details des Frachters. Er sah eine jordanische Flagge; an Deck bewegten sich nur wenige Männer, die verschiedene Wartungsarbeiten verrichteten. Challacombes Fokus glitt über die Aufbauten, zur Kommandobrücke. Er suchte die Glasscheiben der Brücke ab und drehte an der Feinjustierung seiner Optik. Da, auf der Brücke stand ein Mann, der mit einem Fernglas in Richtung des CORP Enterprises Lagerhauses spähte.

Der Commander nahm das Gewehr von der Auflage und dachte nach, wie er vorgehen sollte. Er wünschte, er könnte seine Pfeife anrauchen. Sie würde ihm helfen einen guten Plan zu fassen. Das wagte er nicht, denn ihr Rauch konnte ihn verraten. Er war sicher, dass sich im Lagerhaus jetzt niemand befand. Entweder war die Beute der Wilderer bereits im Gebäude oder sie wurde demnächst gebracht und würde dann mittels des Motorboots zum Frachter geschafft werden.

Waren die Gangster im Lagerhaus und das Tor wieder geschlossen, würde es schwer sein sie zu überraschen, und diesen, seinen einzigen Vorteil, ins Spiel zu bringen. Er schätzte, dass es nicht mehr als vier Männer sein würden. Verdammt, er hasste es, einen Plan auf viele unbekannte Parameter aufzubauen. Jedenfalls musste er im Gebäude sein, die Bande in einem begrenzten Raum angreifen, um sie überrumpeln zu können.

Die Außenwände des Lagers bestanden aus Ziegelmauerwerk;

einige Öffnungen, die früher einmal Fenster gewesen waren, hatte man mit Brettern und Wellblechplatten verschlossen. Sie befanden sich auf einer Höhe von ungefähr zwei Metern. Die Tore waren mit Ketten und schweren Schlössern gesichert. Es würde schwierig sein, die Schlösser zu knacken. Und, noch schlimmer, so ein Vorgehen würde den Gangstern verraten, dass sich jemand am Lagerhaus zu schaffen gemacht hatte. Die einzigen Schwachstellen waren die vermachten Fenster. Er hatte auf seinem Rundgang gesehen, dass die Bleche und Bretter nur mit rostigen Nägeln befestigt waren.

Die Klinge seines Puma Jagdmessers war nicht stark genug. Challacombes Blick fiel auf einen Haufen Eisenschrott. Er fand ein Stück rostiges Stahlrohr und hatte eine Idee. Irgendwie schaffte er es, ein Ende des Rohres in einer Mauerspalte oval zu drücken. Ein paar tüchtige Schläge mit einem faustgroßen Stein und es war so flach, dass er es als primitives Brecheisen verwenden konnte. Der Ranger nahm sein Gewehr und das Rohr und huschte über die Straße zur rechten Außenmauer des Gebäudes.

Das Rohr war ungefähr einen Meter lang. Mit ein paar Stößen rammte er das flache Ende unter die Blechplatte, die eines der Fenster verschloss. Er hebelte die Platte unten locker und die Köpfe der rostigen Nägel brachen ab. Er konnte das Blech unten ein Stück vom Mauerwerk wegziehen. Jetzt musste er nur noch hochkommen, um durch die Öffnung zu schlüpfen.

Er zog einen halbverrotteten LKW-Reifen zum Gebäude und stieg hinauf, dann klemmte er das Eisenrohr als Keil zwischen Mauerwerk und Blechplatte. Dadurch entstand ein Spalt, weit genug, um dadurch einzudringen. Der Commander steckte den Kopf in die Öffnung. Etwas Licht drang durch zwei seeseitige, mit Baustahl vergitterte Fenster in den Raum. Sobald seine Augen sich an das Halbdunkel gewöhnt hatten, konnte er Details im Lagerhaus erkennen.

Ein mieser Gestank stieg ihm in die Nase. Vier Reihen hölzerner Verhaue mit schmalen Gassen dazwischen, standen direkt unter dem Fenster; insgesamt zwanzig Stück, etwa zwei Meter hoch. In der Mitte des Lagerraums, zwischen den beiden Schiebetoren war eine freie Fläche. Man konnte mit einem kleinen LKW vom straßenseitigen Tor zum seeseitigen fahren. Jenseits dieser Durchfahrt, standen wieder Verhaue, Stöße von Leerpaletten, Kisten, einige Ölfässer und allerlei Gerümpel lag dazwischen herum. Ein rostiger Hubstapler undefinierbarer Farbe war nahe dem Tor zum Pier abgestellt. Daneben standen drei große Käfige aus Stahlrohr. Im jedem lag ein halb mumifiziertes Tier. Daher kam der Gestank; Challacombe erkannte eine Thomson-Gazelle und zwei, aus seiner Distanz nicht identifizierbare Kadaver.

Von der Straße hörte er das Motorgeräusch eines sich nähernden Fahrzeugs. Er sah auf die Armbanduhr. Das könnten die Gangster sein.

Der Ranger schlüpfte rasch durchs Fenster und glitt auf einen der Verhaue; er zog das Eisenrohr herein und zog die Blechplatte wieder in Position. Es war drückend heiß im Gebäude. Die Fensteröffnung sah jetzt wieder verschlossen aus; nur mehr ein kleiner Lichtspalt verriet die Manipulation. Keinen Moment zu früh sprang er von dem Verhau und duckte sich in Deckung; rasselnd wurde die Sperrkette am straßenseitigen Tor entfernt und die zwei Torflügel wurden auseinandergezogen. Der Commander schlich zwischen den Reihen von Verhauen und Paletten so weit vor, dass er zwar in Deckung blieb, aber Überblick hatte.

Ein scheppernder Toyota Lieferwagen fuhr herein und vier Männer in T-Shirts, verblichenen Shorts und schmutzig-weißen Sneakers stiegen aus. Noch ein Mann, jener, der das Schiebetor geöffnet und wieder geschlossen hatte, gesellte sich zu den andern. Challacombe sah an den Ausbuchtungen der T-Shirts, dass sie alle Pistolen im Hosenbund trugen. Drei der Männer hatten auch *Pangas*, afrikanische Macheten, am Gürtel hängen. Einer ging zum seeseitigen Schiebetor, entsperrte und öffnete es. Eine leichte Brise wehte herein und das rote Licht des späten Nachmittags erhellte den Innenraum des Lagerhauses.

Aus dem Radio im Toyota plärrte Rap-Musik und eine Packung Zigaretten ging reihum, dann öffnete einer die Heckklappe des Lieferwagens.

Zwei Männer suchten hinter den Käfigen herum und kamen mit einer Holzkiste zurück zum Fahrzeug. Sie schlichteten eine Menge von Rhino-Hörnern verschiedener Größe in die Kiste und zuletzt legten sie fünf Leopardenfelle und neun Elefantenstoßzähne hinein.

Challacombe überkam grimmige Lust sie alle zu töten. Würde er jetzt sein Gewehr heben und taktisch losfeuern, wäre das kein Problem. Bis die Gangster wüssten, was vorging, hätte er sie mit schnellen, präzisen Schüssen niedergestreckt. Der Ranger unterdrückte seine Wut. Er wollte die Bande stellen und der Polizei übergeben.

Plötzlich hörte er ein Geräusch. Er blickte sich um. Die nachmittägliche See-Brise hatte die lose Blechplatte an der Fensteröffnung zum Klappern gebracht. Die Köpfe der Gangster drehten sich in seine Richtung und der Commander drückte sich tiefer in sein Versteck. Er hielt die Luft an und wagte nicht seinen Kopf zu heben, um weiter zu beobachten.

Die Musik aus dem Autoradio verstummt und die Männer verhalten sich einige Sekunden still. Dann gibt einer die Anweisung, die Kiste auf das Boot an der Pier zu schaffen. Vorsichtig lugt der Ranger über seine Deckung. Vier Männer tragen die Kiste hinaus, einer lehnt am Toyota und blickt auf seine Armbanduhr.

Sobald die vier Gangster von der Pier zurück ins Gebäude kommen, wenn die Bande wieder überblickbar ist, will er zuschlagen. Challacombe entsichert sein Gewehr, kontrolliert die Pistole und macht sich bereit. Sie stehen jetzt am Lieferwagen zusammen. Er richtet sich auf und tritt, das Gewehr im Anschlag, lautlos aus dem Schatten der Verhaue in Richtung der Männer.

"Hände hoch! Hebt eure Arme oder ich schieße!" ruft er laut.

Die Gangster erstarren, als sie den entschlossenen Bush Ranger erblicken. Einer murmelt etwas wie *weißes Arschloch*.

"Los, Hände hoch! SOFORT! Denkt nicht daran, eine Waffe zu ziehen! Ich schieße sofort!"

Zögernd, mit bösen Blicken heben sie die Arme. Sie stehen jetzt etwa zehn Schritte entfernt nebeneinander, Challacombe gegenüber. Von draußen, aus der Bucht, ertönt ein Schiffshorn.

"Jetzt hebt eure Hemden, einer nach dem anderen! Ihr nehmt eure Pistolen mit zwei Fingern heraus und legt sie vor euch auf den Boden! Los! Du fängst an!", sagt der Commander und deutet mit dem Kopf auf den Mann ganz links in der Reihe.

Der Mann mault aber hebt sein Shirt. Er zieht, mit Daumen und Zeigefinger, eine alte, tschechische Pistole aus dem Hosenbund und legt sie vorsichtig vor ihm auf den Estrich. Der Nächste in der Reihe folgt seinem Beispiel und legt ebenfalls eine Pistole nieder. Er trägt zusätzlich eine Machete; Challacombe deutet ihm, sie auch abzulegen.

Der Commander hat sein AR-15 im Anschlag und verfolgt die Bewegungen des Mannes. Wieder tönt das Schiffshorn in den

Lagerschuppen. Einen Lidschlag lang ist der Ranger abgelenkt und wirft einen schnellen Blick über die Schulter hinaus in die Bucht, zum Frachtschiff. Diesen Moment nutzt einer der Banditen.

Rechts von Challacombe explodiert die Luft. Ein lauter Knall, ein heftiger Schlag, wirft ihn zu Boden. Vor seinen Augen wird es schwarz. Er ist bewusstlos.

Eine Nano-Sekunde lang.

Er richtet sich auf und feuert blitzschnell. Chaos entsteht. Alle ziehen ihre Waffen, heben sie vom Boden auf. Der Commander drückt den Schmerz und die Benommenheit weg. Zwei der Gangster schmettern seine Geschosse nieder. Sie schreien und krümmen sich auf dem Boden. Die Treffer seines .223er Gewehrs sind zerstörend. Blutlachen quellen unter den Körpern der Wilderer hervor.

Challacombe springt auf sie zu und tritt ihre Pistolen zur Seite. Er droht zusammenzubrechen. Sein Körper ist wie Blei, sein Kopf ist tot, er will sich fallenlassen und die Dinge geschehen lassen, wie sie eben geschehen. Er sieht zwei Mann hinter einen Verhau flüchten. Sie schießen in seine Richtung. Er glaubt, seine Trommelfelle platzen. Eines der Projektile schwirrt wie eine böse Wespe an seiner Stirn vorbei. Er schüttelt den Kopf wie ein Boxer, der einen schlimmen Punch abgekriegt hat. Dann siegt sein Tigersinn.

Er pirscht vorsichtig näher und tritt hinter den Verhau. Ein Mann zieht mit weit aufgerissenen Augen am Schlitten seiner Pistole. Ladehemmung. Der Ranger geht vor und stößt dem Gangster den Lauf seines Gewehrs ins Gesicht. Der Mann schreit und sackt zusammen. Der Commander spürt heißes Blut über seinen Körper fließen und versteht jetzt, dass er ernsthaft verwundet ist.

Ein Mann fehlt. Er wird ihn finden. Der Australier schreitet vorsichtig durch die unübersichtlichen Reihen von Paletten, Kisten und Gerümpel. Dann hört er den Bootsmotor.

Er läuft in die Durchfahrt. Ein Schuss fällt hinter ihm. Challacombe wird von einem fetzenden Schmerz aufgespießt, und gewaltig nach vorn gestoßen. Er wirbelt herum. Der Wilderer mit der Pistole kniet am Boden und zieht eine blutige Grimasse, dann durchlöchert das Geschoss des Rangers seine Stirn. Sein Kopf wird nach hinten gerissen, Hirnmasse und Knochensplitter spritzen in den Staub.

Das Boot mit der Kiste entfernt sich schnell. Ein starker Motor. Der Wilderer sitzt im Heck und steuert. 250 Meter, schätzt Challacombe. Noch 300 Meter und das Boot erreicht den Frachter. Seine Rhino-Hörner wären weg, die Wilderer entkommen. Ganz Kenia und sogar Dr. Develdt in Wien würde wissen, dass er nicht imstande war sein Wild, die Tiere, die ihm anvertraut waren, zu schützen - und er hätte diesen Kampf verloren.

Challacombe läuft aus dem Schuppen hinaus auf die Pier und kniet nieder. Das Boot und sein Ziel, der Mann, der es fährt, hüpfen auf und ab. 60 Zentimeter. Er zwingt seinen Atem zur Ruhe. Das Fadenkreuz tanzt mit dem Boot einen Tango. Er drückt es nach unten, sucht einen Punkt und feuert. Der Mann reißt die Arme hoch und sackt zusammen. Das Boot verliert seinen Kurs zum jordanischen Schiff und fährt jetzt eine scharfe Rechtskurve. Da laufen schwere Maschinen an und überraschend schnell gleitet der kleine Frachter in Richtung Hafenausfahrt. Challacombes Fokus folgt ihm und er entziffert den Namen am Heck: *Czarina Laurente*.

Blaulicht blitzt in die Dämmerung über der Bucht und die Sirenen der Hafenpolizei heulen näher. Der Ranger öffnet die Brusttasche seiner Jacke und zieht die gestopfte Pfeife heraus, die er genau für diesen Moment vorbereitet hat. Ein Streichholz, drei genüssliche Anrauchzüge, der Tabak knistert und er taumelt, stürzt in die Finsternis, dann kommen Polizisten und Rettungsmänner angelaufen.

Kapitän Nowikow traut seinen Ohren nicht, als er in der Dämmerung Schüsse, Pistolen und Gewehrfeuer hört. Er nimmt sein Fernglas hoch und dann sieht er das Motorboot mit der Kenia-Ware auf Kurs zur *Czarina*. Plötzlich rennt ein blutüberströmter Mann mit einem Gewehr auf die Pier und kniet nieder; er zielt kurz und erschießt den Mann, der das Boot steuert. Das Boot läuft vom Kurs ab. Der Kapitän der *Czarina Laurente* befiehlt sofort "Maschinen klar!" und "Äußerste Kraft voraus!" – weg auf die offene See, raus aus der Bucht. Kurs auf den Zielhafen.

Lothar Helfrich lehnt an der Reling und wiegt ungläubig den Kopf. Es geht wohl jetzt raus auf den Indischen Ozean.

Einige Tage später ist Challacombe gesund genug, um im Bett

sitzen zu dürfen. Er hält einen Becher Tee und diktiert seinen Bericht mit halbgeschlossenen Augen und widerwillig.

Ein dicker, dunkler Finger kreist über dem Keyboard eines Laptops und stößt zu wie ein hungriger Steppenadler.

Der Australier im Krankenbett räuspert sich und Schmerz zieht durch seine Brust. Er starrt den Mann auf dem Besuchersessel mit dem Laptop auf den Knien böse an. Eine Woche muss er noch hier in diesem Hospital in Mombasa aushalten.

"Was gibt es blöde zu grinsen, Sergeant Kaburu? Richtige Taste erwischt?"

"Es tut mir leid, sagen zu müssen, dass Sie mit dem roten Vollbart und den struppigen Haaren am Kopf, wie ein kleiner Yeti oder Bigfoot aussehen, Sir!", antwortet Maurice.

"Halt deine dumme Klappe und schreib weiter! Verdammt!", schimpft der Commander.

"Jawohl, Sir! Der Bericht an deine UNO-Freundin in Wien muss raus, ich weiß!"

"Das kann doch wohl nicht wahr sein! Bin ich in der Hölle gelandet? Ich bin hier von Schläuchen und Kabeln gefesselt und du wirst jede Minute frecher und machst dich über mich lustig?" Challacombe droht dem Sergeant mit der Faust.

"Habe auch gute Nachrichten, Boss! Deinen gefangenen Wilderer, Arap Mnene haben wir nach Crownville ins Hauptquartier gebracht. Er erholt sich und wird schon eingeschult. Seine Familie haben wir auch geholt. Es scheint, sie sind froh bei uns zu sein."

"Gut gemacht!", knurrt Challacombe.

"Und, fast hätte ich es vergessen, ich soll dir die Genesungswünsche einer gewissen, hübschen Wirtin eines Diners in Samburu ausrichten! Dein Bild ist in allen Zeitungen! Boss-Sir!"

"Nenn mich nicht Boss-Sir, du Schweinehirt! Los, schreib weiter!"

Sergeant Kaburus Zeigefinger ging wieder in Angriffshaltung und schwebte bedrohlich über der Tastatur.

"Boss?"

"Also: *Im Folgenden kam es im Lagerhaus der CORP-Spedition, in der Nähe des Hafens von Mombasa, zu tätlichen Meinungsverschiedenheiten zwischen den fünf Wilderern und Damien Challacombe, dem Commander der Bush Ranger. Die Beute der Gangster sollte vermutlich auf einen Frachter unter jordanischer Flagge, namens 'Czarina Laurente' geladen werden. Das Schiff fuhr aber, in Folge der Intervention Commander*

Challacombes, unverrichteter Dinge ab. Die fünf Wilderer überlebten ihre Verletzungen nicht lange. Punkt! Ähem, Los, weiter: *Egal wie Sie das diesmal wieder auslegen, Dr. Develdt, es ist hier im Busch anders als in Wien! Die Ranger im Schutzgebiet sind die Gewehre der Tiere! Es war die einzige Möglichkeit die Wilderer zu kriegen und die Beute zurückzuholen … und dadurch sorgten wir nachhaltig für Stabilität im Schutzgebiet … und, und.*

"Ach, zum Teufel! Schreib doch was du willst, Maurice! Ich bin kein verdammter, tintenpissender Schriftsteller! So war das Ganze jedenfalls!"

13. Kapitel

Chefinspektor Höllrigl stach in sein Soja-Ei. Es flutschte unter den Rucola. Beim dritten Läuten hob sie ab. Er legte die Gabel weg und konzentrierte sich.

"Etwas rattert durch meinen Kopf, Kollegin Stoeber!"

"Wenn das eine Anmache ist, Chefinspektor, habe ich schon bessere gehört!"

"Das denke ich mir!"

"Werden Sie nicht frech!"

"Hören Sie zu, Stoeber! Dr. Develdt, Sie wissen schon, die UNODC-Dame, rief mich gestern an."

"Verstehe! Sie wollen nur was Dienstliches, lieber Höllrigl."

"Egal was ich sage, ich werd's nicht recht machen können", Höllrigl lachte.

"Genau! Also, worum geht's?"

"Ein Informant von Dr. Develdt, ein Ranger aus Afrika, ein Wildhüter in Kenia, schickte einen Bericht an Develdt, an die UNODC. Es geht um Wilderer und eine Lieferung Rhino-Horn. Es gab im Hafen von Mombasa eine Schießerei. Irgendwie war ein Schiff, ein kleiner Frachter, darin verwickelt. Die letzte Ortung kam auch aus Mombasa."

"Was? Wirklich? Wie heißt das Schiff?"

"*Czarina Laurente*, ein Frachter unter jordanischer Flagge."

"Zwei Tage lang lag unser Schiff mit den Pistolen im Hafen von Mombasa, Kenia. Es bewegte sich nicht, bis es Dienstagabend weitergefahren ist. Es könnte die Karina Laurenzi sein. Zarina, wie?", sagte Susanne Stoeber.

"*Czarina Laurente.*"

"Das ist unser Schiff! Eine klare Überlappung! Örtlich und zeitlich."

"Nach Ihrer Meldung am Freitag, habe ich die Hafen-Polizei in Mombasa telefonisch informiert. Es war ein Albtraum!", berichtete der Chefinspektor.

"Warum?"

"Ich bin sicher das Gegenteil von einem Rassisten, aber es wundert mich nicht, dass es in Afrika so zugeht, bei so einem Diensteifer der Behörden. Sie haben bis heute nicht zurückgerufen!"

"Sie sind ein Rassist, Höllrigl, keine Frage!"

"Danke! Wo ist es jetzt?", fragte Höllrigl.

"Momentan fährt das Schiff im Indischen Ozean, es ist an Sri Lanka vorbei. Die Reise könnte nach Thailand oder Malaysia gehen oder in die Straße von Malakka und weiter in den Osten. Wir kennen den Zielhafen nicht."

"Egal wie genau wir das Schiff verfolgen können, die Polizei vor Ort wird immer zu langsam sein, befürchte ich", stellte Höllrigl fest.

"Wir können nichts tun, nur warten!"

"Ich kann zumindest Dr. Develdt diese Neuigkeiten berichten", entschied der Chefinspektor.

Das tat er umgehend. Wie es ist, wenn die Kräfte des Guten wirken, schlug Dr. Develdt Höllrigl ein weiteres Treffen in Eulbach vor. Der Inspektor versprach das zu organisieren.

14. Kapitel

Schon am nächsten Nachmittag treffen Arda Develdt, Susanne Stoeber und Max Höllrigl in Eulbach ein. Sie sitzen auf der Terrasse des Gärtnerhauses und gehen mit Elwin und Dorn die neuen Fakten durch.

"Wir wissen aus Commander Challacombes Bericht, dass sich die *Czarina Laurente*, ein kleiner Frachter unter jordanischer Flagge, an der gleichen Position zur selben Zeit, wie Susanne Stoebers Pistolen-Sender befunden hat", fasst Dr. Develdt zusammen.

"Kollegin Stoeber hatte mir laufend gemeldet, wo sich die Pistolen, respektive das Schiff, aktuell befunden haben. Die Polizei von Mombasa hat auf meine Intervention nicht reagiert!", berichtet Höllrigl.

"Die *Czarina Laurente* befindet sich zurzeit in der Straße von Malakka ", sagt Susanne Stoeber.

"Das klingt ja wie aus *Tim und Struppis Abenteuer*", merkt Dorn an, was einen bösen Blick von Dr. Develdt auslöst.

"Und es gibt ein Problem! Die Signale der Transponder in den Pistolengriffen werden zusehends schwächer", sagt Stoeber.

"Wir verlieren das Schiff und die Beute aus Hamburg und Ihre Pistolen?", fragt Dorn.

"So ist es! Dann bekomme ich vermutlich meinen öden Job im Archiv wieder!"

"Gut wäre, wenn man den Frachter in der Nähe seines Zielhafens orten könnte und dann die Behörden vor Ort informieren würde, sobald der Standort des Schiffs klar ist", sinniert Höllrigl.

"Ja, das wäre in der Tat gut", stimmt Develdt leise zu.

"Wir könnten Elwin um Hilfe bitten", schlägt Stoeber vor.

"Was soll ich tun?", fragt Elwin.

"Kannst du einen zweiten Empfänger bauen?"

"Das kann ich!", strahlt Elwin.

"Wie gesagt, unser Schiff befindet sich in der Straße von Malakka, auf der Breite von Kuala Lumpur. Das ist die letzte Position, die wir empfangen haben", erklärt Susanne Stoeber.

"Ich habe in Asien, in Korea, eine UNODC-Kollegin und Freundin. Carol Greener. Sie hat gute Kontakte und kann uns vielleicht helfen das Ziel des Frachters herauszufinden", sagt Dr. Develdt.

Dorn erhebt sich und fingert eine Zigarette aus der Brusttasche seines Hemds. Dr. Develdt lässt ihren Blick über den Bogenschützen gleiten und fasst einen Entschluss.

"Gut! Lassen Sie uns aufbrechen, Inspektor Höllrigl! Ich werde morgen einige Telefonate führen! Dann werden wir weitere Schritte unternehmen!", beendet sie das Treffen.

15. Kapitel

Arda Develdt saß in ihrem UNODC-Büro in der Wiener UNO-City. Sie lehnte sich im Schreibtischsessel zurück und löste ihren Haargummi; nippte an ihrem Cappuccino, wischte sich den Milchschaum von den Lippen und summte sechs Sekunden lang ein Lied, dann startete sie den Apple MacBook und öffnete Skype. Es war 16:30 Uhr in Wien und 23:30 Uhr in Seoul. Sie würde sie zuhause erwischen. Achtmal erklang das Rufsignal, dann ging Carol Greener ran.

"Hey, Carol! "

"Hi, Arda! *How are you?* "

"*Great to hear you, honey!* "

Sie schilderte Carol die wichtigsten Fakten der Geschehnisse, die es nötig machten, das jordanische Frachtschiff *Czarina Laurente* zu verfolgen, dass sie einen neuen Agenten, einen Jagd-Experten und namhaften Bogenschützen, nach Südkorea schickte und sie diesen Österreicher dabei unterstützen solle, sowohl als IT-Expertin, indem sie Elwins Empfänger in Betrieb nahm und damit das Schiff verfolgbar machte, als auch als Dolmetscherin, denn der Mann spräche kein Koreanisch. Ziel der Mission sei, den Frachter zu orten, zu überwachen und die koreanischen Behörden rechtzeitig einzubinden, um diese Lieferung illegaler Tierpräparate in Millionenwert zu stoppen.

"Offiziell wird Thomas Dorn als Bowman, als der Repräsentant der sogenannten Traditionellen Bogenschützen Österreichs, zum Gründungstreffen der WTAO, der World Traditional Archery Organisation, in Yecheon reisen. Das Treffen wird einen Tag in Anspruch nehmen und du sollst ihn fahren, begleiten und als Dolmetscherin auftreten", erläuterte Develdt.

"Klingt spannend, Arda! Du weißt, ich tue mein Bestes, um Tierquäler und Wilderer zu überführen, nicht nur wegen meinem Job beim UNODC! Warum kommst du nicht mit? Ich würde dich zu gerne wiedersehen!"

"Ich kann hier unmöglich weg, Süße! Muss in Wien bleiben! Wir holen das nach! Ich habe noch eine besondere Bitte!"

"Schade! Ich vermisse dich! Was für eine besondere Bitte?"

"Den österreichischen Bogenschützen, Dorn, der jetzt für uns arbeitet, habe ich in Zusammenhang mit dem vorher erzählten Fall kennengelernt. Er ist etwas schwierig und eine Art Skeptiker, einer der an nichts glaubt, außer vielleicht an ihn selbst, verstehst du? Ohne jedes Vertrauen auf eine universelle Ordnung und höhere Mächte. Ein Zyniker."

"Unsensible, unspirituelle, narzisstische Männer! Toxisch! Kenne diese Sorte!"

"Genau, Carol! Aber, er kann unserer Sache nützen; er ist zielstrebig und motiviert Wilderern und den kriminellen Handelsstrukturen dieser illegalen Waren, das Handwerk zu legen. Er hat etwas, das er uns geben kann und wir haben etwas, das er dringend benötigt, nur weiß er es nicht."

"Klingt als ob du ihn heiraten wolltest!"

"Sei nicht albern, Carol! Ich habe neben Zoologie auch Psychologie studiert und deshalb will ich ihm helfen!"

"Gut! Und?"

"Du hast mir von diesem koreanischen Tempel mit den bogenschießenden Jungfrauen erzählt. Dass du dahin meditieren gehst und dass dieser Platz sehr intensive, feinstoffliche Reaktionen in dir auslöst. Es wäre heilsam, wenn Dorn etwas Spirituelles erlebt, denke ich. Ich will, dass du ihn dort hinbringst, wenn es möglich ist. Wann kommst du mal nach Wien? In New York war es so wunderbar, Kleine!"

"Das könnte ich sicher managen, wenn dir das so wichtig ist, Honey! Ich bin mit Yangban Su-bin, der Obersten Schwester des Ordens befreundet. Sie ist eine Feministin und weiß es gar nicht! Diese Frau ist stärker als jeder Mann!", erklärte Carol. "Soweit ich weiß, darf aber nur ein männlicher Besucher jedes Jahr von der Dea Seongmo, der Großen Jungfrau, eingeladen werden. Aber - du hast vielleicht Glück – es muss ein Bogenschütze sein. Ich werde Su-bin fragen!"

"Vielen Dank, Carol! Ich vermisse deine Sommersprossen! Jetzt rufe ich noch unseren Freund Chun Doo in Pyeong an und bitte ihn ebenfalls um Hilfe. Er kann vielleicht Dorn in der Nähe des Hafens unterbringen. Doo kennt viele wichtige Menschen und wird dich und Dorn sicher unterstützen. Ich melde mich morgen vormittags wieder bei dir! Streck deine Fühler aus! Jede zusätzliche Information kann uns helfen! Sieh zu, was du herausfinden kannst! Danke und Küsschen!"

"Bis morgen, Beauty!"

"Bye, Carol!"

Ardas Mauszeiger fand Chun Doos Account, er nahm an und sie erklärte dem Koreaner, den sie als Philanthropen und großzügigen Unterstützer der UNODC kannte, warum sie seine Hilfe brauchte. Doo fragte, höflich und zuvorkommend, nach einigen Details, sie erläuterte ihm die Zusammenhänge und er sagte zu.

Arda Develdt sprach am nächsten Vormittag noch einmal mit Carol Greener, die einige Neuigkeiten berichtete. Kurz darauf läutete Dorns Telefon.

"Dr. Develdt spricht! Störe ich Sie gerade bei ihren Neandertalerspielen?"

"Nicht direkt! Ich koche gerade ein feines Wildschweinragout. Können Sie auch kochen?", sagte Dorn.

"Also doch! Nun, wie dem auch sei, ich habe einen Plan für Korea!"

"Schießen Sie los!"

"Thomas Dorn, Sie bringen den Empfänger, den Elwin baut, nach Seoul, Südkorea! Falls Sie so ein friedlicher Auftrag interessiert", schlug Dr. Develdt vor.

"Interessiert mich! Diesem Ungeziefer das Handwerk zu legen, wird Spaß machen", antwortete der Schütze.

"Ich habe mit meiner Kollegin Carol Greener in Südkorea telefoniert und sie über unser Vorhaben, das Schiff zu stoppen, informiert. Carol arbeitet ebenfalls für das UNODC. Sie wird sie unterstützen. Sie hat aktuelle Hinweise auf ein geheimes Warenlager irgendwo in Südkorea nahe der Grenze zu Nordkorea, teilte sie mir heute mit. Von diesem Lagerhaus werden Waren durch Nordkorea, nach Russland, China und in alle Welt verschoben. Wir denken, die *Czarina Laurente* läuft möglicherweise dieses Lager an", berichtete sie.

"Nordkorea?"

"In Yecheon, Südkorea, findet in drei Tagen ein Festival von Traditionellen Bogenschützen aus aller Welt statt. Eine von der UNO unterstützte NGO, die WTAO, die World Traditional Archery Organisation, wird im Rahmen des Festivals gegründet", sagte Dr. Develdt.

"Und?", fragte Dorn.

"Sie reisen als österreichischer Bowman Dorn nach Korea. Auf Einladung der WTAO-Gründer. Die besorge ich. Ihre offizielle Aufgabe ist es, an der Gründungszeremonie als Vertreter der traditionellen Bogenschützen Österreichs teilzunehmen. Tatsächlich halten Sie Ausschau nach dem Schiff."

"Ich bin kein traditioneller Bogenschütze! Diese WTAO-Sache klingt langweilig und ich ziehe zum Bogenschießen sicher keine österreichische Tracht an. Wenn ich öffentlich auftrete, trage ich mein Bowman-Outfit. Das ist wichtig für die Tätigkeit, von der ich lebe, wenn ich keine Schiffe verfolge!", erwiderte Dorn.

Arda Develdt kam ein amüsanter Gedanke.

"Carol Greener wird Sie da unterstützen. Ich besorge ein typisch österreichisches Dirndlkleid und sie nehmen es für Carol mit nach Korea. Sie soll es zum WTAO-Festival anziehen. Sie ist eine Blondine mit Sommersprossen aus New York. Wir verkaufen sie als Österreicherin im Dirndl!", kicherte sie ins Telefon. Carol wird dem armen Dorn dafür die Hölle heiß machen.

"Das klingt nach einem guten Plan, Frau Doktor!"

"Sehen Sie! Alles ist in universeller Schwingung und wird bestens von weiblichem Intellekt getragen!"

"Ganz bestens! Und noch besser, wir kriegen diese Drecksratten, die Höllrigls Beute gestohlen haben!"

"Dorn, Sie sind furchtbar!", rief Dr. Develdt.

"Wie dem auch sei, ich freue mich auf die Jagd!", knurrte der Bogenschütze.

Abends schmiert Mylene die kleine Tigerkatze um Dorns Beine. Er steht am Fenster und starrt in den Garten. Ins Schwarze. Sein Telefon klingelt und sie ist es. Simone! Seit zwei Monaten hat er nichts von ihr gehört.

My poor, naughty Archer! I miss you so! I love you crazy! I'm so desperate! I need you! Kisses!

Sie wäre müde, aber es ginge ihr gut. Seit zwei Wochen wäre sie nicht nur einmal pro Woche in London im TV-Studio und flöge zwischen Wales und London hin und her, sondern der Sender hätte sie vor die Wahl gestellt, drei Sendungen pro Woche zu machen oder keine. Sie wäre körperlich erledigt, an den Wochen-enden tourte sie durchs Vereinigte Königreich, um Lesungen und Vorträge zu halten, wozu sie vom Verlag vertraglich verpflichtet wäre.

Es war ihm klar, dass sie dieses Angebot annehmen musste. Der Sender bezahlte gut und sie war wunderbar in der Show. Ein grausames Spiel. Dreimal pro Woche kann er Simone in der englischen TV-Sendung sehen. Wie schön sie ist! Er hört sie reden, lachen und es bereitet ihm fast körperlichen Schmerz, wenn er sieht, wie sie ihr Haar zurechtstreicht und die Beine übereinanderschlägt.

"*Bye and 1000 Kisses, Archer! I need you, but don't know when we can meet. I love you! Kisses!*"

"*Miss you, too! I kiss you, Kitty! Good bye!*"

Er vermisst sie und schenkt sich einen satten Whisky ein. Zwei Stunden schreitet er zwischen Schreibtisch und Esstisch hin und her und trinkt. Jetzt ist es dunkel draußen. Sie können einander nicht treffen. Nicht bald. Er sehnt sich danach ihr Haar im Nacken zu nehmen und ihren sinnlichen Mund zu küssen.

Er kann so nicht weitertrinken, musste etwas tun. Dorn geht zum Waffenschrank und öffnet dann die Schiebetüren zum Garten. Er steht im Hellen, im Glashaus herrscht Finsternis. Nur einzelne Gegenstände glänzen im hinausfallenden Licht. Der Adler Ethon auf seinem Ast, plustert die Brustfedern und blinzelt ihm zu.

Dorn hält die Luft an, stürzt den Loch Lomond hinunter und trinkt eiskaltes Wasser nach. Dann schwankt er und zieht den Abzug. Pfft! Dong! Treffer! Er lädt die Pistole nach. Es ist eine alte 4,5 mm Record Luftpistole. Auf acht Schritte fällt ihr Projektil zehn Zentimeter. Eine Pistole, die schwierig ist. Das Ziel, eine alte Blechpfanne, hängt zehn Schritte entfernt.

Er nannte es den Bowman-Trail. Er muss die Pfanne, die vor einem starken Holzpfosten hängt, dreimal in Folge treffen. Schießt er einmal daneben, beginnt das Spiel von vorn. Nur wenn er sauber trifft, erklingt ein melodischer, perfekter Ton. Whisky, dreimal treffen, trinken, oder nicht treffen und neu beginnen. Ein teuflisches Spiel.

Er kann die Pfanne nicht sehen in der Dunkelheit des Glashauses. Nur ein diffuser Blechglanz lässt ihre Position erahnen. Dorn weiß, wo sie hängt, egal wie dunkel es ist. Er hebt seinen rechten Arm. Sein Blick streift die starre Visierung der alten Pistole und er drückt ab. Dong! Treffer! Er will einen nächsten Whisky. Sein Magen brennt vom Schnaps und er schwankt. Dritter Schuss, dann Labung! Zing! Pfannenrand. Das kann als Treffer gelten. Cheers!

Im Grunde ist er stolz auf diese Übung, den Bowman-Trail. Er ist der Meinung, ein guter Schütze, musste in jedem Zustand Ziele treffen können, selbst mit einer schlechten Waffe. Ein Mann, der überleben will, muss seine Grenzen kennen.

Dorn torkelt zum Waffenschrank und schließt die Pistole ein; dann sinkt er nieder auf die Couch neben Ethons Ast und träumt von einer Hirschjagd, von Simone, die ihn abends in ihrem Cotta-ge in Wales empfängt. Obwohl müde und blutig, brät er die frische Leber des Hirsches und sie essen gemeinsam bei

Kerzenlicht und Rotwein. Dann zieht sie ihn ins Schlafzimmer.

Zwei Tage später hatte Elwin den Funk-Scanner fertig, der die Signale der Pistolen von Korea aus empfangen konnte und das Paket eines bekannten Salzburger Trachtenhauses traf bei Dorn ein. Verwundert öffnete er den Karton und fand ein sehr schönes Dirndlkleid in rot und blau, sowie eine weiße Trachtenbluse. Dr. Develdt hatte es wohl für die Amerikanerin ausgesucht und bestellt.

16. Kapitel

Der Tag war sonnig und der Parkplatz am Flughafen Schwechat in der Nähe von Wien fast vollgeparkt. Der schwarze Kombi hielt direkt an der Abflughalle. Am Steuer saß Elwin. Sie stiegen aus und Dorn öffnete die Heckklappe.

Während er sein Gepäck, das Handgepäck, den Koffer-Trolley und einen länglichen Koffer, auslud, hielt eine Maybach Limousine hinter dem alten Audi. Eine kurvige Frau in einem engen Kleid, mit einem großen Hut, stieg aus und gab ihrem Chauffeur huldvoll Anweisungen.

Dorn hatte nicht viel Gepäck, nur der Take-Down-Langbogen, Köcher, Zubehör und seine Pfeile erforderten einen zusätzlichen Koffer.

"Danke fürs Fahren! Ich melde mich, wenn ich mich mit deinem Empfänger nicht auskenne. Elwin, du musst mir helfen mit dem High-Tech-Kram! Dann kriegen wir das Ungeziefer in Korea!"

"Mach ich! Gute Reise, Bowman!", sagte Elwin und reichte Dorn die Hand zum Abschied.

Der Bogenschütze bedankte sich und machte sich auf die Suche nach seinem Abflug-Terminal. Mehrere Fluggäste warteten am Schalter der Austrian Airlines.

Dorn stellte sich in die Reihe und knöpfte sein Sakko auf. Er trug eine leichte Weste mit seinem Pass, Papieren und Geld darunter. Eine alte Angewohnheit, die sich auf Reisen stets bewährt hatte. Eine helle Baumwollhose und braune Sebago Bootsschuhe vervollständigten sein Outfit. Wie immer, trug er eine Sonnenbrille.

"Joi, sind Sie es denn wirklich?", schallte es hinter ihm.

Ein großer Hut lag auf einem vollständigen Louis Vuitton-Kofferset. Daneben stand die kurvige Dame und zupfte vor einem Taschenspiegel ihr kohlschwarzes Haar zurecht. Sie steckte den Spiegel in ihre Tasche und bot Dorn ihre Hand zum Kuss an.

"Ich, äh, ich begrüße Sie, Madame", sagte Dorn. Er tat als suchte er etwas in seinen Taschen.

"Mein Lieber! Ich habe Ihre Neger-Show im Palmenhaus gesehen! Thomas Horn, der österreichische Bowman! Grandios! Und nun hat uns des Schicksals Laune hier zusammengeführt", schallte die Stimme der Frau durch die Abflughalle.

"Thomas *Dorn*, gnädige Frau!"
"Wie bitte?"
"Mein Name ist Dorn, nicht Horn, Madame!"
"Joi, das tut mir außerordentlich leid, natürlich, mein lieber Bowman Korn!", säuselte die Diva.
"Vielen Dank! Wunderbar!", antwortete Dorn.
"Ich bin Ildiko Édeskanca, internationale Opernsängerin, Sopran! Meine Verehrer nennen mich: *Die Budapester Nachtigall*, mein Lieber!"
"Das freut mich sehr! Also dann, Gute Reise!"
"Sie fliegen auch nach Seoul, bewunderter Born?", fragte die Sängerin.
"*Dorn*! Also. Ich. Ja."
"Können Sie mir noch einmal vergeben? Natürlich - Dorn! Clerk! Officer! Fräulein! Sie kennen mich sicher! Ildiko Édeskanca, die Nachtigall aus Budapest! Seien Sie doch so nett und buchen für den armen Bowman Zorn einen Platz neben meinem Fenstersitz!"
"Madame, das ist wirklich nicht nötig! Nein, wirklich nicht!", wehrte Dorn ab.
"Er muss zufälligerweise auch nach Seoul und reist ganz allein, der Arme! Sie sind wundervoll, meine Liebe! Wir haben uns gerade hier erst persönlich getroffen, müssen Sie wissen! Er ist völlig verloren ganz alleine! Vielen Dank, mein Kind!"
"Es ist. Das ist. Sie werden enttäuscht sein, verehrte Madame Édeskanca. Ich schlucke Schlaftabletten, wenn ich Langstrecken fliege und schlafe fest", erklärte Dorn.
Die Sängerin wendete sich mit einem mitleidigen Blick der Frau am Schalter zu.
"Sehen Sie, liebes Fräulein? Völlig verloren, dieser hilflose Mann! Stopft sich mit Chemikalien voll und schläft. Das werde ich natürlich nicht zulassen! Ich werde es Ihnen erklären, lieber Maestro Dorn! Meditation heißt das Zauberwort, Sie Verlorener der Lüfte!", donnerte die Sängerin.
Der Flug ging mit den Austrian Airlines von Wien nach Frankfurt und von da mit der Korean Air nach Incheon in Südkorea. Am nächsten Morgen landete die Maschine. Der Incheon Gukje Gonghang ist der größte Flughafen in Südkorea und einer der größten in Asien. Er liegt auf der zu Incheon gehörenden Insel Yeongjongdo im Gelben Meer, westlich von Seoul und war durch eine lange Brücke mit dem Festland verbunden.

Nach anstrengenden dreizehn Stunden neben der redseligen Ildiko Édeskanca, war selbst der überschwängliche Abschied eine Erlösung. Sie war eine nette Dame; doch, eingedenk ihres exaltierten Wesens, wunderte es Dorn nicht, dass sie, trotz ihrer reifen Attraktivität und ihren besten Absichten, alleinstehend war. Sie war nett, sprach höflich und war eine üppige Schönheit, aber eine Nervensäge. Die Sängerin wurde von einer imposanten, schwarzen Hyundai Genesis Limousine erwartet und entschwand mit wehmütigem Blick.

Der Schütze wartete etwa eine halbe Stunde vor der Ankunftshalle, dann fuhr ein nagelneu scheinender weißer KIA Sportage vor. Eine junge, schlanke Frau stieg aus und hielt ein Blatt Papier mit der Aufschrift *Bowman Thomas Dorn - Austria* hoch. Dorn winkte.

"Hello, Miss Greener!"

"Hello, Thomas!"

Dr. Develdts UNODC-Kollegin, die Amerikanerin Carol Greener, öffnete die Heckklappe des SUV. Sie trug weiße Sneakers, hellgraue, weite Cargo-Pants und ein Top in Regenbogenfarben. Sommersprossen und kurzgeschnittenes, blondes Haar gaben der jungen Frau, sie mochte 35 sein, ein burschikoses Aussehen.

Während Dorn sein Gepäck in den ganz neu duftenden KIA lud, tauschten sie die üblichen, höflichen Fragen und Antworten aus; jene Formeln, die wohl in jedem Land der Welt, in jeder Sprache, schon seit Jahrtausenden gesprochen wurden. Carol ist offenbar wohlerzogen, dachte Dorn - und sie macht einen äußerst intelligenten, kooperativen Eindruck. Carol Greener arbeitete seit vier Jahren für die UNODC in Südkorea. Laut Arda Develdt sprach sie bestes Koreanisch und war eine beherzte Aktivistin im Tierschutz, deren IT-Kenntnisse nicht nur ihre vorwiegend männlichen Kollegen regelmäßig erstaunten. Die Unterhaltung führten sie in englischer Sprache.

"Ich bringe Sie zu Chun Doo! Er ist ein großer Unterstützer der UNO und speziell unserer Bewegung. Ein koreanischer Philanthrop! Doo hat sofort, als Arda Develdt ihm vom Ziel Ihrer Mission in Südkorea berichtete, angeboten Sie zu beherbergen. Er ist auch ein lieber Freund von mir. Doo besitzt eine Villa und ein Hausboot nahe des Hafens von Pyeong. Ich soll Sie zum Hausboot fahren."

Scheinbar makellose und besonders wohltätige Menschen

machten den Schützen immer misstrauisch. Doch, er kannte den Mann nicht und darum durfte er sich kein Vorurteil erlauben, revidierte er seinen Impuls, was Chun Doo betraf.

"Wunderbar! Sie machen einen sehr kompetenten Eindruck, Miss Greener! Vielen Dank!", sagte Dorn.

"Eines will ich gleich klarstellen! Sparen Sie sich sexistische, abwertende Komplimente, Mr. Dorn! Warum sollte ich nicht sehr kompetent sein?", sprach Carol Greener.

"Sorry! Es war nett gemeint!"

"Schickte Arda Sie her, um nett zu mir zu sein? Das kann ich mir kaum vorstellen!"

"Es tut mir leid! Wird nicht mehr vorkommen!"

"Danke! Vergessen Sie nicht, dass ich eine Frau bin!"

"Keine Sorge, Miss Greener! Diese Gefahr besteht nicht!"

"Das sagen Sie und taxieren dabei meinen Körper?"

"Könnten Sie jetzt einfach das Auto in Betrieb nehmen und losfahren, bitte?"

"Hätte nie gedacht, dass Arda einen Barbaren schicken würde!"

"Sie müssen mich nur in mein Quartier bringen und den Empfänger aktivieren, technischen Kram, dann sind Sie mich los, liebe Carol! Wenn ich den verdammten Kahn gefunden habe, bringen Sie mich wieder zum Flughafen, ich fliege zurück nach Österreich und das war's!"

Carol startete den Wagen und fuhr zügig los. Sie beachtete den dichten Verkehr kaum, als wäre er nicht vorhanden. Dorns rechte Hand berührte flüchtig das Armaturenbrett und suchte dann den Haltegriff über der Beifahrertür.

"Ich verstehe! Sie fühlen sich wohl in Ihrem männlichen Ego angegriffen! Werde in Zukunft nachsichtiger mit Ihnen sein, Thomas! Seien Sie nicht so angerührt! Ich bin eine selbstbestimmte Frau! Das ist heute ganz normal und davon müssen Sie sich nicht verletzt fühlen!"

Dorn atmete durch und schloss die Augen. Dann sah er hinaus auf das Meer, das sich tief unter der Brücke zum Festland kräuselte. Winzige Möwen schwebten über dem Wasser und pickten geschickt kleine Fische heraus. Unzählige Schiffe und Boote zogen ihre weißen Heckwellen hinter sich her wie Brautschleier.

Von der Brücke am Festland von Incheon angekommen, fuhren sie auf eine Autobahn in Richtung Süden. Carol setzte eine Art Headset, das mit ihrem Smartphone verbunden war, auf und sprach nicht mehr, bis sie die Stadt Pyeong erreichten.

Eine leere, durch einen Schranken gesicherte Straße führte zwischen hohen Drahtzäunen zu einem stillgelegten Becken des alten Hafens, wo ein ansehnliches Hausboot vor Anker lag. Während Carol den KIA einparkte, verließ eine schlanke, großgewachsene und elegant gekleidete Frau das Boot über die Gangway. Sie ging zügig auf einen anthrazitfarbenen BMW zu und warf ihr langes, kupferfarbenes Haar in den Nacken; mit einem raschen Blick auf die Ankömmlinge, stieg sie ein und die Limousine glitt vom Parkplatz.

Auf dem Sonnendeck des Hausbootes, einer großen, hölzernen Terrasse, stand ein schlanker, kleiner Mann in Anzug und Krawatte. Sein Alter war schwer zu schätzen; er war wohl um die 50 Jahre alt. Er blickte lächelnd dem BMW nach, dann winkte er den Ankömmlingen freudig zu.

"Doo sieht nicht aus wie ein typischer Koreaner, seine Vorfahren stammen aus China! Sie werden sehen, er ist sehr angenehm!", erklärte Carol leise.

"Welcome, Mr. Dorn! " Chun Doo reichte dem Bogenschützen die Hand und deutete eine Verneigung an. Dorn erwiderte die Gesten.

"Guten Tag, Mr. Chun - und danke für Ihre Gastfreundschaft, dass Sie mich an diesem schönen Ort unterbringen!", sagte er.

"Es ist mir immer eine besondere Freude meiner guten Bekannten Dr. Arda Develdt und meiner Freundin Carol helfen zu dürfen! Ihr seid gerade rechtzeitig zum Lunch! Legen Sie Ihr Gepäck einfach ab, Thomas! Dang wird es in Ihre Kabine bringen. Setzt euch!", empfing Chun Doo - er sprach perfektes Englisch - die Ankömmlinge.

"Wer war die schöne Frau, die gerade gegangen ist, wenn ich so indiskret fragen darf, lieber Doo?", fragte Carol mit einem Funkeln in den Augen.

"Oh, Carol, ich bin ein glücklicher Mann! Das war meine Freundin, eine deutsche Gräfin, Greta von Hammerstein. Habe sie erst vor kurzem auf einem UNO-Bankett kennengelernt und sie ist wundervoll!", schwärmte Chun Doo und errötete ob der Frage.

"Gratulation und viel Glück mit der neuen Liebe!", wünschte ihm Carol.

Chun Doo wies die Gäste an einen niedrigen, gedeckten Tisch und wies auf seidene, dunkelrote Sitzkissen. Er und Carol schlüpften gleichzeitig aus ihren Schuhen. Auch Dorn war froh, nach der langen Reise, die Schuhe offiziell ausziehen zu können und fand diese koreanische Etikette gut.

Zwei sportliche, großgewachsene, junge Koreaner, sie glichen einander wie Zwillinge, servierten schweigend verschiedene Gerichte, Schälchen mit Suppen, Saucen, Gemüsen, bis nichts mehr von der Tischplatte zu sehen war.

In Korea wird traditionell nicht in verschiedenen Gängen serviert, sondern alle Speisen kommen gleichzeitig auf den Tisch. *Guk* - Suppe gehört immer dazu. Sie kann Gemüse, Fleisch, Fisch, Schalentiere, Algen oder Rinderknochen enthalten. *Jjigae* - Eintöpfe sind dicker als Suppen und bilden häufig den Hauptgang einer Mahlzeit. Sehr beliebt ist *Jjigae* aus Sojabohnen-Paste. Bei *Namul* - Gemüse- und Wildgewächsgerichte werden die Grünpflanzen gekocht oder angebraten und mit einer Mischung aus Salz, Sojasauce, Sesamkörnern, Sesamöl, Knoblauch und Frühlingszwiebeln gewürzt.

Zuhause im Kloster, hatte ihm Elwin verschiedene Websites gezeigt und der Bogenschütze hatte sich in die Traditionen und die Kultur Südkoreas eingelesen. Er fand, sich gut zu informieren vor einer Reise, gehörte zur Höflichkeit gegenüber den Menschen in einem fremden Land und half dabei, Respekt vor der anderen Kultur zu zeigen. Früher hatte er gedruckte Reiseführer studiert, aber seit Elwin in Eulbach war und ihm geduldig etwas von seiner Abneigung gegen das Internet genommen hatte, dessen Vorzüge anschaulich bewies, nutzte Dorn jetzt lieber die vielen Online-Quellen. Vorher hatte er sein Wissen meist einem einzelnen Reiseführer entnommen; jetzt konnte er in kürzerer Zeit mehr lernen. Elwin hatte es so erklärt: "Eine Quelle hat nur ein Wasser. Ein See, in den alle Quellen fließen, hat alle Wasser!"

"*Jal mokgesseumnida*! - Guten Appetit!", wünschte Chun Doo den Gästen und wollte zu essen beginnen, da kam eine junge, hübsche Koreanerin aus dem Aufbau des Hausboots.

"Das ist meine schöne Schwester, Jong Hi! Darf ich vorstellen, Thomas Dorn - und Carol kennst du ja! Setz dich zu uns!"

Dorn erhob sich und reichte der jungen Koreanerin die Hand. Sie war vielleicht 22 und trug einen dunklen, kurzen Faltenrock und eine weiße Bluse, dazu weiße Kniestrümpfe und dunkle, flache Lackschuhe.

"Sehr erfreut, Thomas - Jong Hi!", sagte sie, schüttelte seine Hand und deutete eine Verneigung an.

Chun Jong Hi kniete sich auf das Sitzkissen schräg gegenüber

Dorns Platz und griff nach einer Suppenschale. Der Schütze setzte sich ebenfalls. Sie spitzte die Lippen und schlürfte von der dampfenden *Cheonggukjang*, einer Sojabohnen-Suppe. Koreaner, anders als Chinesen, essen Reis und Suppe mit dem Löffel, alles andere mit Stäbchen aus Metall oder Holz. Suppe zu schlürfen ist aber üblich, da sie meistens sehr heiß serviert wird. Es gilt aber, abgesehen von einer Suppenschale, als unhöflich, Geschirr anzuheben. Auch lautes Schmatzen ist anders als in China verpönt. Es herrscht eine genaue Tischetikette: Jüngere lassen den Älteren den Vortritt, kein Essen wird mit der Hand vom Teller genommen. Die linke Hand ist bei Tisch tabu. Reis oder Suppe werden nicht umgerührt, Löffel und Stäbchen nie gleichzeitig benutzt.

"Greta hat ihr I-Phone vergessen", sagte Jong Hi.

"Ach, sie hat immer mindestens drei davon in ihrer Handtasche. Ich ruf sie später an und sag es ihr", erklärte Chun Doo und steckte das Telefon in seine Tasche, "danke, Schwester!"

Als Getränke wurden Wasser, Pepsi-Cola, *Makkoli*, ein naturtrübes Reisbier, und *Soju*, angeboten. *Soju* würde aus Reis destilliert, dazu kämen oft andere Zutaten wie Kartoffeln, Weizen oder Gerste. Wie in vielen Ländern Asiens gehöre in Südkorea *Bekseju* genannter Reiswein zu den traditionellen Getränken. Er wäre mit verschiedenen Kräutern und Ginseng aromatisiert und passe gut zu scharfen Gerichten, erklärte Carol dem Bogenschützen. Er nahm Pepsi und ein Schälchen *Soju*. Es war ein klarer Reis-Schnaps mit 20 % Alkoholgehalt. Der Konsum von *Soju* wäre mindestens seit dem 14. Jahrhundert belegt, kommentierte die Amerikanerin Dorns Auswahl.

"Sie sind ein wandelnder Guide Michelin, Carol! Cheers!"

Jong Hi kicherte. Carol warf Dorn einen bösen Blick zu und verlangte – nicht mit einem Objekt verglichen zu werden. Das sei seit 1968 nicht mehr politisch korrekt.

"Sie suchen nach einem jordanischen Schiff, das illegale, gewilderte, gestohlene Waren irgendwo hier abladen soll?", fragte Chun Doo. Er tupfte seinen Mund mit einer Serviette sauber und sah Dorn an.

"Ja! Miss Greener und ich werden nach dem Essen, mit Ihrer Erlaubnis, einen Empfänger in Betrieb nehmen, der es uns ermöglicht, der Fährte des jordanischen Frachters *Czarina Laurente* zu folgen."

"Selbstverständlich! Darum hat mich Arda Develdt ja explizit gebeten. Sie ersuchte mich, wenn Sie und Carol zur Gründungsversammlung der WTAO nach Yecheon fahren, sie bei der Überwachung des Schiffes zu unterstützen. Auch wenn Sie einen Ausflug in die Umgebung unternehmen oder eine Sehenswürdigkeit besuchen möchten, wird es mir eine Freude sein den Empfänger für euch zu überwachen!", erklärte Chun Doo.

"Das ist sehr lieb, Doo! Du bist der Beste!", sagte Carol.

"Vielen Dank! Abgesehen von der WTAO-Sache in Yecheon, die der offizielle Anlass der Reise ist, will ich dranbleiben und diese Ratten verfolgen und kriegen.", meinte Dorn.

"Arda hat mich gebeten, in Zusammenhang mit der Mission, einen Ausflug mit Ihnen zu unternehmen. Es soll eine Art Überraschung sein", erwiderte Carol.

"Es geht mir darum, den Frachter zu finden und zu stoppen, nicht um Ausflüge und Überraschungen, Miss Greener!", stellte der Schütze klar.

"Dr. Develdt hat das alles mit mir abgesprochen. Der Erfolg der Mission steht auch für mich im Vordergrund, Mr. Dorn!", erklärte Chun.

Die beiden jungen Koreaner trugen nach und nach vielerlei Gerichte auf. Dorn suchte nach Fisch, Meeresfrüchten, Huhn oder Fleisch. Es wurde nur vegetarische Kost gereicht. Carol beschrieb ihm die Speisen, es gab *Cheonggukjang* – dicke Sojabohnen-Suppe, *Sundubujjigae* – scharfe Suppe aus weichem Tofu, *Bokkeumbap* – gebratenen Reis mit Gemüse, *Tteokbokki* – gebratenen Reiskuchen, *Japchae* – koreanische Süßkartoffelglasnudeln mit Karotten und Gurken, *Jjajangmyeon* – dicke Weizennudeln mit schwarzer Bohnensauce, und zum Abschluss verschiedene Süßspeisen und Früchte. Dorn aß zaghaft. Er kostete von den meisten Gerichten und wünschte sich ein blutiges Steak, einen Hamburger zumindest.

"Was wollen Sie unternehmen, wenn wir den Entlade-Hafen des Schiffes herausfinden?"

"Wir werden zeitgerecht die koreanischen Behörden, die Polizei, ersuchen, das Schiff zu stoppen und die Mannschaft zu verhaften. Ich denke, Dr. Develdt wird sich dann dafür einsetzen, dass diese Gangster und Mörder in Deutschland vor ein Gericht gestellt werden", erklärte Dorn.

"Guter Plan!", sagte Chun Doo.

Nach dem Essen, sobald die beiden koreanischen Kellner den Tisch bis auf die Getränke abgeräumt hatten, gab es kräftigen, italienischen Espresso. Jong Hi verabschiedete sich und ging zurück in den Aufbau des Hausbootes.

"Nach dem Kaffee führe ich Sie in Ihre Kabine und wir richten den Empfänger ein", schlug Chun vor.

"Perfekt!", sagte Dorn.

Chun Doo erhob sich und ging voran. Das Hausboot war groß wie ein Bungalow. Es hatte nichts von der Enge eines Bootes. Durch eine achterseitig gelegene, gläserne Schiebetüre betrat man ein geräumiges Wohnzimmer mit einer kleinen, rustikalen Bar mit sechs Hockern, einigen Anrichten und Sockeln mit bronzenen Kunstgegenständen und zwei auberginefarbenen Designer-Sitzgarnituren mit niedrigen, koreanischen Beistelltischchen. Zwei große, moderne, bunte Gemälde, die für Dorn undefinierbare, aber eindeutig männliche Körper zeigten, beherrschten die bugseitige Wand des Wohnzimmers.

Jong Hi lag auf einer der Garnituren und wischte auf einem Smartphone. Sie sah in ihrer Kleidung, die an eine Schuluniform erinnerte, wie ein sehr junges Mädchen aus. Irgendwie pervers, dachte Dorn im Vorbeigehen. Sie blickte ihm nach.

In der bugseitigen Wand, zwischen den beiden Gemälden, befand sich eine weitere gläserne Schiebetür, die in einen hellen Gang führte, von dem beidseitig einflügelige Türen in die Kabinen und andere Räumlichkeiten führten. Dorn zählte neun Türen, vier links und vier rechts des Ganges und eine in der bugseitigen Wand.

"Du kennst deine Kabine ja, Carol! Wie immer, Nr. 6!"

"Danke, Doo! Bis dann!"

"Kommen Sie, Thomas!" Chun Doo winkte Dorn freundlich weiter.

Chun öffnete die zweite Tür rechts und zeigte dem Bogenschützen ein geräumiges Zimmer mit einem großen Schiebefenster zur umlaufenden Terrasse. Dorn sah weit hinaus auf eine ruhige Wasserfläche. Ein Futon-Doppelbett, ein TV-Gerät, die Kochnische mit Kühlschrank und ein kleines Badezimmer mit Waschtisch, Dusche und WC, machten diese Kabine zu einem komfortablen Appartement.

"Das ist Kabine 4! Machen Sie sich etwas frisch und dann treffen wir uns in Kabine 9 am Ende des Ganges; das ist mein Archiv und Technik-Raum. Bringen Sie den Empfänger mit. Sie werden sehen, Carol ist eine Art Genie in diesen Dingen!", sagte Chun Doo und ließ Dorn allein.

Es wurde langsam dunkel draußen und er war müde. Es war eine lange Reise, ein langer Flug gewesen. Er erforschte die Kabine und fand eine Flasche Johnny Walker Black Label in einer gekühlten Anrichte aus Bambus, die auch Vodka, Gin, Reiswein und Heineken Bier enthielt. Dorn holte einen Zahnputzbecher aus dem Badezimmer und schenkte sich einen tüchtigen Schluck ein. Er ging zum Fenster und hätte gerne Eiswürfel gehabt, aber auch ohne sie schätzte er diesen Drink. Er starrte eine Minute lang hinaus aufs Wasser und fühlte sich gut und wieder fit.

Der Schütze öffnete den Koffer und zog ein flaches Gerät, das wie ein Autoradio mit Antenne aussah, zwischen seinen Hemden heraus. Elwins Empfänger war auf die Frequenzen der Sender in den Griffschalen der zehn Pistolen justiert und konnte an einen Laptop angeschlossen werden. Dorn verließ seine Unterkunft und ging zu Kabine 9. Er klopfte an. Auf ein *Come in*! von Chun Doo, trat er ein und übergab Carol den Empfänger, ein Netzgerät und einige Kabel mit verschiedenen Anschlüssen, die Elwin ihm mitgegeben hatte.

Der Raum war eine kleine Kabine mit umlaufenden Metallregalen voller Aktenordner, einer WLAN-Anlage, einem Funkgerät, einem Server und einem einfachen Tisch mit vier Schreibtischsesseln. An der seeseitigen Wand der Kabine befand sich eine Schlafkoje und eine geschlossene Tür.

"Kommt, wir setzen uns an den Tisch und Carol zeigt uns wie das geht!", sagte Chun Doo.

Die Amerikanerin begutachtete den Empfänger, schloss ihn ans Stromnetz und verband ihn mit einem Laptop auf dem Tisch. Sie tippte eine Weile herum, dann erschien auf dem Display des Laptops eine hellgraue Landkarte. Dorn stand von seinem Sessel auf und stellte sich hinter Carol. Nach drei Minuten zeigte sich ein grün blinkender, kleiner Pfeil. Er bewegte sich sehr langsam auf Nordost-Kurs vom Gelben Meer auf Kurs ins Ostchinesische Meer und befand sich etwa in der Mitte zwischen Shanghai in China im Westen und der südkoreanischen Insel Jeju im Nordosten.

"Da ist unser Frachter!", rief Carol. Sie tippte herum. "Wenn er so weiterfährt, kann er in etwa sechs Tagen Nordkorea erreichen. An der Grenze irgendwo zwischen den Koreas, vermute ich, aufgrund von einheimischen Quellen, den Zielhafen, einen geheimen Anlegeplatz!"

"Sehr gut! Es gibt also keinen Grund zur Sorge und ihr könnt entspannt nach Yecheon fahren!", sagte Chun Doo.

"Und wenn er den Kurs ändert und einen beliebigen Hafen in Südkorea, China oder sonst wo anläuft?", fragte Dorn.

"Wir verfolgen jede Bewegung des Frachters und sind bereit zu reagieren", antwortete Carol. "Momentan können wir nicht mehr tun!"

"Wir überwachen den Empfänger in Schichten", schlug Dorn vor.

"Weder China noch Südkorea liegen besonders nah am derzeitigen Kurs des Frachters. Wenn unser Schiff den Kurs extrem ändert und in diesem Tempo, ich schätze 13-15 Knoten, etwa 20-24 km/h, weiterfährt, braucht es trotzdem mindestens drei bis vier Tage bis zum nächsten Ufer, würde ich sagen.", erklärte die Amerikanerin. "Wir müssen morgen früh die Positionen des Frachters kontrollieren, dann sehen wir die Strecke, die er in dieser Zeit, sagen wir in acht Stunden, zurückgelegt hat. Dann können wir die Geschwindigkeit herausfinden."

"Wow, Miss Carol! Sie sind ein nautisches Genie!", bewunderte Dorn Carols Kenntnisse.

"Und, nicht zu vergessen, ich helfe euch auch bei der Überwachung. Wir wechseln uns ab!", sagte Chun Doo. "Ihr geht jetzt einmal schlafen und ich passe auf den Empfänger auf!"

"Ja, ein wenig Schlaf wird jetzt guttun! Bitte wecken Sie mich sofort, wenn das Schiff seinen Kurs oder seine Geschwindigkeit verändert, Mr. Chun! Wir treffen uns um 6:00 Uhr früh, um die Position des Frachters erneut festzustellen. Dann wissen wir, wie schnell er fährt", sagte Dorn.

Carol erhob sich von ihrem Sessel, streckte ihre langen Glieder und gähnte. Sie wünschten Chun Doo eine Gute Nacht und verließen Kabine 9.

"Kommen Sie kurz mit, bitte! Ich muss Ihnen etwas von Dr. Develdt geben", sagte Dorn, sobald sie in Richtung ihrer Kabinen schritten.

"Was ? Kann das nicht bis morgen warten? Ich bin müde!"

Dorn musterte sie von oben bis unten und sagte: "Es wird Ihnen wunderbar stehen! Ich denke, es hat genau Ihre Größe!"

"Was?"

"Das fesche österreichische Dirndlkleid von Dr. Develdt! Für morgen, für die WTAO-Sache! Hat sie davon nichts erzählt? Sie spielen eine traditionelle Österreicherin!"

"Sie sagte nur, ich solle Sie als Dolmetscherin auf das Festival begleiten! Wie kann sie so etwas Peinliches nur verlangen? Dieses Biest!" Carols Hände zitterten und ihre Wangen waren vor Wut gerötet.

"Ich kann nichts dafür! Dr. Develdt hat das so geplant. Es ist ja nur für einen Tag; morgen Abend sind wir wieder zurück und sie können wieder anziehen was sie möchten. Die tollsten Emanzen-Kleider, wenn Sie wollen!"

"Geben Sie den Fetzen her und Gute Nacht!"

Dorn tat wie ihm geheißen und wünschte ihr auch eine Gute Nacht; dann ging er in die Dusche und fiel ins Bett.

17. Kapitel

Um 5:30 Uhr erwachte Dorn. Er machte sich salonfähig, ging zur Kabine 9 und klopfte. Als er versuchte einzutreten, war die Tür verschlossen. Dorn wollte schon zu Carols Kabine gehen und anklopfen, da hörte er, dass die Tür von Kabine 9 aufgesperrt wurde. Chun Doo öffnete und bat den Schützen herein. Der Laptop war eingeschaltet und sofort suchte Dorn den grünen Pfeil, der die *Czarina Laurente*, der jordanische Frachter war.

"Guten Morgen! Sie sind ja früh auf! Ich lasse Kaffee bringen, oder bevorzugen Sie Tee?"

"Guten Morgen! Kaffee mit etwas Zucker wäre wunderbar!", antwortete Dorn.

"Ich werde mich um den Kaffee kümmern und Carol wecken, falls sie noch schläft." Chun Doo ging hinaus.

Dang der Butler brachte drei Tassen Kaffee und kurz darauf kamen Chun und Carol in die Kabine. Die Amerikanerin trug einen hellgrünen Gymnastikanzug und sah verschlafen und etwas genervt drein. Sie setzte sich an den Laptop und tippte. Chun Doo legte zuerst sein Smartphone auf den Tisch und lauschte dann gespannt Carols Ausführungen.

"Unser Schiff hat, seit wir es gestern abends geortet haben, also in 7 bis 8 Stunden, 106 Seemeilen oder 192 Kilometer zurückgelegt, Kurs nach wie vor Richtung Norden. Das heißt, meine Vermutung, dass es zwischen 12 und 13 Knoten schnell fährt, stimmt.", berichtete sie.

"Ein hervorragendes Gerät! Wir können das Schiff gar nicht verlieren!", sagte Chun Doo begeistert.

"Wenn es auf diesem Kurs bleibt! Sie meinen, dass wir sicher genug Zeit für das Bogenschützen-Festival in Yecheon haben, Carol?", fragte Dorn.

"Absolut! Wir halten uns an Arda Develdts Plan, Mr. Dorn!", antwortete die Amerikanerin.

"Keine Sorge! Zusätzlich werde ich Carol sofort via Telefon informieren, falls sich die Situation ändern sollte!", bekräftigte Chun Doo und deutete auf sein Smartphone.

"Gut, dann, liebe Miss Carol, sollten wir uns fertigmachen und tatsächlich laut Dr. Develdts Plan vorgehen. Ich bin schon sehr gespannt, wie Sie in dem schönen Dirndlkleid aussehen!", sagte der Bogenschütze.

"Oh, verdammt! Das hatte ich total verdrängt! Ich hasse Arda dafür!", schimpfte Carol.

"Wir treffen uns im Esszimmer!", sagte Chun Doo.

Dorn blickte unschuldig, Carol zog ein bockiges Gesicht und ging. Nach etwa 20 Minuten kam sie frisch und hübsch anzusehen ins Esszimmer, wo Dorn und Chun warteten. Das Dirndlkleid war knielang, rot, mit einem kleinen weißen Blumenmuster und einer blauen Schürze, ebenfalls mit weißen Ornamenten, dazu hatte Dr. Develdt eine passende, kurzärmelige, weiße Bluse ausgesucht. Die schlanke Amerikanerin mit dem kurzen, blonden Haar, sah in der österreichischen Tracht bezaubernd aus.

"Donnerwetter! Kompliment, Miss Carol! Sie sehen toll aus in dem Dirndl!", rief Dorn erstaunt.

"Nennen Sie mich nicht *Miss* Carol!"

"In der Tat! Sehr schön, Carol!", teilte Chun Doo begeistert die Meinung des Schützen.

Sie knurrte etwas zurück und setzte sich an den Tisch. Um 6:30 Uhr früh, nach dem Frühstück mit Kaffee, Orangensaft, Butter, Toast und Käse, das einer der beiden jungen Koreaner in einem modern eingerichteten Esszimmer neben dem Wohnzimmer servierte, brachen Carol und Dorn nach Yecheon im Süden auf.

Eine Menge Menschen in Trachten aus aller Welt strömten von einem Sammelpunkt, einer Bushaltestelle neben einem eindrucksvollen, künstlichen Wasserfall zum Festival. Die von der Polizei gesperrte Straße zum Festgelände war von Fahnenmasten mit den Flaggen der an der Gründungszeremonie der WTAO teilnehmenden Staaten gesäumt. Carol und er gingen in der Mitte einer großen Gruppe von Bogenschützen. Als er an der österreichischen Fahne vorbeikam, hielt Dorn kurz inne und salutierte. Das sahen die anderen Delegierten und taten es ihm gleich; sie salutierten, wenn sie die Flagge ihrer Heimat passierten.

Einige der Schützen erkannten den *Bowman* aus Österreich; sie begrüßten Carol und Dorn herzlich, Hände wurden geschüttelt; Carols frische Attraktivität im feschen Dirndlkleid sorgte für entsprechende Aufmerksamkeit und zahlreiche Komplimente an die Amerikanerin. Viele Fotos wurden gemacht, es war ein freundschaftliches, fröhliches Zusammentreffen von angenehmen Menschen aus allen Teilen der Erde.

96 Bogenschützen aus Polen, Frankreich, Ungarn, Malaysia,

England, Bhutan, Thailand, Kirgisistan, Bahrein, Deutschland, Mongolei, Japan, Türkei, Bolivien, Peru, China, Taipeh, Griechenland, Iran, Philippinen, Indonesien, Spanien, USA, und Korea, waren, neben Dorn aus Österreich, unterwegs zum Festgelände. Dazu kamen Massen von Besuchern, welche die Eröffnungsshow erleben wollten.

Die Überlieferung besagte, dass sich vor etwa 300 Jahren ein General der Joseon-Dynastie in Yecheon niedergelassen und sein Wissen über Bogen und Pfeil weitergegeben hatte. Das war der Ursprung der Bogen-Tradition in Yecheon. Heute wird geschätzt, dass Bogenmacher aus Yecheon und der Umgebung ungefähr 70% der traditionellen Compositebögen Koreas produzieren. Yecheon brachte zahlreiche olympische Medaillengewinner und Weltmeister-Bogenschützen hervor.

Eine gewisse Chang Yun-seo gesellte sich zu ihnen. Sie war eine schöne, junge Koreanerin in eigentümlicher, Tracht, bestehend aus einem anliegenden, weißen Kleid und Lederriemen, die, vor der Brust und am Rücken gekreuzt, einen breiten Ledergürtel mit silberner Schnalle hielten. Sie war offenbar eine Bogenschützin und trug Armschutze an beiden Unterarmen, einen Seitenköcher an der rechten Hüfte, einen kurzen, koreanischen Bogen in ihrer Linken und einen silbernen Schießring an ihrem rechten Daumen. Sie war anscheinend eine Freundin Carols und wich nicht mehr von der Seite der Amerikanerin.

Zuerst gab es einen großen Empfang mit lauter Musik, Tanznummern und einigen Reden von Politikern. Der Hauptgastgeber war der Bürgermeister von Yecheon. Obwohl sich das Gelände in der Stadt befand, lag es an einem See. Den Haupt-Festplatz verband eine schwimmende Brücke aus Kunststoffelementen mit dem anderen Ufer, an dem sich ebenfalls viele bunte Buden und Zelte befanden. Nach etwa zwei Stunden begaben sich die Bogenschützen zu einem zentral gelegenen Schießplatz.

Eine Gruppe nach der anderen trat auf; die Delegationen der teilnehmenden Nationen in ihren eindrucksvollen Trachten, boten den Zuschauern verschiedene Darbietungen; manche bestanden aus reinem Bogenschießen, viele hatten eine tänzerische oder rituelle Anmutung. Einige Teams hatten eigene, traditionelle Zielscheiben aus ihrer Heimat mitgebracht, andere schossen auf die vier koreanischen Scheiben, die an einer riesigen Wand, die zugleich als Pfeilfang diente, hingen. Das Publikum war großartig, oft applaudierte es nach einzelnen Schüssen, jedenfalls aber am Ende eines Auftritts.

Dorn war etwas nervös, weil er keinen Act vorbereitet hatte. Carol weigerte sich vehement, als seine Assistentin, die ihm keck einige Luftballons als Ziele präsentierte, aufzutreten. Das seien längst überholte, erniedrigende Rollenbilder, keinesfalls würde sie sich so demütigen. Dass sie dieses lächerliche, österreichische Redneck-Kleid Arda Develdt zuliebe, angezogen hatte, wäre schon schlimm genug, erklärte sie ihm nachdrücklich, als er ihr vorsichtig den Vorschlag gemacht hatte.

Der Schütze dachte ein paar Sekunden nach, dann fasste er den Entschluss einen neuen Trick zu zeigen, einen, den ihm Severin der Abt vorgeschlagen hatte. (Siehe: Bd. 1: Bowman – Blutiges Horn) Er wusste, er musste das Publikum überraschen, dass er ein guter Bogenschütze war, vermuteten die Zuschauer. Nur ein paar Ziele zu treffen, würde keine Überraschung sein. Dorn nahm alle Pfeile, bis auf 7 Stück mit Scheibenspitzen aus dem Köcher und gab sie Carol zur Verwahrung. In der linken Jackentasche des Bush-Jackets waren immer ein paar rote Luftballons und einige kleine Nägel, 40er Drahtstifte. Er blies zwei der Ballons auf und gab sie ebenfalls der Amerikanerin; immerhin stimmte sie zu, ihm diese, auf ein Zeichen hin, zu reichen.

Als er an die Reihe kam, ging er allein in die Mitte des Schießplatzes und hob grüßend die rechte Hand. Dann holte er die Ballons von Carol, ging zur vierten Scheibe, ganz rechts, und hängte sie, mithilfe der kleinen Nägel, nebeneinander auf. Er wartete kurz, bis das Publikum aufmerksam war, und schoss schnell drei Pfeile in die gelbe Mitte der ersten Zielscheibe. Beifall! Dann kniete er sich mit dem rechten Bein in den Sand des Platzes und schoss drei Pfeile in die Mitte der zweiten Zielscheibe. Applaus! Zuletzt drehte er sich um, stand mit dem Rücken zum Ziel, und schoss einen Pfeil aus der Drehung in die Mitte der dritten Scheibe. Mehr Beifall!

Nun hingen die zwei roten Ballons an der vierten Zielscheibe und Dorn hatte keinen Pfeil mehr. Er machte eine Geste nach dem Köcher, damit dem Publikum dies auch sicher klar wurde und wies auf die zwei Ballons. Es wurde still. Seine Linke, die Hand mit dem Bogen, ging nach hinten an den Boden des Rückenköchers, zugleich schnellte seine Rechte an die andere Seite des Köcherbodens und zog den ersten japanischen Kunai. Er schleuderte ihn mit einer fließenden, eleganten Bewegung des

Arms und der erste Ballon zerbarst mit einem lauten Knall. Beifall! Schnell, schneller als das Publikum erfassen konnte, hatte er den zweiten Dolch hervorgezaubert und der andere Ballon platzte. Riesiger Beifall und Bravo-Rufe erfüllten den Platz.

Er war erleichtert, es war gut gelaufen. Dorn verneigte sich nach allen Seiten, holte seine Pfeile sowie die zwei Dolche und trat ab. Auch Carol gratulierte ihm zur gelungenen Performance und schämte sich ein wenig, weil sie einsah, dass nichts dabei gewesen wäre, dem Bogenschützen zu assistieren.

Ein junger Koreaner mit einem Langbogen und einem Rückenköcher voller Pfeile drängte sich durch die Menge am Eingang der Schießarena, bis er strahlend vor dem österreichischen Schützen stand. Nach einem respektvollen Neigen des Kopfes und einem fröhlichen *Hello!* zu Carol, stellte er sich Dorn vor: "*Hello, Sir! Sorry to disturb you!* Mein Name ist Hyun Bin. Ich kenne all Ihre coolen YouTube-Clips und bin ein großer Bowman-Fan aus Südkorea! Ich schieße auch einen amerikanischen Langbogen!" Er sprach gutes Englisch.

"*My pleasure to meet you! Many, many thank you for your kind words, Sir!* ", antwortete der Schütze und reichte dem jungen Mann die Hand.

"Wie gefällt es Ihnen in Korea?", fragte Hyun Bin.

"Ich wusste nicht viel über Südkorea, muss ich zugeben. Ein sehenswertes Land und alle Menschen, die ich bisher getroffen habe, sind freundlich zu uns! Ein tolles Land, Sie können stolz darauf sein, Mr. Hyun! Übrigens, können wir uns als Langbogenschützen auch duzen!"

"Oh, danke, Bowman!", rief der Koreaner erfreut, "Ich würde irgendwann gerne auch dein Land kennenlernen, vielleicht reise ich einmal nach Wien."

"Schreib mir, wenn du nach Österreich kommst, es wäre mir eine Freude!"

Hyun Bin hob seinen Bogen und sagte: "Ich habe eine Bitte. Könntest du meinen Langbogen signieren? Es wäre eine große Ehre!"

"Gerne – aber, es ist *mir* eine große Ehre!" antwortete Dorn und zog den wasserfesten, schwarzen Faserstift hervor, den er für solche Situationen bei sich trug.

"Was soll ich schreiben?"

"Was du möchtest!"

Dorn dachte kurz nach und schrieb - *Good Hunting & Shoot*

Straight, Hyun Bin! Bowman, 2015 - auf das helle Faceing des unteren Wurfarms.

"Ich habe noch eine Bitte, wenn das nicht zu unhöflich ist.

"Gerne, kein Problem, Hyun Bin!"

"Darf ich deinen besonderen Köcher einmal betrachten, Bowman? Diese kleinen Dolche sind im Boden versteckt?"

"Ja! Ein Freund, Abt Severin in Österreich, hatte diese tolle Idee, als er eine Kleinigkeit an dem Köcher reparierte. Der Boden ist aus drei Lagen Sattelleder. Zwei Schichten dienen als Schutz, damit scharfe Jagdspitzen nicht durchstechen können, in der untersten, der dritten Lage stecken flach, ziemlich unsichtbar, diese kleinen, japanischen Kunais", erklärte Dorn und nahm den Köcher ab, damit der junge Fan ihn inspizieren konnte.

"Wow, eine sehr gute Idee! Muss mir auch so einen Köcher basteln! Vielen Dank! Ich will dich jetzt nicht länger aufhalten. Ich schreibe dir, *Thank' s Bowman and Good bye* ! *Good bye, Miss Carol*! Es war toll euch zu treffen!" Sie schüttelten sich die Hände und gingen auseinander.

Nach den Darbietungen der Bogenschützen schlenderte er mit Carol durch das Festgelände. Sie war mit dem feschen Dirndlkleid, ihrem blonden Haar und dem sommersprossigen Gesicht, ein Blickfang für die hauptsächlich koreanischen Besucher und ebenfalls für die Schützen und Schützinnen, die eine österreichische Tracht wohl noch nie gesehen hatten. Immer wieder baten Besucher und Bogenschützen darum ein Foto von Carol und Dorn machen zu dürfen oder ersuchten sie, gemeinsam mit ihnen für ein Bild zu posieren. Dorn grinste, denn Carol war es zwar peinlich das Dirndl zu tragen, andererseits bekam sie ständig Komplimente, wie schön sie damit sei. Drei ältere koreanische Ladies fragten sie gar, ob sie ihre blonden Haare berühren dürften.

Gegen 14:00 Uhr gingen alle Bogenschützen, sie wurden von Festival-Guides begleitet, über die schwimmende Brücke in eine Straße mit vielen Speiselokalen. Aufgrund der verschiedenen Religionen und Nationalitäten, wurden die Schützen in Gruppen, die ähnliche Speisen bevorzugten, aufgeteilt.

Als es dunkel wurde, ging es mit dem Auto zu einem Kongresszentrum in der Stadt, wo die eigentliche Gründungszeremonie der WTAO – der *World Traditional Archery Organisation*, stattfinden sollte. Es gab ein Buffet und Getränke, dann begab man sich in einen großen Sitzungssaal und Bürgermeister, Politiker, Vertreter der UNESCO und einzelne Delegierte der vertretenen Nationen hielten Reden. Alle anwesenden Bogenschützen wurden Gründungsmitglieder der WTAO, bekamen Mitgliedsausweise, einen Anhänger in Form einer Pfeilspitze mit dem WTAO-Logo, eine Mappe mit den Statuten, Werbematerial und eine Festschrift. Sinn und Zweck der neuen Organisation war, den Traditionellen Bogensport der verschiedenen Gründungsländer als kulturelles Erbe zu erhalten und zugleich, ein gemeinsames, weltweites Bewusstsein für die Werte dieses Sports zu entwickeln. Nach vielem Händeschütteln, kurzen Gesprächen und herzlichen Abschiedsworten, ging die Veranstaltung zu Ende. Zuletzt begleiteten sie Chang Yun-seo, die Freundin Carols, zu einer Bushaltestelle, dann fuhren sie zurück nach Pyeong zum Hausboot.

Zuerst rauschte die Amerikanerin in ihre Kabine, um endlich das Dirndlkleid auszuziehen. Sie trafen sich in Kabine 9 beim Empfänger. Die *Czarina Laurente* hatte in den vergangenen 15 Stunden etwa 180 Seemeilen oder 336 Kilometer zurückgelegt und lief konstant auf Nord-Kurs.

18. Kapitel

Am nächsten Morgen, nach dem Frühstück, fuhren Carol und Dorn los in Richtung Norden. Der Tag war sonnig und der Himmel ohne Wolken. Die Amerikanerin tat geheimnisvoll und hatte ihr Ziel bis jetzt nicht verraten. Es sei eine Überraschung, die mit Bogen und Pfeil zu tun hatte; ein altes koreanisches Geheimnis, das sie ihm zeigen wollte. Dorn akzeptierte das und versuchte ein wenig mehr über Carol zu erfahren.

"Wie sind sie nach Südkorea gekommen?", fragte er.

"Seit meiner Kindheit liebe ich Tiere und das Meer und bin eine leidenschaftliche Schwimmerin und Taucherin. Ich erfüllte mir einen Traum, indem ich in Tampa, Florida, an der *University of Tampa College of Natural and Health Sciences*; und später am *National Maritime College* in Busan, Südkorea, Meeresbiologie studierte. Dadurch lernte ich Koreanisch. Dann habe ich mich für diesen UNODC-Job in Südkorea beworben und seit drei Jahren bin ich hier."

"Ist das Studieren nicht sehr teuer in den USA?"

"Zum Glück sind meine Eltern, nun ja, wohlhabend."

"Wie das?"

"1840 gründete mein Urgroßvater Joseph A. Greener im Staat New York eine kleine Hemdennäherei. Während des Bürgerkrieges von 1861 verdiente meine Familie recht viel Geld mit Uniformen und erweiterte später das Business. Ich wurde, sozusagen, als privilegiertes Kind geboren."

"Das ist ja keine Schande!"

"Na ja, ich versuche durch mein Engagement in der UNO der Welt etwas zurückzugeben und zugleich Gutes für Tiere zu tun. Das ist das Mindeste was ich machen kann."

"Verstehe!"

Sie kamen durch kleine Städte und verstreute Ortschaften; Felder und Forste säumten die Landstraße. Der Verkehr war flüssig und nach etwa einer Stunde erreichten sie den Bezirk Yeoncheon-gun. Die Stadt Yeoncheon-eup umfuhren sie und folgten der Korail-Bahnlinie, die in Richtung Nordkorea führte.

Dorn hatte dem Ausflug nur widerwillig zugestimmt und dachte an den Empfänger und den Auftrag. Er musste die *Czarina Laurente* finden! Die Ortung und das Aufbringen des Frachters, standen im Mittelpunkt seines Interesses. Nur dann konnten sie die koreanische Polizei rechtzeitig verständigen und verhindern, dass die mörderische Crew ihre wertvolle Fracht ungehindert löschte.

"Nun sagen Sie schon! Wohin fahren wir?", erkundigte er sich mürrisch.

"Wir besuchen Freundinnen von mir", antwortete Carol.

"Wundervoll!", knurrte der Schütze.

Die Landschaft wurde zusehends hügeliger und waldiger. Immer weniger Felder waren zu sehen und bald bog Carol von der Straße ab. Sie holperten auf einen einspurigen, geschotterten Güterweg, der in einen hellen Kiefernwald führte. Nach etwa fünf Kilometern Fahrt wurde der Wald dichter. Etwa eine halbe Stunde später gelangten sie ans Ende des Güterweges und Carol hielt den Kia.

"Wir müssen jetzt zu Fuß weiter! Nehmen Sie Ihren Bogen mit!"

"Ihre Freundinnen wohnen im Wald?"

Die sommersprossige Amerikanerin antwortete mit einem bösen Blick und drosch die Fahrertüre zu. Der Bogenschütze stieg aus und nahm seinen Köcher mit den Pfeilen und den Bogen in der Segeltuchhülle aus dem SUV. Sie nahm ihren kleinen Rucksack heraus und schritt, ohne sich umzusehen, auf einen schmalen, geraden Pfad, der in den Kiefernwald führte. Dorn folgte ihr. Er trug den ledernen Köcher über die Schulter gehängt und suchte in seiner Jackentasche nach der Zigarettendose. Als Carol das metallische Geräusch seines Feuerzeugs hörte, drehte sie sich zu ihm und zog ein missbilligendes Gesicht. Dorn blinzelte ihr zu und stieß seinen Zeigefinger nach vorne in Richtung des Pfads.

"Los! Je schneller wir am Ziel sind, desto früher sind wir zurück!"

Es war ein heller Forst; alte Kiefern standen hoch und gerade gewachsen. Den Waldboden bedeckte üppiger Unterwuchs aus Farnen und an manchen Stellen wuchsen dicke Moospolster. Verschiedene Vögel sangen und zwitscherten. Insekten summten und Dorn meinte das leise Gurgeln und Rauschen eines entfernten Bächleins zu hören. In den Kronen der Kiefern erspähte er Nester in denen junge Raubwürger piepsten; Eichhörnchen huschten Baustämme hinauf und er sah eine verdutzte Eidechse, die ihn mit starrem Blick musterte.

"Ein herrlicher Wald! Was ist das für ein abgelegener Ort, zu

dem wir gehen?", sagte Dorn etwas besser gelaunt.
"Wir besuchen Yangban Su-bin und ihre Schwestern!"
"Eine Mädchenrunde mit Kaffee und Kuchen?"
"Sie sind Bogenschützinnen! Es wird Ihnen gefallen, Dorn!", antwortete Carol.
"Hätten wir nicht doch lieber in Pyeong an Elwins Empfänger bleiben sollen?"
"Das macht Chun Doo, wie Sie wissen! Wir sind morgen wieder zurück und er wird uns informieren, ob sich die Position des Schiffs geändert hat", erklärte die Amerikanerin.
"Hoffentlich verpassen wir nichts! Ich halte nichts davon, wichtige Dinge Fremden zu überlassen!"
"Chun Doo ist zuverlässig, ich vertraue ihm!", versicherte sie, "Er ist kein *Fremder* !"
Je weiter sie den Weg gingen, umso gedrehter, dichter und bizarrer wuchsen die grauen, rauborkigen Stämme und Äste der Nadelbäume. Die Farne und Kräuter verschwanden und bald bedeckten nur die langen, abgefallenen Nadeln der Kiefern den Waldboden.
Der Baumbestand wurde fast undurchdringlich, der Weg schmaler und beschrieb immer mehr Kurven; es war unmöglich seinen Verlauf mehr als zehn Schritte einzusehen. Spärlich fielen einzelne Sonnenstrahlen, wie grelle Lichtlanzen, durch das verschlungene Gewirr der Stämme, Äste und Zweige. Ungefähr alle vierzig bis fünfzig Schritte zweigten weitere schmale Pfade ab. Im Grunde war es gar nicht mehr zu erkennen, ob sie einem bestimmten Weg folgten.
Es wurde still im Wald, die Vögel sangen und zwitscherten nicht mehr, keine Tiere waren mehr zu sehen. Die Kiefernstämme waren jetzt mannshoch mit Flechten und kriechenden Gewächsen bedeckt. Es war drückend schwül und eigenartigerweise hingen stellenweise Dunstwolken zwischen den alten, knorrigen Bäumen.
Carol wanderte flott voran. Dorn bewunderte, wie sicher sie ausschritt und an den vielen Weggabelungen keinerlei Zweifel hegte. Sie waren nun etwa zwei Stunden unterwegs und irgendwann blieb die Amerikanerin stehen und nahm einen Schluck Wasser aus ihrer Alu-Trinkflasche.
Dorn griff in seinen geräumigen Pfeilköcher und zog einen, mit dunkelgrünem Leder bezogenen, Flachmann heraus. Er schraubte ihn auf und bot Carol einen Schluck Loch Lomond an.

Sie schüttelte den Kopf und verdrehte die Augen. Kleine Schweißperlen glitzerten in ihrem kurzgeschorenen, blonden Haar.

"Sie sollten die aufregende, unberührte Natur genießen, anstatt Brandy zu trinken, Mr. Bowman!"

"Cheers!", erwiderte Dorn.

Er trank einen kleinen Schluck und spürte den Whisky heiß durch die Kehle und in den Magen fließen.

"Der Wald ist wie verhext!", sagte Dorn.

"Wir müssen noch ein Stück weiter durch die Wildnis und über einen Hügel; dann werden Sie staunen!"

"Ich bin gespannt auf Ihre geheimnisvollen Bogenschützinnen und hoffe sie sind den Weg durch diesen üblen Urwald wert!"

"Das sind sie! Kommen Sie jetzt!"

Sie gingen weiter; der Forst verwandelte sich in ein dichtes Labyrinth. Obwohl sich kein Lufthauch regte, knarzten die Äste der Kiefern; selbst die verwachsenen Stämme gaben sonderbare, knackende Töne von sich. Wuchernde, rot blühende Kletterpflanzen schienen die Bäume zu würgen. Der Weg wurde noch schmaler und war kaum mehr zu erkennen.

Zweige und klebrige Schlingpflanzentriebe streiften die beiden Wanderer bei jedem Schritt, als griffen sie nach ihnen. Es stank süßlich nach verwesendem Aas. Dorn fand heraus, dass es die blutroten Blüten der Kletterpflanzen waren, die mit diesem abscheulichen Gestank die Luft vergifteten. Jeder würde wohl hier umkehren. Zuletzt brachen sie durch einen dichten Vorhang aus Pflanzen, durch eine grüne, bösartige Wand. Plötzlich war die bedrückende dunkle Stimmung weggewischt und helles Sonnenlicht blendete sie.

Eine frische, kühlende Brise strich ihnen entgegen. Das Gelände stieg steil an; die Rücken zahlreicher großer, bemooster Felsen ragten aus dem Boden und der Wald war wieder licht und freundlich. Ein letzter steiler Aufstieg zwischen rundgewaschenen, bemoosten und riesenhaften Steinformationen und geraden, starken Kiefern, dann verharrten sie an der Kuppe der Böschung. Ein unwirkliches Bild, wie aus einer koreanischen Legende, entfaltete sich den Wanderern.

19. Kapitel

"Chamäleon ruft Seeschwalbe! Chamäleon ruft Seeschwalbe!"

"Hier Seeschwalbe! Was liegt an?"

"Wie weit ist die Seeschwalbe vom Nest?"

"Landung wie geplant Punkt Zero!"

"Seeschwalbe muss so schnell wie möglich fliegen! Landung früher Punkt Zero wäre besser!"

"Negativ! Landung früher nicht möglich! Seeschwalbe bestätigt, Landung Punkt Zero, laut Plan! Was ist das Problem?"

"Ein Jagdhund stöbert! Er kann den Flug der Seeschwalbe riechen."

"Das ist unmöglich! Seeschwalbe hinterlässt keine Fährte! Sie schläft, nur zum 5-Uhr-Tee ist sie wach!"

"Der Jagdhund verfolgt die Seeschwalbe! Das ist ein Fakt! Chamäleon wird ihn beschäftigen und verzögern!"

"Alles klar! Seeschwalbe fliegt plangemäß!"

"Verstanden! Chamäleon meldet sich exakt zum 5-Uhr-Tee wieder! Over und out!"

"Over and out!"

20. Kapitel

In einem, von Föhrenwäldern und großen Felsen umfangenen Tal glitzerte ein klarer, fast kreisförmiger See. In seiner Mitte ruhte, auf massiven Pfählen sitzend, eine rechteckige Plattform; darauf stand ein klassisch koreanisches Holzgebäude mit einem umlaufenden Pagodendach. Von der erhöhten Position sah Dorn, dass das Haus vierkantig angelegt war. Aus der Mitte des geräumigen Innenhofs ragte eine alte, hohe, steinerne Schlangenskulptur.

Carol stand neben ihm und mit vom Aufstieg gerötetem Gesicht erklärte sie: "Das ist der *Sunyeodl Jangso*, der Platz der Reinen Jungfrauen, mit dem *Sunyeodl Jip*, dem Haus der Reinen Jungfrauen. Die große Schlange in der Mitte ist eine *Imugi*."

"Wundervoll! *Imugi*?"

"*Imugis* sind Riesenschlangen der koreanischen Mythologie. Alle 500 Jahre kann eine von ihnen zu einem Drachen, einem *Yong*, werden. Eine *Imugi* lebt hauptsächlich im Wasser und greift Säugetiere, selten auch Menschen, an."

"Erstaunlich, was man auf amerikanischen Universitäten heute so alles lernt!", lästerte Dorn.

"Kommen Sie, gehen wir hinunter zum See! Wer weiß, was Sie sonst noch alles von Frauen lernen können!"

Sie übernahm wieder die Führung und sie stiegen die Böschung zum Ufer des Sees hinab, wo ein massives, hohes *Hongsalmun*, ein sogenanntes Rotes Pfeil-Tor, aus Holz aus dem Boden ragte. Dorn wusste, diese Tore dienten in asiatischen Kulturen dazu, eine symbolische Grenze zwischen Profanem und Heiligem zu markieren.

Carol schritt zum rechten Steher des *Hongsalmun*, wo eine kleine, bronzene Glocke und ein hölzerner Hammer hingen. Sie nahm den Hammer und schlug dreimal an die Glocke. Ihr schöner Ton schallte über den See und bald darauf hob sich, gegenüber des *Hongsalmun*, eine Art eisernes Fallgitter in der Vorderseite des Gebäudes; ein flaches, weiß gestrichenes Boot glitt aus einer Einfahrt unter der Plattform hinaus auf den See.

Drei schlanke Frauen befanden sich an Bord. Zwei stakten das Fahrzeug mit langen Bambusstangen über den spiegelblanken See; die dritte Frau war Chang Yun-seo, die Dorn in Yecheon kennengelernt hatte, sie war größer und älter als die beiden mit den Stangen, stand am Bug und hielt in ihrer Linken einen kurzen, koreanischen Bogen. An ihrer rechten Hüfte, an einem schmalen Gurt, hing ein zierlicher, gefüllter Pfeilköcher. Dorn schätzte, er fasste etwa sechzehn Pfeile.

Alle Frauen auf dem Boot trugen anliegende, weiße Seidenkleider, die durch dunkelbraune, lederne Riemen und einem breiten Gürtel mit silberner, ovaler Schnalle, ihre Formen mehr betonten als auflösten.

Das Boot erreichte das Ufer. Dorn half Carol, die seine Unterstützung nur widerwillig und mit einem bösen Blick geschehen ließ, an Bord. Erst als ihm die Frau mit dem Bogen einen auffordernden Blick zuwarf, sprang er auf das schwankende Fahrzeug.

Die hölzerne Grundplatte, die massive Plattform, auf der das imposante Gebäude stand, war weit größer und geräumiger als vom Ufer aus wahrnehmbar. Sie ragte so hoch aus dem Wasser, dass ihr Boot ungehindert, samt seinen stehenden Passagieren, in die Einfahrt des Gevierts fahren konnte.

Dorns Blick fiel dennoch misstrauisch auf das bedrohliche Fallgitter aus Schmiedeeisen mit den spitzen Zacken über seinem Kopf, welches, wenn geschlossen, gewiss alle ungebetenen Eindringlinge abhielt. Rund um den Innenhof, von der Unterkante der Plattform, bis hinein in die Tiefe des Sees, verlief ein starkes Gitter aus Schmiedeeisen, welches durch das Falltor verschlossen wurde. Angreifer oder unliebsame Wasserbewohner wurden dadurch daran gehindert, in den Innenhof des Gebäudes zu gelangen. Über die umlaufende Plattform einzudringen, erschwerte deren Höhe, die geradezu unmöglich machte, von einem herkömmlichen Wasserfahrzeug wie einem Boot, auf den Pfahlbau zu gelangen.

Im Inneren des Pfahlbaus, der Mitte eines Platzes aus Wasser, ragte das mächtige, steinerne Schlangen-Idol über die geschwungenen Dächer des tempelartigen Gebäudes. Ihr Boot legte an einer Leiter, die bis zum Wasser reichte, an und sie stiegen hinauf. Beim Anlegeplatz stand eine lange, hölzerne Bank aus schweren Pfosten.

"Nehmt Platz hier, bis euch die *Dea Seongmo* empfängt!", gebot Chang Yun-seo.

"Das tun wir gerne! Danke, Schwester!", sagte die Amerikanerin.

Die Koreanerin nickte Carol zu und schritt dann durch ein Tor in das Gebäude.

"Die *Dea Seongmo* ist die Große Jungfrau - die Oberste Schwester! An diesem abgeschiedenen Ort lebt seit vielen hundert Jahren die *Sunyeo Gongdongchae* - die Schwesternschaft der Reinen Jungfrauen!", sagte Carol verklärt.

"Reine Jungfrauen? Große Jungfrau? Eine Art feministische Öko-Sekte?"

"Nein, diese Frauen sind etwas Besonderes, keine Sekte! Ich komme regelmäßig hierher, um zu meditieren; die Schwestern sind meine Freundinnen. Für einen Mann, Mr. Dorn, ist es eine besondere Ehre, diesen, seit Urzeiten heiligen Platz betreten zu dürfen! Jedes Jahr darf nur ein einziges männliches Wesen diesen Ort besuchen! ", erklärte Carol salbungsvoll. "Yangban Su-bin, die Große Jungfrau, spricht sehr gutes Englisch, also muss ich nicht übersetzen."

"Ist das Ganze hier nicht etwas zu elitär und altmodisch für Sie, Miss Greener?", fragte Dorn unschuldig und machte eine höfliche Geste, die zum Platznehmen auf der Bank einlud.

"Ach bitte! Sie verstehen gar nichts!", zischte Carol und nahm dennoch Platz.

Dorn lehnte sich an eine der vierkantigen hölzernen Säulen, die das Vordach des Gebäudes stützten. Er fingerte eine Zigarette hervor und rauchte sie genüsslich an.

"Wie hält Ihre Freundin Simone, die Französin, von der Sie mir erzählten, Sie nur aus? Alles Feinstoffliche, jegliche Empathie für Spirituelles, ist Ihnen völlig fremd! Sie sind ein unzivilisierter Wilder!", sagte Carol.

"Sie mag Männer, die ein blutiges Steak kauen, Männer, die *nicht* weinen! Sojaschlürfende Metrosexuelle oder Lesben üben keinen Reiz auf meine Freundin aus! Sie mag mich, weil sie eine echte Frau ist, Miss Greener!", gab Dorn zurück.

"Dieses arme Wesen!"

Aus dem Inneren des Tempels erklang ein dumpfer Gong und kurz darauf schritt eine große Frau, gefolgt von Chang Yun-seo und vier weiteren Schwestern, aus einem Portal aus abgewetterten, massiven Kiefernholzbalken. Alle Frauen trugen die weiße Tracht mit den dunkelbraunen Riemen und dem breiten Gürtel mit der ovalen Schnalle. Dorn erkannte darauf ein graviertes Schlangensymbol. An beiden Unterarmen trugen die schlanken Koreanerinnen lederne Armschutze.

"*An-nyeong-ha-se-yo!* – Guten Tag! Hallo Carol Greener! Guten Tag, Bowman Thomas Dorn!"

Die große Frau neigte ihren Kopf, schritt auf sie zu und küsste erst Carol, dann Dorn auf den Mund. Instinktiv wischte er sich über die Lippen.

Yangban Su-bin, obwohl sie flache, traditionelle Seidenschuhe trägt, ist so groß wie er. Ihre Haut ist weiß, fast durchsichtig. Obwohl sie draußen auf einem See weit in der Natur lebten, war die Haut der Frauen hell wie Milch. Ihr schwarzes Haar trugen sie hochgesteckt; sie trugen keinen Schmuck, bis auf einen silbernen Schießring am rechten Daumen.

"Schwester Carol und Thomas Dorn, unser jährlicher Schützengast, sollen eintreten!"

Fast raumhohe, schmale Fensteröffnungen durchfluteten das Innere des massiven Holzgebäudes mit Licht. Vier neue Schwestern schwebten herbei und servierten den beiden Gästen und der *Dea Seongmo*, der Obersten Schwester, einen Bambusbecher mit einem eiskalten Getränk.

"*Geon-bae!* – Prost!", trank die große Koreanerin Carol und dem Schützen zu.

"Mein Name ist Yangban Su-bin! Carol berichtete mir von deiner Kunstfertigkeit, Bowman Dorn!", sagte die Frau. Sie sprach gutes Englisch.

"Guten Tag, Madame! Nun ja, Carol übertreibt gern! Sie neigt zu jungmädchenhaften Schwärmereien, müssen Sie wissen!", erwiderte Dorn.

Die Amerikanerin warf ihm einen vernichtenden Blick zu.

"Jedes Jahr laden wir einen einzigen Bogenschützen ins *Sunyeodl Jip*, ins Haus der Reinen Jungfrauen ein, um uns mit ihm zu messen", erklärte die Obere.

"Zu messen? Tut mir leid, Oberste Schwester, ich habe mich noch nie mit Mädchen gemessen! Ich sehe ihnen beim Schießen zu und gebe ihnen Tipps, wenn sie mich darum bitten", wich Dorn aus.

"Es stellt die Balance her, die wir brauchen, weil unsere Schwesternschaft schon seit langer Zeit in Abgeschiedenheit und Meditation lebt. Es hilft uns, mit der Welt jenseits des Portals am See verbunden zu bleiben und Neues zu lernen. Schieß mit uns, Dorn!", sprach Su-bin.

Die Halle füllte sich mit einer Schar von dreißig Schwestern in Seidentracht. Alle trugen ihr Haar hochgesteckt; einige hatten Seitenköcher mit Pfeilen und wunderschön bemalte, mit koreanischen Zeichen beschriftete, Composite-Bögen. Hinter den

Bogenschützinnen tummelten sich Kinder, jüngere Mädchen und junge Frauen, die kleine Mädchen im Arm hatten oder an der Hand führten. Soweit erkennbar, war kein männliches Wesen unter den etwa fünfzig Personen, die die Halle nach und nach füllten.

"Carol, wohin haben Sie mich durch diesen Hexenwald gebracht?"

"Na los! Sie werden ein kleines Match mit Mädchen doch nicht scheuen, starker Mann!", feixte Carol.

"Ich habe gehört, dass du ein Meister im Treffen bewegter Ziele bist!", sagte Su-bin.

"Ich würde sagen, ein Meister vermeidet auf bewegte Ziele zu schießen, wenn es möglich ist", antwortete der Schütze.

"Der Brauch will es, dass du die Bedingungen eines Wettstreits bestimmen darfst, und ich messe mich mit dir! Dann stelle ich die Regeln auf! Später gibt es das jährliche Festmahl. Das gebietet die uralte Tradition! Unsere Schwesternschaft stammt noch aus der Zeit vor den jetzigen Religionen."

"Eine Insel voll schießwütiger Jungfrauen! Das wird mir niemand glauben!", murmelte Dorn.

"Lasst uns schießen und am Abend gemeinsam essen und trinken! Bewahre die Tradition mit uns, Dorn!", bat *Dea Seongmo*, die Große Jungfrau, feierlich.

Ein guter Bogenschütze weiß, wann er verloren hat! Dorn erkannte, dass kaum möglich war, das liebenswürdige Ansinnen der Großen Schwester abzulehnen. Zu sehen, wie diese Mädchen Bogen und Pfeil handhaben, ist vielleicht eine interessante Zerstreuung, dachte er.

Er stimmte also dem Wettkampf zu und die Gesellschaft begab sich auf eine große Terrasse an der, dem Portal am Ufer, abgewandten Seite des Pfahlbaus.

Es war ein großer, überdachter Schießstand, allerdings ohne Zielscheiben. Geschätzte 150 Meter weit draußen erhob sich eine kleine Insel aus dem Seewasser. Auf ihr befand sich eine klassische, koreanische, rechteckige Zielscheibe. Gegenüber, auf der weit entfernten Uferböschung, leuchtete ein winziges, weißes Rechteck über den See. Dorn nahm an, dass es ebenfalls eine koreanische Zielscheibe war. Er besaß einige gute Bücher, die sich eingehend mit verschiedenen asiatischen Bogenschieß-Traditionen und Techniken befassten. Bogenschießen galt in Korea als Kampfkunst, nicht als Sport oder Spiel. *Gungsul* bedeutete "Handwerk des Bogens" oder "Technik des Bogens" und bezeichnete das traditionelle koreanische Bogenschießen. Weitere Bezeichnungen waren *Guk-gung* sowie *Gungdo*, welche mit "Weg des Bogens" übersetzt wurden.

Vier junge Mädchen schritten zu vier hohen Trommeln. Sie machten eine Art Knicks und dann schlugen ihre Handflächen einen angenehmen, dumpfen Rhythmus.

Eine Tür im Gebäude öffnete sich, acht Frauen traten heraus und schritten an die rote, breite Schießlinie nahe dem Rand der Seeplattform.

"Das sind unsere besten Schützinnen! Für gewöhnlich beginnen wir mit vier Schüssen auf 20 Schritte Distanz. Die großen Bambustrommeln geben den Schieß-Rhythmus vor", erklärte Su-bin.

Die Schützinnen vollführten ihre Schritte und Bewegungen völlig synchron. Selbst ihre Augen blickten stets in dieselbe Richtung; ihr Blick war völlig ruhig und schien unfokussiert.

Su-bin hob ihren rechten Arm und drei flache Holzboote glitten hinaus auf den See. Jedes wurde von zwei jungen Frauen gestakt und eine dritte Frau stand am Bug. Eines der Boote, auf ihm stand eine große Zielscheibe, drehte etwa 20 Meter entfernt bei. Eine *Gungdo*-Zielscheibe ist weiß, 2 Meter breit und 2,5 Meter hoch. Auf weißem Hintergrund sind ein großes, schwarzes Quadrat und, darüber liegend, ein dicker schwarzer Balken, gemalt. In der Mitte des Quadrats markiert ein großer, roter Punkt das kleinste Ziel.

Die beiden anderen Boote, positionierten sich seitlich des Zielboots. Am Heck stützten sich jeweils die zwei Mädchen auf die langen Bambusstangen, mit denen sie die Position des Boots hielten. Auf den flachen Böden der Fahrzeuge befanden sich geflochtene Behälter, in denen lange Reihen von Holzscheiben lagerten. Auf den erhöhten Bugplanken, nahe dem Zielboot, standen, anmutig anzusehen, die beiden anderen Frauen. Der See lag ruhig, wie ein Spiegel aus poliertem Silber, im Tal.

Dorn schälte den schlanken, amerikanischen Langbogen aus der Segeltuchhülle und spannte die Sehne auf - ohne den Blick vom kleinen, roten Mittelpunkt der Zielscheibe auf dem See zu nehmen, legte er seinen Armschutz an, den Schieß-Handschuh, und überprüfte den Sitz des Rückenköchers. Er wusste, es gab kein anderes Geheimnis, als den Blick ins Ziel zu bohren.

Dorn nahm den Köcher noch einmal ab; er zog sechs Pfeile

mit scharfen *Howard Hill Archery* Jagdspitzen heraus und lehnte sie an einen der Steher des Schießstandes. Ein Dutzend Pfeile mit Scheibenspitzen und ein zweites mit stumpfen Bluntspitzen, 24 Pfeile, beließ er im Köcher und schüttelte sie zurecht. Es war sein Lieblings-Köcher, jener, den Abt Severin im Vorjahr repariert und mit kleinen Dolchen im Boden versehen hatte. Dorn stellte den Riemen etwas enger und hängte den weichen Rückenköcher über.

"Vier Pfeile! Schießt Gerade, Schwestern!", rief die Oberste.

Die acht Frauen traten vor an die Linie und beschossen das Ziel auf dem Boot. Jede löste in rascher Folge 4 Pfeile; 32 Schäfte trafen ins schwarze Quadrat, alle nahe des roten Mittelpunkts; sechzehn Pfeile steckten im Roten.

Dorn schoss seinen vierten Pfeil erst, als alle der Schwestern fertig waren - und versenkte den weißen Schaft, mit den großen Federn, neben seinen drei anderen Pfeilen, im Zentrum des roten Punkts. Die Trommeln verstummten. Eines der Boote stakte vor das Zielboot und eine Schwester zog die Pfeile aus der Zielscheibe.

"Nicht schlecht! Deine Mädchen schießen gut, Große Schwester!", lobte Dorn.

"Du aber auch! *Gamsahamnida!* – Danke! Wir verwenden dünne Scheiben aus Kiefernholz, wenn wir das Treffen fliegender Ziele üben. Die beiden Schwestern am Bug der Boote werfen einander die Scheiben vor dem Pfeilfang des Zielbootes zu - genau im Rhythmus der Trommeln!", antwortete die Koreanerin.

"Verstehe! Ich dachte aber, du wolltest, dass ich die Regeln vorgebe?", stichelte Dorn.

"Später! Jetzt schießen die Schwestern paarweise. Wir ziehen es vor, beim schnellen Schießen, vier Pfeile in der Bogen- oder Zughand zu halten", erklärte Su-bin.

"Es ist eine Zeremonie! Machen Sie einfach mit!", schimpfte Carol von der Seite.

"Natürlich, Miss Greener! Ganz wie Sie wünschen!", murrte Dorn.

"Bowman Dorn, gestatte uns, dir unsere Übung vorzuführen, dann zeigst du uns deine Art zu trainieren!"

"Amen!"

Die Besatzungen der Boote beeindruckten den Schützen mit einem ausgeklügelten Wurf-System. Nur mehr ein Mädchen im Heck hielt das Boot, beide Stangen nutzend, in Position. Das zweite Mädchen reichte der Frau am Bug, der Werferin, immer neue Scheiben zu. Die beiden erstaunlichen Werferinnen konnten, mit dem rechten, wie mit dem linken Arm, die Scheiben sowohl präzise werfen als auch sicher fangen. Sie blickten starr und zugleich entspannt, als wären sie in einer Trance.

Die Trommeln schlugen einen Takt von etwa fünf Sekunden. Zeitgleich passierte die hölzerne Scheibe den Pfeilfang auf dem Boot mit der Zielscheibe. Sie flog etwa zwei Meter vor dem Pfeilfang vorbei. Die Frauen warfen eine Scheibe, präzise, durch einen gekonnten Spin stehend und in einem flachen Bogen, hin und her. Genau im Rhythmus der Trommeln.

Die ersten beiden Mädchen bezogen Stellung; sie hatten einen Pfeil auf der Bogensehne und blickten, auf die fliegende Scheibe, als wollten sie deren Flugbahn und Rhythmus speichern.

Auf einen Ruf der Obersten Schwester ließen die zwei Schützinnen ihre Pfeile fliegen. Beide Geschosse schlugen präzise in die tellergroße, fliegende Kiefernscheibe und stießen sie aus der Bahn, dann plumpste das Ziel mit den steckenden Schäften ins Wasser. Acht Scheiben wurden geworfen. Jede Frau, schoss vier Pfeile, also zwei Frauen schossen zusammen acht Pfeile. Zwei Paare, waren in der Lage alle Scheiben, dem Trommeltakt entsprechend, alle fünf Sekunden eine, zu treffen. Drei Paare trafen sechs Scheiben, zwei verfehlten sie. Das letzte Paar traf insgesamt fünf Scheiben von den acht.

Dorn applaudierte. Die Oberste Schwester und Carol nickten ihm mit stolzer Mine zu; die acht Schützinnen verneigten sich und reihten sich in die Gruppe, der zusehenden Schwestern, auf dem kleinen Platz auf der Schießplattform. Die Trommeln verstummten.

"Ganz toll, wie deine Schwestern schießen! Fast ebenso bewundere ich die Fertigkeit der präzisen Werferinnen und deren Helferinnen! So eine Trainingsmaschinerie wünschte ich mir zuhause!", lobte der Bogenschütze.

"*Gamsahamnida!* – Danke, Bowman Dorn! Nun schießen wir! Ich hoffe du bist in guter Form! Wir schießen zwölf Pfeile!", sagte Su-bin mit einem listigen Blitzen in ihren dunklen Augen. "Ich gehe nur schnell in die Bogenkammer, um meine Ausrüstung zu holen."

Sie ging in den Raum, aus dem zuvor die acht Schützinnen gekommen waren. Dorn wartete eine kleine Weile, dann zündete er sich eine Zigarette an. "Carol, könnten Sie nicht noch zwei dieser köstlichen, eiskalten Bambusgetränke holen, die wir beim Empfang hatten?", fragte er die Amerikanerin.

Sie schloss die Augen, schüttelte den Kopf und erwiderte: "Die Oberste Schwester kommt gleich! Sie legt ihre Armschutze, ihren Daumenring und den Köcher nach einem Ritual an. Auch die Bogensehne muss sie aufspannen. Danach macht sie eine Vorbereitungs-Meditation. Geduld!"

Dorn murmelte etwas und suchte die zwölf Pfeile mit den Feldspitzen aus seinem Köcher. Er legte sie neben die sechs Jagdpfeile. Auf die fliegenden Holzscheiben wollte er lieber mit den stumpfen Bluntpfeilen schießen.

Da öffnete sich die Tür der Bogenkammer und Su-bin trat auf den Platz. Ihre Augen streiften Dorn ausdruckslos, dann richtete sie ihren starren Blick auf das Zielboot. Sie hob den Arm und die Trommlerinnen schlugen wieder den fünf Sekunden-Rhythmus. Die Werferinnen auf dem Boot ließen die erste Scheibe hin und her fliegen.

Su-bin hatte acht Pfeile in ihrem kleinen Seitenköcher an der rechten Hüfte und in ihrer Bogenhand hielt sie vier weitere dünne Bambuspfeile.

"Du schießt zuerst! Schieß Gerade, Bowman Dorn!"

Er tritt an die Schützenlinie, genau gegenüber dem Zentrum der Zielscheibe. Sein Gehirn speichert den Takt der geworfenen Holzscheiben und den der Trommeln wie ein Programm. Er dreht die linke Hüfte zum Ziel und lehnt seinen Körper nach vor; sein Kopf neigt sich leicht an die rechte Schulter. Dorns Rechte zieht blitzschnell einen Pfeil aus dem Köcher am Rücken und setzt ihn auf die Sehne, der schlanke Bogen kommt hoch, seine Zughand berührt sein Gesicht und der Pfeil zischt – die erste Kiefernholzscheibe zersplittert. Die stumpfen Bluntpfeile zeigen ihre rohe, zerstörerische Wirkung. Alle fünf Sekunden passiert eine Scheibe die Mitte des Pfeilfangs; Dorns Blunts treffen alle und verwandeln sie in hölzerne Splitter, die im See landen. Seine zwölf Pfeile hatten die Scheiben durchschlagen und steckten in einer dichten Gruppe im Pfeilfang auf dem Zielboot.

Der Schütze lächelte die große Koreanerin an und machte eine einladende Geste in Richtung der Zielscheibe.

Su-bin steht aufrechter, kaum nach vorn gebeugt. Wie ein Roboter schießt sie zuerst die vier Pfeile aus ihrer Bogenhand; ohne Mühe wechselt sie die Technik und zieht die nächsten acht Pfeile aus dem Köcher. All ihre Pfeile treffen und stecken dann in den taumelnden Holzscheiben, die zuletzt im See treiben.

Recht flott, für einen Seitenköcher, dachte Dorn bewundernd. Fünf Sekunden waren jedenfalls genug Zeit für Su-bin, um jede der zwölf geworfenen Scheiben zu treffen!

"Kompliment! Du bist eine Meisterschützin!", lobte Dorn die Schießkunst der Obersten Schwester. Carol applaudierte.

Die Trommeln verstummten. Eines der Boote sammelte die Pfeile Su-bins und Dorns ein und brachte sie an die Plattform.

"Schwester Carol, wie sieht es mit den kalten Getränken aus?", fragte der Schütze.

"Konzentrieren Sie sich lieber! Zeigen sie der Obersten Schwester ihre tolle Trainingsmethode und Kunstfertigkeit! Sie sehen ja, diese Frauen können es mit jedem männlichen Schützen aufnehmen!"

"Meine Methode ist einfach!", antwortete Dorn.

Er schob seine Pfeile zurück in den Köcher und ging zu den Trommlerinnen. Der Schütze machte eine Geste; eines der Mädchen gab ihm einen ihrer Trommelschlägel und Dorn schlug einen schnelleren, einen 3-Sekunden-Rhytmus. Die Mädchen blickten zuerst ungläubig, aber nickten dann.

Der Bogenschütze geht an die Schießlinie, er winkt den Werferinnen zu und deutet auf die Trommeln. Sie verstehen und werfen. Durch ihr ausgeklügeltes System können sie dem Rhythmus der Trommeln folgen und alle drei Sekunden saust eine Holzscheibe zwischen den beiden Booten. Dorns Pfeile treffen und zersplittern alle zwölf Ziele.

Er dreht sich um und lächelt, als er sieht, dass Carol und die Oberste Schwester mit großen Augen und geöffnetem Mund auf die Reste der Holzscheiben im Wasser starren. Die Trommeln verstummen.

"Verehrte Su-bin, jetzt bist du dran! *Good Shooting!* ", sagte Dorn.

Die Koreanerin zögerte und antwortete: "Ähm, gut! Wie dem auch sei! Ich zeige dir jetzt unsere traditionelle, koreanische Art zu schießen!"

Sie winkte den Booten zu und diese stakten an die Plattform. Nur eines der Boote blieb besetzt.

"Vier Pfeile, Bowman Dorn?"

"Vier Pfeile!"

Er nahm seine abgelegten Pfeile mit den Feldspitzen vom Boden und steckte sie in den Köcher. Su-bin platzierte sich an der Schießlinie und ihr Blick fixierte die Zielscheibe auf der kleinen Insel im spiegelnden See. Dorn schätzte die Distanz auf 140 bis 150 Meter. Die Zielscheibe wirkte winzig. Es war windstill und die Trommlerinnen schlugen einen gedämpften, langsamen Rhythmus.

Die Oberste Schwester hob den Bogen und schoss langsam und bedächtig den ersten Pfeil, der in einer ballistischen Kurve in Richtung des Ziels flog. Dorn konnte es kaum ausnehmen, aber er meinte, Su-bins Schaft traf etwas links vom Zentrum der Zielscheibe. Der satte Einschlag klang über die ruhige Wasserfläche. Mechanisch griff die große Koreanerin nach dem nächsten Pfeil, setzte ihn auf die Sehne, hob den Bogen, zog die Sehne bis hinter ihr rechtes Ohr und löste. Das Geschoss zischte elegant weg und schlug wieder in die Scheibe, vielleicht etwas näher der Mitte. So schoss Su-bin auch die anderen zwei Pfeile; alle vier waren beachtenswerte Treffer. Carol strahlte und applaudierte.

"Triffst du auch dieses Ziel, Meister Dorn?", fragte die Oberste Schwester triumphierend. Der Bogenschütze wusste, dass er durch seine schweren Pfeile und die große Befiederung einen Nachteil hatte beim Schießen auf weite Distanzen. Sein stärkerer Bogen glich das zwar etwas aus, doch die großen Federn machten seine Schäfte empfindlich auf Seitenwind. Seine Ausrüstung war auf die Jagd ausgerichtet; schwere 160 Grain-Spitzen, schwere 500 Grain-Schäfte und 5 ½ Zoll-Federn, waren gut für Schüsse bis 60 Meter.

Die Koreanerinnen verwendeten Pfeile von vielleicht insgesamt 380 Grain Gewicht und ihre kleinen 3 ½ Zoll-Federn boten wenig Luftwiderstand; die leichten Spitzen wogen vermutlich um die 90 Grain.

"Weite Distanzen trainiere ich kaum, doch wir werden sehen!", antwortete Dorn.

Er trat an die Schießlinie und schob alle Gedanken weg; zuerst bohrte er seinen Blick in den, auf diese Distanz, unsichtbaren roten Mittelpunkt der Zielscheibe, dann starrte Dorn auf einen imaginären Punkt eine Handbreit oberhalb des Ziels. Dort bündelte er Geist und Fokus. Er löste und der erste Pfeil schlug zwar auf der Insel, aber unterhalb der Zielscheibe ein. Sein Blick suchte einen höheren Punkt und der zweite Schuss traf die Scheibe am rechten Rand. Der dritte und vierte Pfeil durchbohrten das schwarze Quadrat auf der Scheibe.

"Du hast ganz gut geschossen! Jetzt schießen wir noch vier Pfeile auf die Zielscheibe am anderen Ufer des Sees, was meinst du?", sagte Su-bin "Es sind etwa 180 Schritte bis zum Ziel."

Dorn zog die Augenbrauen hoch, stimmte aber zu. Die Koreanerin wollte offenbar den Wettkampf so ausgehen lassen, dass zuletzt der fremde Schütze versagte. Bei den gespannt zusehenden Schwestern sollte keinerlei Zweifel an ihrer Ausbildung und Technik zurückbleiben.

Su-bin schritt an die rote Schießlinie und versenkte, nach einem zu kurzen Schuss ins Wasser des Sees, die drei anderen Pfeile in die Zielscheibe. Mit freiem Auge war nicht zu erkennen, wo genau sie trafen; der Klang des Einschlags aber, bestätigte die Treffer. Carol Greeners Augen blitzten und sie atmete hörbar auf, dann klatschte sie begeistert.

Auch Dorn bewunderte die Fähigkeit dieser außergewöhnlichen Schützin und sagte: "Respekt, Große Schwester!"

Er schoss seine vier Pfeile in höchster Konzentration, doch zwei Schäfte landeten im See, der nächste schlug wohl unterhalb des Ziels ins Ufer; es gelang ihm nur ein Treffer.

"Ich gratuliere dir, Bowman Dorn! Auch wenn du vielleicht glaubst, du hättest zuletzt versagt, so kann ich dir aber sagen, dass du besser geschossen hast als all die Bogenschützen, die sich in den letzten Jahren mit mir gemessen haben!", lobte Su-bin Dorn mit stolzer Miene.

"Vielen Dank, Su-bin! Du hast mich ernsthaft gefordert und ich musste mich sogar ein wenig bemühen!", antwortete der Schütze verschmitzt.

"Es war mir eine Ehre! Die Schwestern holen jetzt unsere Pfeile mit dem Boot und dann zeige ich dir unsere Bogenwerkstatt, wenn du sie sehen willst", sagte die Oberste Jungfrau.

"Das wird Ihnen gefallen, Dorn! Die Frauen hier fertigen die besten und auch teuersten Composite-Bögen an. Wie Sie wissen, kostet ein koreanischer Bogen, der von einem Meister gebaut wurde, ungefähr 10.000,- US-Dollar. Die Schwestern machen nur vier Bögen im Jahr. Sie sind weltweit, besonders von asiatischen Spitzenschützen, begehrt und kosten 18.000,- US-Dollar, trotz einer Wartezeit von vier Jahren", erklärte Carol Greener.

"Ich sehe mir die Werkstatt gerne an! Könnten Sie trotzdem endlich eines dieser köstlichen, kalten Getränke auftreiben, Carol?", antwortete Dorn.

"Nach der Bogenbaukammer beginnt das Festmahl, da bekommen Sie genug zu trinken!", antwortete die Amerikanerin.

"Jawohl, Herrin!", antwortete der Bogenschütze.

"Warte, Dorn!", sagte Su-bin und gab einer jungen Schwester einen Wink. Diese eilte davon und kam kurz darauf mit einem Bambusbecher wieder, den sie dem Schützen mit einer kleinen Verbeugung reichte.

Su-bin sagte: "Auf unseren Gast! *Geon-bae!* – Prost!" Sie wartete geduldig, bis Dorn ausgetrunken hatte, während Carol wiederholt die Augen verdrehte oder zumindest missbilligend dreinschaute, wohl weil die Oberste Schwester dem Wunsch des Bogenschützen nachgegeben hatte.

Er dankte und nahm einen Schluck von dem köstlichen, kalten Trank. Es war ihm nicht klar, was die Zutaten des erfrischenden Getränks waren, war aber sicher, dass es etwas nach Erdbeeren und Zitronen schmeckte; ein Schuss eines exotischen Brandes war wohl auch enthalten.

Als Dorn den leeren Becher einer der Schwestern übergab, machte Su-bin eine gebietende Kopfbewegung und führte Carol und den Schützen ein Stück über die innere, umlaufende Plattform, bis sie zu einer Doppeltüre kamen. Sie traten ein. An der Seeseite befanden sich vier große Fenster; öffnete man die Doppeltüre, hatte man tagsüber reichlich Licht, um präzise arbeiten zu können.

Viele Werkzeuge aus Stahl, mit Knäufen und Griffen aus glänzend abgegriffenem, teilweise von Wurmlöchern durchbohrtem Holz, steckten in einer hölzernen Leiste über einer breiten, starken Werkbank aus stehend verleimten Eichenblöcken. Composite-Bögen in allen Phasen ihrer Entstehung hingen in einer Ecke der perfekt angelegten Werkstatt. Ein anderer Platz war der Herstellung von Bambuspfeilen und dem Anbringen von Pfeilspitzen gewidmet. Rohmaterialien lagerten auf einem luftigen Zwischenboden. Es roch nach Holz, Lack, Leim und Leder im Raum.

Niemand sprach. Dorn betrachtete die Werkstatt, die Werkzeuge, die Bögen und Pfeile fast andächtig; abgesehen von seinem persönlichen Interesse, spürte er fast eine Art religiöses Gefühl, wenn er dem Gedanken Raum gab, dass an diesem Ort schon seit Urzeiten erstklassige Bögen und Pfeile gemacht wurden.

Der *Gak Gung* oder *Hwal*, der koreanische Bogen, ist seit

Jahrhunderten, vielleicht Jahrtausenden, eine leistungsstarke High-Tech-Waffe. Im abgespannten Zustand weisen diese kurzen Bögen eine starke, wirkungsvolle Biegung *gegen* die Schussrichtung auf. Das heißt, die Bögen verfügen über eine immense Vorspannung; das Gerät ist bereits im aufgespannten Ruhezustand, ohne, dass der Bogen vom Schützen gezogen wird, großem Stress ausgesetzt. Das ist das Geheimnis der Leistungsfähigkeit dieser kurzen Bögen. Ein gerader Stabbogen, etwa ein Englischer Langbogen, erreicht, im Gegensatz zu asiatischen Modellen oder modernen Recurvebögen, seine Leistung durch lange, arbeitende Wurfarme, diese Composite-Bögen durch die Vorspannung der kurzen Wurfarme.

Ganz außen schützt bemalte und lackierte Birkenrinde einen Belag aus getrockneten, zerklopften, zerfaserten und aufgeleimten Tiersehnen, der den Rücken, die dem Schützen abgewandte Seite des Bogens bildet. Der Kern besteht aus Bambusstreifen. Das Griffholz ist aus Eiche gemacht. Der Bauch der Waffe, die dem Schützen zugewandte Seite, setzt sich aus angeleimten Wasserbüffelhornstreifen zusammen. Die Bogenenden, die sogenannten *Siyahs*, sind leicht und aus Maulbeer- oder Akazienholz gefertigt. Früher waren Bogensehnen aus Seidenfasern gemacht, heute wird meist eine Kunstfaser namens *Dacron* verwendet.

Koreanische Pfeile bestehen aus Bambus, die Pfeilnocken aus Holz oder Horn, drei kleine Federn stabilisieren die Schäfte; die stählernen Spitzen, die in verschiedensten Formen, unterschiedlichen Zwecken dienen, sind mit bunten Seidengarnwicklungen gesichert.

"Dass du die Geheimnisse des Bogenschießens kennst, haben wir heute gesehen. Darum erkläre ich dir nichts, wenn du keine Fragen hast, Bowman Dorn!", sagte Su-bin nach einigen Minuten.

"Verehrte Oberste Schwester, Carol, ich danke euch, dass ich diesen wunderbaren Ort besuchen durfte! Weil ich diesen schönen Tag mit dir und deinen Schwestern erlebte, seit unserem kleinen Duell, weiß ich heute mehr über das Bogenschießen als viele andere Schützen, die dich nicht kennen, Su-bin. Danke!", erklärte Dorn. Carol musterte ihn ungläubig; das klang ja fast, als hätte er doch ein Gefühl und einen Hauch von Sinn für die Spiritualität dieses Platzes, dachte sie.

21. Kapitel

Die Sonne stand tief und bald würde sie hinter den Hügeln, die das Tal mit dem See umschlossen, versinken.

"Dein Besuch freut uns! Genug der Weisheiten für heute! Lasst uns jetzt in den Speisesaal gehen und feiern!", sagte Su-bin und klatschte in die Hände.

Das rötliche Licht der letzten Sonnenstrahlen fiel durch die fast raumhohen, schmalen Fensteröffnungen und durchflutete den großen Speisesaal des Holzhauses; zusätzlich beleuchteten Öllampen an den Wänden und auf den Tischen den Raum.

Etwa 40 Schwestern standen um die Außenseite der Tafel, die in U-Form gestellt war. Die offene Seite befand sich gegenüber dem Portal. Su-bin führte Dorn an das Haupt der Tafel. Auf ihr Zeichen setzten sich die Frauen auf dunkelblaue Seidenkissen, die rund um die niedrige Tafel bereit lagen. Dem Bogenschützen wies sie an den Ehrenplatz genau in der Mitte des Hauptes der Tafel. Links von ihm kniete sich Carol hin und rechts die Oberste Schwester. Auf den langen, niedrigen Tischen standen Tonkrüge mit Wasser, *Makkoli* - Reisbier und *Bekseju* – Reiswein, sowie rote, tönerne Trinkbecher bereit.

Chang Yun-seo, die Schwester, die Carol und Dorn bei der WTAO-Zeremonie begleitet hatte, schwebte herbei und servierte den beiden Gästen und der *Dea Seongmo*, der Obersten Schwester, Bambusbecher mit dem eiskalten, köstlichen Getränk.

Su-bin erhob sich und trank dem Bogenschützen zu. Die anderen Frauen standen auf und richteten ihre Blicke auf Dorn, zugleich hielten sie ihre Becher mit beiden Händen an die Brust und riefen: "Auf unseren ehrenwerten Gast! *Geon-bae!* - Prost! *Jal mokgesseumnida!* - Guten Appetit!" Sie tranken die Becher in einem Zug leer und ließen sich wieder auf die Kissen nieder; damit war das Mahl eröffnet.

Acht Jungfrauen trugen Platten, Schüsseln und Schälchen, ebenfalls aus roter Keramik, mit verschiedensten, köstlich duftenden Speisen auf. Es gab *Sundubujjigae* – scharfe Suppe aus Tofu, *Bokkeumbap* – gebratenen Reis mit Bambussprossen, *Tteokbokki* – gebratenen Reiskuchen, *Haemultang* – Eintopf aus Fisch, Meeresfrüchten und Gemüse und *Hoe* – rohen Fisch mit Meerrettich.

Beim Essen wurde nicht geredet, nur vereinzelt vernahm man

Flüstern und ab und zu ein leises Lachen. Nachdem alle genug hatten, servierten die acht Frauen ab. Zum Abschluss reichten sie verschiedene Süßspeisen und Früchte.

"Ich habe gesehen, dass du gerne rauchst. Fühle dich frei das zu tun! Du sollst dich heute wohlfühlen, Bowman Dorn!", sagte Su-bin.

"Das ist sehr nett, verehrte Su-bin! Vielen Dank!"

Der Bogenschütze nahm ein blechernes Zigarettenetui aus der Tasche seiner Jacke und steckte sich eine filterlose Camel an.

"Du bist der einzige männliche Gast, den wir in diesem Jahr empfangen und ich bin froh, dass Carol dich vorgeschlagen hat!"

"Ich fühle mich geehrt! Seit wann gibt es diese Insel der braven Jungfrauen?", sagte Dorn.

"Ich werde es dir gleich erzählen. Zuerst lass uns noch einen Schluck Reiswein trinken! Heute ist ein Festtag! *Geon-bae!* – Prost!", antwortete die Oberste Schwester und hob ihren Becher. Auch die anderen Frauen hoben die Becher, blickten zu den Gästen und tranken mit.

"*Geon-bae!* – Prost!" antwortete Dorn und sah, dass alle ihren Becher wieder in einem Zug leerten, und wunderte sich etwas über die Trinklust der Schwestern. Gleich schenkte Su-bin Carol und Dorn Reiswein nach.

"Nun erzähl schon! Ich höre die Geschichte aus deinem Mund immer gern, schöne Su-bin!", verlangte die Amerikanerin mit etwas übermütiger Stimme.

"Nun: Die Chronik unserer Schwesternschaft reicht mehr als 3000 Jahre zurück. In dieser Zeit lebte in einer Höhle eine Tigerin, deren sehnlichster Wunsch es war, Menschengestalt anzunehmen. Deshalb betete sie unaufhörlich zu dem Göttersohn Hwanung, der ihr das Versprechen gab, wenn sie für einhundert Tage das Sonnenlicht miede, so würde sie eine Menschenfrau werden. Die Tigerin schaffte es, dem Sonnenlicht fernzubleiben und nahm, nach hundert Tagen, wie prophezeit, die Gestalt einer sehr schönen Frau an.

Da ihr nun ein passender, starker Mann fehlte, sie sich aber nichts sehnlicher als ein Kind wünschte, betete sie erneut zu Hwanung, der sich ihrem verzweifelten Flehen nicht verschließen konnte und sie zur Frau nahm. Bald darauf schenkte sie ihm einen Sohn, den sie Dangun nannten. Vier Jahre lang wünschte sich das Paar eine Tochter, doch sie bekamen keine. Die Frau, die früher die Tigerin gewesen war, weinte Tag und

Nacht, bis dieser stille See hier aus ihren Tränen entstand.

Hwanung bat seinen Vater Hwanin den Gott des Himmels um eine Tochter; der wollte seinem Sohn und der Tiger-Frau den Wunsch erfüllen, wenn sie dafür sorgten, dass die Tochter, die er ihnen schenken würde, für immer Jungfrau bliebe und ihr Leben der Erziehung von Waisenmädchen und der Kunst des Bogenschießens widmen würde. Das versprachen der Göttersohn und die Tiger-Frau."

"Eine lange Legende, mein Mund wird trocken! *Geon-bae!* – Prost!", unterbrach die Oberste Schwester ihre Erzählung.

Alle tranken wieder einen Becher und dann fuhr sie fort: "Am nächsten Morgen tauchte eine weiße *Imugi*, eine große Seeschlange, aus dem See auf und verneigte sich vor Hwanung und seiner Tiger-Frau. Als das Paar näherkam, tauchte die *Imugi* wieder tief in den See hinab und hinterließ ein dunkelblaues Ei. Als sie das Ei aufbrachen, kam ein schönes Mädchen mit einem kleinen Bogen und einem Köcher voller Pfeile zum Vorschein. Sie hielten das Mädchen für heilig und bauten ihm diesen Tempel auf dem See, den *Platz der Jungfrauen.* Von diesem Tage an, wurden alle Waisenmädchen des Reiches hierhergebracht", erzählte Yangban Su-bin.

"So ist es bis heute! Koreanische Waisenmädchen werden hergebracht und in verschiedenen Fertigkeiten und Künsten unterwiesen. Sie können bleiben, solange sie die Regeln der Schwesternschaft befolgen. Wenn sie die *Sunyeo Gongdongchae* - die Schwesternschaft der Reinen Jungrauen verlassen wollen, dürfen sie weggehen, sobald sie 30 Jahre alt sind. So lange aber, müssen sie Jungfrauen bleiben", erläuterte Carol mit glänzenden Augen.

"Stimmt genau, liebe Carol! *Geon-bae!* – Prost!", sprach Su-bin und leerte wieder einen Becher mit Reiswein.

Gegen Mitternacht endete das Abendmahl und die letzten *Sunyeodl* - Reinen Jungfrauen zogen sich zurück. Zuletzt gingen die Oberste und die beiden Gäste; Yangban Su-bin wünschte Carol und Dorn eine geruhsame Nacht und erläuterte dem Bogenschützen erneut die Tradition des Hauses. Schon als Chang Yun-seo ihm sein Zimmer gezeigt hatte, hatte sie ihm erklärt, dass es hier ein heiliger Brauch sei, vor dem Beziehen des Zimmers das Badehaus aufzusuchen. Dorn freute sich auf das Bad und eine angenehme Nacht. Der Tag und der Abend waren lang gewesen und seine Glieder waren vom Reiswein schwer.

Zuerst ging er in sein Zimmer. Auf seinem Bett aus armdickem

Bambusrohr lag ein sauber zusammengelegter, dunkelblauer, seidener Kimono und darauf war eine zartrosa Hibiskusblüte platziert. Dorn nahm die Blüte und roch genüsslich daran. Dann kleidete er sich aus, zog den Kimono über und machte sich auf den Weg ins sogenannte Badehaus des *Sunyeodl Jip* – des Hauses der Reinen Jungfrauen.

Wie von Chang Yun-seo beschrieben, lag es, links von Dorns Zimmer, am Ende des langen Ganges, im Südflügel des Gebäudes. Er öffnete die schwere Tür aus polierten Kiefernholzpfosten und trat ein.

Zuerst konnte er die Größe des Raumes nicht erkennen. Dann sah er, das Badehaus war geräumig und wie das ganze Gebäude am See, aus glänzenden Kiefernbohlen gebaut; die Decke bestand aus dicken, runden Stämmen. An zwei Seiten befanden sich große Fensteröffnungen. Hellblaue, durchscheinende Vorhänge waren vor die Fenster gezogen und verbargen den Vollmond am Nachthimmel.

Fünf schmiedeeiserne Kohlebecken tauchten den Raum in ein diffuses, rötliches Licht. Neben jeder der Feuerschalen stand ein großer, kreisrunder Bottich aus Kiefernholz, der als Badewanne diente. Daneben befanden sich eine niedrige Bank mit einem Badetuch und einem Stück Seife, sowie ein schmaler Tisch mit einem Krug Reiswein, einem mit Wasser, und drei Becher. Vier der Badewannen waren leer, nur in einer dampfte Wasser. Vor jedem Bottich lag eine starke Bohle als Stufe. Einige Liegen aus dickem Bambusrohr, die vermutlich für Massagen oder zum Entspannen dienten, bedeckt von duftigen weißen Laken, standen im, hinteren, im dunkleren Bereich des Badehauses.

Der Bogenschütze schlüpfte aus dem Bademantel und mit einem wohligen Laut ließ er sich ins Wasser gleiten. Es duftete nach fremden Kräutern und umfing ihn wie ein heißer Kokon. Dorn schloss die Augen und fühlte sich schwerelos. Er dachte an Simone; wie schön es wäre sie jetzt hier zu haben und das Bad mit ihr zu genießen. Vor zwei Jahren, als er sie in ihrem Cottage in Wales besucht hatte, waren sie kaum aus dem Haus gekommen. Nur drei Tage hatten sie die sinnliche Zweisamkeit und die wilde Harmonie ihrer Passionen auskosten können. Zugleich brachten diese Gedanken jene schwermütige Traurigkeit, die ein verlorenes Paradies auslöst.

Dorn tauchte unter. Nur sein Mund und seine Nase waren über Wasser; Stille umgab ihn und er hörte sein entspanntes Atmen.

Eine fast vergessene Ruhe bemächtige sich seiner und wie ein Kind wünschte er sich, das heiße, duftende Wasser nie mehr verlassen zu müssen. Dann kamen Bilder, selbst Töne, einer unbeschwerten Zeit zurück und zogen durch seinen Geist. Dorn hörte ein fernes Geräusch, ein weiches Tappen, wie die leichten Schritte eines vierbeinigen Wesens auf einem glatten Boden; rhythmisch kam es näher. Sobald er gewahrte, dass diese Töne nicht seinen Gedanken entstammten, spannte sich sein Körper, jeder Muskel zog sich zusammen. Er tauchte auf und öffnete die Augen.

Mit einem leisen Knarren öffnete sich die Tür des Badehauses und zuerst sah er Yangban Su-bin, dann Carol Greener.

Er setzte sich auf und blickte ihnen erstaunt entgegen. Sie schritten näher. Beide Frauen trugen einen dunkelblauen Kimono und eine rosa Hibiskusblüte leuchtete im hochgesteckten Haar der Oberen. Sie öffneten die Gürtel ihrer Kimonos; diese glitten zu Boden, dann standen die beiden schönen Frauen nackt vor ihm.

Er räusperte sich und sagte: "Momentan ist das Bad besetzt."

"Es ist Platz für drei, Bowman Dorn", erwiderte die Koreanerin.

Ohne Zögern stiegen sie ins Wasser und setzten sich ihm gegenüber. Su-bin betrachtete ruhig Dorns Gesicht und Körper.

Carols Blick tastete die Obere ab. Ihre Pupillen waren geweitet und sie atmete tief ein und aus. Während Carols Haut, abgesehen von helleren Zonen, die ein Bikini verursacht, die Farbe von Akazienhonig hatte, war Su-bins Haut weiß wie frischer Schnee. Dorn sah in ihren Armen, in ihrem schlanken Hals, den vollen Brüsten, den langen Schenkeln, die feine Ziselierung bläulich durchscheinender Adern.

"Wie du bereits weißt, wird jedes Jahr nur ein einziger Mann an diesen Ort der Reinen Jungfrauen eingeladen. Kein Mann darf uns zweimal besuchen. Das ist seit jeher eine heilige Tradition der Schwesternschaft", erklärte die Obere.

"Ich bin dankbar für deine geschätzte Einladung! Doch, … nun, ich bin so gut wie fertig mit dem Bad und … ", sagte er.

"Diesem Mann, dem Gast, gewähren wir einen Wunsch. Jeden Wunsch, der unsere heilige Jungfräulichkeit nicht verletzt", erklärte Su-bin mit ihrer sonoren Stimme.

"Sei versichert, Su-bin, ich achte eure alten Bräuche, doch …", wich Dorn aus.

"Sei still!", entgegnete die *Dea Seongmo.*

Sie streckte die langen, schlanken Beine etwas und ihre Füße glitten zu ihm. Dorn spürte, wie sie ihn berührten und kosten. Carol beobachtete das Spiel und seufzte auf. Sie hob einen Arm aus dem Wasser und ihre Finger streichelten sanft und kosend Su-bins weiße Brüste.

"Also, Carol!", sagte Dorn.

"Du bist erwählt! Entspanne dich und sprich deinen Wunsch aus", insistierte die schöne Koreanerin und ihre Liebkosungen unter Wasser wurden fordernder, "fast kann ich ihn erraten, Bowman."

Carols Hand strich über Su-bins Brust und Bauch nach unten und die Beine der Oberen spreizten sich zitternd ein wenig. Sie warf den Kopf in den Nacken und atmete tief ein. Die Brüste der Frauen schwebten und wogten lockend im Wasser. Die andere Hand der Amerikanerin lag in ihrem eigenen Schoß.

Ein Schweißtropfen rann über Dorns Stirn, glitt über seinen Nasenrücken und tropfte ins Wasser. Er focht einen harten Kampf in seinem Herzen.

"Es war ein langer, schöner Tag und ich sollte schlafen gehen", sagte er.

"Ein Fluch kommt über uns, brichst du diese Tradition und gewährst uns nicht, deinen Wunsch zu erfüllen", erwiderte Su-bin streng.

"Diese Schuld will ich nicht auf mich laden. Nun, mein Wunsch ist … also …"

"Ja? Sag ihn mir! Schnell!", seufzte jetzt die *Dea Seongmo.*

Carol wiegte ihren Körper mit geschlossenen Augen und geöffneten Lippen.

"Deine Mädchen haben mich mit ihren Schießkünsten wirklich überrascht! Als wir beide, verehrte Su-bin, diese weiten Distanzen über den See schossen, war ich noch mehr erstaunt, wie du mit einem schwachen Bogen von vielleicht 40 Pfund Zuggewicht, einem Bogen, der für ein Mädchen geeignet ist, die weit entfernten Ziele mit spielerischer Leichtigkeit treffen konntest. Wie ist das möglich? Verrate mir dieses Geheimnis! Das ist mein Wunsch", erklärte Dorn.

Sowohl Su-bin als auch Carol zogen die Augenbrauen hoch und starrten ihn ungläubig an.

"Du hast keinen anderen Wunsch? Du bist der erste Mann, der mich nicht begehrt!", zischte die Koreanerin.

"Vergib mir, schöne Su-bin! Ich weiß dein aufregendes Angebot wohl zu schätzen und danke dir! Es bereitet mir wahrlich Schmerz dir zu widerstehen", antwortete Dorn.

"Dann widerstehe nicht und teile unsere Wonne!"

"Es gibt eine wunderbare Frau, die ich liebe. Sie ist weit weg, aber ich möchte sie nicht hintergehen. Darum wünsche ich mir nur das Geheimnis eurer Treffsicherheit zu erfahren. Das ist mein Wunsch", erklärte der Bogenschütze standhaft.

Aus den Augenwinkeln Su-bins lösten sich Tränen; sie wischte sie nicht weg. Carols Mund stand offen und zugleich schüttelte sie langsam den Kopf. Die Koreanerin nahm Carols Kopf in ihre schlanken Hände und küsste sie zärtlich auf den Mund. Dann wendete sie sich wieder Dorn zu.

"Du bist ein guter Mann, Thomas Dorn! Ich bewundere deine Liebe zu dieser fernen Frau und akzeptiere deinen Wunsch. Darum verrate ich dir das Geheimnis, wenn das wirklich dein einziger Wunsch ist!"

"Was ist das Geheimnis?"

"Es ist ein magisches Pulver, das ein *Mudang*, ein Schamane, nach einer uralten Formel für uns mischt. Morgen früh werde ich dir sagen, wie du es vielleicht bekommen kannst. Unter der Bedingung, dass du uns jetzt nicht verlässt. Ergötze dich an unserem Spiel. Wir brauchen dich nicht dazu, doch es bereitet mir Lust, wenn du uns zusiehst, denn das erlebte ich noch nie."

"Abgemacht!", antwortete Dorn und schenkte sich einen Schluck Reiswein ein.

Im ersten Morgenrot, als Su-bin und Carol ihrer Spiele müde auf den Liegen im Badehaus ermattet und dampfend zur Ruhe gekommen waren, ging er in sein Zimmer und schlüpfte dankbar in das längst begehrte Bett.

Der Schütze fiel in einen tiefen Schlaf und bald befand er sich in einem lieblichen, smaragdgrünen Tal, in einem von Morgennebelschwaden umtanzten Cottage in Wales, in Simones Schlafzimmer. Er lag in ihrem massiven Messingbett und blickte auf die uralte Decke des Raumes, die aus fast schwarzen Holzbalken bestand. Dem Bett gegenüber, im offenen Kamin aus schweren Feldsteinen, knisterte die letzte Glut der Nacht und Simones schöner Kopf mit dem vollen, duftenden Kastanienhaar lag auf seiner rechten Schulter; er spürte ihre Brust an ihm und lauschte andächtig ihren tiefen und friedvollen Atemzügen. Alle Sorgen und jede Angst, die er je empfunden hatte, vergessend, den süßen

Rhythmus ihres Schlafes übernehmend, schlummerte er ein und träumte einen Traum im Träumen. Ein Schatten kam, so lautlos, wie nur Schatten sich bewegen, in den nach Liebe duftenden Raum. Die hohe, feminine Gestalt trug eine scharlachrote Robe; ein klaffender Schlitz entblößte lange schlanke Beine, mehr sah er nicht. Erst als sie näher, ganz ans Bett trat, eher schwebte, sich über Dorn neigte und kehlig auflachte, als wolle sie die Eintracht des schlafenden Paares verspotten, erkannte er Elsa Winters herbschönes Gesicht. Mit einem Ruck ihres Kopfes warf sie ihr helles Haar in den Nacken und musterte Simone und ihn mit einem höhnischen, neidvollen Lächeln, dann zerflossen ihr Gesicht und ihre Gestalt wieder zu einem dunklen Schatten. Im Traum erwachte er und sein Körper zitterte, es war ihm kalt, zugleich floss Schweiß über seine Stirn. Vorsichtig, um Simone nicht zu wecken, rollte er zur Seite und setzte sich auf die Bettkante. Er war wirklich wach geworden und sein Blick suchte Simone im Bett, dann begriff er, dass er geträumt hatte. Dorn fingerte eine filterlose Camel aus der Packung und zog gierig, als könnte er damit alte Geister vertreiben, den würzigen Rauch in seine Lungen. War Elsa Winter noch in Wien? Ist sie im Gefängnis? Hatte man diesem Luder beweisen können, dass sie einige der giftigen Fäden in den österreichischen Alpen gesponnen hatte? (Siehe Bd. 1: Bowman – Blutiges Horn) Er dämpfte die Zigarette aus, legte sich wieder hin und versuchte die Gedanken wegzudrängen, indem er sich zwang ruhig zu atmen.

22. Kapitel

Es war erstaunlich. Der Urwald aus Kiefern und allerlei Schlingpflanzen, der sich ihrem Eindringen, dem Vordringen zum Tal, entgegengestellt hatte, war nun freundlich. Fast schien es, als würden die Pflanzen ausweichen, um den Rückweg der Wanderer nicht zu behindern. Immer heller und freier wurde der Wald, nur dichter Unterwuchs aus Sträuchern und Büschen begrenzte stellenweise die Sicht.

Dorn ging vor und Carol hielt sich etwa drei Schritte hinter ihm. Er hatte den Köcher auf dem Rücken und den abgespannten Bogen trug er in der Segeltuchhülle. Vögel flogen von Baum zu Baum und sangen und zwitscherten dabei; allerlei Kleintiere huschten und krochen über den Waldboden. Ein leises Rauschen verriet einen Bachlauf in der Nähe. Der schmale Pfad verlief dennoch in vielen Wendungen und oft konnten sie nicht weiter als fünf Meter sehen.

"Wusstest du, dass es in Südkoreas Wäldern Tiger, Leoparden, Luchse, Wildkatzen, Sikahirsche, Wasserrehe, Sibirische Rehe und eine Menge Wildschweine gibt?", fragte Carol, um das Schweigen zu brechen.

"Habe ich gelesen. Auch, dass es in der Demilitarisierten Zone zwischen den beiden Koreas Arten geben soll, die man für lange ausgestorben hielt."

"Angeblich leben dort Riesenseeadler, Mönchsgeier, Mandschurenkraniche, Weißnackenkraniche, Schwarzstirnlöffler, Kragenbären, Amur-Leoparden und sogar Sibirische Tiger", erklärte Carol begeistert.

Die Vormittagssonne stieß in breiten Strahlen durch das grüne Dach aus Kiefernnadeln und Baumwipfeln. Eine dicke Schicht hellbrauner, abgefallener Nadeln dämpfte ihre Schritte und sie sprachen nicht. Carol dachte an die vergangene Nacht im Badehaus und wie sie künftig mit dem Bogenschützen umgehen sollte. Sie beschloss, diese Episode ihrer Zusammenarbeit nicht mehr zu erwähnen.

Dorn ging vor ihr. Er wirkte gut gelaunt und schien ebenfalls keine Lust zu haben, über die Nacht zu reden. Ab und zu raschelten die Federn seiner Pfeile; das war alles, was er zu den leisen Geräuschen des Waldes beitrug. Dorn bewegte sich wie eine entspannte Katze. Während Carol versuchte, ebenso leise wie er zu gehen, grübelte sie darüber, warum Arda gerade diesen

Bogenschützen hergeschickt hatte. Was genau hatte sie dazu bewogen? Begehrte sie diesen Wilden? Sie erinnerte die aufregenden Wochen, die sie mit Arda in New York verbracht hatte, diese Zeit aus moderner Kunst und reiner Erotik. Tagsüber waren sie durch Museen und Galerien geschlendert und die Nächte hatten sie in weiblicher Innigkeit verbracht. Wehmütig, fast ärgerlich, wischte sie eine kurze, blonde Haarsträhne aus ihrer verschwitzten Stirn.

Da blieb Dorn plötzlich stehen und verharrte bewegungslos; er wendete sich zu ihr und deutete, mit dem Zeigefinger vor den Lippen, still zu sein. Ein leises Geräusch, ein Knistern auf dem Waldboden, war zu hören. Noch einmal. Dorn machte einen Schritt nach hinten und schob Carol ins Gebüsch. Sie wollte protestieren, doch sein ernster Blick hielt sie stumm.

"Hast du eine Feuerwaffe in deinem Rucksack, Carol?", flüsterte Dorn.

"Natürlich nicht!"

Er wies hinaus auf den Weg. Da sah sie die Männer. Zwei Koreaner schlichen auf dem Pfad in ihre Richtung. Einer der beiden, ein drahtiger Mann mit glattrasiertem Kopf, drohte mit einer Pistole und rief etwas auf Koreanisch. Seine Stimme klang hoch und scharf.

"Wir machen einfach was diese Leute sagen, schlage ich vor!", murmelte Carol.

"Was sagt der Glatzkopf?", zischte Dorn.

"Er sagt, dass wir uns nicht fürchten sollen! Sie hätten es nur auf unsere Telefone und Bargeld abgesehen!"

"Wir sollen uns nicht fürchten, sagt er? Nachdem sie uns auflauerten und mit einer Pistole bedrohen?"

Er schob Carol hinaus auf den Pfad. Sie stand links neben Dorn; in seiner Linken hielt er die Segeltuchhülle mit dem schlanken Langbogen. Die beiden Koreaner waren etwa fünf Schritte entfernt. Der Mann fuchtelte mit der Pistole und bellte wieder etwas auf Koreanisch. Er stand Dorn gegenüber. Der andere stand vor Carol. Er trug offensichtlich auch eine Pistole unter seinem leichten Blouson, zog sie aber nicht. An seinen beiden Fäusten steckten schwere, chinesische Schlagringe.

"Er sagt: Hände hoch! Sonst schieße ich!", übersetzte Carol.

Sie hebt die Arme. Dorn lehnt die Hülle mit dem Bogen an seine linke Schulter und hebt ebenfalls beide Arme. Die rechte Hand neben seinem Kopf, ist etwa fünf Zentimeter von den

Pfeilen in seinem Rückenköcher entfernt. Die sechs Pfeile mit den scharfen Howard Hill-Jagdspitzen ragen um drei Zentimeter weiter aus dem Köcher als die anderen Pfeile, weil die Jagdspitzen länger als Blunt- und Feldspitzen sind.

"Frag, ob wir uns nach Nordkorea verlaufen haben!", sagt der Schütze mit sanfter Stimme und blickt dem Koreaner freundlich ins Gesicht. Carol sagt nichts.

Dorn dreht unmerklich den Oberkörper und starrt dem Mann mit der Pistole in die Augen. Drei Sekunden.

Die Segeltuchhülle mit dem Bogen rutscht von seiner linken Schulter; sie kippt hinüber zu Carol. Dorn greift danach, holt sie mit der Linken zurück und stößt Carol ins Gebüsch. Zugleich zieht er blitzschnell, mit einem sicheren Griff seiner Rechten, einen Jagdpfeil aus dem Köcher und schleudert ihn, wie ein schweres Wurfmesser, Spitze nach vorn, genau ins Gesicht des Glatzkopfs. Der Mann schreit und greift mit beiden Händen an seinen Mund. Sofort quillt Blut zwischen seinen Fingern hervor. Die Pistole des Glatzkopfs fällt auf den weichen Waldboden und Dorn wirft mit aller Kraft einen zweiten Pfeil. Er trifft den Hals des Angreifers und die messerscharfe Spitze dringt etwa fünf Zentimeter ein. Der Mann versucht mit der rechten Hand den tiefen Schnitt zu verschließen, doch das Blut fließt pulsierend auf sein Hemd; die Linke auf den blutenden Mund gepresst sinkt er zu Boden.

Die Rechte des zweiten Koreaners schnellt nach der Pistole. Dorn rammt ihm den Bogen in der Hülle wie einen Speer in den Körper; er klappt zusammen und ringt mit weit aufgerissenen Augen nach Luft. Der Bogenschütze stößt noch einmal entschlossen zu und die Spitze des Langbogens in der Segeltuchhülle trifft ein zweites Mal unter das Brustbein. Der Mann verdreht die Augen und fällt auf die Knie.

Carol kriecht auf allen Vieren aus dem Unterholz; sie blickt ungläubig auf die sich windenden, verletzten Männer und öffnet den Mund. Da hört Dorn ein Klicken hinter seinem Kopf. Er dreht sich um und blickt in die finsteren Läufe dreier koreanischer Daewoo DP51 Pistolen. Drei Männer stehen breitbeinig hinter dem Bogenschützen. Der in der Mitte ruft etwas.

"Wie lange willst du noch im Gebüsch hocken, Carol? Bitte sei doch so nett, steh auf und übersetze, was dieser Gentleman von uns möchte!", sagte Dorn.

"Er sagt, du sollst sofort den Sack mit dem langen Bogen und den Pfeilköcher auf den Boden legen. Wir sollen die Arme heben und keine falsche Bewegung machen!"

Gegen drei Pistolen konnte er nichts ausrichten, also legte er die Bogenhülle und den Köcher ab.

Der glatzköpfige Angreifer blutete stark aus seiner Halswunde und röchelte. Der andere Verletzte keuchte und presste beide Hände auf sein Brustbein.

Während sie einer mit der Pistole in Schach hielt, kümmerte sich ein Gangster um die Verletzten, der andere durchsuchte die beiden Gefangenen. Er nahm ihnen die Mobiltelefone ab, Ausweise, Kreditkarten und alles Bargeld, das er fand, sowie Carols Autoschlüssel.

Der Koreaner, der gesprochen hatte, Dorn hielt ihn für den Anführer, deutete mit der Pistole auf eine Kiefer. Er zog zwei Paar Handschellen aus der Jackentasche und übergab sie dem anderen Gangster. Carol redete auf den Anführer ein. Dorn runzelte die Stirn.

"Ich sagte dem Mann, dass wir im Auftrag der UNODC hier sind! Dass man nach uns suchen wird und er und seine Komplizen nicht ungestraft davonkommen werden!", erklärte Carol.

Der Anführer lachte auf und antwortete.

"Er sagt: Es sei ihm egal, wer uns geschickt hat! Wir sollen uns an den Baum setzen!", übersetzte die Amerikanerin mit zitternder Stimme. "Was sollen wir tun? Sie werden uns töten!"

"Das werden sie nicht! Sonst hätten sie es schon getan! Bleib ruhig, Carol!", antwortete der Schütze.

Der Gangster mit den Handschellen führte zuerst Dorn, dann Carol an die Kiefer und drückte sie in eine sitzende Position; sie saßen einander zugewandt und der Baumstamm befand sich zwischen ihnen. Sie mussten den Baum umarmen. Er legte erst Dorn, dann Carol die Handschellen an und ließ sie so eng einrasten, dass die Amerikanerin vor Schmerz leise aufstöhnte. Der Mann grinste, strich mit der Pistole über ihre Wange und sagte etwas. Carol wurde blass und zitterte am ganzen Körper.

"Was hat er gesagt?", fragte Dorn.

"Er hat gefragt, ob er sich nicht etwas vergnügen könnte, bevor sie abhauen! Dieses Schwein!", schluchzte sie.

Der Anführer bellte ein paar Sätze und sein Komplize hörte auf zu grinsen. Der andere Gangster half dem Verletzten, den Mann, dem Dorn den Bogen in den Körper gerammt hatte, auf die Beine und blickte mit von Hass verzerrtem Gesicht auf die beiden Gefangenen. Er zog ein großes Butterfly-Messer hervor und sprach ein paar Sätze. Dorn sah die Amerikanerin fragend an.

"Er sagt: Der mit der Halswunde ist tot, verblutet. Er verlangt vom Anführer uns die Kehlen durchschneiden zu dürfen!", übersetzte Carol unter Tränen.

"*A-ni-yo!* - Nein!", rief der Anführer. Er drohte dem Messermann mit der Pistole und trieb die Bande an zu gehen. Bevor sie sich aufmachten, durchsuchte er die Taschen des Toten und steckte dessen Pistole, sowie einige andere Gegenstände und die Brieftasche des Mannes ein.

Vom frischen Blut und dem Geruch des Sterbens angelockt, umschwirrten unzählige Wespen und Fliegen gierig den Toten. Zwei der Gangster stützten den Verletzten; wie ein böser Spuk verschwanden die vier Männer hinter der nächsten Biegung des schmalen Pfades.

"Wir sind verloren! Ich will nicht verhungern oder von Tieren gefressen werden. Hier kommt kaum jemand vorbei und das Blut wird Raubtiere anlocken", ächzte Carol und zerrte an den Handschellen.

"So schnell sterben wir nicht. Wir haben noch etwas zu erledigen; müssen das Schiff finden", antwortete der Bogenschütze.

"Zusätzlich zu allen anderen schlechten, männlichen Eigenschaften, bist du ein arroganter Optimist!", seufzte die Amerikanerin.

Der Baum war zwischen den beiden Gefangenen, er konnte seine Hände mit den Handschellen nicht sehen, dicht vor seiner Brust befanden sich Carols gefesselte Hände. Dorn streckte die Finger aus, spreizte, bewegte sie und spürte Weiches. Carol sog hörbar, wütend Luft ein und rief: "Unfassbar! Hör sofort auf damit!"

"Oh, tut mir leid, das war nicht meine Absicht! Aber, ich muss jetzt meine Finger benutzen, das musst du leider aushalten", sagte Dorn beruhigend.

Er bewegte seine Hände. Die Handschellen saßen unangenehm eng, aber er konnte mit den Fingern seiner rechten Hand das linke Handgelenk erreichen und das schmale Federblatt in seinem Uhrband herausziehen. Er nannte es *Houdini-Key*. Ein Ende der bläulich schimmernden Feder war rechtwinkelig, vielleicht vier Millimeter, geknickt, um auf die Sperren Druck ausüben zu können. Jetzt musste er das flache Ende zwischen die Sperrverzahnungen der linken Handschelle schieben. Er hoffte, dass dieses koreanische Modell über einen ähnlichen Sperrmechanismus verfügte, wie die westlichen Fabrikate, die er, während seiner Vorbereitung auf den "Handcuffed Bowman-Trick", zu öffnen gelernt hatte. Die Sperrfedern, die die Verzahnung hochdrückten, waren stark; aber, durch den kräftigen Druck seines Daumens, schob sich die Blattfeder immer weiter zwischen die stählernen Zähne. Zugleich bewegte er das linke Handgelenk, um genügend Druck auf den Bügel, der es fesselte, auszuüben. Er schaffte es, mit der Feder den letzten Zahn zu überwinden. Die linke Handschelle sprang auf. Er erhob sich und öffnete Carols Fesseln, dann die Schelle an seinem rechten Handgelenk. Sie musterte ihn ungläubig.

"Manchmal sind deine infantilen Interessen wohl auch nützlich, Dorn! Danke!", sagte sie.

"Hätte erwartet, dass du dich mit Fesselspielen besser auskennst als ich", meinte Dorn mit einem boshaften Grinsen.

Er kramte in der Jackentasche und legte den Schieß-Handschuh an, nahm seinen Köcher und hängte ihn über, dann zog er den Bogen aus der Hülle und spannte die Sehne auf.

"Wir warten, bis diese Verbrecher einen großen Vorsprung haben! Ich will sie nicht wieder treffen!", schlug Carol vor.

"Bleib drei Schritte hinter mir, sei still und geh vorsichtig, geräuschlos! Pass auf, worauf du deine Füße setzt!", sagte Dorn bestimmt, "Wir holen uns diese Ratten!"

"Sie werden uns auflauern und töten!"

"Sie rechnen nicht mit uns, denn sie haben uns an einen Baum gefesselt! Komm jetzt oder bleib' hier!" Murrend folge sie ihm.

Der Schütze holte die zwei blutigen Pfeile, die neben dem Toten lagen. Er blickte den Schäften entlang und bog sie ein wenig, um zu sehen, ob sie beschädigt waren. Die Amerikanerin wendete sich voll Ekel ab.

Die Spitzen wischte er mit einem großen Blatt, das er von einem Strauch riss, sauber; dann zog er eine flache, feinhiebige Feile aus einer kleinen Hülle an seinem Köcher und schärfte die Schneiden der Jagdspitzen sorgfältig nach. Einen der Pfeile steckte er zurück in den Köcher, den anderen nahm er in die linke Hand, zusammen mit dem Bogengriff.

So langsam wie nötig aber so schnell wie möglich, ging Dorn geduckt voran; Carol hielt sich leise fluchend hinter ihm und versuchte darauf zu achten, wie ihre Schritte setzte. Immer wenn der Bogenschütze plötzlich bewegungslos verharrte, hielt sie die Luft an. Es war nicht zu erwarten, dass sie die vier Gangster einholen konnten, dieser Gedanke beruhigte sie etwas.

Nach langem, vorsichtigen, aber zwischendurch zügigen Wanderns lichtete sich der Wald und die Büsche wurden weniger, die Sicht war weiter. Das Gelände fiel sachte ab und am fernen Waldrand konnte Dorn bereits das schmale, weiße Band des einmündenden Wegs, auf dem sie gekommen waren, erkennen.

Er blieb stehen und beschattete die Augen, wie es die Indianer in alten Hollywood-Western machten, mit der rechten Hand. Sein Blick suchte den hellen Waldrand nach Objekten ab, die sich bewegten oder nicht ins Bild passten. Nichts! Dorn wollte schon weitergehen, da sah er, nicht am Waldrand, sondern näher, vielleicht 900 Schritte entfernt, noch im Schatten des Forsts, einen Punkt, der sich bewegte. Einen zweiten! Vögel flogen auf. Da vorne gingen die vier Gangster in Richtung des schmalen Feldwegs, der zur Schotterstraße führte. Dort stand Carols KIA.

Dorn nickte der Amerikanerin zu, deutete ihr sich tiefer zu ducken, legte den Zeigefinger mahnend an die Lippen und ging rasch weiter. Trotz ihrer Angst folgte sie ihm.

Die Koreaner waren, wohl aufgrund des Verletzten, doch nicht so schnell vorangekommen, wie er befürchtet hatte. Insgesamt waren sie durch seine Pirschmethode, möglicherweise schneller gewandert als die Bande, oder die Gangster hatten einen etwas längeren Rückweg erwischt.

Alle dreißig Schritte stoppte Dorn, er lauschte und suchte die Bewegungen der Gangster vor ihnen. Bald würden sie den Weg am Waldsaum erreichen. Er erhöhte das Tempo.

"Dorn! Langsamer!", verlangte Carol.

"Sie haben deine Schlüssel! Wir müssen verhindern, dass sie dein Auto klauen, sonst brauchen wir ewig zurück nach Pyeong zum Empfänger! Vorwärts!", erwiderte er.

"Jetzt weiß ich es: Du bist verrückt!", sagte sie resigniert.

"Genau! Komm!"

Der Abstand zu den Gangstern verringerte sich zusehends. Trotzdem war der Vorsprung der Bande groß. Sie würde den Waldrand deutlich vor ihnen erreichen, somit auch das Auto. Schon konnten sie die Silhouetten der Männer vor dem hellen Weg deutlich erkennen.

"Sie müssen näher als 80 Schritte sein, wenn *wir* am Waldrand sind! Dann sind wir noch im Dunkeln und sie im Licht. Denn, ich habe das Schamanen-Pulver noch nicht!", zischte Dorn.

Carol verstand nicht was er meinte, schritt aber wacker aus. Je näher sie dem Waldsaum kamen, desto sorgfältiger wählte Dorn einen Pfad, der sie stets von starken Kiefern, hinter denen sie sich verstecken konnten, zur nächsten Deckung führte. Die Gangster passierten den Waldrand und betraten den Feldweg. Der Bogenschütze fiel in einen langsamen Trab. Selbst wenn sie zurückblickten, würden die Koreaner sie im dunkleren Wald nicht sehen.

Endlich, im Saum des Forsts, bezogen sie Deckung hinter zwei dicken Kiefern. Die vier Männer gingen nebeneinander auf dem weißen Weg, zwei stützten den Verletzten. Sie waren näher als 100 Schritte. Weiter entfernt stand Carols KIA und dahinter parkte ein anderes Fahrzeug, ein bronzefarbener Van. Der Bogenschütze glaubte, eine schlanke Gestalt, die er nur als Schatten wahrnahm, im Auto der Gangster zu erkennen. Er kniff die Augen zusammen, konnte aber nicht mehr Details ausmachen; im Gegenteil, jetzt sah er die Gestalt gar nicht mehr.

"Du bleibst hier in Deckung! Halte den Kopf unten! Ich pirsche vor zum einem der Bäume am Rand des Weges. Verhalte dich still, egal was passiert! Ich rufe dich, wenn du kommen kannst!", sagte Dorn. Er nahm die Pfeile mit den Feld- und Bluntspitzen aus dem Köcher und legte sie neben Carol auf den Boden. Nur die 12 Jagdpfeile behielt er.

"Was hast du vor?"

"Wir brauchen dein Auto, um nachhause zu kommen!", antwortete er und pirschte los.

Wenn diese Männer keine außergewöhnlich guten Pistolenschützen sind, werden sie auf 80 Schritte kaum ein Garagentor treffen können, denkt Dorn und versucht seinen Atem zu beruhigen. Sein Blick heftet sich auf den Mann, der links vom Verletzten geht, auf den, der Carols Autoschlüssel eingesteckt hat. Soweit der Schatten des Waldes reicht, geht er tief geduckt vor, dann kriecht er auf allen Vieren und starrt auf den Rücken des Ziels.

Dorn richtet sich auf; er kniet sein rechtes Bein auf den weichen Boden und fokussiert auf einen Punkt über dem Kopf des Gangsters. Er zieht die Bogensehne mit dem Pfeil bis zum rechten Mundwinkel und löst. In elegantem Bogen fliegt der Jagdpfeil zum Ziel. Die Richtung passt! Dorn hört den dumpfen

Einschlag in den Körper. Der Mann wird vom schweren Pfeil zu Boden gerissen und schreit auf. Zwei ziehen Pistolen und feuern einige Schüsse in den Waldrand. Die Projektile schlagen oberhalb Dorns in die Bäume. Er schießt einen zweiten und dritten Pfeil. Sie treffen hörbar, nah an den Männern, in den Schotter des Weges. Die drei Gangster feuern ihre Pistolen leer, einige Geschosse fetzen Rindenstücke von der Kiefer, hinter der Dorn in Deckung ist. Er schießt noch einen Pfeil und die Gangster, so schnell es der Verletzte erlaubt, laufen zu ihrem Auto. Sie erreichen den bronzefarbenen Van; steigen ein, wenden, dass der Schotter spritzt, und der Wagen verschwindet in einer weißen Staubwolke.

"Carol! Du kannst kommen! Wir haben deine Autoschlüssel wieder!", ruft der Bogenschütze mit einem grimmigen Lächeln. Sie steht erleichtert auf und läuft zu ihm.

"Jetzt brauche *ich* einen Schluck aus deinem Fläschchen!", seufzt sie. Ihr Herz klopfte heftig, ihre Hände und Beine zitterten, am liebsten hätte sie losgeweint. Es war ein sonderbares Gefühl, fremd, furchtbar; zugleich, sie schämte sich für diesen Gedanken, aufregend und wild.

Sie gingen langsam auf dem Schotterweg in Richtung des Autos und Carol sah den vom Pfeil getroffenen toten Mann. Er lag auf dem Bauch, der Jagdpfeil war tief zwischen seinen Schultern eingedrungen. Die Amerikanerin blickt Dorn entsetzt an.

"Du hast noch einen Mann getötet!"

"Sie haben auf mich geschossen!"

Dorn setzte seinen rechten Fuß auf den Rücken des Koreaners und zog mit einem festen Ruck den blutigen Pfeil heraus. Er durchsuchte die Taschen des Toten und fand seine und Carols Ausweise und Kreditkarten, sowie die Autoschlüssel.

"Du bist ein Wilder, ein grausamer Barbar!", sagte Carol, als sie in den KIA stiegen.

"Vielleicht! Aber, wir sind frei und leben! Barbarei ist seit jeher der natürliche Zustand der Menschen. Zivilisation ist unnatürlich. Sie ist eine Mode der jeweiligen Zeit und der Umstände. Die Barbarei wird letzten Endes immer gewinnen, leider, Carol", erklärte Dorn nachdenklich.

"Wie kannst du so eine Meinung haben? Unglaublich!"

"Ich sehe es so: Die Zivilisation trägt die Saat ihrer eigenen Zerstörung in sich, weil sie sich immer weiter von der Natur distanziert. *Unnatürliches* kann aber langfristig nicht überleben;

entweder es ordnet sich den *natürlichen* Kräften unter, oder es verfällt langsam und zerstört sich selber. Jede Errungenschaft der Zivilisation trennt uns von unseren Instinkten; darum können wir nur durch Barbarei mit bösen Menschen fertigwerden. Dieser Gedanke gefällt uns nicht, aber ich fürchte er ist wahr."

"Nein, das will ich keinesfalls glauben oder akzeptieren!"

"Diese Ratten haben uns mit Pistolen überfallen und an einen Baum gefesselt. Denk daran, was dir der Mann antun wollte!", sagte der Bogenschütze.

"Wir müssen die Polizei informieren!"

"Keinesfalls! Sie würden uns sofort in Untersuchungshaft stecken! Dann verlieren wir das Schiff und können unseren Auftrag nicht erfüllen!", warf Dorn ein.

"Du hast zwei Menschen getötet!"

"Sie waren Verbrecher, Ratten! Sie haben uns mit Pistolen bedroht, an einen Baum gefesselt, haben uns bestohlen und wollten uns die Kehlen durchschneiden! Zumindest wären wir im Wald verkommen! *Das* hatten sie vor - dann haben sie auf mich geschossen! Es war Notwehr - sozusagen!"

"Hm. Er wollte mich vergewaltigen! Wir wären sicher verdurstet oder verhungert oder von Raubtieren gefressen worden", resümierte Carol.

"Genau! Man wird uns mit den toten Gangstern vorerst nicht in Verbindung bringen, selbst wenn sie bald gefunden werden. Wir melden alles der Polizei, wenn wir das Schiff haben", erklärte Dorn.

Die junge Amerikanerin kämpfte gegen ihr Gewissen, musste dem Schützen aber widerwillig recht geben.

"Wir dürfen das jetzt niemanden erzählen, Carol! Auch nicht Mr. Chun! Zumindest so lange nicht, bis wir den Frachter gefunden haben."

"Oh Gott, in welche schlimme Geschichte bin ich da hineingeraten?"

"Lass uns zurück nach Pyeong, zu Chun Doo, zum Funk-Empfänger fahren und sehen was der Frachter macht", sagte Dorn.

Carol startete den KIA.

"Fahr zu! Wer weiß, möglicherweise wollen sich diese Gangster rächen und lauern uns irgendwo auf. Wir müssen vorsichtig sein!", mahnte der Bogenschütze.

"Du bist ein Besessener, Dorn! Aber, so unterschiedlich unsere

Ansichten sind, du hast uns vor diesen Gangstern gerettet. Nur deshalb können wir das Schiff mit den Nashorn-Killern kriegen und Arda Develdts Auftrag erfüllen; das muss ich zugeben. Ein wenig bewundere ich deine Entschlossenheit. Ich danke dir!", sagte Carol nachdenklich und bog von der Hauptstraße in die Gasse mit dem Hausboot. Sie sah ihn mit einem fast netten Blick von der Seite an.

"Danke für die Lorbeeren! Du bist auch nicht übel!", antwortete er mit einem Lächeln. Sie lächelte zurück und boxte Dorns linke Schulter.

Es war schon dunkel, als der Vorhang des Fensters des Wohnzimmers auf dem Hausboot sich einen Moment öffnete, nachdem Carol den KIA am Steg eingeparkt hatte.

"Guten Abend, zusammen!", grüßte der Schütze.

Chun Jong Hi saß auf einer der Sitzgarnituren und Chun Doo stand an der Hausbar. Er wirkte freudig überrascht, als Dorn und Carol eintraten, schüttelte Dorns Hand und küsste Carol auf beide Wangen. Jong Hi nickte den Ankömmlingen zu und tippte dann auf ihrem Smartphone weiter.

"Ju-hu, Doo, *my Darling*, ich gehe jetzt, muss mich beeilen! Küsschen! *Bye*!", tönte eine weibliche Stimme in englischer Sprache vom Gang mit den Zimmern in den Wohnraum des Hausbootes, "Sei nicht böse, ich muss weg, ich nehme den vorderen Ausgang!"

"Ist gut Greta, mein schöner Schatz! *Bye*!", antwortete Chun Doo.

Dorn grinste, Carol blickte den Koreaner fragend an und Jong Hi kicherte.

"Greta von Hammerstein, sie hat, äh, sie war, wir haben uns verplaudert und, ja, sie war über Nacht hier", erklärte Chun verlegen.

"*Verplaudert*", spottete Dorn.

"Ach, die rothaarige, deutsche Aristokratin, verstehe! Eine äußerst attraktive Frau!", meinte Carol.

"Ihr habt das Abendessen knapp verpasst! Ich lasse euch was kommen!", sagte Chun Doo.

"Vielleicht ein Sandwich und etwas zu trinken, wir wollen gleich zum Empfänger und sehen, wo sich die *Czarina Laurente* jetzt befindet!", antwortete Dorn.

"Gut! Kommt!", sagte Chun und bat seine Schwester, Dang dem Butler Bescheid zu sagen.

Er nahm sein unvermeidliches Smartphone vom Tisch und sie gingen zu Kabine 9. Chun schloss auf und Carol setzte sich an den Laptop. Kurz darauf erschienen die Landkarte und der grüne Punkt, der die Position des Frachters markierte. Die Amerikanerin tippte etwas und sagte: "Das Schiff ist immer noch mit einer Geschwindigkeit von zwölf bis dreizehn Knoten unterwegs und es hält den Kurs nach Norden. Bald wird es Incheon passieren."

"Wir packen den Empfänger in dein Auto, Carol, und verfolgen den Frachter so nah an der Küste, wie mit dem Auto möglich, schlage ich vor!", sagte Dorn.

"Aber warum denn? Bleibt doch hier und wir warten zusammen, bis wir genauer wissen, wohin sich das Schiff bewegt; dann überlegen wir, was zu tun ist", schlug Chun Doo vor.

"Es ist beschlossene Sache! Wir müssen so nah am Ziel bleiben wie möglich, nur dann können wir rechtzeitig reagieren! Aber, vielen, vielen Dank für Ihre Gastfreundschaft und Hilfe, Mr. Chun!", antwortete der Schütze.

"Gute Idee, Dorn!", stimmte die Amerikanerin zu.

Chun Doo sagte etwas auf Koreanisch. Carol zuckte die Schultern und murmelte ihm wohl eine Art Entschuldigung zu.

"Ich melde mich, sobald es Neues vom Frachter gibt oder wir Hilfe brauchen, Doo!", fügte sie hinzu.

Dann packten sie zusammen und nach einer herzlichen Verabschiedung von Chun Doo und seiner Tochter Jong Hi gingen sie hinaus zum Auto.

Elwins Empfänger konnte mit einem Kabel an den Zigarettenanzünder in Carols KIA angeschlossen werden.

"Lass mich fahren. Du kennst dich mit dem Empfänger besser aus und kannst uns den Weg weisen", sagte Dorn.

Die Amerikanerin nickte, sie stiegen ein und fuhren los. Der Nachthimmel war wolkenlos und nur eine schmale Mondsichel hing über ihnen, die Lichter der vielen Fahrzeuge und die helle Straßenbeleuchtung machte die Sterne unsichtbar. Zuerst folgten sie dem Pyeongtaek-Jecheon-Expressway in Richtung Hwaseong und bei Gojan-ri fuhren sie auf den Pyeongtaek-Siheung-Expressway, der entlang der Küste nach Norden verlief.

"Wenn unsere Fahrt ohne Verzögerungen verläuft, werden wir ungefähr bei Incheon die Breite der *Czarina Laurente* erreichen. Momentan fährt sie noch in neutralen Gewässern, außerhalb des südkoreanischen Hoheitsgebiets", stellte Carol fest.

"Sehr gut! Verfolgen wir den Kahn so nah an der Küste, wie möglich. Sobald wir erkennen, wo er anlegen will, schlagen wir zu!", antwortete Dorn, "Ich meine, dann verständigen wir Polizei, Küstenwache, Zoll & Co!"

"Wenn's ums Jagen und Listigkeit geht, bist du wohl unschlagbar! Hätte nicht gedacht, dass wir jemals einer Meinung sind!", sagte Carol und lachte.

Dorn stimmte ein und beschleunigte den weißen KIA; wann immer der Verkehr es zuließ, schlängelte er sich durch Kolonnen oder überholte Fahrzeuge, die ihm ein zu langsames Tempo vorgaben. Den dunkelgrauen Hyundai H-1 Travel Van, der seinen Manövern in einigem Abstand folgte, bemerkte er nicht.

23. Kapitel

"Chamäleon ruft Seeschwalbe! Chamäleon ruft Seeschwalbe!"

"Hier Seeschwalbe! Was liegt an?"

"Wie weit ist die Seeschwalbe vom Nest?"

"Landung wie geplant Punkt Zero!"

"Seeschwalbe soll vorsichtig fliegen! Nest nicht sicher!"

"Das Nest ist nicht sicher? Was ist los?"

"Der Jagdhund stöbert immer noch! Er hat das Nest noch nicht gerochen, kann aber den Flug der Seeschwalbe orten."

"Das ist unmöglich! Seeschwalbe hinterlässt keine Fährte!"

"Der Jagdhund verfolgt die Seeschwalbe, das ist sicher! Chamäleon wird ihn aufhalten!"

"Ist Skorpion informiert?"

"Positiv! Skorpion weiß vom Jagdhund!"

"Verstanden! Seeschwalbe meldet sich exakt zum 5-Uhr-Tee wieder! Over und out!"

"Over and out!"

24. Kapitel

Der weiße KIA passierte die lange Brücke, die über das Meer nach Seonggok-gong führte und blieb auf dem Expressway 153 in Richtung Siheung. Die Route war ihm klar, sie wollten bei Incheon, so nah an der Küste wie möglich, dem Frachter folgen.

Dorn steuerte den Wagen durch das hell beleuchtete Industriegebiet beim Hafen von Jeongwang-dong. Sie waren beide müde und hatten nicht viel gesprochen auf der Fahrt nach Norden. Carol war bald erschöpft eingeschlafen, was den Schützen, angesichts der jüngsten Ereignisse, nicht verwunderte. Sie waren im Wald von gefährlichen Gangstern überfallen, bedroht und gefesselt worden; Carol hatte arge Gewalt hautnah erlebt und gesehen, wie er einen Angreifer und einen weiteren Mann getötet hatte. Sie hatte das bewundernswert durchgestanden. Während sie ihn vor den brutalen Erlebnissen ständig kritisiert hatte und ihm mit moralischer Überlegenheit begegnet war, hatte sich ihre Sicht auf seine Person anscheinend jetzt zum Besseren gewandelt. Sie verhielt sich jedenfalls freundschaftlich und respektvoller als vorher. Carol wollte Gutes tun und Tiere beschützen, gegen die kriminellen Strukturen hinter der blutigen Wilderei vorgehen, sie hatte lediglich eine andere Vorstellung, wie man das am wirkungsvollsten machte. Wenn ich sie so friedlich schlummern sehe, so still, mag ich sie, dachte er amüsiert. Er senkte die Scheibe der Fahrertür einen Spalt und steckte sich eine Camel an.

Ein dunkelgrauer Hyundai Van fiel ihm nun schon mehrmals im Rückspiegel auf. Entweder gab es einfach viele Vans in dieser Farbe, oder, und das war die besorgniserregendere Variante, dieser Van verfolgte sie. Er blickte öfter in den Rückspiegel, aber sein Verdacht war vermutlich unbegründet, denn nach einigen Kilometern sah er den Van nicht mehr.

Ab und zu warf Dorn einen Blick auf den kleinen Monitor des Empfängers auf den Knien der Amerikanerin. Der grüne Punkt im Gelben Meer, die *Czarina Laurente*, kroch langsam nach Norden. Es gab bei Incheon, oder auch weiter nördlich an der Küste, einige Möglichkeiten einen relativ kleinen Frachter wie die *Czarina* zu entladen; bei ruhiger See könnten auch kleinere Frachtboote mittels der Ladekräne, über die Frachtschiffe verfügten, Güter übernehmen.

25. Kapitel

Kapitän Nowikow starrte in den schwarzen Strudel, den sein Löffel im Kaffee erzeugt hatte, bis die Oberfläche glatt und ruhig war. Dann nahm er einen Schluck und wendete sich seinem 2. Offizier, dem IT-Experten an Bord Takumi Kano, zu.

"Wir fahren ohne elektronische Hilfsmittel, ohne GPS und unter totaler Funkstille. Chamäleon in Südkorea behauptet aber, dass es an Land einen Empfänger gibt, der unseren Kurs ortet", sagte der Kapitän.

"Das kann nicht sein! Wir fahren in *Schleichfahrt,* sozusagen, was sämtliche Elektronik und Funk angeht", antwortete Kano.

"Du hast sicher irgendein technisches Wunderding, das versteckte Sender an Bord finden kann, schätze ich?", erkundigte sich der Kapitän.

"Aye, Kommodore, ich bastle was zusammen und werde den Kahn gründlich durchchecken. Vielleicht ist in einem der Frachtstücke ein Sender versteckt", sagte Kano und verließ die Brücke.

26. Kapitel

Dorn steuerte den KIA konzentriert durch die bunten Lichter und den dichten Verkehr der fremden Stadt; Incheon umfuhren sie am östlichen Stadtrand. Bei Wolgot-dong wechselte er auf den Expressway 50 in Richtung Bucheon.

Carol war wieder wach und schaltete am Autoradio herum, bis im Wagen laute, koreanische Rap-Musik erklang. Dorn runzelte die Stirn, er schätzte alle möglichen Musikrichtungen, aber Rap verursachte ihm Übelkeit.

"Sapperlot!", knurrte er.

"Was denn?"

"Eine sinnlosere Musik als Rap, kann ich mir nicht vorstellen!"

"Ich liebe Rap! Schwarze Musik, die soziale Ungerechtigkeit aufdeckt!"

"In Südkorea? Das müsste man ja als *kulturelle Aneignung* bezeichnen!"

"*Bullshit!* Hier herrscht ein extremer Kapitalismus, wie in den USA!"

"Liebe Carol, ohne Kapitalismus hättest du nie studieren können und würde es auch keine UNO geben und du hättest keinen Job! Abgesehen davon, wird im Rap Kriminalität, Gewalt und Frauenverachtung verherrlicht, würde ich sagen."

"Ach was! Lass mich jetzt den Rap hören!", sagte Carol und trommelte mit den Fingerspitzen auf das Armaturenbrett.

"Der einzige sogenannte Rapper, den ich mochte, der aber meiner Meinung keiner war, war Hans Hölzl, ein Österreicher, der den Künstlernamen *Falco* führte. Er war 1985 in den US-Charts die Nummer eins!", antwortete Dorn.

"Ein weißer, österreichischer Rapper? Du Nationalist!"

"Bin kein Nationalist, ich mag auch Elvis!"

"Aha, also bist du eher ein *White Supremacist* !"

"Ich höre gerne Eartha Kitt und Grace Jones - weiblich und schwarz. Zufrieden?"

"OK, das kann ich gelten lassen! Genieß jetzt den Rap!"

"Bitte, such etwas Anderes oder dreh leiser!"

"Sicher nicht! Ich bin selbstbestimmt!"

"Du bestimmst aber auch über meine sensiblen Ohren, *Miss* Carol!"

Sie warf ihm einen strafenden Blick für das *Miss* zu. Bei Bucheon wechselten sie auf den Expressway 100 und fuhren in

Richtung Gimpo Bridge, die über einen Meeresarm auf den 77er Expresshighway führte.

"Wir sind zu schnell!", sagte Carol und drehte endlich das Rap-Gestammel so leise, dass nur mehr die Bässe hörbar waren. Dorn seufzte erleichtert auf.

"Wir sind mit einer Durchschnittsgeschwindigkeit von 90 km/h schneller unterwegs als der Schmuggelfrachter, der etwa 12 Knoten oder 22 km/h macht", erklärte sie.

"Wo ist unser Kahn jetzt?"

"Die *Czarina Laurente* fährt immer noch in chinesischen Gewässern. Sie läuft in Richtung der Insel Yeonpyeong."

"Die Tankanzeige steht bald auf *Reserve*. Wie wäre es, wenn wir wo anhalten, tanken und uns einen Imbiss und Kaffee gönnen?", fragte der Schütze.

"Ich habe etwas geschlafen, aber du bist durchgefahren. Hast dir eine Pause verdient, Bowman. Wir müssen sogar anhalten, sonst überholen wir den Frachter und sind vielleicht letztendlich zu weit weg, um eingreifen zu können", antwortete Carol.

"Gut, dann fahren wir noch über diese Gimpo Bridge auf die 77er Autobahn und suchen eine Raststätte", schlug Dorn vor.

Nach 15 Minuten passierte der KIA die Brücke und einem Wegweiser folgend, erreichten sie eine SK-Energy Gas Station mit einem Daedong Food Restaurant. Dorn hielt an einer Dieselzapfsäule; er freute sich auf den Kaffee und ein schmackhaftes Essen.

"Ich tanke und parke dann den Wagen ein. Besser du wartest und wir gehen gemeinsam ins Restaurant", sagte er.

"Ich gehe hinein! Denkst du etwa ich fürchte mich ohne männlichen Schutz?", stichelte die Amerikanerin.

Dorn verdrehte die Augen und sie stiegen aus; Carol ging ins Restaurant, er tankte den Wagen. Zwischen dem Restaurant und einer jetzt geschlossenen Hyundai Werkstatt befand sich eine spärlich beleuchtete Gasse mit Parkplätzen, wo er den KIA abstellte. Er stieg aus, hielt kurz inne, dann nahm er den Empfänger aus dem Fahrzeug und nahm ihn mit ins Lokal.

Carol hatte einen Tisch im hinteren Bereich des Diners ausgewählt. Dorn setzte sich ihr gegenüber und studierte die Speisekarte. Sie wählte ein unaussprechliches vegetarisches Gericht und bestellte dazu stilles Wasser. Dorn nahm *Roseugui* – dünne Rinderfiletscheiben in einer Pfanne gegrillt mit Reis und Mountain Dew. Im Grunde wollte er keine Produkte der PepsiCo Inc.

konsumieren, weil diese Firma immer mehr auf einer *woke* Werbewelle surfte. Er war ein Old School Coca-Cola-Typ. Doch, seit er Mountain Dew in den USA zum ersten Mal getrunken hatte, frönte er gelegentlich einer Art perverser Lust und bestellte, wenngleich mit schlechtem Gewissen, das giftfarbene Getränk, wenn es erhältlich war.

Die freundliche Kellnerin brachte die Getränke und Gedecke. Wie ihr schickes, uniformartiges Kleid, waren auch die dicken Papierservietten weinrot. Neben den, in Südkorea obligatorischen, metallenen Stäbchen, deckte sie Messer und Gabel auf. Kurz darauf servierte sie die Speisen. Beide waren hungrig, sie aßen schweigend und genossen das schmackhafte Mahl. Nachdem abserviert war, bestellten sie Kaffee.

"Erzähl doch mal etwas von dir, von deinen Gefühlen", sagte Carol und nahm einen Schluck Wasser.

"Von meinen Gefühlen? Ich komme vom Land, da gilt es als unhöflich über sich selber zu reden", meinte der Schütze.

"*Come on*, das ist wieder typisch altmodisch und supermännlich!"

"Auch in asiatischen Kulturen nimmt man sich nicht so wichtig wie heutzutage im gelobten Westen."

"Ich hoffe, dass sich das bald ändert, wenn auch hier mehr Frauen in wichtige Positionen kommen! Dann wird sogar in Asien über Gefühle gesprochen werden", sagte Carol.

"Kindisch, wenn man sich bemüßigt fühlt, über seine Gefühle und darüber, wie man, ganz, ganz individuell und höchstpersönlich, die Welt erlebt, zu schwadronieren! Ich nenne das postmoderne emotionale Inkontinenz."

"Es ist doch wichtig, was man empfindet!"

"Was man empfindet ist nicht so wichtig, was man tut, ist wichtig, denke ich", antwortete der Schütze.

"Ich empfinde jetzt jedenfalls, dass ich mal auf die Toilette muss!", sagte Carol und beide lachten. Sie erhob sich und mit betont wiegenden Hüften ging sie, wohin sie musste. Wenn sie die Universitäten und die Emanzen nicht so verdorben hätten, wäre sie eine erfrischende, junge Frau, dachte Dorn amüsiert.

Der Kaffee wurde serviert, dazu bekam jeder eine kleine Schüssel mit einer Art Kuchen und eine frische Serviette. Dorn faltete seine Serviette auseinander; eine sonderbare, schwarze Handschrift fing seinen Blick ein und verursachte einige tiefe Furchen auf seiner Stirn. Die Nachricht lautete:

In five minutes we need to meet you at the parking lot aside the diner, Mr. Dorn! It's important! We have to tell you something serious! Walk out alone and don't try any trick!

Carol kam zurück und setzte sich. Der Schütze nahm einen Schluck Kaffee und sah ihr nachdenklich in die Augen.

"Ich lass dich kurz alleine, gehe hinaus eine Zigarette rauchen. Geh nicht raus, pass auf den Empfänger auf und stell nichts an, Kleine!", sagte er.

"Kein Problem, ich werde deinen Kuchen essen, wenn du ihn nicht magst. Es ist koreanischer Honigkuchen. Lecker!", antwortete sie.

"Mach das, Carol! Als moderner Mann, muss ich ohnehin besser auf mein Gewicht achten", meinte er mit einem Augenzwinkern.

Er ging hinaus. Vor dem Eingang des Diners blieb er stehen und sondierte die Gegend. Auf dem Expressway rauschten Autos und LKW durch die Nacht, drei PKW tankten an den Zapfsäulen der SK-Tankstelle neben dem Restaurant. Er wendete sich nach links und schritt auf den Parkplatz zwischen dem Diner und der Hyundai Werkstatt. Die an den Gebäuden angebrachten Peitschenlampen warfen alle paar Meter einen hellen Lichtkegel auf den Platz. Elf Fahrzeuge, abgesehen von Carols KIA, PKW und Kleinbusse, Vans parkten, entsprechend den Bodenmarkierungen, schräg. Der Parkplatz war eine ungefähr 20 Schritte breite Gasse und mündete in die Querstraße eines Industriegebiets. Gegenüber der Straße begrenzten Fassaden zweier umzäunter Hallen aus Aluminiumpaneelen die Sicht. Die unbekannten Absender der Nachricht mussten sich entweder hinter den parkenden Fahrzeugen befinden oder, noch unsichtbar, in der Querstraße.

Niemand war zu sehen. Dorn ging einige Schritte in Richtung des KIA, nahm eine Camel aus der Blechdose und rauchte sie an. Wer waren die Verfasser der Nachricht? Was wollte man von ihm? Wer wusste, dass er genau hier war? War er in ein tödliches Spiel geraten, dem er nicht entrinnen konnte? Er musste Carol jedenfalls heraushalten und schützen, darum war er der Aufforderung gefolgt.

Er hatte nur seine Fäuste und das Benchmade Fixiermesser in der rechten Hosentasche. Lautlos, die weichen Bootsschuhe verursachten keinerlei Geräusch, näherte er sich der Mitte des Parkplatzes, blieb an der linken Seite, der Seite, an der nur drei der elf

Fahrzeuge parkten. Weniger Deckung, weniger Gefahr, so dachte er.

Dorn vernimmt ein leises Knirschen und wendet den Kopf, der Einfahrt des Parkplatzes zu, durch die er gekommen ist. Zu spät erkennt er, es ist ein Echo, das Geräusch war vor ihm! Er prallt an einen Ork, zumindest fühlt es sich so an; zwei gewaltige Hände, dazwischen ein wildes Gesicht mit einem Schnauzbart und einer schmalen Nase und ein massiger Körper greifen ihn an. Dorn sank in eine geduckte Haltung. Seine Linke schnellt in einem perfekten Aufwärts-Jab hoch, in den Spalt zwischen den zugreifenden Pranken und trifft die Nase des Riesen genau an der Spitze. Eine halbe Sekunde lang ist sie nach oben geschlagen und sieht flach wie die Nase eines jungen Schweines aus. Er schämt sich etwas dafür, dass ihn dieser Anblick bösartig amüsiert. Dann packen die Fäuste des Riesen seinen Hals und formen eine eiserne tödliche Schelle. Sein Gesicht befindet sich nicht weit von dem des Angreifers und bevor es dunkel wird, bewundert er den überraschten Blick der vom Blitzschlag tränenden Augen und die stark blutende Nase des Riesen und muss ein Lächeln unterdrücken. Was tust du hier? Das suchst du? Das findest du amüsant? Nach einer unbestimmbaren Zeit voll wirrer Gedanken und Visionen, wusste er nicht, ob der Gang in den Hades oder auf die Himmelsstiege führte.

Der Schütze schüttelte ungläubig den Kopf und durch einen schmerzhaften Faustschlag auf die Stirn stürzte er wieder in die Realität. Aus seiner linken Braue kroch dunkelrotes Blut um sein Auge und lief bis an die Schläfe. Er wankt auf weichen Knien und das Dunkel öffnet sich. Doch der Hades, denkt er.

Der Riese befindet sich jetzt hinter ihm. Seine Fäuste halten einen breiten, geflochtenen Lederriemen, den er um Dorns Hals geschlungen hat. Vor dem Schützen stehen zwei hochgewachsene, dünne Männer im Licht. Sie sehen wie Araber aus, mit schmalen Raubvogelgesichtern und dem Schatten starken Bartwuchses an den Wangen. Auf exotische Weise sind sie elegant angezogen und machen einen arroganten Eindruck. Sie sind etwa acht Schritte entfernt.

Dorn sieht sie zuerst verschwommen und tastet nach dem Benchmade Messer in der rechten Hosentasche. Die Lederschlinge um seinen Hals zieht sich zusammen und die Hand des Schützen verharrt.

Der linke der Männer, beide schätzt er auf Mitte 30, er sprach gutes Englisch mit einem eigenartigen Akzent, musterte den Schützen und sagte:

"Guten Abend, Mr. Dorn! *Salam aleikum!* Danke, dass du unserer Einladung gefolgt bist! Wir sprechen für jene, deren Geschäfte du vorhast zu stören!"

"Sagen Sie dem stinkenden Bigfoot er soll mich loslassen! Es ist unmöglich was Sie behaupten, denn niemals würde ich die Geschäfte ehrlicher, rechtschaffener Männer stören", antwortete Dorn. Die Schlinge wird schmerzhaft enger.

"Nimm deine UNO-Freundin und mach Urlaub mit ihr! Eine Woche. Fröne ihrer Jugend! Andernfalls können wir für deine, für eure Gesundheit, nicht garantieren!"

"Sagt wer?"

"Eine Art Maschine setzt sich in Gang, wenn du uns ernsthaft zu stören beginnst und sie hat noch jedes Problem innerhalb von sieben Tagen gelöst. Wir wissen, Gewalt führt zu mehr Gewalt, zu Aufmerksamkeit der Medien, zu teuren neuen Problemen. Darum, das hat sich langfristig als gewinnbringend erwiesen, wollen wir Probleme immer ohne Gewalt lösen."

"Vielleicht will ich Probleme aber nicht ohne Gewalt lösen, Effendis?", würgte Dorn hervor und die Schlinge zog sich enger.

"Gewalt macht nur Probleme und bringt den Tod. Carol Greener, die junge Frau lebt, solange ihr, hauptsächlich du, unsere Fährten nicht mehr kreuzt", erklärte der Araber mit leiser, freundlicher Stimme.

Diese Drohung war eindeutig. Schwäche zu zeigen würde nichts an der Lage verbessern.

"Ich sehe das anders! Falls dem Mädchen etwas passiert, wird das keiner von euch Drecksratten überleben. Dann setzt sich auch eine Maschine in Gang! Unsere Mission ist offiziell, wir sind keine Urlauber! Unsere Fährten werden sich kreuzen! Mein Wort darauf!"

"Spätestens, wenn das Mädchen tot ist, wirst du uns verstehen! Willst du diesen Preis wirklich zahlen? Diese Schuld auf dich laden?"

Ein kleiner Lieferwagen passierte die Straße am Ende des Parkplatzes und im Lichtkegel der Scheinwerfer sah er eine schlanke Silhouette im Dunkel stehen. Die beiden Araber verneigten sich; Dorn sah, dass sie Amulette trugen, goldene Ketten mit einem runden Anhänger in dem ein stilisierter, er hatte das gar nicht gleich erkannt, Skorpion erkennbar war. Der Riese löste die Schlinge, gab ihm einen festen Stoß und boxte ihn zweimal satt und beherzt in die Rippen.

Bis er wieder klar sah, waren sie verschwunden wie ein Spuk. Er wankte gegen einen Kleinbus, schloss kurz die Augen und zwang sich ruhig zu atmen. Gegen Schmerz half Pfeifen, hatte er bei Hemingway gelesen. Das stimmte zwar nicht, aber allein der Gedanke daran half. Dorn blickte in die schwarze Scheibe des Fahrzeugs und wischte mit seinem Taschentuch, das er immer in der rechten Hosentasche trug, das Blut von der linken Augenbraue und seinem Gesicht. Er hatte einen kleinen Riss, den seine Braue fast verbarg. Sein Hals schmerzte und ebenso drei Rippen. So locker und aufrecht wie möglich ging er zurück zum Eingang des Restaurants.

Carol leckte die letzten Krümel des Honigkuchens von ihren Fingern und nahm einen Schluck Wasser. Dorn sank auf den Platz ihr gegenüber. Er wischte mit dem Handrücken über die kleine Wunde über seinem Auge.

"Was ist mit dir los? Du blutest!", rief Carol in fast mütterlichem Ton.

"Ach, kein Problem! Ein paar Freaks waren am Parkplatz!"

"Freaks? Sie haben dich verletzt!"

"Ich bin hier, sie sind weg. Genügt das?"

"Du hältst dich wohl für eine Art *Boy-Scout*, oder sowas."

"*Come on*, lass mich zahlen und dann folgen wir dem Schmuggelfrachter. Wir halten ihn auf, Carol!"

Dorn trat zuerst vor die Tür. Sein Blick scannte die Umgebung, doch er konnte nichts Auffälliges entdecken. Bevor sie den Parkplatz betraten, verharrte er wieder und deutete Carol, sich hinter ihm zu halten.

"Warte hier an der Ecke. Hinter jedem Auto kann Gefahr lauern", raunte er.

"Ich dachte, die *Freaks* sind weg?"

"Ich denke das auch, aber ich überzeuge mich lieber. Wenn ich beim KIA bin, winke ich, du kommst nach und steigst sofort ein, OK?"

Sie nickte. Der Schütze schritt vorsichtig von Fahrzeug zu Fahrzeug und hielt die Umgebung scharf im Blick. Er entriegelte die Türen und deutete Carol zu kommen. Sie stiegen ohne Zwischenfall ein und Dorn fuhr zügig los. Die Amerikanerin nahm den Empfänger in Betrieb.

"Falls das Ziel des Frachters wirklich in Nordkorea liegt, wird er oberhalb der Insel Yeonpyeong in nordkoreanisches Hoheitsgebiet fahren. Solange er in diesen Gewässern ist, können die südkoreanischen Behörden nichts unternehmen."

Sie fuhren wieder auf den 77er Expressway nach Nordwesten in Richtung Seongdong-ri. Der Highway führte entlang des Ufers des mächtigen Flusses Han, der im Norden, zwischen Siam-ri und Seongdong-ri, ins Gelbe Meer mündet. Dorn hielt den Rückspiegel stets im Auge; er hatte den Eindruck, der dunkelgraue Hyundai Van folgte ihnen wieder.

"Wir werden verfolgt! Ich muss sie abhängen und dann sollten wir ein anderes Fahrzeug auftreiben", erklärte er.

"Wie können wir das Auto wechseln?"

"Such in deinem Telefon einen Autoverleih, der geöffnet hat! Internet, du weißt schon!"

Der Schütze beschleunigte auf 120; er schlängelte den KIA durch den Verkehr und beobachtete den Hyundai Van im Spiegel. Nein, mit diesem Auto und auf dem Highway, konnte er den Verfolger nicht abhängen. Carol wischte nervös auf dem Display ihres Smartphones herum. Viele Fernlaster waren in dieser Nacht unterwegs, darin erkannte Dorn die einzige Chance zu entkommen.

"Ich kann in vernünftiger Entfernung keinen Autoverleih finden, schon gar keinen, der nachts geöffnet hat", seufzte die Amerikanerin.

"Hier kann ich den Van nicht abhängen! Wir fahren vom Highway ab!", sagte Dorn.

Der Hyundai holte auf. Carol suchte fieberhaft auf ihrem Smartphone weiter. Links lag der breite Han-Fluss, rechts des Highways waren kleine Städte und Dörfer. Dorn überholte einige Fernlaster und beschleunigte. Die LKW nahmen dem Verfolger die Sicht auf den KIA. Eine Ausfahrt! Sie mussten unbemerkt herunter vom Highway; nur da, würde er den Van austricksen können.

Er schaltete die Scheinwerfer aus und ohne zu blinken zog er den Wagen knapp vor dem nächsten LKW-Pulk scharf nach rechts auf die Abfahrt Richtung Geumchon-dong. Carol blickte verstört von ihrem Telefon auf und hielt sich am Armaturenbrett fest.

"*Dorn!* Das ist ein nagelneues Auto! Fahr nicht so verrückt! Du musst hier keine Männlichkeit beweisen!"

Der KIA jagte mit wimmernden Reifen die lange Schleife der

Abfahrt entlang. Sie erreichten eine Kreuzung; Dorn zögerte kurz, die Ampel stand auf Rot. Nur wenige Fahrzeuge passierten flüssig die Querstraße; er schaltete die Scheinwerfer wieder ein, gab Gas, drückte auf die Hupe und steuerte den KIA durch ein losplärrendes Hupkonzert. Autos bremsten quietschend, zwei stießen zusammen, als sie dem KIA auswichen, ein veritables Chaos entstand. Ein Lächeln umspielte seinen Mund, denn das Chaos lag hinter ihnen.

Sie kamen an den Rand einer Ortschaft, wohl einer kleinen Stadt. Der Schütze sah eine Seitengasse zwischen umzäunten Firmengeländen mit Lagerhallen und riss den Wagen nach rechts. Wieder ohne Licht raste der KIA durch das schlafende Industriegebiet, dann querten sie eine ruhige Straße und erreichten einen Bezirk mit Wohngebäuden. Entlang der Straße gab es Einfahrten in zwei- und dreistöckige Wohnblocks.

"Die sehen wie unsere Appartementhäuser in den USA aus. Diese Condo-Anlagen haben einen Innenhof. Bieg ein!", schlug Carol vor.

Dorn fuhr langsamer und bog in eine Einfahrt. Die Appartementhäuser waren wie Vierkanthöfe angelegt. In dem vom Gebäude umfangenen Platz führten außenliegende, metallene Stiegen über ebenso offene, nur von Geländern begrenzte Gänge in die oberen Stockwerke. Im asphaltierten Innenhof parkten einige Autos und in der Mitte des Platzes befand sich eine begrünte Insel mit vier niedrigen Gingkobäumen und einigen Büschen. Der Schütze parkte den KIA vor dem linken Flügel der Anlage zwischen andere abgestellte Fahrzeuge. Es war 22:30 und nur aus wenigen Fenstern drang noch Licht; in einigen sah er das bläuliche Flackern von TV-Geräten.

"Hier können wir uns verstecken. Was sind das für Leute, die uns verfolgen?"

"Sie sind Ratten. Wir dürfen keine Zeit verlieren und brauchen ein anderes Auto!", erklärte Dorn.

"Ratten?", die Amerikanerin schüttelte den Kopf und checkte den Empfänger.

"Unser Frachter befindet sich jetzt nördlich der Insel Maldo."

"Wo können wir ein Auto auftreiben? Wir müssen weiter!", knurrte Dorn.

Er stieg aus und steckte sich eine Camel an. Carol stieg auch aus und lehnte sich an den KIA. Sie strich ihr Haar zurecht und blickte resigniert in den bewölkten, finsteren Nachthimmel.

Keine Sterne waren zu sehen. Sie seufzte und schloss die Augen. Dorns Blick wanderte über die Fronten der Appartements, über die freien Stiegen und Gänge, die Fenster und Eingangstüren.

Plötzlich raschelte es in den Büschen rund um die Gingkobäume. Dorn zuckte alarmiert zusammen, zog das Klappmesser aus der rechten Hosentasche. Die Klinge schnappte heraus und er nahm unwillkürlich eine Abwehrhaltung ein.

Seine Augen starrten in die Dunkelheit vor der Insel mit den Gingkos – er klappte das Messer zu, steckte es ein und lachte leise. Zuerst sah er zwei gelb glühende Augen, dann spazierte gemächlich eine zierliche, schwarze Hauskatze aus dem Schatten der Bäume und Büsche. Sie musterte ihn mit arroganter Miene, hob kurz witternd die Nase und schritt auf eine der Eingangstüren im Parterre zu. Die Katze setzte sich vor die Tür und gab ein leises Miauen von sich.

Kurz darauf öffnete ein alter, kleiner Koreaner; er nahm die Katze hoch und sprach liebevoll klingende Worte. Ihr Schnurren war deutlich zu vernehmen und die Nase der Katze stieß gegen das faltige Kinn des Mannes, der in der Tür verharrte und weiter sanft zu ihr sprach.

"Komm mit, Carol", sagte Dorn leise.

"Was willst du von dem Mann?", fragte sie.

"Übersetz, bitte!"

Er trat in den Lichtschein, der aus der Wohnung fiel, Carol war neben ihm. Der alte Mann blickte erstaunt auf das Paar und wollte die Türe schließen.

"Guten Abend! Entschuldigen Sie die späte Störung, Sir!", sagte Dorn. Carol übersetzte und der Mann blieb in der Tür stehen.

Sein gutmütiges Gesicht war von unzähligen Falten durchfurcht, er trug ein weißes Hemd, eine Anzughose, die von breiten Hosenträgern gehalten wurde und seine Füße steckten in karierten Pantoffeln. Die Augen des Mannes, er mochte um die 80 sein, strahlten wach und bubenhaft, als er die junge Amerikanerin musterte.

"Guten Abend! Wie kann ich helfen?", fragte er.

"Frag ihn, ob er ein Auto besitzt", bat Dorn.

Carol sah den Schützen ungläubig an, übersetzte aber. Der alte Mann nickte stolz und zeigte auf einen alten Nissan Bluebird Kombi, der im Innenhof geparkt war. Der Wagen war rot und an den Radläufen etwas angerostet, soweit das in der Dunkelheit erkennbar war. Die schwarze Katze schnurrte immer noch, betrachtete die späten Besucher aber aufmerksam.

"Erzähl was wir machen, dass wir eine gefährliche Schmugglerbande stoppen müssen, dass wir gegen internationale Wilderer kämpfen und in offiziellem Auftrag handeln. Und - dass wir verfolgt werden."

Die Amerikanerin sprach eine Weile mit dem Mann, der zwischendurch einige Fragen stellte und dann verständnisvoll, interessiert nickte.

"Wir wollen ihm einen Deal vorschlagen. Sag ihm, dass er uns sehr helfen könnte, wenn er zustimmt."

Carol übersetzte; der Koreaner dachte kurz nach und nickte.

"Wir wollen sein Auto. Frag, ob er es uns verkaufen würde."

Sie übersetzte, der alte Mann schüttelte den Kopf und antwortete.

"Er besitzt das Auto schon seit 2001 und es hätte ihm stets gute Dienste geleistet. Nein, er will es nicht verkaufen", übersetzte Carol.

"Wir würden auch tauschen, biete ihm den KIA an", schlug Dorn vor.

"Was? Mein Auto ist nagelneu! Nein! Das machen *wir* nicht!", pfauchte Carol entrüstet und funkelte Dorn böse an.

"Los, mach schon! Wir müssen weiter!", drängte er.

"Nein! Es ist *mein* Auto!", rief sie; die Katze zuckte zusammen und der alte Mann staunte.

"Vergiss nicht, dein Vater in New York ist ein Millionär!"

"Du bist ein Scheusal!", schimpfte Carol; dann sprach sie freundlich zu dem alten Mann, dessen Gesicht zu strahlen begann, als sie auf den neuen KIA wies.

"Er ist einverstanden!", knurrte sie.

Der Koreaner setzte die Katze ab und verschwand kurz in der Wohnung, um die Autoschlüssel und Papiere zu holen.

"Sag ihm noch, er soll den KIA sicherheitshalber mindestens drei Tage nicht benutzen! Sonst könnte er, was zwar unwahrscheinlich ist, die Gangster auf sich aufmerksam machen!", verlangte der Schütze, "Alle Formalitäten wickeln wir ab, sobald wir den Auftrag erfüllt haben."

Carol erklärte den Sachverhalt. Der Alte nickte, er ging zum Nissan und streichelte über die Motorhaube; die Amerikanerin stieg in den KIA und parkte ihn neben den Nissan, damit sie das Gepäck in den roten Kombi laden konnten. Sie übergab dem

Koreaner seufzend den Autoschlüssel und die Papiere ihres Wagens. Er sah ihnen zu, wie sie Elwins Empfänger, ihre Reisetaschen, die Bogenausrüstung des Schützen, den schwarzen Neoprenanzug samt Maske und Schwimmflossen, den Carol als begeisterte Taucherin immer im Auto hatte, in den Nissan luden. Sie schüttelten dem Mann die Hand und dankten für seine Hilfe, Dorn setzte sich ans Steuer; Carol suchte den Zigarettenanzünder und nahm den Empfänger in Betrieb, dann fuhren sie los nach Norden.

27. Kapitel

Ohne weitere Zwischenfälle erreichten sie im Morgengrauen das Dorf Manu-ri. Dorn fuhr fast im Schritttempo und die Amerikanerin fungierte, mit Hilfe des Empfängers und ihres Smartphones, als Navigator. Moderne Gebäude und vereinzelte, ebenerdige traditionelle koreanische Häuser mit geschwungenen Pagoden-Dächern säumten die Hauptstraße, die durch das übersichtliche Dorf, in den Norden führte.

Laut der Landkarte auf Carols Smartphone, gab es hinter dem Dorf Manu-ri nur noch die Demilitarisierte Zone, die Grenze zu Nordkorea; der Imjin mündete nördlich von Munji-ri in den Han-Fluss, welcher sich ins Gelbe Meer ergoss.

"Wo ist die *Czarina*?"

"Sie befindet sich nördlich der Insel Gyodong, zwischen den Koreas", meldete die Amerikanerin, nach einem Blick auf den Monitor des Empfängers.

"Hm, dann haben wir hoffentlich noch Zeit, um nach dem Anlegeplatz zu suchen", murmelte der Schütze.

"Bleibt das Schiff auf diesem Kurs und ändert es nicht die Geschwindigkeit, kann es morgen Abend hier in der Gegend sein", erklärte Carol, nachdem sie kurz auf einem Zettel herumgerechnet hatte.

Nur wenige Fahrzeuge frequentierten die erwachende Hauptstraße. Vor Lebensmittelgeschäften, einem Telefon-Shop und einigen kleinen Restaurants fanden sich Menschen ein und begannen den neuen Tag mit einem Tratsch. Nach dem Ortskern wurden die Häuser niedriger und weniger und gaben den Blick auf einen alten Turm, umgeben von Ruinen und Steinblöcken frei. Der Nissan Bluebird rollte näher und sie sahen, dass die Straße an einem Drahtzaun mit einem geschlossenen Tor endete.

Dorn entdeckte einen Klingelknopf neben dem Schiebetor; er hielt den Wagen an und sagte: "Wir müssen da hinein, näher an die Grenze. Ich läute da mal an."

Sie stiegen aus, Dorn drückte die Klingel und nach etwa einer Minute kam ein junger, schlanker Koreaner ans Tor. Er trug saloppe, etwas staubige Freizeitkleidung und blickte die Ankömmlinge fragend an.

"*Hi! How can I help you?* ", grüßte der Mann in gutem Englisch. Er strich sein schwarzes, nackenlanges Haar aus der Stirn und schob mit dem Zeigefinger seine runde Nickelbrille zurecht.

"*Hello!* Mein Name ist Carol Greener und das ist Thomas Dorn, wir arbeiten für die UNO und verfolgen einen Frachter, der Schmuggelware geladen hat. Wir dachten, hier komme man näher an die Grenze, aber jetzt versperrt Ihr Zaun uns den Weg", antwortete die Amerikanerin.

"Ich bin Dr. Lee Park, ich arbeite hier als Archäologe und erforsche diese antike Ruinenanlage.

"Die Ruinen sind gesperrt?", fragte Dorn.

"Weil sie sich unmittelbar an der DMZ, der *Demilitarisierten Zone* befinden, sind die Ruinen ebenfalls ein Sperrgebiet, welches man nur mit einer amtlichen Erlaubnis betreten darf. Darum der Zaun", erklärte Dr. Lee, "aber, auf einen Tratsch und einen Kaffee, kann ich sie schon hereinlassen."

Er entsperrte und öffnete das Schiebetor und wies auf eine von einer Zeltplane überdachte Nische vor einem der verfallenen Gebäude, die ihm offenbar als Büro und Kaffeeküche diente. Ein größerer Kartentisch, ein einfacher Klapptisch, vier Campingsessel, einige Kisten und Stellagen, sowie ein kleiner Tisch mit einem Gaskocher stellten die Einrichtung der überdachten Nische dar.

Lee Park ging voran und bot den Gästen an Platz zu nehmen. Er entzündete den Gaskocher und stellte frischen Kaffee in einer Blechkanne zu.

"Wir suchen nach einem Ort, nach einem Schmuggler-Anlegeplatz hier in der Nähe", erklärte Carol.

"Hier, hinter dem Dorf verläuft die DMZ, mit Türmen, Zäunen, Stacheldraht und Soldaten!", warf Dr. Lee ein.

"Ich weiß nicht besonders viel über diese DMZ, war noch nie zuvor in Korea", sagte Dorn.

"Ich kläre dich auf, alter weißer Mann! Die DMZ, die demilitarisierte Zone, teilt die koreanische Halbinsel in Nord- und Südkorea. Sie wurde 1953, nach dem Ende des Koreakrieges eingerichtet und läuft von West-Südwest nach Ost-Nordost über die Halbinsel, wobei sie nördlich von Seoul den 38. Breitengrad schneidet. Sie ist ca. 248 Kilometer lang und ungefähr vier Kilometer breit. In ihrer Mitte verläuft die MDL, die Militärische Demarkationslinie, die tatsächliche Grenze zwischen den beiden Koreas", erklärte Carol.

Der Kaffee war fertig und duftete köstlich; der Archäologe schenkte drei Blechtassen voll und stellte sie, samt einer Zuckerdose und einem Päckchen Milch auf den Tisch, dann setzte er sich zu den Besuchern und rauchte umständlich eine Zigarette an.

"Weil niemand ohne behördliche Genehmigung in die DMZ darf, entwickelte sich über viele Jahrzehnte eine naturbelassene Tier- und Pflanzenwelt. In der DMZ halten sich seltene und geschützte Tiere wie Mandschurenkraniche, Weißnackenkraniche, Mönchsgeier, Schwarzstirnlöffler, Kragenbären, Leoparden und sibirische Tiger auf", schwärmte Carol, "und, außerdem gibt es …"

"Ich habe irgendwo gelesen, dass Nordkorea behauptet, Südkorea und die USA hätten eine Mauer entlang der DMZ errichtet", unterbrach Dorn Carols begeisterte Aufzählung.

"Ja, das sagen die Nordkoreaner. Auf der Nordseite falle die Mauer senkrecht ab, diene so als Panzersperre, auf der Südseite dagegen sei die Mauer schräg und bewachsen, daher sei sie vom Süden aus praktisch nicht sichtbar. Dass eine solche Mauer zumindest in bestimmten Abschnitten der Grenze existiert, ist durch Fotos belegt", erläuterte die Amerikanerin, "die USA dementieren zwar die Existenz einer durchgehenden Mauer, räumen aber ein, dass es Anlagen zur Abwehr von Panzern gibt."

Der Bogenschütze nippte vom heißen Kaffee und bot dem Koreaner eine Camel an, die dieser gerne annahm.

"1905 wurde Korea ein japanisches Protektorat und 1910, durch eine Annexion als japanische Kolonie mit dem Namen Chōsen in das Japanische Kaiserreich eingegliedert. Als 1945 mit der Kapitulation Japans der Zweite Weltkrieg endete, wurde die Provinz Chōsen von den Siegermächten entlang des 38. Breitengrads in zwei Besatzungszonen aufgeteilt. Der Süden wurde von US-Truppen besetzt, der Norden kam unter die Kontrolle der sowjetischen Roten Armee. Von 1974 bis 1990 wurden insgesamt vier Tunnel gefunden, welche die Kommunisten unter der DMZ in den Süden gegraben haben, um im Kriegsfall Militär unterirdisch herüber zu bringen. Heute können die Tunneleingänge von Touristen besichtigt werden. Es wird vermutet, dass es weitere, noch nicht entdeckte Gänge und Stollen gibt", führte Lee Park aus.

"Was wissen Sie über den Schmuggel hier in der Gegend?", fragte der Schütze.

"Geschmuggelt wird hier eine Menge", antwortete der junge Koreaner.

"Woher wissen Sie das?", fragte Dorn.

"Ich habe es gesehen!", behauptete Lee, "Boote und kleine Schiffe entladen oft an der Mündung des Imjin Flusses."

"Sie können in die DMZ?", frage Dorn ungläubig, "Sonst könnten Sie solche Vorgänge ja nicht gesehen haben, nicht wahr?"

"Hm, klären Sie mich auf! Sagen Sie mir, was Sie genau vorhaben", verlangte Dr. Lee ausweichend.

"Mich würde interessieren, woher Sie so sicher wissen, dass Schmuggel-Schiffe in der DMZ entladen werden", meinte Dorn, "und besonders *wo* !"

"Ich werde Ihnen nur helfen, wenn ich weiß, worum es geht!", insistierte Lee.

Carol und Dorn erzählten dem staunenden jungen Archäologen die Geschichte des Schmuggelschiffs *Czarina Laurente* und die wichtigsten Ereignisse, die sie hierher geführt hatten.

"Ihr bekämpft also eine international agierende Wilderer-Mafia, das klingt sympathisch", meinte Dr. Lee nachdenklich.

"Wir wollen, sobald wir wissen, wo das Schiff entladen werden soll, die Polizei und die Küstenwache oder die Zollbehörde alarmieren, damit sie den Frachter stoppen und die Schmuggler festnehmen", erläuterte Carol, "das wäre ein toller Erfolg im Tierschutz und für das UNODC."

"Schlimmstenfalls müssten wir irgendwie das Schiff stoppen oder verzögern, bis die Polizei etwas unternehmen kann", fügte Dorn hinzu.

"Ich kann euch vielleicht helfen! Ihr arbeitet für die UNO, möglicherweise könnt ihr auch etwas für mich tun", meinte Dr. Lee nach einer kurzen Nachdenkpause.

"Was denn? Wie können wir Ihnen helfen?", fragte Carol.

"Die UNO will diese Ruinen hier, sie sind, soweit feststellbar, über dreitausend Jahre alt, zum UNESCO-Weltkulturerbe erklären!"

"Das ist ja wundervoll!", antwortete die Amerikanerin.

"Ich sehe das anders! Sobald man die Ruinen von Manu-ri zum Weltkulturerbe erklärt, werden Massen von Touristen sie überschwemmen und es wird keine Ruhe mehr zum seriösen Forschen und Arbeiten geben. Alles wird auf Kommerz getrimmt werden. Ich will diese ehemals heilige Stätte schützen und erforschen, da kann ich keine Busse voller Touristen brauchen", erklärte Dr. Lee, "vielleicht könnten sie, weil sie ja für die UNO arbeiten, versuchen irgendwie das Verfahren einzustellen, zumindest zu verzögern, bis ich hier fertig bin. Und, auch das ist zu befürchten, die UNESCO wird die Forschungsarbeiten neu vergeben - an der UNO nahestehende Wissenschaftler, das ist sicher eine der Bedingungen für die Verleihung des Weltkulturerbe-Status."

Dorns Blick strich über die Reste der uralten Bauwerke, über den trotzigen Turm und die vielen monolithischen Steinquader, die den Weg zum Turm säumten; er lächelte und verstand die Befürchtungen des Archäologen gut.

"Ich kann nur versuchen meine Kollegin und Freundin Dr. Develdt auf die Sache anzusetzen. Sie hat gute Kontakte und mehr Einfluss in der UNO und ich weiß, dass die Bürokratie der UNO immer viele Möglichkeiten bietet, Umsetzungen zu verzögern – aber versprechen kann ich nichts, Dr. Lee!", erklärte Carol Greener.

"Ich habe keinen Einfluss auf solche Dinge, schätze aber auch, dass Dr. Develdt am ehesten in der UNO etwas erreichen kann", sagte der Schütze.

"Gut! Kommt mit! Ich zeige euch was", sagte Lee Park und erhob sich.

Der Archäologe kramte eine Taschenlampe und ein kleines Fernglas aus einer Alu-Kiste, dann führte er die Besucher, zwischen großen Steinblöcken mit Reliefs und die Überreste alter Mauern in Richtung des großen Turms, der das Ruinenfeld überragte. Hinter den Ruinen stieg das Gelände an; die Rückseite des Turms war zum Teil, etwa drei Meter hoch, von einer steilen, von Gräsern und Büschen bewachsenen Böschung verborgen. Der Turm war etwa zwanzig Meter hoch, hatte einen kreisrunden Grundriss, nach oben hin verjüngte sich das Bauwerk; es hatte keine Fensteröffnungen, nur ein etwa zwei Meter hohes Portal befand sich an seiner Vorderseite, die dem Dorf zugewandt war. Links und rechts des Eingangs befanden sich brusthohe Reste von Mauern. Dorn betrachtete das Bauwerk und es schien ihm, dass, von oben, aus der Vogelperspektive betrachtet, der Grundriss des Turms, mit den Mauerresten links und rechts des Portals, wohl einem Omega-Symbol - Ω - ähneln musste.

Carol blieb vor einem der riesigen Monolithen, die den Weg säumten, stehen und bewunderte die Reliefs darauf.

"Was sind das für seltsame Wesen? Weiß man das?", fragte sie Dr. Lee.

"Das rechts hier ist ein *Dokkaebi* - ein Fabelwesen aus der koreanischen Mythologie. Es handelt sich um einen Waldschrat von furchteinflößender Gestalt, der aber auch humorvolle und groteske Züge haben kann. Der *Dokkaebi* wird meist als wilder Mann mit einem aus der Stirn wachsenden Horn dargestellt. Er trägt Tiger- oder Leopardenfelle und eine magische Keule. Er verfügt über Zauberkräfte. Ein *Dokkaebi* spielt schlechten Menschen Streiche und bestraft sie, belohnt andererseits gute Menschen.", erklärte der Archäologe.

"Wow!", flüsterte Carol.

"Links seht ihr einen koreanischen *Yong*, eine Art Drache. *Yongs* baden in heißen Quellen, wo sie auch ihre Eier ablegen. Laut der Legende entstehen *Yongs* aus so genannten *Imugi*, den legendären Riesenschlangen, die in abgelegenen Gewässern leben. Und diese Wesen ...", führte Dr. Lee weiter aus.

"Liebe Carol, können wir die Märchenstunde vielleicht auf später verschieben? Was wollen Sie uns zeigen, Dr. Lee?", unterbrach Dorn.

Carol funkelte den Schützen so böse an, dass Dr. Lee seine Erklärungen unterbrach und weiter in Richtung des Turms ging. Der Weg bestand aus großen Steinplatten, er führte, durch die brusthohen Mauerreste links und rechts, zum trapezförmigen Eingang des Turmes. Ein starker Felsblock diente als Überlager. Die schrägen Seiten des Trapezes entsprachen der leichten Schräge der Mauern des konischen Turms. Sie betraten das dunkle Innere des hohen Bauwerks aus großen Steinquadern, dessen Boden ebenfalls aus Steinplatten bestand. Dorn schätzte den Durchmesser an der Grundfläche des Turms auf etwa fünfzehn Schritte. Er blickte nach oben; ein Dach war nicht vorhanden und der Himmel war als graue Kreisfläche sichtbar.

Sie folgten Dr. Lee, der das Rund des Turms durchschritt und vor der Mauer, genau gegenüber des Portals, innehielt. Etwa einen Meter über dem Boden und ungefähr ebenso weit auseinander, befanden sich zwei ovale Vertiefungen in den Felsblöcken. Wie leere Augenhöhlen starrten sie in den Raum. Der Archäologe steckte seine Hände in die Öffnungen, dann zog er die rechte Hand aus dem rechten Auge und drückte mit seinem ganzen Körpergewicht gegen die Mauer rund um die linke Vertiefung. Knirschend drehte sich, ein trapezförmiger Teil der Wand um seine Längsachse und gab zwei, etwa einen Meter breite und zwei Meter hohe, Durchgänge frei. Das bewegliche Mauerstück, man konnte jetzt erkennen, es war etwa vierzig

Zentimeter stark, bildete eine Mittelteilung der Öffnung.

"Vorsicht, treten sie etwas zur Seite!", riet Lee Park.

Einen Wimpernschlag später, Carol und Dorn sprangen weg und duckten sich, drang ein Rauschen aus den dunklen Öffnungen und ein gewaltiger Schwarm graubrauner Fledermäuse flatterte steil nach oben, dem offenen Himmel über dem Turm zu und verschwand wie ein Spuk.

"Kobayashi-Breitflügelfledermäuse, süß!", rief Carol.

"Wie wunderbar!", lästerte Dorn.

"Kommt, hier geht's lang", sagte Dr. Lee, er schaltete die Taschenlampe ein und ging voran in die Öffnung.

Vor ihnen lag ein Stollen, der ungefähr den Abmessungen des geheimen Portals entsprach. Der Luftzug, der ihnen durch das Öffnen des Ganges entgegenströmte, war kühl, feucht; und es roch nach nassem Fels und etwas modrig. Wände und Boden bestanden aus großen Steinblöcken. Dr. Lee drückte mit seiner Schulter gegen das Steintor, knirschend drehte es sich und verschloss den Eingang. Der Archäologe knipste seine Taschenlampe an und sie gingen in den Felstunnel. Alle dreißig Schritte stützte ein steinerner Unterzug, eine Pölzung aus monolithischen Blöcken, den Stollen. An verschiedenen Stellen auf den Boden patschende Wassertropfen, erzeugten einen leisen, aber sonderbaren Geräuschpegel. Dorn hatte den Eindruck, dass der Tunnel leicht anstieg und etwas breiter wurde.

Nach einem Marsch von etwa zwanzig Minuten hörte er gedämpft Schreie von Möwen. Etwa dreißig Schritte später erreichten sie einen dichten Vorhang aus Kletterpflanzen, Lianen oder Efeu, durch den Sonnenlichtlanzen fielen, die im Inneren des Stollens ein bizarres Muster auf die steinernen Bodenplatten zeichneten.

"Vor etwa einem Jahr habe ich, durch Zufall, als ich die Mauern des Turms abklopfte, das Dreh-Portal und den Stollen entdeckt. Weil ich befürchtete, die ganze Ruinenanlage würde deshalb, wegen dem geheimen Weg in die DMZ, gesperrt werden und dann wäre ich meinen Archäologen-Job hier los, hielt ich, bis heute, das Tor und den Tunnel geheim. Mein Plan ist, erst wenn ich hier, sozusagen, fertiggeforscht habe, Portal und Stollen als Entdeckung bekannt zu machen", erklärte Lee Park, der voraus ging.

"Verständlich!", meinte Dorn, "Wo haben Sie die Schmuggler beobachtet?"

"Das zeige ich euch gleich! Wir müssen äußerst vorsichtig sein! Ich war immer nur nachts hier, damit mich keine Grenzsoldaten entdecken. Jetzt ist es hell! Nutzen wir die Felsen und Büsche, um unsichtbar zu bleiben!", warnte der Koreaner, "Was ich euch zeigen will, kann man nur sehen, wenn wir dem Pfad ein Stück Richtung Osten, nach rechts, folgen."

Dr. Lee teilte die Ranken und sie traten hinaus auf einen kleinen Platz aus Steinplatten vor dem Ausgang. Von der Plattform, die sich etwa dreißig Meter über dem Meer, am Rande einer steilen Böschung befand, konnten sie, nach links und rechts, ungefähr zwei Kilometer, den Verlauf des Wassers sehen. Am nordkoreanischen Ufer, gegenüber des Stollenausgangs, verlief eine von Kiefernwald und Büschen gesäumte, einspurige, Schotterstraße. Gegenüber des Tunnelausgangs war das Ufer etwa 500 Meter entfernt, rechts, nordöstlich, zur Mündung des Imjin hin, verengte sich der Wasserarm auf ungefähr 200 Meter, schätzte Dorn.

Die Böschung, in der sich der Stollenausgang befand, war von Büschen, Farnen und Kräutern bewachsen, dazwischen gab es Flächen mit Schotter, vereinzelt lagen, wie hingestreut, Felsen verschiedener Größe. Ein erdiger, schmaler Pfad, wohl ein alter Schmugglerweg, führte von der Tunnelplattform, parallel zum Ufer, in beide Richtungen. Im Westen, da, wo eine Biegung des Meeresarms die Sicht begrenzte, säumten Pappeln, Espen, Haselnussbüsche und Farne den Pfad. Zum Meer hin, fiel das Gelände steil ab und nur einzelne Sträucher und Gräser brachen durch die Böschung aus Fels und Geröll.

Lee wendete sich nach rechts und sie folgten vorsichtig dem Pfad etwa hundert Schritte in Richtung der Verengung des Wasserlaufs. Geduckt gingen sie voran, bis sie einen größeren Felsen erreichten, hinter dem sie hockend Deckung nehmen konnten. Lee Park nahm sein Fernglas hoch und richtete es aus.

"Hier, sehen Sie!", er reichte Dorn das Fernglas und wies schräg nach rechts, zu einer Stelle, wo das nordkoreanische Ufer als Landzunge ins Wasser ragte. "Da ist die Anlegestelle mit dem Signalscheinwerfer, wo ich die Boote und die kleinen Schiffe nachts beim Entladen beobachtet habe."

Der Bogenschütze ließ den Fokus des Glases über die Uferlinie streichen und sah die Mole, eine Stelle, wo das Ufer steil abfiel und mit starken, hölzernen Piloten befestigt war. Die geschotterte Uferstraße führte einige Meter daran vorbei. Er sah auch den großen Scheinwerfer, der an der rechten Seite, am Ende der Piloten, befestigt war. Sicher war, dass an dieser Stelle, wenn das Wasser wirklich tief genug war, ein kleiner Frachter, mittels Ladekran, Ware absetzen konnte.

"Sehen Sie den Feldweg, der aus dem Kiefernwald hinter der Anlegestelle in die Schotterstraße mündet?", fragte Lee.

"Ja!", sagte Dorn.

"Von dort kamen die LKW, als ich, die Schmuggler beobachtete. Es war immer nachts und durch den Scheinwerfer und die Motorengeräusche wurde ich darauf aufmerksam."

Carol wischte auf ihrem Smartphone herum und erklärte: "Hier verläuft die Grenze zwischen den Koreas aufs Land, alle Gewässer weiter östlich gehören zu Südkorea und sind für einen Frachter wie die *Czarina* nicht mehr schiffbar."

Etwa auf gleicher Höhe, wie die Verengung des Wasserlaufs, rechts der Anlegestelle, ragten verstreut einige massive Felsblöcke aus dem Wasser. Dorn nahm das Fernglas vom Gesicht und schloss die Augen.

"Was ist los, Bowman? Eingeschlafen?", fragte Carol.

"Dieser Felsen hier bietet gute Deckung. Ich denke, ich habe einen Plan", murmelte der Bogenschütze, "mach bitte mit deinem Telefon ein paar Fotos von der Situation hier, Carol."

"Wir sollten nicht zu lange hier sein! Lasst uns vorsichtig zum Tunnel zurückgehen", meinte Dr. Lee.

Er hatte recht, erst hörten sie Motorengeräusch, dann erschien ein nordkoreanischer Militärtruck auf dem Feldweg im Kiefernwald. Das Fahrzeug bog auf die Uferstraße und folgte ihr in Richtung Osten. Sobald der Truck außer Sicht war, machten sich die drei auf den Weg zurück. Erleichtert nicht von Grenzsoldaten entdeckt worden zu sein, erreichten sie den Stollen und schlüpften durch den Pflanzenvorhang ins Dunkle. Nach zwanzig Minuten Marsch durch den Tunnel, erreichten sie das Portal im Turm, Dorn half dem Archäologen die Felsplatte zu drehen und sie traten heraus ins Helle.

"Kommt, gehen wir in mein Freiluft-Office, ich stelle frischen Kaffee auf, dann könnt ihr besprechen, ob der Tunnel nützlich ist und ob es wahrscheinlich ist, dass euer Schmuggelschiff an der Stelle, die ich euch gezeigt habe, anlegen wird."

Sie gingen durch die Ruinen zurück und setzten sich wieder an den Campingtisch.

"Sie sagen, Sie haben die Schmuggler nachts beobachtet, Dr.

Lee. Warum haben Sie sich denn nachts in der DMZ herumgetrieben? Scheint doch gefährlich zu sein", erkundigte sich Dorn.

Während der Archäologe mit dem Kaffeegeschirr herumhantierte, antwortete er: "Hm, ja, also … na gut - ich habe zeitweise Studenten hier, Volontäre – und, nun ja, im Frühjahr habe ich mich, ähm, mit einer Studentin näher befreundet – sie war, hm, ja, so kann man es sagen, ein leidenschaftlicher Outdoor-Fan."

"Und?", fragte Carol.

"Mit Outdoor-Fan, meine ich, sie liebte es Sex im Freien, an möglichst gefährlichen Orten zu haben. Besser gesagt, anders wollte sie gar nicht richtig. Ich hatte mich in sie verliebt. Eines Tages, als wir schon beinah alle Plätze in den Ruinen und sonst wo durchhatten, zeigte ich ihr den Tunnel. Sie war begeistert, wir gingen öfter in die DMZ - und eines Nachts, wir waren bei dem Felsen, wo wir heute waren, sahen wir den Scheinwerfer, zwei LKW kamen zu der Stelle und bald darauf ging ein kleines Schiff vor Anker."

Lee blickte verlegen zu Boden, Dorn grinste und Carol schüttelte den Kopf.

"Vielen Dank jedenfalls für Ihre Hilfe, Dr. Lee! Wir sollten einen Operations-Plan ausarbeiten", unterbrach der Schütze die Situation, "kannst du bitte den Empfänger checken, damit wir die Position des Frachters wissen, Carol?"

"Mach ich! Ich werde auch gleich Arda Develdt anrufen und ihr die UNESCO-Weltkulturerbe-Sache erklären", sagte die Amerikanerin, erhob sich aus dem Campingsessel und verschwand in Richtung Nissan.

Dorn nahm einen Schluck vom kalten Kaffee. Er bot Lee Park eine weitere Camel an, sie rauchten und er fragte: "Dr. Lee, können Sie uns eine Unterkunft, ein Motel, so nahe wie möglich an den Ruinen, empfehlen?"

"Es gibt im Dorf nichts Derartiges. Zumindest nicht in vernünftiger der Nähe der Ruinen."

"Haben Sie ein Zelt, das sie uns leihen könnten, eventuell zwei Matten und Schlafsäcke? Andernfalls fahre ich ins nächste Campinggeschäft und kaufe das Zeug! Eine Wiese wird's wohl irgendwo geben!"

"Ich habe eine bessere Idee!", lächelte Lee, "Wenn Sie mir versprechen, dass Sie an dem UNESCO-Ding dranbleiben, habe ich ein Stück die Hauptstraße runter, in einer Gasse, mein Hauptquartier. Wie ich schon erwähnte, sind zeitweise Studentinnen, äh, Studenten hier. Sie wohnen immer in einem Wohn-Container, neben meinem Werkstatt-Büro-Wohn-Container. Sie können da übernachten, wenn es Ihrer Sache hilft – und ich mich nicht exponieren muss. Daraus könnte mir ein politischer Strick gedreht werden. Ihr könnt den Tunnel benutzen, auch im Container übernachten, aber ich weiß von nichts und komme in der Story nicht vor! OK? Und Sie bleiben an der UNESCO dran!"

"Abgemacht! Wir halten Sie da raus. Danke für Ihre Hilfe!"

"Gut, dann zeige ich euch die Unterkunft!"

Sie erhoben sich und gingen hinaus. Lee Park versperrte das Tor in der Umzäunung der Ruinen. Gleich daneben parkte der Nissan Bluebird. Carol saß auf dem Beifahrersitz und kontrollierte den Empfänger.

"Das Schiff läuft unverändert auf Kurs - in nordkoreanischen Gewässern mit unverminderter Geschwindigkeit", meldete sie.

"Danke! Dr. Lee zeigt uns ein Quartier. Steigen Sie ein, Doc!", sagte Dorn und setzte sich ans Steuer.

Lee Park nahm auf der Rücksitzbank Platz und sie fuhren ab. Neben dem Archäologen lagen Dorns mit rotgefiederten Pfeilen gefüllter Köcher und der Langbogen in seiner Hülle.

"Sie sind ein Bogenschütze, Mr. Dorn?", fragte Lee.

"Er ist *Der Bogenschütze* – der gefürchtete Macho-Bowman!", lästerte Carol lachend.

"Wow! Sehr cool! Da vorne links einbiegen, Mr. Bowman!", sagte Lee.

Carols Smartphone summte. Sie nahm es heraus und wischte übers Display.

"Hello, lieber Doo! Ja, es geht mir gut. Wir sind knapp dran! Bei Manu-ri an der DMZ gibt es einen Stollen, der zu einer geheimen Abladestelle führt. Ja. Ja, in den Ruinen da. Ein Archäologe, Dr. Lee hilft uns, er zeigte uns einen Gang in die DMZ. Ja, Arda Develdt wird sich freuen. Morgen Nacht ist es so weit, wir werden den Frachter irgendwie stoppen und die Polizei und die Coast Guard zu Hilfe rufen. Dann ist unser Auftrag erfüllt und wir haben diesen Kriminellen und Mördern das Handwerk gelegt. Für diesmal! Ja, danke, dir auch! *Bye!* "

Dorn sah im Rückspiegel Lees erschrockenes Gesicht und sagte: "Keine Sorge, Dr. Lee. Chun Doo ist ein Freund dem

Carol und Dr. Develdt vertrauen - und er hat viele Freunde in der UNO."

"Ja, Doo ist OK! Er wird uns in der UNESCO-Angelegenheit unterstützen!", bekräftigte Carol und Lee Parks Gesicht entspannte sich wieder.

"Trotzdem, Carol! Besprich solche Dinge nicht am Telefon, bitte! Man kann *nie* wissen!", warnte Dorn und Lee seufzte.

Auf dem eingezäunten, geschotterten Platz standen drei Container, sowie ein alter, kleiner Daewoo Labo Pritschenwagen. Sie stiegen aus und Dr. Lee sperrte erst seinen Container auf, dann den gegenüber. Er öffnete die Tür und, abgesehen von einigem Staub, sahen sie ein sauberes, gemütliches Zimmer eingerichtet mit einem metallenen Stockbett, zwei Kleiderkästen, einen Tisch mit zwei Stühlen, einer Mini-Küche und einem winzigen, abgetrennten Raum mit Waschtisch, Dusche und Toilette. Als Carol und Dorn das Bett erblickten, riefen beide zugleich: "Ich schlafe oben!"

Alle drei lachten und Lee Park sagte: "Gut, sobald sie sich fertiggestritten und eingerichtet haben, bin ich in meinem Büro zu finden!"

Carol und Dorn bedankten sich nochmals für die Hilfe und Gastfreundschaft und holten ihr Zeug aus dem Nissan. Lee ging zu seinem Container.

"Als Gentleman würde ich dir selbstverständlich gerne das Bett deiner Wahl überlassen, liebe Carol - weil du aber eine Emanze bist, fände ich es fairer, wenn wir eine Münze werfen!", schlug Dorn vor und steckte seine rechte Hand in die rechte Hosentasche. Die Amerikanerin zog eine Grimasse.

Er trug Khaki-Hosen mit geräumigen Taschen. In der rechten befanden sich stets fünf Dinge: Am oberen Rand hing, an seinem Clip, ein Benchmade-Fixiermesser; in der Tasche waren ein kariertes, altmodisches Stofftaschentuch und drei Quarter-Dollar Münzen. Eine Münze zeigte George Washington auf der einen Seite und einen Adler auf der anderen. Die beiden anderen Quarter-Dollars waren Trick-Münzen, eine hatte auf beiden Seiten Washington, die andere den Adler. Dorn konnte mit seinen Fingerspitzen, die Münzen blind unterscheiden.

"Abgemacht!", rief Carol.

"Kopf oder Adler?"

"Adler!"

Der Bogenschütze zog eine der Münzen aus der Hosentasche

und hielt sie vor Carols Nase, sie sah den Adler. Er warf die Münze, fing sie geschickt, zeigte Carol, dass George Washington gewonnen hatte und sagte lächelnd: "Tja, schade!"

"*Shit* !", schmollte Carol.

"Du kannst trotzdem oben schlafen, ist ja klar, einem netten Mädchen kann ich keinen Wunsch abschlagen!", grinste Dorn.

"Scheusal!", schmunzelte sie zurück.

"Ich weiß, wir sind beide müde. Lass uns aber noch eine Kleinigkeit essen, vielleicht kann man Fast Food bestellen und dann den Plan durchsprechen. OK?", sagte Dorn.

"Machen wir, großer Meister! Ich gehe nur mal schnell unter die Dusche!"

"Gut, ich gehe inzwischen rüber zu Dr. Lee und besorge etwas zu essen. Wir treffen uns dort!"

Inzwischen war es dunkel draußen. Lee Park wusste, welches Lokal gutes Essen lieferte und bestellte telefonisch *Bulgogi* – marinierte, gebratene Rindfleischstreifen mit Reis, und für die vegane Carol *Dak Galbi* – gebratenes Soja-Hühnchen mit einer Soße aus Süßkartoffeln, Kohl, Frühlingszwiebeln und *Tteok* – Reiskuchen.

Das Essen kam dreißig Minuten später, fast zugleich erschien auch Carol. Dr. Lee brachte drei Dosen kaltes *Hite Pale Lager* Bier und sie aßen schweigend.

Lees Behausung bestand aus zwei zusammenhängenden Containern und war, so wie er es beschrieben hatte, ein Wohn-Büro-Werkstatt-Mehrzweck-Raum. Regale mit antiken Tonscherben und kleinen Skulpturen, Grabwerkzeuge wie Schaufeln, Spaten, Hauen und Eisenstangen, ein Bett, eine Couch, eine Miniküche, Badeabteil, ein großer Tisch mit Plänen und Skizzen, ein Schreibtisch mit PC und großem Bildschirm, einige volle Aschenbecher, Akten- und Bücherregale, eine Werkbank mit Schraubstock und Handwerkzeugen, Lampen, Scheinwerfer, Kabeltrommeln und Vieles mehr, bildete ein wahrhaft wissenschaftliches Durcheinander. Sie saßen auf Campinghockern rund um drei große Alu-Kisten, die als Tisch dienten.

Als sie die wirklich vorzüglichen Speisen verzehrt hatten, unterbrach Dorn die Stille: "Das war gut! Gute Adresse, Doc! Carol, denkst du, es wäre möglich, die Fotos, die du in der DMZ vom Felsen aus gemacht hast, auf diesen großen Monitor zu bringen – wenn Dr. Lee es gestattet!"

Carol erhob sich müde und folgte Dr. Lee zum Tisch mit dem

PC. Irgendwie verband sie ihr Smartphone mit dem Rechner und der Monitor zeigte bald darauf einen Ordner mit fünf Fotos. Dorn wies auf eines, das eine Total-Ansicht, vom Tunnelausgang aus geschossen, zeigte.

"Bitte dieses vergrößern! Dann erkläre ich, was wir tun können, Carol! Korrigiert mich, wenn ich eine falsche Annahme zum Besten gebe oder Unfug rede!", forderte Dorn und führte aus:

"Laut Carols Berechnungen, gestützt auf die Daten von Elwins Empfänger, sollte die *Czarina Laurente*, mit der Schmuggelfracht, wenn sie ihre Geschwindigkeit oder ihren Kurs nicht erheblich verändert, morgen Nacht in der Gegend auf dem Foto eintreffen. Gut! Wenn unsere Annahme stimmt, dass der Frachter morgen Nacht, an der Stelle, die uns Dr. Lee gezeigt hat, anlegt und entlädt, dann stehen wir vor einem schlimmen Problem, würde ich sagen!"

"Vor welchem Problem? Wir rufen die Polizei oder die Coast Guard und die werden das Schiff stoppen und die Verbrecher verhaften!", warf Carol ein.

Dorn wies auf den Monitor und zog mit dem Zeigefinger eine Linie.

"Bisher blieb der Frachter immer in nordkoreanischen Gewässern, die geheime Mole mit dem Lichtsignal, dem Scheinwerfer, befindet sich ebenfalls in Nordkorea. Die südkoreanische Polizei oder die Küstenwache können da gar nichts unternehmen, befürchte ich!", gab der Schütze zu bedenken.

"Das ist wahr!", stimmte Dr. Lee zu und Carol nickte nachdenklich.

"Was können wir machen?", fragte sie. "Aufgeben?"

"Meiner Meinung nach, gibt es nur eine einzige Möglichkeit unsere Mission erfolgreich zu beenden - und die Polizisten oder die Coast Guards erfolgreich ins Spiel zu bringen", sagte Dorn lächelnd.

"Wir besorgen eine Bazooka, einen Panzer oder ein Geschütz und versenken das Schiff auf gute alte Barbaren-Art? Dann rufen wir die Polizei?", lästerte Carol und verdrehte die Augen zum Himmel.

"Fast! Ich schlage vor, wir locken den Frachter in südkoreanische Gewässer und rufen dann die Polizei!", antwortete der Schütze.

"Wie wollen Sie das anstellen, Mr. Dorn?", fragte Dr. Lee.

"Ich bin sicher, der Frachter muss sich nachts an dem Licht, an dem Scheinwerfer an der rechten Seite der Mole, orientieren. Der Kapitän muss wissen, links vom Licht befindet sich die Mole."

"Das ist anzunehmen!", bekräftigte Lee.

"Ich lösche dieses Licht aus und platziere ein anderes Licht, einen Scheinwerfer, so nah am südkoreanischen Ufer, wie möglich. Hier, hinter einem dieser Felsen, hier im Wasser!"

Dorn wies auf das Foto auf dem Monitor, auf die Felsen, die nahe dem südkoreanischen Ufer aus dem Wasser ragten: "Der Frachter wird seinen Kurs auf das Licht ausrichten und dann ein Anlege-Manöver ausführen - und auf südkoreanischer Seite auf diese Felsen und Untiefen auflaufen – zumindest würde ich gerne alles unternehmen, um diese einzige Chance, die sich bietet, zu nutzen."

"Wow! Das könnte funktionieren, Mr. Bowman!", rief Carol und fühlte sich nicht mehr so müde; eine eigenartige Stimmung, die berauschende Idee in den Lauf der Dinge einzugreifen, wirklich etwas bewirken zu können, belebte sie.

"Im Grunde brauche ich nur einen Schlauch aus einem Autoreifen, ein Brett, etwas Draht, ein Seil, ein Gewicht als Anker und einen Scheinwerfer, der dem Signal-Licht der Schmuggler entspricht."

"Und wie soll das Auslöschen des Schmuggler-Lichts und das Platzieren deines anderen Lichts ablaufen?", fragte Carol und malte Anführungszeichen in die Luft.

"Ganz einfach! Am späten Nachmittag bringe ich, durch den Geheimgang im Turm, den aufgeblasenen Auto-Schlauch, der mit dem Brett und dem Scheinwerfer eine Leuchtboje ist, hinter den Felsen, an dem wir heute standen, schräg gegenüber der Anlegestelle. Dann suche ich mir die perfekte Position und warte, bis das Schmuggler-Licht eingeschaltet wird und lösche es mit einem Pfeil aus. Das schaffe ich, auch wenn ich zweimal schießen muss. Dann laufe ich zum Felsen, bringe die Boje zu Wasser und schwimme mit ihr zu diesem Felsen."

Dorn zeigte wieder auf das Foto.

"Hier hinter diesem Felsen, der gute Deckung vor etwaigen Feindseligkeiten der Schmuggler bietet - und schalte den Scheinwerfer ein, richte ihn aus und schwimme zurück - und dann brauche ich dich, Carol - du musst nur, sobald der Frachter auszumachen ist, die Polizei und die Küstenwache anrufen, das muss jemand tun, der perfekt Koreanisch spricht! Ich warte, bis der Frachter aufläuft und die Behörden eintreffen. Dann treffen wir uns hier und trinken eine Flasche Johnny Walker Black Label! Wie klingt das?", erläuterte Dorn.

"Die benötigte *Hardware*, den Auto-Schlauch, Kompressor, Draht und Scheinwerfer kann ich beisteuern. Diese Bauscheinwerfer kommen alle aus China, ich habe eine Auswahl davon, auch Akku-Scheinwerfer", bot Lee Park an.

"Perfekt! Einmal mehr, Vielen Dank, Dr. Lee!", sagte Dorn.

"Heißt das, wir könnten jetzt ins Bett gehen, bis morgen früh ausschlafen und dann nochmal genauer darüber reden?", fragte Carol gähnend.

"Genau das heißt es! Wer zuerst wach wird, weckt die anderen!", sagte Dorn und sie wünschten Lee Park eine Gute Nacht, dankten noch einmal für seine Hilfe und gingen in ihre Unterkunft.

Carol erklomm mit letzter Kraft das Stockbett und Dorn ging unter die Dusche. In seinem Kopf tanzten Gedanken. Immer wieder ging er den Plan durch und suchte nach Fehlern. Nach der wohltuenden Dusche kämmte er sein Haar zurück und schlang sich ein Handtuch um die Hüften; er hörte Carols gleichmäßige Atemzüge, sie war wohl gleich eingeschlafen. Dorn ging vor die Tür des Containers in die kühle Nachtluft, um eine letzte Zigarette zu rauchen und die Gedanken zu ordnen. Der Himmel war bewölkt und kein Stern leuchtete, nur der Mond war als diffuser, hellerer Fleck zu sehen. Es roch nach Regen.

28. Kapitel

Sie machten gute Fahrt. Das Wetter trübte sich ein, der Himmel war seit Stunden bleigrau und Wolken zogen auf. Auf dem großen Tisch im Kartenraum der *Czarina Laurente* lagen die zehn Heckler & Koch P30 Pistolen. Ihre schwarzen Kunststoff-Griffschalen waren abgeschraubt und lagen neben den Waffen. Kapitänleutnant Nowikow, den die Crew Kommodore nannte, der 1. Offizier Oberleutnant Juri Tolkin, der 2. Offizier Leutnant Takumi Kano, sowie der 1. Steuermann Unterleutnant Pavel Antonin standen schweigend um den Tisch.

"In die Griffschalen aller zehn Pistolen sind hochwertige, kleine Sender eingebaut. Deshalb konnte irgendwo, irgendjemand den Kurs unseres Schiffes verfolgen, genau wie der Kommodore vermutete!", meldete der 2. Offizier Takumi Kano.

"Nur die Warnungen von Chamäleon in Südkorea brachten mich auf die Idee", sagte Kapitän Nowikow. "Holt mir den deutschen Fremdenlegionär, unseren neuen Kameraden, Lothar Helfrich her! Sofort!"

Unterleutnant Pavel Antonin setzte sich hurtig in Bewegung und knallte die Kabinentüre von außen zu. Seine Stiefel trommelten über Metalltreppen und Minuten später stand Lothar Helfrich vor dem Kapitän. Antonin hielt den Legionär mit einem schmerzhaften Griff.

"In den Griffschalen der Pistolen, die du uns verkauft hast, befinden sich Mini-Sender. Ausgefuchste Geräte, die es möglich machen, diese Pistolen zu verfolgen. Was sagst du denn dazu, Lothar?", sagte Nowikow und musterte den Deutschen, dem die Angst ins Gesicht gemeißelt war.

Lothar Helfrich starrte, als könne er die Sender sehen, ungläubig auf die Pistolen auf dem Tisch. Jetzt hast du den Schlamassel, du Klugscheißer, schalt er sich für seine dummen Geschäfte. Diese russischen Piraten werden dich Kielholen und kleingehackt den Fischen füttern.

"Ich wusste nichts davon! Glaub mir, Kaleu! Ich habe die zehn Pistolen in Wien von einem Türken gekauft. Ich weiß nichts von eingebauten Sendern!", beteuerte Helfrich schwitzend.

Kapitänleutnant Nowikow blickte in die Runde, er studierte die Gesichter von Tolkin, Kano und Antonin.

"Du hast uns bisher gut geholfen, Lothar. Du hast dein Wort gehalten und all das Zeug, die Pistolen, die LKW, brav und vereinbarungsgemäß besorgt, sogar lackiert hast du sie und die Logos besorgt, die Uniformen, die Koppel und den ganzen Kram und du warst bei der Operation dabei. Bisher gab es keinen Grund an dir zu zweifeln, das lese ich auch aus den Gesichtern meiner Offiziere."

"Ja! Ja, genau! Ich bin froh auf eurem Kahn gelandet zu sein und nicht in der Hölle! Warum sollte ich euch hintergehen? Ich wusste nichts von diesen vermaledeiten Sendern!", jammerte der Deutsche.

"Ich muss über die Sache nachdenken! Jetzt bleiben wir mal auf Kurs und löschen plangemäß die Ladung! Danach denke ich über dich nach, Legionär! Legt ihn in Ketten und sperrt ihn ins Ankerdeck! Abführen!"

"Danke, Kaleu! Danke, Kameraden! Ihr täuscht euch nicht in mir!" Lothar strahlte und Antonin zerrte den Deutschen hinaus.

"Kano, sei so nett und schmeiß diese Griffschalen – oder von mir aus, die ganzen Pistolen über Bord. Sofort!", knurrte der Kapitän. "Danke, meine Herren! Wegtreten!"

Kapitänleutnant Nowikow stellte sich ans Bullauge und rauchte eine dunkle, türkische Zigarette an. Morgen Nacht sind wir die Ware los und dann gibt's mal einen Landgang, Party und etwas Urlaub. Bisher ist alles glatt gelaufen – womöglich hat die Pistolen-Sender gar niemand verfolgt. Was sollte bis morgen Nacht noch passieren? Er ist erfahren und so klug, dass ihn seine Gedanken nicht völlig beruhigten. Der Himmel ist grau, keine Sterne, der Mond ist kaum sichtbar und die Wolken verdichten sich. Je dunkler es ist, desto besser. Am besten wäre leichter Regen. Die Jungs maulen dann zwar, aber das Löschen der Ladung wäre sicherer. Der Kapitän nahm sich vor, besonders aufmerksam und vorsichtig zu sein – eigentlich wie immer.

29. Kapitel

Dorn erwachte erst um 9:00 Uhr und schämte sich für seinen langen Schlaf. Regentropfen trommelten monoton und leise auf dem Blechdach des Wohn-Containers und durch die zwei großen Fenster sah er grauen Himmel und Regen. Er stand auf und ging zu einem der Fenster. Große Pfützen hatten sich auf dem Schotterplatz rund um die Container gebildet. Die feinen Regentropfen fielen fast senkrecht und erzeugten kleine Luftblasen, wenn sie in die Pfützen patschten. Carol schlief ruhig und er kleidete sich leise an, um sie nicht zu wecken.

Für Tage wie diesen, führte er auf Reisen einen zusammenrollbaren, dunkelbraunen Stetson Jagdhut in seinem Koffer mit. Dorn suchte den Hut heraus, drückte ihn in Form und setzte ihn auf. Dazu zog er sein zweites, das ausgewaschene, graugrüne Bush-Jacket an.

Sie sollten den Empfänger einschalten und die Position des Frachters kontrollieren, aber er wollte zuerst herausfinden, ob Dr. Lee Kaffee hatte, eine Tasse trinken und erst dann Carol wecken. Er öffnete leise die Türe und huschte hinaus, über den Schotter, wich einer Riesenpfütze aus und klopfte an Lees Container.

"Nur herein! Kaffee ist fertig!", schallte es heraus; Dorn trat ein, wünschte einen Guten Morgen und nahm den tropfenden Hut ab.

Die Filterkaffeemaschine blubberte noch. Lee Park reichte dem Schützen eine dampfende Alu-Tasse voll duftendem Kaffee, dazu bot er ihm eine koreanische RAISON Red an und er gab Dorn Feuer.

"Danke, Doc!"

"*You are welcome*!"

Dann stellten sie sich, schweigend, als wenn sie sich schon lange kennen würden, vor eines der Fenster; sie rauchten, nippten am heißen Kaffee und sahen dem Regen zu.

Etwas später klopfte es an der Tür und Carol huschte aus dem Nieselregen herein. Lee brachte ihr eine Tasse Kaffee, sie dankte und nahm einen Schluck. Sie hatte den Empfänger mit.

"Du hast mich nicht geweckt!", warf sie Dorn vor.

"Weil du wie ein süßes, kleines Mädchen geschlummert hast, da brachte es nicht übers Herz dich zu wecken. Dachte, ich lass dich lieber ausschlafen", hänselte er sie.

"Schon gut, danke, *Daddy*! Wir müssen jetzt die Position des Schiffes checken", sagte sie und blickte suchend herum.

"Das wollte ich gerade vorschlagen!", sagte der Schütze.

Lee zeigte ihr eine Steckdose und wies auf seinen Schreibtisch. Carol nahm das Gerät in Betrieb.

"Das Schiff scheint zu stehen! Es hat sich seit gestern, als wir die Position abgerufen haben, nicht bewegt", meldete sie mit großen Augen und enttäuscht.

"Beim Klabautermann! Was soll das bedeuten?", brummte Dorn, "Bist du sicher?"

"Ja, eindeutig!"

Dr. Lee brachte eine Dose mit Keksen, eine Packung Orangensaft und Becher. Dorn hatte sich wieder ans Fenster gestellt und eine Camel angeraucht. Nachdenklich starrte er hinaus. Der Regen wurde schwächer und er hörte zaghaftes Vogelgezwitscher.

"Bis Mittag wird es wohl aufhören zu regnen", meinte Lee Park.

"Was machen wir jetzt, *Chief*?", fragte Carol.

"Es gibt folgende mögliche Erklärungen: Die Sender befinden sich auf dem Frachter, aber der Frachter bewegt sich seit gestern Nacht nicht. Oder, der Frachter bewegt sich unverändert, die zehn Pistolen aber nicht, weil sie nicht mehr an Bord sind. Die erste Variante bietet wieder zwei mögliche Szenarien: Erstens: Etwas völlig Unvorhersehbares ist an Bord vorgefallen, was ein Stoppen des Frachters nötig machte – was ich nicht glaube. Zweitens: Die *Czarina* hatte immer vor an dieser Stelle, mitten im Meeresarm, mithilfe ihrer Ladekräne, auf kleinere Boote zu entladen. Das scheint mir auch nicht glaubwürdig. Zu auffällig, zu unsicher, würde ich meinen", führte Dorn aus.

"Und?", fragte Carol ungeduldig.

"Die *Czarina* könnte auch gestoppt haben, um mehr Ware aufzunehmen, was ich auch für unwahrscheinlich halte, weil zu nah am angenommenen Ziel."

"Dem würde ich zustimmen", meinte Dr. Lee.

"Hm, ich vermute, irgendwie fanden die Schmuggler etwas über die Pistolen mit den Sendern heraus. Sie haben sie vielleicht ins Meer geschmissen - aber der Frachter läuft mit der üblichen Geschwindigkeit – hält den Kurs auf die angenommene Abladestelle in Nordkorea, weiter östlich verläuft die Grenze und die Gewässer gehören Südkorea, er hält den Kurs auf die Mole mit dem Scheinwerfer – in unsere Falle!", konstatierte Dorn mit leuchtenden Augen.

"Also, weiter im Plan? *By the way – unsere* Falle: Mein lieber Dorn, du hast etwas im Plan vergessen!", sagte Carol.

"Was denn?"

"*Mich* – deine Kollegin Carol Greener!"

"Habe ich nicht! Du rufst zum richtigen Zeitpunkt die Polizei!"

"Ich bin eine Schwimmerin, die einige Wettkämpfe gewonnen hat und eine ausgebildete Taucherin! Also werde *ich* die Boje zum Felsen im Wasser bringen!"

"Keinesfalls, das ist zu gefährlich!"

"Du meinst also, nur ein Mann kann gefährliche Sachen tun?"

"Nein, Carol, aber es ist mir am meisten geholfen, wenn du das Telefonieren und Reden übernimmst!"

"Wie eine Telefonistin? Deine Sekretärin? *Come on!* "

"Verdammt, du verstehst es wirklich einem das Wort im Mund zu verdrehen!"

"Ich habe meinen schwarzen Neoprenanzug, Schwimmflossen und Taucherbrille im Nissan! *Ich* mache das mit der Boje und dann rufe ich die Polizei! Andernfalls blasen wir den Plan ab!"

"Um Himmels Willen! Ich wasche meine Hände in Unschuld!", seufzte Dorn.

"Von mir aus!"

"Du musst aber zumindest versprechen genau auf mich zu hören – du weißt, *ich* bin der Barbar und Jäger!"

"Abgemacht, *Chief*!"

Dem Bogenschützen gefiel es gar nicht, Carol möglicherweise in eine gefährliche Situation zu bringen. Aber, wie er sie kannte, würde sie sich nicht umstimmen lassen.

"Hast du ein Tauchermesser?"

"Nein, hab ich noch nie gebraucht! Ist sicher auch so eine Macho-Ding-Erfindung!"

"Ich gebe dir mein Benchmade Messer. Im Wasser musst du ein Messer haben!", sagte Dorn bestimmend. Sie nahm das Messer.

"Gut! Aber, jetzt nehmen wir den Empfänger wieder in Betrieb und sehen nach, ob die *Czarina* weitergefahren ist", sagte die Amerikanerin, ging zu Dr. Lees Tisch und warf die Technik an.

"Gute Idee! Wo ist der Frachter?", sagte Dorn.

"Seine Position ist unverändert; er hat sich nicht weiterbewegt", berichtete Carol.

"Egal! Wir halten an unserem Plan fest, schlage ich vor!", sagte der Schütze.

"Was für Zeug brauchen Sie denn für die Leuchtboje?", fragte Dr. Lee.

"Den Schlauch eines Autoreifens, den wir aufpumpen müssen. Ein Brett oder zwei, etwa in der Länge des Durchmessers des Schlauchs. Draht zum Festbinden der Bretter auf dem Schlauch und zum Befestigen des Scheinwerfers auf den Brettern. Einen Akku-Bau-Scheinwerfer, der dem Signallicht an der Schmuggelmole möglichst ähnlich ist und eine lange Leine mit einem beliebigen Gewicht, das als Anker für die Boje dienen soll", zählte Dorn auf.

"Hm, gut, das kann ich auftreiben, bis auf den Autoschlauch habe ich alles hier zur Verfügung", sagte Lee Park.

"Super! Sie sind ein Teufelskerl, Doc! Danke!", sagte der Schütze.

"Dann los an die Arbeit, *MacGyver*!", ermunterte Carol Dorn.

Dorn und der Archäologe kramten im Werkstattbereich des Quartiers herum und bald darauf sägte der Bogenschütze zwei Bretter zurecht.

"Ich besorge den Autoschlauch. Am anderen Ende des Dorfs gibt es eine Werkstatt, die haben sowas sicher", sagte Dr. Lee.

"Ich komme mit, ich fahre Sie hin. Ich habe Hunger, wir besorgen auch was zu essen, OK?", bot Carol an. Sie tranken ihren Kaffee aus und machten sich auf den Weg ins Dorf.

Dorn konnte inzwischen nicht viel tun. Er schenkte sich noch eine Tasse Kaffee ein und dachte einmal mehr darüber nach, dass uralte religiöse Konzepte, wie der Schamanismus, wie die Traditionelle Chinesische Medizin und anderer Aberglauben dazu führten, dass Nashörner, Tiger und viele andere gefährdete Tierarten getötet und zu Hexensalben verarbeitet werden. Unlängst war er im Internet auf ekelerregende Fotos von in engen Käfigen gehaltenen Braunbären gestoßen; in China wurde diesen Bären, mittels einer Art permanenten Katheters, Gallenflüssigkeit abgezapft, um daraus irgendeine Wundermedizin zu brauen. Im Westen genoss die Traditionelle Chinesische Medizin den Ruf eine gesunde Alternative zur "Schulmedizin" zu sein und auf tausende Jahre alte Kenntnisse des menschlichen Körpers zu beruhen. Nur Unwissenheit, ja, den Mangel an Bildung, konnte er den Anwendern dieser finsteren Therapien zugutehalten. Nun, das hätte man über die Menschen, die im Mittelalter, ja, in der

Neuzeit, Hexen verbrannten, auch sagen können. Dorn schauderte es stets, wenn er darüber nachdachte, wie einfältig Gläubige religiöser Lehren waren.

Eine halbe Stunde später brachten Carol und Lee einen großen Autoschlauch, er stammte wohl aus dem Reifen eines Pickups - und das Essen; für Dr. Lee und Dorn *Chikin* – Korean Fried Chicken: Panierte Hühnerkeulen mit Wasabi-Ingwer mariniert, zweimal frittiert; als Beilage *Mu* - in süßen Essig eingelegten Rettich, sowie *Bibimbap* - Reis mit verschiedenem Gemüse, für Carol. Eine Dose Mountain Dew für den Schützen und je eine Dose Pepsi Cola für Carol und Lee, vervollständigten das Mahl. Sie setzten sich an die Alu-Kisten und genossen die duftenden, schmackhaften Speisen und die kalten Getränke.

Sobald sie gegessen hatten, werkte Dorn weiter an der Leuchtboje und Carol setzte sich vor den Empfänger. Dr. Lee stellte sich an einem Stehtisch vor einem seiner Regale mit antiken Funden und begann an kleinen, tönernen Artefakten zu pinseln.

"Bis hierher konnte ich helfen, jetzt muss ich mich wieder meiner wissenschaftlichen Arbeit widmen", sagte er.

"Die *Czarina* hat sich anscheinend nicht weiterbewegt", rief die Amerikanerin dem Schützen zu.

"Wir kriegen sie!", übertönte Dorn das dumpfe Wummern des kleinen Kompressors, mit dem er den Schlauch aufblies.

Der Himmel hing immer noch grau über dem Dorf Manu-ri, doch der Regen war vorbei. Gegen 18:00 Uhr luden sie Dorns Leuchtboje in den Nissan Kombi. Sie bestand aus dem aufgeblasenen Autoschlauch, auf dem, mittels Draht, eine Plattform aus zwei Brettern befestigt hatte, einem darauf montierten Akku-Scheinwerfer, der dem an der geheimen Anlegestelle entsprach, sowie zwei aufgerollten langen Leinen mit jeweils einem Ziegelstein als Ankergewicht. Die beiden Anker sollten dafür sorgen, dass sich die Boje, und somit der Lichtstrahl, nicht im Wasser verdrehte.

Der Schütze holte Fernglas und Taschenlampe aus dem Container und Carol einen ihrer Rucksäcke, dann fuhren sie los zu den Ruinen. Dorn hielt vor dem Zaun, entnahm dem Kombi die Boje und schulterte sie; Carol nahm ihren Rucksack und entsperrte das Tor mit Dr. Lees Schlüssel. Zwischen den Ruinen flatterten Fledermäuse und kleine Vögel jagten Insekten.

Sie betraten den Turm und Dorn wollte das Felsentor drehen, doch Carol hielt ihn zurück.

"Lass es mich probieren. Ich muss wissen, ob ich es alleine kann", sagte sie.

"Du hast recht! Gute Idee!", antwortete Dorn und trat zur Seite.

Die Amerikanerin stemmte ihre Schulter gegen das Felsentor und es öffnete sich. Sie nickte Dorn triumphierend zu, dann betraten sie den schwarzen Tunnel und verschlossen das Portal.

"Ich will keine Taschenlampe einschalten. Man weiß nie, ob ihr Schein nicht Aufmerksamkeit erregt. Geh bitte voraus und taste mit deiner Rechten nach der Stollenwand, ich folge dir", sagte Dorn.

So durchschritten sie den langen Tunnel, bis sie das trübe Tageslicht durch den Pflanzenvorhang am Ausgang hereinsickern sahen. Vorsichtig teilten sie die Lianen und Dorn hob den Zeigefinger. Carol blieb still und der Schütze steckte sein Fernglas durch die Blätter. Vom linken Rand seines Gesichtsfelds beginnend, suchte er gründlich nach Bewegungen und ungewöhnlichen Formen in der Landschaft. Alles schien ruhig. Er winkte Carol und sie gingen los; von Busch zu Busch und von Schatten zu Schatten, nach rechts; der große Felsen, Carols Deckung und das Versteck für die Leuchtboje, war bald erreicht.

Dorn legte die Boje, sorgfältig darauf achtend, dass sie, vom anderen Ufer aus, nicht entdeckt werden konnte, hinter den Felsblock. Carol stand in der Deckung des Felsens, nur ihre Augen und ihre Stirn ragten hervor. Ihr Blick suchte die Umgebung ab, besonders das nordkoreanische Ufer.

"Komm, lass uns vorsichtig zurückgehen und nochmal den Empfänger kontrollieren. Wir kommen zurück, wenn es dunkel genug ist, um die Boje hinter diesen Felsen da unten zu bringen", sagte Dorn und stupste sie am Arm.

Carol nahm ihren Rucksack ab, öffnete ihn und entnahm eine Rolle schwarzen Neoprens, Taucherflossen und eine Taucherbrille.

"Geh allein zurück. Ich glaube, es ist besser, ich bleibe hier und halte, sozusagen analog, Ausschau nach dem Schiff. Kontrolliere du den Empfänger. Du kannst mir am Telefon Bescheid sagen, falls sich das Schiff bewegt hat. Ich bleibe hier und halte Ausschau und melde mich, wenn ich etwas sehe", sagte Carol.

"Ich will dich hier nicht alleine lassen! Du hast mich aber ausgetrickst, denn ich muss jedenfalls zurück. Muss Bogen und Pfeile holen. Jedoch, du hast auch recht, denn du bist schon mal da und eine Person, die herumschleicht ist weniger auffällig als zwei. Bleib hinter dem Felsblock, beweg dich nicht hervor! Wenn du Ausschau hältst, lass den Kopf unten! Ich bin zurück, sobald die Sonne untergegangen ist. *Take care!* ", antwortete Dorn.

"Ich ziehe mich jetzt um! Du kannst gehen, *OWM*! Der schwarze Neoprenanzug wird mich in der Dunkelheit gut verbergen", sagte Carol und winkte ihm mit einer Geste, die auch als ein gnädiges Wegschicken gedeutet werden konnte.

" *OWM* ?"

"*Old White Man*!"

"Oh, alles klar, *Püppchen*!", sagte Dorn kopfschüttelnd und machte sich auf den Rückweg zum Stollen.

Dreißig Minuten später saß er vor dem Empfänger und schaltete ein. Dr. Lee saß an seinem Schreibtisch und sprach mittels Laptop und Headset mit jemanden. Dorn tippte ihm auf die Schulter und Lee zog den Kopfhörer weg.

"Haben Sie eine Feuerwaffe?"

"Um Himmels Willen, nein! Natürlich nicht!", rief der Archäologe und Dorn lächelte.

Das Display des Empfängers sprang an und der grüne Pfeil wurde sichtbar. Unverändert! Der Frachter befand sich an derselben Stelle wie zuvor. Oder, die Sender haben sich nicht bewegt, der Frachter aber schon, hoffte Dorn.

Er winkte Dr. Lee zu und ging hinüber zu seinem Quartier, um sich zu wappnen. Er hätte gerne eine Feuerwaffe, ein gutes Jagdgewehr oder wenigstens eine Pistole. Hatte er aber nicht. Bogen und Pfeil mussten ihm genügen. Diese Waffe wird sich bewähren – wie schon seit zehntausenden, vielleicht Millionen von Jahren, das konnte er nicht anders sehen. *Vertraue auf deine Ausrüstung und passe dein Verhalten an.*

Der Schütze öffnete den Pfeilkoffer und entnahm 12 Zedern-Pfeile mit Howard Hill Jagdspitzen und 6 Stück mit schweren Bluntspitzen. Diese Bluntpfeile verstaute er im weichen Lederköcher, dessen Inneren er eine kleine, feinhiebige Stahlfeile entnahm. Er setzte sich auf die Bettkante und nahm sich den ersten Jagdpfeil vor. Die schlanken Jagdspitzen waren messerscharf, aber er kontrollierte jede Klinge. Sah er eine stumpf schimmernde Stelle im Gegenlicht, schärfte er sie. Die Schneiden der Spitzen testete er an seinem linken Daumennagel. Er war besorgt und aufgeregt, hoffte, dass der Plan glatt funktionierte. Dr. Saxton Pope, Arthur Young und Steward E. White kamen ihm in den Sinn – wie sie in den 1920ern mit einem Dampfschiff über den Atlantik nach Afrika fuhren, um mit ihren englischen Langbögen Löwen zu jagen. Der Gedanke an die Taten dieser Vorväter beruhigte ihn. Er spannte den Bogen auf und prüfte mit seiner Faust und dem Daumen die Standhöhe der Sehne; er band das seidene rote Halstuch um, knöpfte das Bush-Jacket zu und warf sich den Köcher über. Dorn kontrollierte den Inhalt seiner Taschen und nahm einen winzigen Schluck Whisky aus seiner Blechflasche. Die Sonne stand schon tief und es war an der Zeit etwas zu unternehmen.

30. Kapitel

Der Schütze kontrollierte ein letztes Mal die Position der *Czarina Laurente*; sie hatte sich nicht bewegt und Dorn marterte sein Gehirn. Wird der Plan glatt gehen oder habe ich mich verrannt, etwas nicht bedacht? Ich hätte Carol nicht dieser Gefahr aussetzen dürfen! Ich hätte hart bleiben müssen!

Heute Nacht wird die *Czarina Laurente* ihr Ziel erreichen und ihre Ladung an der nordkoreanischen Seite der DMZ löschen. Sobald Carol die Boje positioniert hatte, ruft sie die Küstenwache und die Polizei an. Dann werden die Dinge ihren Lauf nehmen und der Auftrag Dr. Develdts, die Mission, war erfüllt. Carol war bereits hinter dem Felsen in Stellung, sie hat sich aber bis jetzt nicht gemeldet. Er wollte zuerst nach links, bis zur Biegung im Wasserlauf, wo er weiter sehen konnte, um den Frachter früher zu erspähen. Dann wollte er zu Carol stoßen.

Er ging in der grauen Abenddämmerung über die nassglänzende, gepflasterte Hauptstraße durch das stille Dorf und ein kleiner, struppiger Hund gesellte sich zu ihm. Er ließ sich nicht wegschicken; so oft Dorn innehielt und dem Kleinen zuredete nachhause zu laufen, blickte ihn der Hund mit traurigen Augen an. Erst am nördlichen Ortsende, als der Turm und die verfallenen Steinmauern in Sicht waren, begann der Hund zu winseln, kehrte um, lief zurück ins Dorf und Dorn war wieder allein. Dann schritt er durch die Ruinen der uralten steinernen Bauwerke, vorbei an den großen Felsen mit Reliefs, die Steinmetze in längst vergangenen Tagen in den Kalkstein gehauen hatten. Lee Park hatte recht; allein der Gedanke daran, dass bald Unmengen von schnatternden Touristen wie schwärmende, gierige Ameisen diese ehrwürdige Stätte durchströmen könnten, verursachte Unbehagen.

Spürte er den mit hellgrauem Rauleder bezogenen Griff des schlanken Langbogens in seiner Linken und das Gewicht des mit zwölf messerscharfen Jagdpfeilen gefüllten Köchers an seinem Rücken, empfand Dorn stets das aufregende Gefühl, das ihn zu dem Jäger mit all seinen geschärften Sinnen machte, der er in seinem Herzen stets war.

Vor ihm ragte, am äußerst nördlichen Rand der Ruinenanlage, der konische Turm, aus großen Steinquadern in den dämmrigen Himmel. Dorn wich einigen tiefen Pfützen auf dem Weg aus und erreichte das Bauwerk. Er zog den Köcher unter die linke Achsel und schlüpfte durch den niedrigen Eingang ins Innere des vorzeitlichen Turms. Lee Park war zu dem Schluss gekommen, er wäre ein antikes Observatorium gewesen. Doch wer konnte das schon genau wissen?

Dorn tastete im Dunkel, im kühlen Inneren des Turms, die Rundung der Mauer entlang und sobald er die ovale Vertiefung spürte, und gegen den Stein drückte, drehte sich knirschend der Verschlussquader und gab den Eingang zum Stollen frei. Neben dem alten, grünen 7 x 42 Swarovski-Fernglas hatte er eine kleine SureFire-Taschenlampe mit, die er auf der Jagd stets mit sich führte. Er hielt sie bereit, schaltete sie aber nicht ein. Die Finsternis war absolut und immer wieder nach der feuchten, kalten Mauer an seiner rechten Seite tastend, schritt der Bogenschütze vorsichtig, aber zügig aus.

Im Tunnel hörte er nur seine Schritte leise hallen und das Geräusch von Wassertropfen, die vereinzelt auf die Steinplatten des Tunnelbodens platschten. Er fühlte sich wie in einer dunklen Falle, sobald er dem Gedanken Raum gab, dass ihm jemand in der uralten, steinernen Röhre auflauern könnte. Dorn unterdrückte diese Urangst und bald hörte er die Schreie der Möwen und das Geräusch des Wassers am Ende des Tunnels. In etwa zwanzig Minuten hatte er den dichten Vorhang aus Kletterpflanzen am Ausgang des Stollens erreicht.

Dorn teilte die regennassen Ranken und trat hinaus auf das kleine Geviert aus Steinplatten vor dem Ausgang. Von der Plattform, die sich etwa dreißig Meter über dem Meer, am Rande einer steilen Böschung befand, konnte er ungefähr einen Kilometer in die Richtung sehen, aus der die *Czarina* kommen würde. Er musste, um Carol und Lee Park rechtzeitig verständigen zu können, den Frachter früher ausmachen. Etwa zwei Kilometer nach rechts, stromaufwärts, an der nordkoreanischen Seite des Ufers, lag der voraussichtliche Anlegeplatz des Frachters.

Der Schütze wendete sich nach links und folgte dem schmalen, vom Regen aufgeweichten, von vielen Pfützen unterbrochenen, erdigen Saumpfad nach Westen. Anfangs wich er den Pfützen aus, aber bald waren seine Bootsschuhe vom nassen Gras, den Kräutern und Farnen am Wegrand so durchweicht, dass es keinen Unterschied machte. Da, wo die Biegung des Meeresarms die Sicht begrenzte, wollte Dorn warten. Landseitig säumten Pappeln, Espen, Haselnussbüsche und Farne den Pfad. Zum Meer fiel das Gelände steil ab und nur einzelne Sträucher und

Gräser brachen durch die Böschung aus Fels und Geröll. Er erreichte die Biegung und wählte den besten Platz, um zu warten und zu beobachten.

Der Boden oberhalb des alten Schmugglerpfades war von Moos, Farnen und Kräutern bewachsen, stellenweise lag feuchtes Laub. Dorn nahm den Köcher ab und zog die zwölf Jagdpfeile heraus, um sich, als Schutz gegen die Nässe des Bodens, auf das doppelte, gefettete Leder des Köchers zu setzen. Den Bogen und die Pfeile legte er neben sich; mit dem Rücken an einer dicken Pappel saß er einigermaßen bequem und konnte die Biegung, um die der Frachter kommen musste, gut, so gut es die Dunkelheit zuließ, überblicken.

Der Schütze nahm eine Zigarette aus der Blechdose, rauchte sie an und zog genüsslich den würzigen Rauch in seine Lungen. Eine leichte Brise wehte vom Land her und trug den Rauch hinaus über das Wasser. Seine Augen starrten in die Finsternis, aus der das Schiff kommen musste. Der Himmel war jetzt tintenblau und wolkenlos; er hoffte, dass der Mond aufging, bevor die *Czarina* eintraf. Zwischendurch musste er immer wieder kurz die Augen schließen, um sie zu entspannen.

Dorns Gedanken mäanderten; je mehr er darüber nachdachte, desto absurder schien es ihm, hier in einem fremden Land, in Korea, im Nassen auf einem Moospolster zu sitzen und einem Schmuggelschiff aufzulauern. Zugleich fühlte er sich in die Spiele und Träume seiner Kindheit versetzt; als Bub hatte er derlei Abenteuer stets herbeigesehnt. Er dämpfte die Zigarette am nassen Waldboden aus; immer länger hielt er seine Augen geschlossen und lauschte dem Meer. Das leise Rascheln hätte ihn alarmieren sollen; mit gesenktem Kopf ruhig atmend saß er regungslos am Stamm der Pappel. Ein eleganter Schatten schlich durch die Büsche hinter ihm.

Geduckt pirscht sie durchs feuchte Unterholz näher, nur wenige Meter entfernt vorsichtig verharrend, lauscht sie den rhythmischen Atemzügen. Soll sie sich weiter nähern? Ihre natürliche Scheu will sie davon abhalten, doch die Neugier obsiegt und sie schiebt sich aus den Haselnussbüschen. Sie hält sich so nah am Boden wie möglich und sprungbereit. Nur noch ein paar Schritte, dann wird sie an der Pappel mit dem Eindringling sein und ihn betrachten können.

Dorn seufzt und räkelt sich. Sie versteinert. Dann atmet er wieder ruhig. Die große Katze ist nun vor ihm und beschnüffelt prüfend seine Schuhe und seine Hose. Dorns Hände liegen in seinem Schoß und sein Kopf ist nach vorn gesunken. Die junge Leopardin riecht an seinen Fingern, an den Ärmeln seiner Jacke. Dann leckt sie zart über den Rücken seiner rechten Hand. Die schwarzen Pupillen ihrer großen gelben Augen weiten sich und nochmals leckt sie über seine Hände. Dorns Finger zucken zusammen und seine Hände werden zu Fäusten, sein Körper strafft sich und er reißt den Kopf hoch. Die Leopardin blickt den Bruchteil einer Sekunde erstaunt auf den Mann; sie wendet auf den Hinterläufen und bevor Dorn ganz erwacht, verschwindet sie mit ausgreifenden, weiten Sätzen lautlos im Dunkel.

Der Schütze wischte sich über die Augen und fragte sich, wie lange er wohl eingenickt war, ob er die Mission dadurch gefährdet hat. Er hasst sich für seine Saumseligkeit. Gar geträumt hatte er. Die Uhr am Handgelenk beruhigte ihn, sein verantwortungsloser Schlaf hatte keine zehn Minuten gedauert. Dorn kniff seine Augen zusammen und spähte in die Dunkelheit. Wahrscheinlich würde die *Czarina* ohne Positionslampen fahren und er durfte sich keinen Fehler mehr erlauben!

Wirre Traumfetzen waren durch seinen Geist geflogen. Von Mylene seiner süßen Katze und von Ethon dem Adler zuhause in Eulbach, von einer aufregenden Pirsch in Tennessee, von der französischen Simone, von Carol Greener in ihrem schwarzen Neoprenanzug und von einem ewigen Kampf, den er nicht gewinnen konnte, hatte er geträumt – und von einem schönen Leoparden, der ihm über die Hände leckte. Er schüttelte den Kopf, zündete sich eine Camel an und erstarrte. Im Schein der Benzinflamme des Feuerzeugs sah er, in der feuchten Erde des Pfades vor seinen Füßen und neben ihm, die scharfrandigen Abdrücke riesiger Katzenpfoten. Dorn erschauerte, zugleich musste er lächeln.

Alle paar Minuten nahm er das Fernglas hoch, starrte in die Finsternis und suchte die blauschwarze, ruhige Wasseroberfläche nach der helleren Bugwelle eines Schiffs ab. Dorn lauschte den Geräuschen des Wassers und der leichten Abendbrise, die im Gitter der Grenzzäune und durch die Girlanden aus Stacheldraht sang. Immer wieder blickte er auf die Leopardenfährte in der nassen Erde und erschauerte.

Sobald er die *Czarina Laurente* ausmachte, musste er die etwa vier Kilometer durch die Dunkelheit laufen, um rechtzeitig an Carols Seite zu sein, wenn sie das falsche Leuchtfeuer setzte und sie anschließend die südkoreanische Coast Guard und Polizei via Smartphone zu Hilfe rief.

Da! Es bewegte sich etwas auf dem Wasser, eine dunkle Masse mit heller Bugwelle glitt langsam um die Biegung. Dorn nahm das Fernglas hoch und konnte erkennen, dass aus der Brücke des altmodischen, kleinen Frachters, Rotlichtstreifen in die Nacht sickerten. Der Zeitpunkt passte. Es war das Schiff! Er zog das Fernglas unter die linke Achsel, hängte den Köcher über, nahm den Langbogen und lief, so schnell die Dunkelheit und der schmale Weg es erlaubten. Bald passierte er den Stollenausgang zu seiner Rechten; seine Hose wurde vom Gras nass bis zu den Knien; dann kannte er den Weg nicht mehr genau und fiel in einen vorsichtigen Jägertrott, bis er Carols schwarzen Neoprenkörper im Mondlicht glänzen sah. Sie hockte am Südufer. Noch dreißig Schritte. Sie sah ihn, winkte und glitt ins Wasser. Der aufgeblasene PKW-Schlauch mit dem Brett und dem darauf montierten Scheinwerfer, der ausgeschaltet war, bewegte sich lautlos, getrieben von Carols kräftigen Beinstößen, der Mitte des Flusses entgegen.

Langsam wandert der Mond hinter dem Kieferwald am anderen Ufer hoch. Die *Czarina* war noch außer Sicht. Er muss seine Atmung beruhigen und sich die beste Position suchen.

Dorn kauert sich hinter einen Baumstumpf und fast im selben Moment hört er Motorengeräusch vom nordkoreanischen Ufer übers Wasser tönen. Drei Militär-LKW mit Planenaufbau, sie hatten nur das Standlicht oder Tarnlicht eingeschaltet, rollen aus dem dunklen Fichtenforst auf die Schotterstraße und halten an der Mole. Carol hat den Felsen, zu dem sie die Boje bringen sollte, fast erreicht, da hört Dorn Wagentüren und Stimmen von Männern, die offenbar aus den Fahrzeugen ausgestiegen waren. Drüben an der Abladestelle flammt das grelle Signallicht der Schmuggler neben der Mole auf. Der Scheinwerfer strahlt nach Westen, in Richtung der Biegung des breiten Flusses.

Der Schütze pirscht ein Stück nach links, um einen besseren Schusswinkel zu haben. Sein Blick erfasst das Zentrum des Scheinwerfers, er nockt einen Bluntpfeil auf die Bogensehne und wünschte, er hätte schon das Zauberpulver von Su-bin zur Verfügung. Es ist ein komplizierter Schuss, etwa 90 Meter weit, das Ziel, die Lampe, befindet sich hinter dem Glas des Scheinwerfers und er kann nur von dieser Position aus schießen, ohne die Distanz erheblich zu vergrößern; er muss das Glas des

Scheinwerfers aus einem 45 Grad-Winkel beschießen.

Der Schütze schiebt alle Gedanken weg; er hebt den Bogen, zieht zugleich die Bogensehne mit dem Pfeil an seinen rechten Mundwinkel und lässt den Pfeil fliegen. Eine Sekunde später hört er einen metallisch klingenden Einschlag; entweder hatte der Pfeil das Gehäuse oder einen Teil der Halterung des Scheinwerfers getroffen. Drüben verstummen die Stimmen und ein zweiter Pfeil zischt durch die Dunkelheit dem Licht entgegen. Dorn hört das Glas splittern, die Lampe erlischt und aufgeregte Rufe schallen durch die Nacht. Die Schmuggler haben wohl den Pfeil im Scheinwerfer entdeckt. Die Lichtkegel von starken Taschenlampen gleiten übers Wasser herüber und suchen die Uferböschung unterhalb von Dorn ab.

Er hält Ausschau nach Carol. Sie ist mit der Boje in Position hinter dem Felsen, das kann er erkennen. Jetzt! Schalt ein! Schalte das Licht ein, bevor die *Czarina* um die Biegung kommt! Sobald Carol den Scheinwerfer auf der Boje einschaltete, würde es richtig gefährlich werden. Sie musste schnurstracks zurückschwimmen und die Polizei und die Küstenwache via Smartphone alarmieren. Diesen Gedanken hat er noch nicht fertiggesponnen, da flammt Carols Licht auf.

Wieder tönen die aufgeregten Rufe der Schmuggler durch die Nacht. An der Mole blitzt es und Schüsse krachen. Die Gangster nehmen die Boje unter Feuer; er sieht feine Wasserfontänen im Mondlicht glänzen; Geschosse treffen den Felsen und heulen als Querschläger durch die Luft. Dorn nockt einen Jagdpfeil und schießt auf das Mündungsfeuer am anderen Ufer. Er löst rasch zwei weitere Pfeile auf die Blitze einer Feuerwaffe. Ein heiserer Aufschrei und das Verstummen der Schüsse verraten ihm einen Treffer.

Er hört dumpfes Motorengeräusch, starrt nach Westen, und sieht den Frachter im Licht des Halbmonds behäbig um die Biegung des Flusses kriechen. Taschenlampen suchen das Wasser ab, wieder feuern die Schmuggler auf den Felsen mit der Boje dahinter. Dorn hofft inständig, dass sich die Amerikanerin schon von dieser gefährlichen Stelle entfernt hat. Er läuft geduckt in Carols Richtung und ruft mit schallender Stimme: "*Hey Carol! Dive! Stay an arm length under water* !"

Dorn zieht seine Taschenlampe hervor und schaltet sie ein, um das Feuer auf sich zu lenken. Unmittelbar darauf schlagen neben ihm und über ihm Geschosse in die Büsche und ins Geröll; Steinsplitter wimmern durch die Luft. Er knipst die Taschenlampe aus und nimmt hinter einem Baumstumpf Deckung. Die *Czarina Laurente* ist genau auf Kurs, sie verlässt die nordkoreanischen Gewässer und hält auf das Licht der Boje und somit auf die verstreuten Felsen vor dem südkoreanischen Ufer zu.

* * *

Kapitän Nowikow, Oberleutnant Juri Tolkin, Leutnant Takumi Kano, sowie Unterleutnant Pavel Antonin stehen auf der Brücke. Sie hören die Schüsse; sehen die Mündungsfeuer und die Lichter der Taschenlampen. Der Kapitän stößt einen derben, russischen Seemannsfluch aus. Tolkin sucht mit einem schweren Marinefernglas das Wasser vor ihnen und die beiden Ufer ab.

"Wir bleiben auf Kurs!", sagt der Kapitän.

Er steckt sich eine türkische Zigarette an und nach etwa fünf Minuten befiehlt er: "Ruder backbord 20! Backbord Maschine geringste Kraft voraus! Steuerbord halbe Kraft voraus!"

Steuermann Pavel Antonin meldet: "Ruder liegt backbord 20! Maschine backbord ist Geringste! Maschine steuerbord ist Halbe!"

Der 1. Offizier Tolkin starrt noch immer durch das Fernglas und ruft: "Hindernis! Mehrere große Felsen voraus!"

Der Kapitän reißt Tolkin das Fernglas aus den Händen und sucht das schwarze Wasser voraus ab.

"Ruder hart backbord! Beide Maschinen äußerste Kraft zurück!", bellt Nowikow.

* * *

Das fahle Mondlicht erhellt schwach die Szene. Der Frachter läuft geradewegs auf die Felsen zu. Dorn späht in die Richtung aus der Carol kommen musste. Einzelne, planlose Schüsse krachen. Der Bogenschütze erhebt sich und schießt in schneller Folge drei Jagdpfeile auf eines der Mündungsfeuer. Ein kehliger Schrei bestätigt einen Treffer und eine andere Feuerwaffe knallt los. Dorn duckt sich hinter den Baumstumpf und im Augenwinkel nimmt er rechts von ihm eine schwarze, nassglänzende, huschende Gestalt wahr. Einen Augenblick später kauert Carol neben ihm. Sie atmet keuchend und zittert. Dorn drückt sie an sich und klopft ihr beruhigend auf den Rücken.

"Coast Guard und Polizei sind unterwegs!", stößt sie hervor, "Hab sie unten, sobald ich am Ufer war und das Telefon gefunden hatte, alarmiert."

"Gut gemacht, Mädchen! Du bist eine perfekte Ninja!"

"Danke, Thomas!"

Schüsse krachen und Projektile schlagen unweit des Baumstumpfs in den Boden und ins Gebüsch. Die *Czarina Laurente* versucht im letzten Moment den Kurs zu ändern. Zu spät. Orangerote Funken stieben, mit einem hässlichen Knirschen läuft der Frachter zwischen zwei der massiven Felsen und kommt plötzlich mit einem Ruck zum Stehen.

"Lauf los! Lauf durch den Stollen zurück und warte in den Ruinen auf mich! Ich bleibe hier, bis die Polizei eintrifft! Los! *Take care* !", zischt Dorn.

"Aber?"

"Los, hau ab! Lauf!"

Ohne weitere Widerrede sprintet sie los und verschwindet in der Dunkelheit. Dann schneiden grelle Lichtkegel durch die Nacht. Zwei Schnellboote mit weißen Bugwellen, die wie die glänzenden Widerhaken einer Harpune aussehen, jagen um die Biegung des Flusses. Eine Sirene erklingt, ein Megafon plärrt übers Wasser. Die LKW werden gestartet und rumpeln mit aufheulenden Motoren über die Schotterstraße außer Sicht in den Kiefernwald.

Dorn sieht, wie auf dem Vordeck des Küstenwachbootes ein Maschinengewehr klar gemacht wird. Er hört das metallische Geräusch des schweren Verschlusses. Wieder schallen Megafonstimmen durch die Nacht. Die Schnellboote gehen an steuerbord der *Czarina* längsseits und stoppen die Maschinen. An Deck des Frachters stehen Männer und strecken die Arme in die Luft. Da ertönt ein wütendes Motorengeräusch, einzelne Schüsse werden von den Exekutivkräften abgefeuert. Ein großes, vollbesetztes Schlauchboot mit zwei Außenbordmotoren rast von der Backbordseite der *Czarina* auf die nordkoreanische Küste zu. Die Männer auf dem Schlauchboot erwidern das Feuer und die Polizisten und Coast Guards gehen hinter dem gepanzerten Schanzkleid ihrer Boote in Deckung.

Der Bogenschütze steckt sich eine Camel an und macht sich auf den Weg zurück zum Stolleneingang. Hinter ihm zerhacken Blaulichter und die grellen Lichtkegel der Suchscheinwerfer die

Finsternis. Die Hörner verstummen. Kommandos und harsche Befehle hallen über das nächtliche Wasser.

Erst jetzt geht der Mond auf. Sein mildes blaues Licht schwängert die Dunkelheit und Dorn blickt noch einmal triumphierend über die Schulter, um zu sehen, wie die Coast Guard und die Polizisten die *Czanrina Laurente* entern und stürmen. Die dunkelhäutige Crew steht mit erhobenen Armen auf dem Vordeck. Auf der nordkoreanischen Seite ist es ruhig; keine Soldaten, keine Schmuggler sind im hellen Mondlicht und im Schein der durch die Dunkelheit schneidenden Lichtkegel der Bootsscheinwerfer zu sehen.

Seine Beinmuskeln sind weich und wenn er stehenbleibt, zittern ihm die Knie. Davon abgesehen, sind seine Schuhe und die Hose fast völlig von feuchten Gräsern und Farnen durchnässt, aber er fühlt sich gut. Meine Pfeile werden sie in Nordkorea finden, denkt er und lächelt.

Immer noch hält seine linke Faust den Bogengriff und einen bereiten Jagdpfeil. Noch ein paar Schritte und er ist vor dem üppigen Pflanzenvorhang des Stollenausgangs. Sein Körper versteinert; es ist ihm, als hätte er aus dem Stollen den Hauch eines Geräuschs vernommen. Dorn bleibt einen Moment ruhig stehen und hält den Atem an. Sein Blick gleitet über den Bogen, über die stählerne Jagdspitze, die kalt im Mondlicht schimmerte - fast scheint sie bläulich zu glühen.

Er tritt nah vor den Eingang und lauscht ins Dunkel. Nichts. Kein weiteres Geräusch. Seine Nerven und Sinne spielen ihm wohl einen Streich, konstatiert er und schlüpft durch die Schlingpflanzen in den Tunnel. Er hockt sich nieder und horcht. Nichts. Nur fallende Wassertropfen. Langsam, müde und mit weichen Knien schreitet er voran durch die absolute Finsternis. Seine Rechte tastet immer wieder nach der Stollenwand, so findet er sich ohne Taschenlampe zurecht.

Das Abenteuer war vorbei; einerseits ist er erleichtert, dass sie diese Ratten zur Strecke gebracht hatten, zugleich ist er von einer unbestimmten Traurigkeit erfüllt, weil die Jagd vorüber war. Um nicht melancholisch zu sein, muss er die Gedanken auf Schönes und Aufregendes in der Zukunft richten. Gedanken gerinnen zu Bildern. Wie in einem prallsonnigen Werbefilm läuft er hinter Simone im weichen, heißen Sand eines Palmenstrandes. Sie flieht lachend vor ihm, will aber erwischt und in den Sand geworfen werden. Er riecht ihr kastanienbraunes Haar und das Meer und greift nach ihren Hüften. Da sind sie in seinem Gärtnerhaus, liegen im duftigen Bett und Mylene die kleine Katze schnurrt über die Daunendecke. Frühstückskaffeeduft. Sie küsst ihn. Alle dreißig Schritte stößt seine Rechte an einen der steinernen Unterzüge, die den Stollen stützen. Er trinkt Tee mit Severin und Ethon der Adler sitzt auf seinem Arm. Sie reden über ein zartes japanisches Mädchen, das im Chaos der Welt an einem winzigen Skorpion sterben musste, weil ein Mann versagte. Er sieht eine blutige Fährte und die verzerrten Gesichter seiner Feinde. Er ist auf der Jagd. Severin hat zwei Raben und alle, Mayumi die Japanerin, die französische Simone, Mylene die Katze, Ethon der Adler, Höllrigl, Elwin, Develdt und Carol, Mertin, Musashi, alle Freunde, auch die Toten, essen gemeinsam einen saftigen Hirschbraten. Dann reißt die Kollage ab.

Dorn hört ein Geräusch. Riesige Hände greifen ihn links und rechts an seinen Hüften. Er fliegt durch die Luft und landet mit einem Krachen an der Stollenwand, dann prallt er auf den Felsboden. Sein schlanker Bogen schlägt mit dem unteren Ende auf den Fels und etwas bricht mit einem Geräusch, das durch Dorns Rückenmark zischt. Der Bogen schnellt durch die Luft und springt aus seiner Hand.

Er wird wieder gepackt und mit dem Rücken voran, vielleicht drei Meter weit, gegen die andere Mauer geschleudert. Einige der Zedernschäfte im Rückenköcher brechen. Dorn meint auch seine Wirbelsäule knacken zu hören. Er stolpert drei Schritte, kann keinen Gegner sehen. Der dritte Angriff, ein gewaltiger Wurf, schmettert Dorn wie eine kraftlose Puppe auf den Felsboden. Sein Hinterkopf schlägt hart auf. Er fühlt eine Ewigkeit, sieht wieder seine Bilder, öffnet aber nach drei Sekunden die flatternden Augenlider.

Da ist der glatzköpfige Riese über ihm. Muskelmassen wie ein übergewichtiger Mutant von einem Ringer, gewaltige Hände, dazwischen ein wildes Gesicht mit einem Schnauzbart und einer schmalen Nase; es ist der schnauzbärtige Ochse der feinen Araber mit den Skorpion-Amuletten. Des Riesen Fäuste halten einen breiten, geflochtenen Lederriemen, den er um Dorns Hals legt.

"Du jetzt tot, hast zu weit getrieben, Bowman!", grunzt der Ochse in fürchterlichem Englisch und zieht die Schlinge gnadenlos zusammen.

Sein Kopf will platzen. Lange können seine Halsmuskeln der

Gewalt der Schlinge nicht widerstehen. Die Finger seiner linken Hand bekam er reflexhaft zwischen Hals und Schlinge. Die Rechte des Bogenschützens tastet über den Fels nach dem Boden des Köchers an seinem Rücken. Er spürt den kalten Ring, den ringförmigen Knauf des kleinen japanischen Kunais aus dem Leder ragen. Dorn zieht den Dolch heraus - nimmt ihn richtig in die Faust und stößt zu.

Die Klinge sticht in die linke Seite des Riesenhalses; genau hinter der Luftröhre und den starken Adern verschwindet sie, dringt tief ein - bis zu Dorns Faust. Er reißt den Dolch zu sich, zugleich stößt er den Riesen weg und durchtrennt knirschend Luftröhre und Blutgefäße, das Leben des Mannes. Ein lautes Röcheln, gar kein Schrei; fingerdicke Strahlen von Blut spritzen platschend auf den Felsboden und ergießen warm sich über Dorns Hemdbrust und Gesicht. Ihm ekelt vor dem Blut und er windet sich, rollt unter dem Riesen heraus und streift die Lederschlinge ab.

Einige Sekunden ist er benommen, dann rappelt er sich auf und sucht nach dem Bogen. Zuerst kramt er die Taschenlampe aus seiner Jackentasche. Die Lampe funktioniert nicht. Er tastet den Boden ab und findet den Bogen und die Sehne. Das untere, schmale Ende des Bogens ist an der Sehnenkerbe abgebrochen. Alle Knochen, der Hals, der Kehlkopf, schmerzen. An seinem Hinterkopf ertastet Dorn eine tüchtige Beule, die von einer blutenden Platzwunde gekrönt war. *Er muss Carol warnen!* Wundersamerweise war sein Telefon nicht kaputt und er wählte Carols Nummer. Er bekam eine Verbindung, vermutlich lag nicht viel Erde und Fels über dem Stollen.

"Dorn? Gut dich zu hören! Bist du OK?"

"Ja, ich bins! Mach genau was ich dir sage! Bitte! Versteck dich! Verkriech dich in den Ruinen, es sind auch auf dieser Seite der Grenze Feinde zugange! Ich komme gleich! Bleib versteckt, bis ich mich melde, Mädchen!"

"Gut! Verstecke mich in der Nähe des Turms. *Bowman, take care*!"

"Mach ich! Danke! *You too*!"

Seine rechte Hand findet die Stollenwand und er stolpert weiter. Er muss raus aus diesem Tunnel, immer einen Fuß vor den anderen setzen, weitergehen. Wie hatte der verdammte Riese den geheimen Eingang zum Stollen gefunden? Wo waren seine Chefs, die zwei arroganten Skorpion-Araber-Schwuchteln? Wer hatte verraten wo er und Carol sich aufhielten? Derlei Gedanken wirbelten durch sein Hirn. Wie weit war es noch? Er schätzte 500 Schritte bis zum Portal. Es stand offen, er spürte jetzt den Luftzug im Stollen. Er schalt sich einen Narren, weil er den Zug nicht schon bemerkt hatte, als er den Gang betrat. Hatte Carol es offengelassen? War sie nur aus Zufall nicht mit den Bestien zusammengetroffen, weil sie irgendwo still in einer Ecke beim Turm auf ihn wartete? Weiter kam er mit seinen Überlegungen nicht.

Seine linke Seite, sein linker Arm wurde mit der Gewalt eines ICE-Zugs getroffen und ein glühender Schmerz fährt durch seinen Bizeps, ein ungeheurer Blitz blendet ihn und ein dröhnender Knall macht seine Ohren taub, nur ein feiner Ton pfeift sofort in seinem Kopf. Dorns Beine knicken ein und er kniet, er muss sich einen Moment ausruhen und seine Verletzung untersuchen. Ein Muskeltreffer, der Knochen im linken Oberarm schien nicht verletzt zu sein. Zumindest kann er den Arm bewegen. Oberhalb der Schusswunde bindet er ihn mit seinem Taschentuch ab. Schritte. Ein zweiter ohrenbetäubender Schuss, eine orangerote Feuerlanze zerreißt die Luft. Dorn hört das Projektil über ihm vorbeizischen. Er tastet nach den Kunais im Köcherboden, aber findet sie nicht. Da legt er sich hin und fasst einen Plan. Das Tappen vorsichtiger Schritte kommt näher.

Der Pistolenschütze ruft etwas in arabischer Sprache und seine Schuhe hallen im Tunnel. *Du musst eine Haltung der Nichthaltung einnehmen*, würde Meister Miyamoto Musashi sagen. Das versucht er. Dorn liegt still, als der Strahl der Taschenlampe über seinen Körper, weiter hinein in den Stollen, bis zum leblosen Körper des Riesen gleitet. Die Schritte und die Lampe nähern sich. *Jetzt!* Jetzt kommt's drauf an, *Bowman*, denkt Dorn. Er ist auf das Schlimmste gefasst und nimmt seinen ganzen Willen zusammen, alles zu überstehen, egal was jetzt passieren sollte.

Der Fokus der Taschenlampe ruht auf der blutverklebten Hemdbrust des Bogenschützen, auf dem vielen Blut auf dem Boden, das aus der Wunde am Oberarm stammte. Dann ist das Licht weg. Der Tritt mit der Schuhspitze trifft seine Rippen, tobender Schmerz tollt durch seine Seite; Dorn regt sich nicht, kein Laut, kein Atem dringt aus seinem Mund. Der Araber sagt etwas, tritt noch einmal beherzt zu und geht dann weiter in Richtung toter Ochse. Dorn liegt wieder ganz im Dunklen. Seine blutigen Fäuste greifen nach der seidigen, weißen Bogensehne in der Jackentasche.

Er kämpft gegen seine erbärmliche Schwäche, gegen den unbändigen Willen zu schlafen. Vergiss die Schwäche, den Schmerz im Arm, die wehen Knochen, sei ein Mann, kein weinerliches Mädchen! Weck das alte Raubtier! Er leckt sich das Blut von den Lippen und richtet seinen Geist auf ein Ziel aus, alles andere ist nicht mehr da. Der Araber kniet jetzt bei dem toten Riesen und durchsucht die Kleidung des Mannes.

Er pirscht durch die Finsternis. Lautlos wie eine Katze. Noch zwei Schritte. Die Schlinge fällt über den Kopf des Arabers, rutscht an den Hals und Dorn zieht kraftvoll zu; mit so wilder Gewalt, dass die Stränge der Bogensehne in seine Fäuste schneiden. Die Arme des Mannes schnellen zum Hals und die Taschenlampe fällt zu Boden, leuchtet aber weiter. Wütend rammt Dorn dem Mann sein Knie in den Rücken und ein grausames Lächeln verzerrt seine Lippen. Da zappelt der Araber spastisch und bäumt sich auf. Sein Kopf ist blau und der Hals blutet. Die Taschenlampe rollt weg. Dunkelheit. Noch einmal reißt Dorn die Fäuste auseinander und die Sehne schneidet tief in den Halsmuskel. Der Mann war tot.

Dorn nimmt die Pistole, eine Glock 17 und die Taschenlampe. Er durchsucht den Mann, findet aber, bis auf Nichtigkeiten, nur das Skorpion-Amulett an ihm. Das Medaillon hängt an einer schweren goldenen Kette. Mit einem Ruck reißt Dorn die Kette ab und steckt das Amulett in seine Jackentasche. Du musst jetzt eine Minute sitzen - den Bogen suchen und dann eine Minute sitzen. Er raucht eine Camel an und nach dem zweiten Zug schläft er fast ein. Weg damit und raus aus dem Höllenloch! Einen Fuß vor den anderen setzen und durchs Portal. Helles Licht scheint jetzt durch das offene Tor in den Stollen. *Wo ist Carol*?

Er hat Durst und ist müde. Mit der Rechten hält er die Pistole im Anschlag und geht auf das Tor zu. Es war Nacht, es muss stockfinster sein in den Ruinen, im Turm. Scheinwerfer blenden ihn. Dorn geht weiter, hält den Pistolenarm auf Kopfhöhe und ist bereit zu reagieren. Allein die Tatsache, dass man *reagieren* muss, ist ein schlimmer Nachteil und eine Saumseligkeit - ich weiß, Meister Sun Tzu! Er tritt hinaus aus dem Tunnel, durchschreitet vorsichtig das Rund des Turms und steht dann zwischen den brusthohen Mauerresten vor dem Eingang des

Bauwerks. Obwohl er die Augen zukneift, sieht er kaum etwas, die durchscheinende Silhouette eines dünnen Mannes steht in zwei weißen Sonnen. Es sind Autoscheinwerfer.

"Stopp! Stehen bleiben, Dorn!", ruft die Figur.

Der Bogenschütze verharrt und schwenkt sichernd die Pistole und erkennt mehr. Zwei Gestalten - den Araber-Zwilling mit einer Pistole und Lee Park zu seiner Rechten. In seinem Oberarm setzt ein übler Schmerz ein. Der Araber macht einen Schritt in Dorns Richtung, beide stehen zwischen den Mauerresten am Eingang des Turms. Lee Park steht drei Schritte rechts hinter dem Araber.

"Sie haben mich gezwungen, ihnen den Tunneleingang zu zeigen! Es tut mir leid, Mr. Dorn!", jammerte Lee Park resigniert und zerbrochen.

"Senk die Pistole! Nimm sie mit drei Fingern der rechten Hand und dann streckst du den Arm aus und lässt die Pistole hinter die Mauer an deiner Rechten fallen. Und dann knie dich nieder, Dorn!", bellt der Araber in gutem Englisch.

Der Bogenschütze sieht jetzt keinen Ausweg und tut vorsichtig, wie ihm geheißen. Die Glock fällt, völlig außer Reichweite, scheppernd hinter die Mauer aus uralten Steinquadern.

"Du hast es übertrieben, Bowman Dorn! Wir haben dich mehrmals gewarnt! Du hast weiter gejagt. Jetzt ist der Punkt überschritten, bis zu dem ein friedliches Nebeneinander möglich war. Knie nieder! Los!"

War es jetzt aus mit ihm? *Österreichischer Bowman von einem untergewichtigen Araber in Korea erschossen?* Auf alles gefasst kniete er sich hin. Die Pistole kam näher. Er bereute nichts, das Abenteuer war jetzt zu ende, das Licht blendete ihn nicht mehr. Du kannst nicht immer gewinnen, beruhigt er sich. Dorn blickte dem Araber in die Augen, bis dieser sich dem Archäologen zuwendete.

"Sieh her, mein koreanischer Freund! Das hier passiert mit Menschen, die sich allzu lästig in unsere Geschäfte einmischen. Sie füllen sich den Geist mit Dingen an, die sie nichts angehen und irgendwann platzt ihnen der Kopf! Buchstäblich! Sie scheitern! Sieh her und merk dir das!", sagt der Araber zu dem zitternden Lee Park.

Dorn spürt die kalte Mündung der Waffe an seiner Stirn. Könnte er es sich aussuchen, wollte er am liebsten in die Ewigen Jagdgründe oder in die Halle der Asen. Da würde er gerne auf seine Freunde warten. Er macht sich Sorgen darüber ob das

Mündungsfeuer sein Gesicht verbrennen wird. Schade, dass er nicht ans Jenseits glaubte.

Der Schütze erwartete den Schuss, das Ende - da trat eine schlanke Gestalt in einem hellbraunen Staubmantel und einer dunklen Kappe in den Lichtkegel der Scheinwerfer.

"Halt ein, Abd-al-Qadir!", schallte eine weibliche Stimme.

Die Mündung der Glock entfernte sich etwa vierzig Zentimeter von Dorns Stirn und er kniff die Augen zusammen, um zu erkennen, was vorging.

Wer war die schlanke, hohe Gestalt im Licht? Wer gab hier die Befehle? Er betrachtete die Silhouette, sie kam näher und er sah Details.

Die Frau nahm ihre Tweed-Kappe ab und löste ihr Haar; wie flüssiges Kupfer floss es über ihre Schultern. Sie stand breitbeinig zwei Schritte hinter dem Araber mit der Glock und Dorn erkannte sie.

"Jetzt kann ich mich erinnern, Madame! Greta von, hm, Hammelstein? Die deutsche Gespielin von Mr. Chun Doo, die geheimnisvolle Freundin unseres koreanischen Freundes mit dem Hausboot? Was machen Sie denn hier und was haben sie mit diesen Ratten zu tun?" knurrte der Bogenschütze.

"*Hammerstein*! Aber, auch das stimmt nicht! Du hast mich *nicht* erkannt! Was doch ein Akzent, ein wenig Haarfarbe, eine neue Frisur, anderes Makeup, Kontaktlinsen und ein frischer Stil bewirken! Du weißt *nicht*, wer ich bin, Bowman Dorn! Wir kennen uns aus Österreich! Und jetzt wirst du sterben!"

Er marterte sein Gedächtnis. War er so blind? Sie erinnerte ihn dunkel an eine bestimmte Frau - war aber ganz anders, selbst ihre Stimme und der Rhythmus ihrer Sprache waren anders.

"Seit du Korea betreten hast, bin ich auf deiner Spur, Dorn! Der einfältige Mr. Chun Doo mit dem Hausboot war mein williges Werkzeug; ich habe eure Gespräche via Smartphone abgehört, und den lieben Chun regelmäßig ausgefragt darum konnte ich die Jungs auf der *Czarina Laurente* informieren – aber - alles kam wie es kam und wir waren zu spät! Ich hätte dich längst getötet, aber der Vorstand wollte dich ohne große Gewalt davon überzeugen, dich nicht in unsere Geschäfte einzumischen", offenbarte die Frau mit anderer Stimme, "mein Name ist Elsa Winter!"

"*Elsa Winter*? Der verdorbene Satansbraten der Wilderer-Mafia? Ich dachte, Sie Perle schmachten im tiefsten Kerker", stellte Dorn mit einem ungläubigen Kopfschütteln fest.

"Genau, Elsa Winter! Ich war nur eine Woche in Wien in U-Haft. Man konnte mir nichts nachweisen."

"Sie Luder haben wohl den Untersuchungsrichter behext!"

"Der CORP-Vorstand erteilte mir umgehend den Auftrag Axhams Beute wieder zu holen. Du erinnerst dich? Jonas Axham, der Mann, den du in Hamburg getötet hast? Zuvor hast du meinen Liebsten, den Ukrainer Vitali Koslow – an dem mir mal wirklich was lag, gekillt. Heute aber, Dorn, holt dich das Schicksal und die Rache ein! Du hast dich mit Mächten angelegt, die dieses Geschäft schon seit tausend Jahren betreiben – und mit mir!", sprach Elsa Winter in kalt triumphierendem Ton.

"*Sapristi!* Ich weiß, weibliche Hormone können wahrhaft teuflische Stimmungen in Frauen hervorrufen, aber Sie übertreiben maßlos! Beruhigen Sie sich, Madame Winter!", antwortete der Bogenschütze.

"Los! Los, Abd-al-Qadir, erschieß ihn!", bellte Elsa Winter.

Der Araber trat näher und zielte zwischen Dorns Augen - genau auf die Nasenwurzel. Hoffentlich trifft er sauber, du bist einfach weg, dein Geist arbeitet noch ein paar Sekunden, vielleicht eine Minute. Das kam ihm lang vor – wenn du kämpfst ist eine Minute lang – na ja, du zuckst ein wenig und dann bist du wieder ein Teil der Erde. Einfach weg. Dahin zurückgekehrt, wo du vor ein paar Jahrzehnten hergekommen bist, ins Nichts, sinnierte Dorn. Severin, Elwin und Mertin werden sich um Mylene und Ethon kümmern, Simone wird sich immer an mich erinnern, an unsere Liebe. Er sah wie sich der Zeigefinger des Arabers krümmte, da schloss er die Augen.

Das Pulver verbrannte seine Augenbrauen. Ein ungeheurer Knall lässt die alten Mauern erzittern, ein Feuerball, ein gewaltiger Schlag trifft seine Stirn, sein Kopf wird nach hinten gerissen. Jetzt werde ich es gleich wissen, wohin ich gehe, erkennen was wahr ist. Das letzte Abenteuer ist der Tod. Komm, hol mich! Eine Patronenhülse klimpert auf den Boden und rollt ein Stück. Er kennt den Ton. Er riecht den guten Geruch des Schießpulvers in der Luft.

Er kann sich bewegen und richtet sich auf. Ich kann denken, obwohl ich tot bin? Das Jenseits ist besser, als man annimmt - Dorn öffnet die blutverklebten Augen und sieht die roten ledernen Schuhsohlen des Arabers. Die Glock liegt neben ihm. Er steht schwankend auf und wendet den Kopf nach links.

Frisches Blut rinnt über die rechte Seite seines Gesichts. Da steht immer noch Lee Park der Archäologe.

Die Frau, Elsa Winter diese Schlange, läuft zu dem Auto mit den Scheinwerfern. Er blickt nach rechts. Hinter der Mauer war Carol. Hinter der hüfthohen Mauerbresche steht sie, wie eine schwarze Kriegsgöttin, in ihrem glänzenden Neoprenanzug und starren Blicks. In Carols rechter Faust war die Glock und feiner Rauch kräuselt sich aus dem Lauf. Sein Kopf dröhnt und die rechte Seite spürt er nicht. Das Auto mit Elsa Winter oder Greta von Hammerstein rauscht davon. Neben Carol steht Chun Doo mit offenem Mund.

"Donnerwetter, Carol! Ist das die Pistole, die ich hinter die Mauer geworfen habe? Respekt! Guter Schuss, Mädchen!", lallt Dorn mit völlig abwesendem Blick. Dann kippt er nach vorn und bleibt ruhig liegen.

"Bei Gott, Dorn, ja, das ist sie! Mr. Lee, Doo, schnell, er braucht sofort einen Arzt!", ruft die Amerikanerin und senkt die Waffe.

Sie springt über die Mauer und kniet sich neben Dorn. Er lebt! Carol nimmt das Benchmade Klappmesser aus ihrer Hüfttasche und schneidet den linken Ärmel seines Hemds auf. Eine Schusswunde. Sie lockert die Taschentuchkompresse am Oberarm. Und eine stark blutende Wunde an der Schläfe. Augenbrauen versengt. Der Araber hat noch abgedrückt, nachdem ich ihm in die Brust geschossen habe; die Kugel hat nicht Dorns Stirn getroffen, sondern, Gottseidank, nur seine rechte Schläfe gestreift. Sie hält seinen Kopf mit beiden Händen in ihrem Schoß und Tränen tropfen auf Dorns Gesicht. Dann kommt ein Blaulicht, ein Rettungswagen.

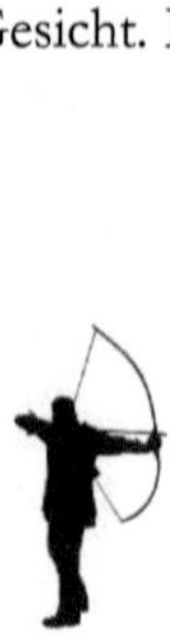

31. Kapitel

Der verletzte Bogenschütze wurde in die Notaufnahme des Hospitals von Paju, der nächsten kleineren Stadt in der Nähe von Manu-ri, gebracht. Die Wunde am linken Oberarm wurde untersucht; glücklicherweise war es ein Durchschuss, der nur den Muskel verletzt hatte. Nach einer teuflisch schmerzhaften Reinigung des Schusskanals, wurden die Eintritts- und die Austrittswunde des 9 mm Projektils vernäht, ebenso der Streifschuss an der rechten Schläfe Dorns.

Die freundliche Ärztin in der Notaufnahme wollte den Schützen noch ein paar Stunden zur Beobachtung im Hospital behalten; Carol unterstützte dies und gemeinsam überredeten sie ihn. Etwas später besuchten zwei koreanische Kriminalpolizisten mit einem Übersetzer den Österreicher; sie befragten ihn ausführlich, fast zwei Stunden lang, zu den Vorfällen an der Grenze und in den Ruinen von Manu-ri.

Kaum waren die Polizisten gegangen, piepste Dorns Telefon. Seufzend checkte er den SMS-Eingang und ein Strahlen kam über sein Gesicht – eine Nachricht von Simone:

Bonjour, my beloved Archer!

Hope you are fine. Can't tell you how I miss you! It's quite long since we had some time together. I work so much I sadly see no possibility to fly to you, my love. I would die, if I add more flights to my schedule. But, the next weekend I can manage to be at my place in Hay-on-Wye. How about coming over to me? We really deserve some silent, horny days and nights, my dear. Don't we? Let me know if you are able to fly to me, so we can enjoy our love. We have to change some things in our lifes, in the future, because it can't go on this way. I feel so lonely without you, Archer!

With all my love, many kisses and hugs,

Simone

Freudig antwortete er seiner Liebsten und sagte den Besuch in Wales zu. Endlich würde er sie wiedersehen und in die Arme schließen können. Fast augenblicklich fühlte er sich gesund und stark.

Später kam die junge Amerikanerin, um Dorn abzuholen. Sie genoss es sichtlich, den Schützen wie einen versehrten, alten Mann zu behandeln und wollte ihm beim Ankleiden behilflich sein, was der Schütze natürlich ablehnte.

"Du solltest dich nicht übernehmen, du bist schwach und ich werde dich zum Flughafen bringen, sobald du dich wieder besser fühlst", sagte sie.

"Es geht mir gut!", knurrte er, "Und ich habe hier noch etwas zu erledigen."

"Was denn?"

Dorn fingerte in der Tasche seines blutigen Hemds herum. Er zog Su-bins Plan heraus, das zerknitterte Papier, welches den Weg zum Schamanen, der das Zauberpulver der Schwesternschaft herstellte, beschrieb.

"Das hier! Es wäre nett, wenn du mich dahin fahren würdest."

Carol steuerte den alten Nissan Bluebird und Dorn döste im Beifahrersitz. Sie fuhren nach Osten, der hinter den Bergen aufgehenden Sonne entgegen. Es ging nach Hangye-ri an der Grenze des Seoraksan Nationalparks, zu den Ausläufern des Taebaeksan-Gebirges, dessen föhrengrüne Flanken und morgennebelverhangene Felsgipfel vor ihnen in den blauen Himmel ragten. Die Sonne stand erst eine halbe Handbreit über den Bergen und je näher sie ihrem Ziel kamen, desto schattiger wurde es, weil das Gebirge vor ihnen höher wuchs und die Sonne abdeckte.

Die frischen Wunden unter den Verbänden, an Dorns linkem Oberarm und an seiner rechten Schläfe, juckten und schmerzten ein wenig. Er war müde und träumte davon in Simones Arme zu sinken und an keinen Kampf, an keine Gefahr denken zu müssen. Morgen Abend ging sein Flug zurück nach Wien.

Dieser Weg ist noch zu gehen, hatte er beim Frühstück zu Carol gesagt. In seiner Tasche steckte das Papier von Yangban Su-bin, der koreanischen Ober-Amazone, wie Dorn sie nannte, mit Wegbeschreibung und Planskizze zu dem Ort in den Seoraksan-Bergen, in der Nähe der Daeseung Wasserfälle, wo Sindo Mu der *Mudang* anzutreffen war.

Sie fuhren von der 44er Straße ab und ließen Hangye-ri hinter sich. Die Seorak-ro Straße führte entlang eines breiten Baches in den Nationalpark. Bald erreichten sie einen Touristen-Informationsstand mit einem Parkplatz. Dorn erwachte aus seinem dämmrigen Halbschlaf, als Carol einbog und der Schotter unter den Reifen des Nissan knirschte. Er blickte in alle Richtungen und stöhnte leise auf, als er seinen Kopf drehte. Weil wochentags, waren nur wenige Autos abgestellt, abgesehen von dem

Mann im Info-Stand, waren keine Menschen zu sehen.

"Parke bitte vor der großen Tafel mit der Übersichtskarte des Parks", bat er und nahm Su-bins Plan aus der Brusttasche.

Dorn verglich den kleinen Plan der schönen Koreanerin mit dem auf der Tafel; er drehte das Papier hin und her, fand aber keine Übereinstimmung. Zusätzlich konnte er Su-bins koreanische Schriftzeichen nicht lesen. Carol beobachtete die vergeblichen Bemühungen des Bogenschützen mit fast mütterlich amüsierter Miene und präsentierte ihm ihre rechte geöffnete Hand. Dorn blickte ihr einen Augenblick forschend ins Gesicht und gab ihr den Plan.

"Hier geht der Touristen-Wanderweg zu den Daeseung Falls. Du sollst aber einen anderen Weg nehmen", ihre schlanken, langen Finger fuhren eine gestrichelte Linie auf dem zerknitterten Reispapier entlang, "hier drüben rechts, müsste er in den Wald und bergauf führen."

Dorn kurbelte die Seitenscheibe herunter und das Trommeln eines Spechts erklang aus den Kiefern. Sein Blick suchte den dichten Waldrand ab und seine geübten Jägeraugen entdeckten einen geknickten Zweig mit dürren Blättern an einem Haselnussgebüsch.

"Ich würde dich gerne begleiten, um den *Mudang* zu sehen. War noch nie bei ihm, doch Su-bin sagte, du sollst allein gehen. Schaffst du das?", sagte Carol besorgt.

"Natürlich schaffe ich das, Kleine", erwiderte Dorn lächelnd, "ich erzähl dir später ganz genau wie es war."

Carol klopfte ihm auf die Schulter und sein Lächeln zuckte zusammen. Sie stiegen aus. Dorn verharrte kurz, er winkte ihr zum Abschied, ging zu dem geknickten Zweig am Haselnussbusch und verschwand im Wald. Sobald er sich bewegte, spürte er einen leichten Schmerz, eher ein unangenehmes Pochen, in der verletzten Schläfe. Der Verlauf des Pfades war fast unsichtbar, nur ein geübter Fährtensucher konnte die vereinzelten, seichten Eindrücke von Schritten im dick mit Kiefernnadeln bedeckten Waldboden erkennen. Er schätzte, dass höchstens alle zwei Monate ein Mensch diesen Weg beschritt.

Einige hundert Meter stieg das Gelände sachte an, dann wurde es steiler und steiniger. Munteres Vogelgezwitscher und das Stakkato von emsigen Spechten schallte aus allen Richtungen durch den Forst. Dorn stieg den Pfad sehr langsam hoch, einerseits weil die stelleweise dicke Schicht aus hellbraunen, gefallenen

Nadeln gefährlich rutschig war, andererseits beobachtete er aufmerksam die Umgebung aus alten, knorrigen Koreakiefern, grünen Farnen und Haselnussbüschen. Es war schattig und kühl im Wald, denn die Sonne stand noch hinter den Seoraksan-Bergen.

Ein großer schwarzer Vogel mit einem starken, spitzen Schnabel, weißgefiedertem Bauch und einem kecken, roten Schopf flatterte über Dorn hinweg hoch in eine Kiefer. Gleich begann er in die dicke Rinde zu stochern und dann hämmerte er los. Sein Körper musste länger als 40 Zentimeter sein, noch nie hatte der Schütze so einen großen Specht gesehen. Dorn verweilte, um den Vogel weiter zu beobachten und nahm den Flachmann aus der Jackentasche. Der gute Loch Lomond, mit dem er zuhause in Eulbach die kleine Metallflasche vor der Reise befüllt hatte, war aufgebraucht, nachdem er mit Carol Greener und Lee Park nach dem Kampf an der Grenze angestoßen hatte. Ja, sogar Carol hatte einen guten Schluck genommen; am nächsten Morgen war sie im Dorf verschwunden und kurz darauf mit einer Flasche Johnny Walker Black Label wieder erschienen. *Gutes Mädchen*, dachte er und trank vom brennenden Geist, *ich werde dich vermissen.*

Vor ihm wurde der Wald lichter, der Boden felsiger; neben Kiefern standen rotblättrige Ahorne und schlanke Buchen. Er ging weiter und vernahm das leise Glucksen von Wasser. Um nicht in die Irre zu gehen, zog er Su-bins Plan aus der Brusttasche und fand die Stelle, wo der Pfad einen Wasserlauf querte.

Nach fünfzig Schritten sah er eine schmale, hölzerne Brücke, die über einen kleinen Wildbach führte. Das Wasser war glasklar und Dorn konnte nicht widerstehen, als er den Bach erreichte, hockte er sich hin und schöpfte mit seiner hohlen Hand etwas vom kalten Nass in seinen ausgetrockneten Mund.

Er überquerte die wacklige, knarzende Brücke und nun hörte er, gar nicht weit entfernt, ein mächtiges Rauschen. Das mussten die Daeseung Falls sein. Diese Richtung hielt er, denn irgendwo an der linken Flanke der Wasserfälle befand sich, laut dem Plan, die Behausung des Schamanen.

Der Wald zog sich zurück, wurde immer heller und gab felsigem Grund, kleinen Rinnsalen und schmalen Bächen Raum. Als Dorn einen Hang aus grobem Geröll überwunden hatte, fand er einen Steig, der weiter bergauf führte. In der Ferne sah er eine stählerne Hängebrücke, die über eine mit riesigen Felsen übersäte und von steilen, steinernen Wänden begrenzte Klamm führte. Das war der Touristenweg. Er ging weiter und dann, nach einer Biegung des Steigs, entfaltete sich ein atemberaubender Anblick.

Die Daeseung Falls waren eine ganze Folge von Wasserfällen, an dieser Stelle fiel weißes, sprudelndes Wasser wie dampfende Milch über eine steile, bizarre Felswand in einen dunkelgrünen kleinen See. Etwa 80 Meter stürzte die Flut hinab, schätzte der Bogenschütze.

Er beschattete seine Augen wie ein Indianer in einem der alten Karl May-Filme und suchte die linke Seite des Felskessels ab. An manchen Stellen waren Nischen und Vorsprünge in den Wänden, wo aus kargen Inseln fruchtbarer Erde Kiefern, Ahornbäume und Sträucher sprossen.

Das Getöse der Fälle erfüllte die feuchte, kühle Luft, ein feiner, nur manchmal vernehmbarer, klagender Ton mischte sich jedoch in die Wassergeräusche. Dorn stand am Rand des Steigs und lauschte konzentriert diesen näselnden Tönen. Woher kamen sie? Er zog Su-bins Skizze aus der Tasche und versuchte den weiteren Verlauf seines Weges zu erkennen. Die Linie endete in einem kleinen Symbol, das sein Ziel markierte. Es lag gut sechzig Meter über ihm und er hatte keine Idee, wie er die steile Felswand hochsteigen sollte.

Dorn setzte sich auf einen der Felsen am Rand des Steigs, rauchte eine Camel an und studierte mit zusammengekniffenen Augen die Vorsprünge und Nischen der Wand. Wieder hörte er den klagenden Ton, der wie eine kleine Oboe klang, neben dem Wasserrauschen der Fälle. Es war kurz vor Mittag und die Sonne kroch jetzt über die Gipfel hinter den Daeseung Falls.

Dorn zog ein letztes Mal an der Zigarette und dämpfte sie auf einem Stein sorgfältig aus. In diesem Moment veränderte sich das Licht, die Sonne stand höher und ein Regenbogen, der sich vom Wasserfall zur Felswand spannte, erschien. Er starrte die Wand an und ein Lächeln spielte um seinen Mund. Wie hatte er das nur übersehen können? Natürlich, das Licht; es zeigte ihm jetzt ganz klar die Nischen, die nach oben führten, beinah wie Stufen. Der Bogenschütze erhob sich und machte sich an den Aufstieg. Nach einigen Metern erkannte er, dass die Felswand, wie durch eine optische Täuschung, gar nicht so steil war, wie sie vom Steig aus betrachtet schien. Seine verletzte Schläfe und die Wunde am Arm schmerzten zwar, doch er kam gut voran.

Nun hörte Dorn die klagenden Töne, die eine fremdartige Melodie ergaben, durchgehend, als ob sie das Rauschen der Wasserfälle übertönten. Er erreichte ein schmales, von niedrigen Kiefern bewachsenes Plateau und da sah er den, mit einer Tür aus abgewetterten Brettern verschlossenen Eingang einer Höhle, der unmöglich von unten zu erkennen gewesen war. Er verschnaufte einige Sekunden und klopfte an.

Ein uralter Mann in einem hellblauen *Durumagi*, dem traditionellen koreanischen Mantel, öffnete und nickte Dorn zu. Er trat ein und der kleine Mann wies auf eine Bambusmatte. Der Schütze zog seine Schuhe aus und setzte sich.

Durch schmale, senkrechte Spalten neben der Tür fiel Licht in die Behausung. Sie maß etwa acht mal acht Schritte. Auf einer rauchlosen Glut in der Mitte der Höhle stand ein gusseiserner, schwarzer Topf und ein seltsamer Geruch war im Raum. An der linken Wand stand ein Regal, auf dem getrocknete Pilze und Kräuter lagen; rechts standen drei Truhen aus Holz und ein hoher Bambus-Käfig mit rostbraun und weiß gesprenkelten Brieftauben. Gegenüber der Tür hing eine Art Fahne mit einem koreanischen Symbol, die den Raum vom hinteren Teil der Höhle abgrenzte.

Der alte Mann setzte sich Dorn gegenüber. Er wies auf seine Brust und sagte: "Sindo Mu." Der Schütze deutete eine Verneigung an und sagte: "Thomas Dorn."

Sindo Mu, dessen Gesicht faltig, wie ein vertrockneter Apfel war, nahm zwei Bambusbecher und einen metallenen Schöpfer von einem Schemel neben der Feuerstelle und füllte die Gefäße. Das Getränk schien hellbläulich fluoreszierend, fast leuchtend. Der *Mudang* reichte Dorn einen der Becher, machte aber eine beschwichtigende Geste und nahm eine Flöte aus Bambus, die ebenfalls auf dem Schemel gelegen hatte. Er führte sie an seine faltigen, schmalen Lippen und spielte dreimal eine eigentümliche Tonfolge, die Melodie, die Dorn im Tosen der Wasserfälle vernommen hatte. Dann legte der Greis das Instrument weg. Er nahm seinen Becher und deutete dem Schützen zu trinken. Der Trank schmeckte scheußlich. Dorns Mund schien sich zu verkrampfen und es war ihm, als spürte er das Leuchten des Getränks über die Zunge und durch alle Gefäße seines Körpers fließen.

"Willkommen, Bowman Dorn! Ich weiß, warum du hier bist", sagte Sindo Mu lächelnd.

"Danke für deine Gastfreundschaft! Bist du ein Hellseher?", fragte der Schütze und jetzt wurde ihm bewusst, dass sie einander verstanden, obgleich sie in verschiedenen Sprachen redeten. Oder war es eine andere, eine neue Sprache? Absurd! Das konnte nicht sein! Vielleicht eine Halluzination, dachte Dorn.

"Nein, ich bin kein Hellseher, aber ich habe Brieftauben. Su-bin hat mich informiert", antwortete der Schamane lachend.

Dorn lachte auch und dann tranken sie wieder. Jetzt schmeckte der Trank immer noch grauenhaft, aber anders. Dorn tauchte seinen Zeigefinger in das Gebräu und bestaunte die leuchtende Flüssigkeit, die sofort verdunstete. Wieder benetzte er den Finger und eine kindliche Freude überkam ihn. Er lachte und der alte Mann mit dem faltigen Gesicht lachte mit.

"Ich bin wegen deinem guten Bogenschießpulver hier. Die schöne Ober-Amazone Su-bin hat mir, nachdem wir einen Deal machten, versprochen, ich würde es von dir bekommen", erklärte Dorn.

"Ich weiß. Du kannst das Pulver bekommen, wenn du die Wahrheit sprichst und mir deine Antworten gefallen", antwortete Sindo Mu.

"Das ist zwar nicht der vereinbarte Deal, aber ich will es gerne versuchen."

"Wozu brauchst du das Pulver?"

"Ich will besser schießen können."

"Bist du nicht schon ein guter Schütze, Bowman Dorn?"

"Auf weite Distanzen bin ich zu unsicher."

"Was willst du treffen können?"

"Ich bekämpfe Ratten."

"Nimm noch einen Schluck von meinem guten Tee", ermunterte der Schamane.

"Er schmeckt furchtbar", kicherte Dorn.

"Nur die ersten 80 Jahre", antwortete Sindo Mu lächelnd.

Sie tranken sich zu und jetzt funkelte der Trank wie rubinrotes Blut im Becher. Dorn musste die Augen schließen, er spürte seinen Körper nicht mehr, als wäre er gasförmig geworden. Eine gefühlte Ewigkeit lebte er als ein Adler und segelte über fremde Landschaften durch die Zeit. Er sah Simone, konnte sich ihr aber nicht nähern. Er küsste Su-bin und kämpfte gegen stinkende Geier. Die Brieftauben im Käfig gurrten und sprachen mit Carols Stimme zu ihm. Mit plötzlich eisernem Willen riss er die Augen auf. Der alte Schamane saß immer noch da, schnarchte aber laut.

Dorn atmete tief durch und räusperte sich. Sindo Mu erwachte.

"Mein Trank ist zwar nicht so ekelhaft wie deiner, aber ich hoffe du lehnst einen Schluck Whisky nicht ab", sagte der Bogenschütze und zog den Flachmann aus der Tasche.

Der Alte nickte und trank und es war so, als würden sich die Männer schon seit Jahrzehnten kennen. Dorn trank auch, er wollte den garstigen Geschmack des Schamanen-Gebräus aus seinem Mund bekommen.

"Ich frage dich noch einmal. Wozu willst du das Pulver?"

"Nun, ich sage dir jetzt die ganze Wahrheit, *Mudang*! Als ich bei Su-bin war, hat sie mich beim Weitschießen in die Pfanne gehauen! Es kann doch nicht sein, dass ein Mädchen besser schießt als Bowman Dorn – deshalb will ich dein Pulver!", antwortete Dorn ernst.

"Ha, das verstehe ich! Du bekommst es!", rief der Schamane und beide lachten wieder.

Carol Greener fuhr Dorn zum Flughafen nach Incheon. Er trank den letzten Schluck aus der Coke-Dose und sah ihr kurzes blondes Haar golden im Gegenlicht der strahlenden Sonne glänzen. Dorn hasste lange und wehmütige Abschiede, darum redete er während der Fahrt nicht. Die Amerikanerin war auch still. Die Mission hat uns in Freunde verwandelt, darum können wir schweigen - Abenteuer sind gut für den Frieden, spintisierte der Schütze.

Wenn er es nicht bemerkte, glitt Carols Blick über Dorns Gesicht und seine Gestalt; auch er betrachtete die junge Frau heimlich und sah, dass sie ganz verschieden, doch im Herzen gleich waren. Sie hielten am Abflug-Terminal und stiegen aus. Carol war ihm mit dem Gepäck behilflich und dann standen sie sich gegenüber. Dorn nahm ihre Hände.

"Danke, liebe Carol! Du bist ein gutes Mädchen! Bleib wie du bist! *Take care* !", sagte er mit traurigem Gefühl, zugleich spürte er Freude, weil sie durch das gemeinsame Abenteuer für immer verbunden waren.

"Ich bin froh, dass ich dich kennengelernt habe! *Take care*, Bowman Dorn!", sagte Carol; sie umarmte ihn und wischte sich eine Träne von der Wange.

Dorn sah eine imposante weiße Hyundai Genesis Limousine neben dem Nissan Bluebird zufahren. Der Fahrer sprang heraus, öffnete die Tür des Fahrgastraums und eine mondäne Dame mit

Hut stieg aus. Carol winkte ihm noch einmal zu, dann drehte sie sich schnell um, stieg in den Nissan und brauste davon. Dorn wünschte sich etwas wie Siegfrieds Tarnkappe herbei. Es half nichts, die Dame mit dem roten Hut, die ungarische Opernsängerin, die *Budapester Nachtigall* - Ildiko Édeskanca, entdeckte ihn sogleich.

"Ju-hu! Hu-hu! Das kann doch kein Zufall sein! Nein, lieber Horn, sind Sie es wirklich? Sie sehen furchtbar aus mit diesem weißen Turban! Und den Arm tragen Sie in der Binde? Was haben Sie nur für Dummheiten gemacht, Sie Tollpatsch?", schallte es über den Parkplatz vor dem Flughafengebäude.

"*Dorn*! Guten Tag, Madame Édeskanca!"

"Wie bitte?"

"Dorn, mein Name ist D-O-R-N!"

"Aber klar, mein Guter! Sie sollten mehr auf sich achten! Ich fliege nach Tokio. Wohin treibt es Sie, mein wackerer Bowman?"

Dorn jubelte innerlich. Sie flog *nicht* nach London!

"Sie können sich nicht vorstellen, wie fulminant man mich in der Seouler Oper feierte, lieber Dorn! Sie lagen mir zu Füßen. Ich glaube, ich habe zwölf Heiratsanträge bekommen!"

"Damit war wohl zu rechnen, Madame!"

"Sie schlimmer Schmeichler! Ich habe sie alle zappeln lassen und auf Tokio vertröstet. Weil ich spürte, ich würde *Sie* wieder sehen, Sie Schlingel!", trillerte Ildiko Édeskanca und strich mit den Händen flüchtig über ihren Busen, unwillkürlich, als wollte sie dessen perfekte Position kontrollieren.

"Donnerwetter, und warum haben Sie keinen Ihrer verzweifelten Verehrer erhört und ihn geheiratet, Madame?", fragte der Bogenschütze.

"Ach, alle reduzieren mich auf meine Stimme! Es ist furchtbar, lieber Dorn!"

"Diese Unholde! Wahrlich, keine Gentlemen!"

"Ich wusste, Sie verstehen das! Wohin fliegen Sie?", sagte die Sängerin.

"Nach London – und jetzt muss ich mich sputen, um den Flug nicht zu verpassen, entschuldigen Sie mich bitte, Madame! Es hat mich sehr gefreut!"

"Oh, natürlich, muss mich auch beeilen - *the show must go on*! Die Sterne werden uns bald wieder zusammenführen. Joi, ich wünschte, wir hätten einmal mehr Zeit füreinander, liebster Korn! Arrivederci, mein Ritter!", rief sie und drückte Dorn an sich.

32. Kapitel

Dreizehn Stunden später, im Morgengrauen, als die Asiana-Maschine im Sinkflug auf London zu glitt, erwachte der Bogenschütze. Flug 521 war schlecht gebucht, darum hatte er zwei Sitze für sich gehabt - zwei Schmerztabletten, zwei Schlaftabletten, zwei kleine Schlucke aus dem Flachmann und er hatte wunderbar geschlafen. Die Asiana Airlines Boeing 747 landete pünktlich um 7:30 am Flughafen London-Stansted. Dort hielt er Ausschau nach einem Blumenladen und kaufte einen schönen Strauß dunkelroter Rosen.

Nach allen Formalitäten nahm Dorn ein Taxi nach Bishop's Stortford, da hatte Carol für ihn einen Leihwagen gebucht. Er übernahm das Fahrzeug, einen weißen Vauxhall Astra Kombi, verstaute sein Gepäck, kaufte eine Straßenkarte und fuhr auf dem Motorway 11 in Richtung London.

Bei Epping wechselte er auf den M 25, der westlich von London in den Süden führte. Dorn brauchte eine Weile, bis er sich an den Links-Verkehr auf der Insel gewöhnt hatte. In Slough bog er auf den M 4 nach Westen; vorbei an Reading und Newbury, nach Swindon fuhr er durch den südlichsten Teil der märchenhaften Cotswolds und nördlich von Bristol nahm er die lange Brücke über die Mündung des Severn Flusses. Von da ging es nach Newport und auf der A 4042, einer Art Landstraße, nach Norden in den *Brecon Beacons National Park*. Die Gegend war bemerkenswert, alle Bauwerke schienen mittelalterlich, wie in den Cotswolds. Trotz seiner Verletzungen und leichter Schmerzen, genoss Dorn die schöne Fahrt. Zeitweise blendete sein Geist unpassende, moderne Elemente aus und er fühlte sich wie ein Reisender in die Tage Robin Hoods oder gar König Arthurs, in eine unwirkliche Sagenwelt.

Er kam durch malerische Landschaften und schläfrige Dörfer mit gepflasterten Straßen und das satte walisische Grün im Sonnenlicht des späten Vormittags erzeugte eine angenehme Ruhe in ihm, die nur durch die Freude auf Simone übertroffen wurde.

An der nördlichen Grenze des Parks passierte er die Orte Talgarth, Three Cocks und Glasbury, bis er endlich Hay-on-Wye erreichte, ein kleines Dorf in der Grafschaft Powys in Wales, welches auf walisisch *Y Gelli Gandryll* hieß. Wie der Name sagte, lag es am Fluss Wye. Dorn durchfuhr die Hauptstraße mit den vielen Buchläden und Antiquariaten und er kam an der Burgruine Hay Castle, die mitten im Dorf aufragte, vorbei.

Draußen, am anderen Ende der Ortschaft, stand das Cottage aus Steinen gemauert, inmitten von Wiesen, die von hohen Hecken oder niedrigen Steinmauern begrenzt wurden. Etwas abseits, neben einer großen Koppel und dem Dressur-Platz, befanden sich der Pferdestall und ein aus Feldsteinen gemauertes Wirtschaftsgebäude.

Das Schieferdach eines weiteren Cottages, etwa zweihundert Schritte entfernt, leuchtete in der Mittagssonne herüber. Über Hay Castle kreiste ein Falkenpaar und zwischen den sanften Hügeln der Landschaft grasten kleine Schafherden. Keine Wolke trieb am hellblauen Himmel.

Dorn hielt den Vauxhall vor dem kleinen Garten voller blühender Kräuter, Gräser und Blumen, der das ebenerdige, von wildem Wein bewachsene Steingebäude umgab. Vor der weinrot gestrichenen, hölzernen Eingangstür streckte sich Simones Dänische Dogge Cleo faul in der Sonne. Der Schütze nahm den Rosenstrauß vom Beifahrersitz und öffnete das niedrige, quietschende Gartentürchen. Cleo sprang auf. Wie ein weißer Blitz mit schwarzen Sprenkeln und Tupfen galoppierte sie mit wedelndem Schwanz auf ihn zu. Ihr Schwanz peitschte eine Schneise durch ein Blumenbeet, dann spritzten die weißen Schottersteinchen des Weges durch den Garten; sie sprang hoch und legte ihre dicken Vorderpranken auf seine Schultern. Dorn stöhnte auf und spürte schmerzhaft all seine geschundenen Rippen und die beiden Wunden. Cleo versuchte über sein Gesicht zu lecken, er wich zurück und sprach der riesigen Dogge beruhigend zu.

Da hörte er ihre Stimme.

"*Oh, Archer, you are finally here! Are you OK?* "

In der Tür stand Simone. Cleo leckte an Dorns rechter Hand und er verharrte wie verzaubert. Sie trug ein dunkelrotes, langarmiges Kleid mit einem geschnürten Mieder und hochhackige schwarze Schuhe. Ihr Kastanienhaar war hochgesteckt, die Lippen rot und ihre smaragdgrünen Augen strahlten. Sobald er sich besonnen hatte, gab er ihr die Rosen, nahm sie an den Hüften und küsste sie. Alles war weit weg und nah zugleich, keine Macht der Welt konnte ihm jetzt etwas antun. Dorn hielt sie nur an den Hüften und küsste sie und fühlte sich stark und zugleich geborgen, wie von einem sicheren Kokon umfangen.

"*Yes, now I'm OK, Kitty! I am here!* ", sagte er dann.

Ein Getriebe krachte und heulte auf und ein alter, hellblauer Serie 1 Land Rover hielt mit quietschenden Bremsen vor der Gartentüre. Ein rotgesichtiger kleiner Mann in einer abgewetzten Barbours-Jacke rief durch das offene Seitenfenster:

"*Dydd da!* - Guten Tag! *Miss Simone, I do the horses! Hello, Sir!*"

"*Diolch!* – Danke! *Da iawn* - Sehr gut, Mr. Hwylbottle!", antwortete Simone und schob Dorn sanft ins Haus. Es roch nach Essen und Rosen.

"*Don't talk now, Archer! I prepared something to eat for you, you are wounded, relax, my love!* "

Simone konnte sich in vielen Sprachen verständigen. Deutsch sprach sie nicht so gut; abgesehen von ein paar französischen und italienischen Floskeln, beherrschte Dorn nur seine Muttersprache und Englisch, darum sprachen sie meist Englisch.

Er nahm am Tisch in der gemütlichen Wohnküche Platz und Simone ging zum großen amerikanischen Kühlschrank und brachte zwei eiskalte Dosen Heineken Bier. Auf einer Couch saßen Laurel und Hardy, zwei schwarz-weiß gescheckte, kastrierte Hauskater. Zuerst starrten sie Dorn ungläubig an, dann pfauchten beide; sie stellten die Rückenhaare auf und huschten in das angrenzende Wohnzimmer.

"*They hate visitors, I'm sorry, my dear* !", sagte Simone und brachte zwei Tumbler mit reichlich Eiswürfeln und eine Flasche Loch Lomond. Wenn sie neben ihm war, roch er ihren guten Duft und wusste, was er stets vermisste, wenn sie getrennt waren.

Der Tisch war für zwei Personen gedeckt. Neben einer Flasche Rotwein, stand eine Karaffe Wasser. Sie setzte sich zu ihm und entzündete eine schlanke Kerze, die auf einem Ständer aus glänzendem Messing steckte; er öffnete zischend die Bierdosen und sie nahmen einen guten Schluck. Er schenkte für beide zwei Fingerbreit Whisky ein, sie tranken einander zu und küssten sich wieder. Dann erhob sich Simone, band sich eine Kochschürze um und steckte ihre Hand in einen Topfhandschuh. Sie öffnete das Backrohr des alten Holzherdes und entnahm eine große gusseiserne Pfanne, die sie auf einen Untersetzer auf dem Tisch stellte. Aus dem Nebenzimmer hörte Dorn die beiden Kater verärgert murren. Cleo lag brav auf ihrer Decke neben der Eingangstür und beobachtete ruhig, mit hängenden Unterlidern, die Bewegungen Simones, zwischendurch hob sie den Kopf und witterte in Richtung des Gastes und des duftenden Essens.

In der Pfanne brutzelten zwei schwere Steaks, daneben dampften gebratene Kartoffeln, sowie gebackene Zwiebelringe und zwei geröstete Maiskolben. Simone brachte noch eine Schüssel mit grünem Salat, der mariniert und mit frischer Petersilie bestreut war, ein Tellerchen mit Kräuterbutter, sowie ein Körbchen mit Weißbrot. Dorn schenkte Wein ein und sie richtete die Köstlichkeiten aus der Pfanne auf die vorgewärmten Teller an.

Dorn schnitt in das Steak und es war genau richtig gebraten. Blutig in der Mitte; rötlicher Saft trat aus und tränkte die Unterseite der knusprigen Bratkartoffeln. Ihre Blicke trafen sich, sie nahmen einen Mund voll Rotwein und aßen mit gesegnetem Appetit. Er konnte seine Blicke nicht von ihr lösen und Simone neckte ihn unter dem Tisch mit ihren Füssen. Sie redeten nicht viel und genossen das Mahl. Später servierte die schöne Französin die Teller ab, nur die Getränke blieben am Tisch.

Dorns Wunden und Knochen schmerzten, er wollte unter die Dusche und ins Bett; doch Simone bestand darauf, dass er ihr von der Mission in Korea erzählte. Sie blieben in der Küche, saßen sich gegenüber und rauchten. Er schilderte das Abenteuer, zwischendurch fragte Simone interessiert nach. Sie war über die Gefährlichkeit der Mission erstaunt und dann stand sie auf, ging zu ihm und nahm seine rechte Hand. Simone hob das Kleid und führte seine Hand an die richtige Stelle. Dorn blickte ihr überrascht in die Augen.

"*I just want to show you, how wet it get's only by talking with you, Archer*", flüsterte sie.

"*I'd recommend a cold shower, Madam*", antwortete Dorn schmunzelnd.

Simones Augen weiteten sich; er musste über ihren Gesichtsausdruck lachen und sie stimmte ein. Verliebt zog sie ihn hoch und küsste ihn, dann nahmen sie die Rotweingläser und gingen durch das Wohnzimmer zum Badezimmer. Laurel und Hardy, die beiden Kater pfauchten entrüstet und flüchteten in die Küche.

Die anmutige Französin öffnete die Tür zum Badezimmer und machte eine einladende Geste. Er trat ein und war überrascht vom Ambiente des Raums. Das Bad wurde vom Feuerschein zahlreicher, dicker Kerzen beleuchtet, die in Wandhaltern, in Nischen und auf Mauerbänken standen. Es war weder dunkel noch hell. Ein Fenster war geöffnet, doch ein dunkler Vorhang hielt das Tageslicht draußen.

Das Becken, wohl groß genug für vier Personen, befand sich in einer Ecke. Es war aus rauen Feldsteinen gemauert, wie das Cottage. Aus einem Löwenkopf aus Messing fiel dampfendes Wasser ins Becken. Zwei Stühle und ein Tischchen aus hellem Eichenholz standen in einer anderen Ecke. Darauf befanden sich eine geöffnete Weinflasche, Zigaretten und ein Aschenbecher. Den steinernen Boden bedeckte ein großer, weicher, dunkelroter Teppich. Simone stellte ihr Weinglas auf das Tischchen und drückte auf einen Schalter an der Wand. Leise, sphärische Harfenmusik erklang und sie lud Dorn ein auf einem der Sessel Platz zu nehmen. Es duftete holzig im Bad, der Duft erinnerte den Bogenschützen an Apfelkerne. Er nahm einen Schluck Wein und genoss die Szene.

Simone trat in die Mitte des Raumes und löste die Schnürung ihres Mieders ohne den Blick von Dorn zu lassen. Dann schlüpfte sie aus dem Kleid und legte es auf eine alte hölzerne Kiste. Sie stammte aus dem Norden Frankreichs, aus der alten Stadt Reims, und ihre Haut war weiß und zart. Jetzt war sie nackt.

Die Frau schritt zum Becken, nahm eine kleine Flasche von einem Bord, öffnete sie und ließ ein paar Tropfen einer Flüssigkeit ins heiße Badewasser fallen. Nun kam sie zu Dorn und befreite ihn von seinen Schuhen. Sie zog ihn hoch und entkleidete ihn. Simone entfernte den Verband an seinem linken Oberarm und auch den an seinem Kopf, der die Wunde an der rechten Schläfe bedeckte. Sie küsste die Wunden und wusch sie mit einem kleinen Schwamm, dann küsste er ihren Mund und sie stiegen ins heiße Wasser. Die Rotweingläser, Zigaretten und der Aschenbecher fanden, in einer Nische in der Mauer, in angenehmer Reichweite, ihren Platz.

"*You know, I'm kinda unhappy in this tame world, Kitty*", sagte Dorn nach einem Schluck Wein, "*I found out, I feel like a warrior of the past, who needs to fight to be really happy.*"

Simone sah ihn mit einem besonderen Blick an und sagte: "*So, fight me, you dark Archer.*"

Viel später schlüpften sie in seidene Kimonos und begaben sich in Simones Schlafzimmer. Über ihrem Messingbett eröffnete ein großes Dachfenster den Blick auf den wolkenlosen Sternenhimmel.

"*Tomorrow morning I show you a surprise, my beloved Archer*", flüsterte Simone, bevor sie ermattet und glücklich einschliefen.

Sie erwachten früh, spielten im Bett herum, bis sie gegen 10:00

Uhr aufstanden und in der Küche ein schmackhaftes Frühstück genossen. Sie hatten die Kimonos an und Cleo die Dogge legte sich auf Dorns nackte Füße unterm Tisch. Laurel und Hardy die beiden fetten Kater rauschten hinaus in den Garten. Nach zwei Tassen Kaffee, weich gekochten Eiern, Schinken, Brioches mit Butter und einem Glas kühlen Orangensafts, rauchten sie eine Zigarette.

"*I missed you so much, Kitty! Every day without you is a lost one*", sagte Dorn.

"*You are so sweet, Archer! Come on and follow me. I want to show you something*", antwortete Simone mit geheimnisvollem Lächeln.

Sie erhob sich und führte ihn zu einer Tür, sie öffnete diese und winkte den Schützen herein. Er trat in ein helles, großes Zimmer mit zwei großen Fenstern. Alles roch frisch und neu.

"*Wow, a wonderful new room* !", sagte Dorn, "*Congrats* !"

"*It's a room for your stuff, your bows, arrows, books and weaponry, Honey*!"

Dorn blickte sie verständnislos an. Simone lächelte und sagte:

"*I got an offer for a professors job at the University of Cardiff.* "

"*Sounds great, Kitty*! *But why do I need a room here* ?"

"*I will quit the damn television work and become a professor. I'm gonna write more books and articles and this new situation will slow down my life – and I want you to live with me, Thomas* !", sagte sie mit ernstem Gesicht und er musste sie küssen.

"*Well, that's a real surprise, Kitty! That's what I dreamed about since I know you. Now I'm the luckiest man on earth, my love* ", sagte Dorn und spürte eine unbekannte Welle durch seinen Körper fluten, durch sein Herz und seinen Kopf.

"*Besides that, I'm gonna take care for you, so you don't get wounded anymore* ", sagte Simone.

Sie umschlang ihn, küsste ihn unendlich und zog ihn erst auf den Küchentisch, dann ins Schlafzimmer, dort machten sie Pläne. So lebten und spielten sie zwei weitere Tage und Nächte bis zum wehen Abschied.

Im Flugzeug nach Wien überkam Dorn das, was er den Assassinen-Schmerz nannte. Der Legende nach, hatte der Alte vom Berge auf der Burg Alamut, in den Bergen von Persien, seinen Assassinen die Vorzüge des himmlischen Paradieses genießen lassen, indem er sie mit einem geheimnisvollen Getränk betäubte und anschließend in seine üppigen Gärten tragen ließ, wo sie sich, nachdem ihr Rausch verflogen war und sie erwachten, im Paradies wähnten. Er ließ sie von schmackhaften Früchten essen, Haschisch rauchen, Wein trinken und von schönen Mädchen vorgetragener Poesie und Musik lauschen. Danach wurden sie wieder mit dem Trank betäubt und wieder aus den Gärten getragen, so dass die Männer sich nach ihrem Erwachen wieder im irdischen Diesseits wähnten. Darum strebten sie danach perfekte Assassinen des Alten vom Berge zu sein, in der Hoffnung, nach einer waghalsigen Mission ins Paradies zurückkehren zu können. Dieses Gefühl, das Paradies, den Himmel verloren zu haben, kam stets über Dorn, wenn er von Simone Abschied nahm.

33. Kapitel

Vor dem Abflug von London-Stansted, es war 9:00 Uhr, rief der Bogenschütze Elwin an und gab die Flugdaten durch. Der junge Mann freute sich endlich von Dorn zu hören und machte sich auf den Weg, um ihn vom Flughafen abzuholen. Die Sonne schien freundlich auf Wien hinab, als der Airbus A 320 der Austrian Airlines zur Landung in Schwechat ansetzte. Während des Flugs hatte Dorn von Simone und der gemeinsamen Zukunft in Wales geträumt; zugleich genoss er die Rückkehr in die Heimat, in die ruhige Abtei von Eulbach.

Obgleich in Wien sonderbare Menschen lebten und arbeiteten, von denen viele wie frustrierte Beamten eines sozialistischen Staats wirkten, gingen die Formalitäten zügig vonstatten und der Bogenschütze konnte die Flughafenhalle bald verlassen.

Simone hatte seine Verletzungen gut versorgt, die Wunden zweimal täglich gewaschen und mit einer wirksamen Heilsalbe behandelt. Am linken Oberarm, von der Kleidung verdeckt, trug er noch einen Verband, doch an seiner rechten Schläfe prangte jetzt ein großes Pflaster. Schon vom Ausgang der Ankunfts-Halle, erblickte Dorn Elwin, der ihm zuwinkte.

"Willkommen zuhause, Bowman!", rief der junge Mann ihm von weitem zu.

"Hey Elwin! Danke fürs Abholen, mein Freund!"

Sie verstauten Dorns Gepäck im schwarzen Kombi, dann öffnete dieser eine Schachtel englische Player's Navy Cut und bot Elwin eine Zigarette an.

"Ich hab dir drei Packungen davon mitgebracht. Hier gibt's ja keine Filterlosen mehr – weil die österreichische Regierung uns davor beschützen muss", lästerte der Schütze und sie rauchten die Zigaretten an.

Beide stiegen ein, Elwin startete und auch der satte Ton des alten Sechszylinder-Motors verursachte in Dorn Heimatgefühle. Sobald sie auf der Autobahn waren, musterte Elwin das große Pflaster an der Schläfe des Schützen. Der rauchte eine weitere der starken, würzigen Zigaretten und spürte eine wohlige Entspannung.

"Nicht einschlafen! Erzähl, wie es in Korea war und was du erlebt hast."

"Ein prächtiges Land, gute Menschen, böse Menschen, Kämpfe und Freundschaft habe ich erlebt", sagte Dorn.

"Bitte nicht so kryptisch. Du musst mir alles genau erzählen!"

Dorn ordnete seine Gedanken und berichtete, nur von Elwins gelegentlichen Ausrufen der Überraschung und Nachfragen unterbrochen, die wichtigsten Ereignisse der Mission. Es war nicht mehr weit nach Eulbach, als der Bogenschütze seine Erzählung beendete.

"Wow! Das klingt wie ein Abenteuer aus einer alten Sage oder Legende – versteckte Portale und finstere Geheimgänge, wilde Kämpfe, schöne Frauen, böse Riesen, exotische Amazonen, ein Zauberpulver und ein alter Schamane am Ende! ", staunte Elwin, "aber, mir gruselt vor der vielen Gewalt und den Toten!"

"Mir auch! Hätte nie gedacht, dass diese zuerst harmlos anmutende Mission so übel eskalieren würde. Die Gewalt war aber nicht zu vermeiden."

"Furchtbar!"

"Die Bande, die auch hinter dem Steinbock-Fall steckte, ist brutaler und größer als ich mir vorgestellt habe und diese Gangster sind offenbar weltweit aktiv – wir haben in ein Ratten-Nest gestochert!"

"Du hast nur knapp überlebt und hast trotzdem kein Trauma, oder sowas?", fragte Elwin nachdenklich.

"Vielleicht hatte ich eines, aber nur kurz, dann war ich ja bei Simone", lachte Dorn.

"Ein angenehmer Abschluss der Mission, schätze ich", sagte Elwin und lachte ebenfalls.

"Ja, absolut. Es war wie im Himmel, sie will, dass ich zu ihr nach Wales ziehe", strahlte Dorn, "und ich denke, ich werde das auch machen. Sie ist meine Traumfrau und ich sehne mich ständig nach ihr."

"Wenn du nicht gerade Gangster jagst ...", sagte der junge Mann schmunzelnd und Dorn nickte.

"Was gibt's in Eulbach Neues? Wie geht es dir und Severin und meinen Lieblingen Mylene und Ethon?"

"Deinen Tieren geht's sehr gut. Severin, wie nicht anders zu erwarten, kümmert sich rührend und verwöhnt sie. Er genießt das."

"Und dir?", fragte Dorn nach.

"Hm, ich bin verliebt", strahlte Elwin.

"Was? Du lebst im Kloster, du Schelm! Wer ist die Glückliche?"

"Susi, ähm - Susanne Stoeber die Polizistin."

"Donnerwetter, du Herzensbrecher! Gratulation! Freue mich für dich!", sagte Dorn und stieß dem jungen Mann den linken Ellbogen sanft in die Rippen.

Elwin fuhr von der Autobahn auf die Bundesstraße ab. Schon von fern leuchtete in der Spätsommersonne ihnen, und besonders dem Heimkehrer Dorn, die von dichten Wäldern umgebene Festung Eulhorst entgegen. Sie erreichten Eulbach und wieder wusste der Bogenschütze, dass ihm ein Dorf genug der Zivilisation war; große Städte waren zu wenig übersichtlich und zu unnatürlich für seinen Geschmack. Der Kombi hielt am hinteren Tor der Abtei, wo sich Dorns Gärtnerhaus befand.

Nach dem gemeinsamen Mittagessen im Refektorium des Klosters hielt sich Abt Severin im Wohnraum seiner bescheidenen Unterkunft auf. Er saß auf einem alten Sofa und hatte eine Tasse schwarzen Tee vor sich auf dem Tischchen. Severin las in einem Buch und auf seinen Beinen lag Mylene die Tigerkatze und schnurrte. Ethon der blinde Adler saß an seinem Platz auf einer Anrichte, die der Abt extra für den gefiederten Freund adaptiert hatte. Ethons Augen waren geschlossen und er döste. Nur wenn Severin umblätterte, neigte der Greif seinen Kopf und lauschte in den Raum. Die zierliche Mylene streckte sich genüsslich; plötzlich hielt sie in der Bewegung inne und öffnete die Augen, ihre Ohren drehten sich nach der Tür. Sie hörte Schritte auf dem gefliesten Gang, der zur Wohnung führte und sprang aufgeregt von den Knien des Abts auf den Boden; sie lief eilig zur Eingangstür und setzte sich artig davor. Dann klopfte es an der Tür.

"Herein!", rief der Abt, die Tür öffnete sich und Dorn trat ein.

"Grüß Gott, Severin!", sagte der Schütze.

Mylene miaute aufgeregt und blickte den Heimkehrer mit großen, erwartungsvollen Augen an. Der Adler flatterte dreimal mit den mächtigen Schwingen und seine bernsteinfarbenen, blinden Augen blinzelten Dorn entgegen. Der nahm Mylene hoch, die augenblicklich schnurrte und wild mit ihrer Nase nach seinem Kinn stieß. Er trat zur Anrichte auf der Ethon saß und während er leise zu dem Greif sprach, kraulte er dessen Nackengefieder.

"Ja, ich bin wieder da, meine Freunde", murmelte Dorn und spürte eine seltene Wärme im Herzen.

"Grüß Gott und Willkommen daheim, Thomas!", grüßte der Abt berührt von der Szene.

"Danke, dass du meine Lieblinge so gut versorgt hast. Die beiden haben zugenommen, du hast sie zu sehr verwöhnt, schlimmer Severin."

"Ja, ich hab sie verwöhnt und es genossen. Wer könnte ihnen widerstehen? Setz dich und berichte was du in Korea erlebt hast. Ich bringe dir Tee", sagte der Abt.

Dorn rücke einen der beiden bequemen Polstersessel in die Nähe von Ethon und nahm Platz. Die kleine Tigerkatze auf seinen Beinen rollte sich auf den Rücken und biss ihn immer wieder zart in die Finger. Severin verschwand in der Küche, brachte eine feine chinesische Teetasse und schenkte dem Bogenschützen ein, er musterte den Ankömmling genauer und sah das Pflaster an der Stirn des Schützen.

"Du bist verletzt? Ich hoffe nichts Arges!"

"Nicht so schlimm, aber es hätte böse ausgehen können. Hab ein wenig Kopfschmerzen, mehr nicht. Simone hat mich in Wales gut gepflegt", antwortete Dorn.

"Wo ist Elwin? Er hat dich ja abgeholt, soweit ich weiß", sagte der greise Abt.

"Ja, er hat mich geholt und nachdem er mir geholfen hat, mein Zeug ins Gärtnerhaus zu bringen, sagte er geheimnisvoll, er müsse noch was erledigen und verschwand."

"Er führt Irgendwas im Schilde. Schon bevor er weggefahren ist, um dich zu holen, war er sonderbar", erklärte Severin, "aber nun erzähl – und wage nicht, etwas auszulassen!"

"Ich berichte dir gerne, aber lass uns später ausführlicher reden, verzeih mir, ich bin müde und muss mich zumindest zwei Stunden auf meine Couch hauen", antwortete Dorn.

"Rauch eine Zigarette und rede!", sagte der Abt ungeduldig und stellte einen Messingaschenbecher neben Dorns Teeschale.

Der Bogenschütze zündete eine Zigarette an und erzählte die wichtigsten Vorkommnisse der Mission. Severin, teils nickte er, teils schüttelte er den Kopf, fragte ab und zu nach Details. Nachdem Dorns Bericht mit dem Ausklang der Mission bei Simone endete, leuchteten die jugendlichen, hellgrauen Augen des Abts.

"Ich höre, die kleinen Kunais, die Dolche im Köcher, haben dir gute Dienste geleistet – zuerst, so wie gedacht, in der Show in Yecheon und später beim Kampf mit dem Riesen im Stollen. Das freut mich besonders. Ich sag dir, wäre ich kein Priester geworden, so würde ich ein Abenteurer sein wollen, einer wie du, Thomas!"

"Danke, Severin! Danke, dass ich hier sein kann, danke, dass ich deine Freundschaft habe und für den Rückhalt hier, für deine Unterstützung! Ich hab dir was mitgebracht", sagte Dorn; er zog ein kleines, braunes Papiersäckchen aus der Jackentasche und entnahm ihm eine elfenbeinfarbene Skulptur.

"Was für ein Wesen ist das?", fragte der Abt.

"Es ist eine kleine *Imugi*, ich habe sie dem alten Schamanen mit der Zauberdroge abgekauft. *Imugis* sind Riesenschlangen der koreanischen Mythologie. Alle 500 Jahre kann eine von ihnen zu einem Drachen, zu einem *Yong*, werden. *Imugis* leben hauptsächlich im Wasser und greifen Säugetiere, selten auch Menschen, an."

"Danke dir, Thomas! Ein schönes Geschenk!"

"Gerne! Ich weiß, dass du solche mystischen Sachen magst."

"Erzähl von Simone. Willst du wirklich nach Wales ziehen?"

"Ja. Ich liebe sie und denke und träume nur von ihr. Sie ist die Liebe meines Lebens und ein Hafen der Ruhe und der Stürme, das habe ich erkannt. Bin so froh, dass wir endlich zusammen sein können – sosehr mich der Abschied von allen Freunden hier schmerzen wird, besonders von dir, Severin. Du warst immer für mich da", sagte Dorn stockend, seine Gefühle bändigend.

"Ich kann dich verstehen!"

"Was Simone betrifft, verstehe ich mich auch, aber, ich habe wieder gekämpft, getötet – ohne Reue, ohne, dass es mein Gewissen plagte, das macht mir Sorgen. Wir leben in einer Zivilisation und dennoch geschehen, an vielen Orten, aus vielen Gründen, abscheuliche Taten. Darüber muss ich viel nachdenken, Severin, das beschäftigt mich", sagte Dorn und rauchte eine Zigarette an.

"Dein Weg ist dein Weg! Du hast ja nicht aus Laune und Bosheit getötet, sondern, weil du musstest. Es waren offenbar gefährliche, böse Menschen, die du unschädlich gemacht hast. Du musstest die junge Frau, Carol Greener, beschützen und dein eigenes Leben – das kann nie falsch sein, Thomas."

"Du sagst das so besonnen, es war schlimm – wild."

"Die Welt ist nicht nur gut. Manche, solche wie du, können ein wenig dabei helfen, sie besser zu machen. Nimm es an, pass auf, dass dir nichts Ernstes passiert und sieh es als Kampf gegen das Böse."

"Ja, du hast recht - ich werd's überleben", sagte Dorn und fühlte sich, als hätte der Abt eine Last von ihm genommen.

"Aber, erzähl mir, hattest du bei den geheimnisvollen, koreanischen Amazonen und später, beim alten Schamanen keine Erlebnisse, die dein Herz mehr für den Glauben und für die Spiritualität öffneten?"

"Hm, die Amazonen haben sich übel betrunken und dann, na, das habe ich dir ja erzählt, was sich dann abgespielt hat im Badehaus. Mit dem Schamanen habe ich irgendeine arge Droge genommen – so gesehen, ja, es war spirituell", sagte Dorn und musste darüber lachen. Severin blickte zuerst überrascht und lachte auch.

"Nun geh und ruh dich aus!", sagte der Abt.

Der Bogenschütze nickte, er setzte Mylene auf den Boden, erhob sich und bot Ethon dem Adler seinen Unterarm an. Der setzte sich vorsichtig darauf, damit seine scharfen Fänge Dorn nicht verletzten. Mylene tat etwas beleidigt und begab sich zu Severin. Dorn musste sie rufen, dann folgte sie dem Schützen mit Ethon, zum Gärtnerhaus. Als sie durch den kleinen Garten vor seiner Unterkunft gingen, spürte Dorn etwas Warmes an der verletzten Schläfe und eine lästige Wespe surrte sogleich um seinen Kopf. Er griff nach dem Pflaster und bemerkte, dass ein dicker Tropfen Blut an seiner Wange heruntergelaufen war und das hatte wohl die Wespe herbeigelockt; er machte aber keine scheuchende oder abwehrende Bewegung, weil er wusste, dass dies Wespen meist motivierte noch aufdringlicher zu werden.

Wieder zuhause zu sein, erzeugte ein beruhigendes Gefühl. Nachdem er Ethon auf seinen Platz, dem Ast auf einem Säulenstumpf, im Wohnraum gesetzt hatte, goss sich der Schütze zwei Fingerbreit Loch Lomond Whisky in einen Tumbler und trank diesen guten Schluck; er wischte sich das Blut von der Wange, dann zog er die Vorhänge zu, schlüpfte aus den Schuhen und begab sich müde auf die Ledercouch. Mylene legte sich auf seine Brust und schnurrte. Auch die Wespe hatte den Weg ins Haus gefunden und Dorn hörte sie in seiner Nähe kreisen. Plötzlich sprang die Tigerkatze auf und schlug mit den Vorderpfoten nach dem lästigen Insekt. Dorn seufzte, er redete Mylene auf seiner Brust beruhigend zu und legte seine Hand auf ihren Rücken, um weiteren Störungen vorzubeugen. Kurz flog die Wespe noch, dann war es still im Raum, nur Mylene schnurrte.

Etwa zehn Sekunden währte die Ruhe, da hörte der Bogenschütze die Wespe wieder. Dem Geräusch nach zu schließen, war sie offenbar in seinem Whiskyglas gelandet, konnte nicht abheben und schlug verzweifelt mit den Flügeln. *Du lieber Himmel, jetzt reicht's*, schoss es ihm durch den Kopf. Dorn erhob sich von der Couch und nahm wütend das Glas mit dem Störenfried. Er zog sein Benchmade Messer aus der Hosentasche und stach mit der Spitze nach der Wespe, er wollte ihr den Kopf abtrennen, dann wäre endlich Ruhe im Raum. Da ergriff Dorn ein Schaudern und er hielt inne. Er klappte das Messer zu und legte es auf den Couchtisch, dann steckte er den rechten Zeigefinger in das Glas und die Wespe klammerte sich verzweifelt daran fest; schlapp kletterte sie ein Stück hoch, bis auf seinen Handrücken. Langsam ging Dorn zur Terrassentüre und mit einer schnellen Bewegung warf er die Wespe in die Luft – sie schwirrte davon; er lächelte und legte sich wieder auf die Couch. Ein letzter Blick zeigte ihm, dass Ethon friedlich auf seinem Ast döste, Mylene schmiegte sich an ihn und er schlief augenblicklich ein.

Lautlos öffnete sich die Schiebetür, die von der Terrasse in Dorns Gärtnerhaus führte; Elwin verharrte und lauschte. Ja, der Bogenschütze lag auf seiner Ledercouch und sein gleichmäßiger Atem verriet, dass er schlief. Elwin wandte sich seinen beiden Verbündeten zu, legte den Zeigefinger an die Lippen und forderte sie mit einer Geste auf, das Banner zu entrollen. Er schlich auf Zehenspitzen zur Couch, um Dorn zu wecken.

Inspektorin Susanne Stoeber und Chefinspektor Max Höllrigl schlüpften ebenfalls ins Haus, blieben aber an der Schiebetür stehen; sie unterdrückten ein Kichern und ihre Augen funkelten listig. Elwins "Welcome Home-Party" würde für eine gehörige Überraschung sorgen - die drei Verschwörer genossen die Vorfreude, dem stoischen, fast arroganten Dorn einen Streich zu spielen.

Elwin beugt sich über den schlafenden Bogenschützen und berührt ihn sachte an der Schulter. Im nächsten Augenblick liegt der junge Mann, wie von einem Blitz niedergeschmettert, auf dem Rücken; Dorn ist über ihm und drückt die Spitze seines Klappmessers an Elwins Gurgel. Zugleich schallen die entsetzten Ausrufe von Stoeber und Höllrigl durch den Raum.

Dorn besinnt sich, er schüttelt den Kopf wie ein getroffener Boxer und nimmt die Klinge von Elwins Hals. Der ist unfähig sich zu rühren, bis der Schütze das Knie von seiner Brust nimmt, sich erhebt, ihm die Hand reicht und ihn hochzieht.

"Mach das nie wieder, närrischer Junge! Sprich mich an, wenn du mich wecken willst, aber berühre mich nicht!", zischte Dorn.

"OK, gut, gut, OK, alles klar, mache ich! Kommt nicht wieder vor!", stammelte Elwin.

"Dorn, sind Sie völlig durchgedreht? Sie sind eine echte Gefahr – sogar für Ihre Freunde, Sie Verrückter!", rief Höllrigl von der Tür her.

"Höllrigl, was machen Sie denn hier? Tut mir leid, es tut mir leid, Elwin! Aber, warum schleicht ihr hier herum?", sagte der Schütze; sein Gesicht war weiß wie ein Blatt Papier und als er das Messer zuklappte zitterten seine Hände. Die kleine Mylene war geflüchtet, als Dorn von der Couch aufsprang und Ethons blinde Bernsteinaugen starrten den Schützen forschend an.

"Hello, Herr Dorn! Willkommen zuhause!" rief Susanne Stoeber freundlich, doch ihr Gesicht war steif wie eine Maske.

Sie zwang sich zu einem Lächeln und stieß Höllrigl, der das Banner hatte fallen lassen, in die Rippen. Der Inspektor hob sein Ende auf und Dorn las verdutzt die Aufschrift:

Welcome Home, Bowman!

Die Inspektorin zog eine Flasche Veuve Clicquot aus ihrer großen Handtasche. Elwin hatte sich gefasst und stellte sich neben Stoeber und Höllrigl, dann sangen sie lauthals:

For he's a jolly good fellow, for he's a jolly good fellow
For he's a jolly good fellow - and so say all of us
And so say all of us, and so say all of us
For he's a jolly good fellow, for he's a jolly good fellow
For he's a jolly good fellow - and so say all of us!

Dorn war gerührt. Um dies zu verbergen, wendete er sich Ethon zu und kraulte dem Adler die Federn im Nacken. Elwin huschte in die Küche und kam mit vier Sektflöten zurück, ein Korken knallte, der Schütze zuckte zusammen. *Tja, ist wohl jetzt nichts mit schlafen, wir müssen feiern*, murmelte er dem Greif ins Ohr und begab sich zu seinen Freunden, die ihm ein Glas Champagner reichten.

"Cheers, Dorn! Entspannen Sie sich!", rief Susanne Stoeber.

"Prost! Willkommen zurück!", sagte Höllrigl.

"Prost! Ich hab's überlebt, verstehe deine Reaktion, nach den argen Sachen, die du in Korea erlebt hast", schloss sich Elwin an.

"Cheers, meine Freunde! Danke für den lieben Empfang!", sagte Dorn und sie stießen die Gläser zusammen und tranken. Elwin tastete unauffällig nach der Stelle an seinem Hals, an der sich kurz zuvor die Messerspitze befunden hatte.

Der Bogenschütze wies auf die Sitzgarnitur und forderte die Besucher auf Platz zu nehmen. Susanne Stoeber setzte sich neben Elwin und gab ihm einen schnellen Kuss auf die Wange; der junge Mann errötete.

"Alles OK, Elwin?", fragte Dorn.

"Natürlich ist alles OK! Stimmt's, Süßer?", sagte Susanne Stoeber.

"Ja stimmt genau, liebe Susi!", pflichtete Elwin bei.

Höllrigl und Dorn warfen sich verständnisvolle Blicke zu und lachten. Susanne und Elwin schmollten einen Augenblick, aber lachten dann mit.

"Elwin hat uns schon über Ihre Abenteuer berichtet. Die Mission war anscheinend sehr gefährlich, aber ein Erfolg. Gratuliere, Sie sind ein Höllenhund!", sagte Höllrigl.

"Gratulation, Dorn! Wo sind meine 10 Pistolen?", sagte Stoeber.

"Danke, Frau Inspektorin! Ihre Pistolen? Die liegen nördlich des Dorfes Manu-ri, in nordkoreanischen Gewässern, befürchte ich", antwortete der Schütze.

"Na bestens! Wie ist denn das passiert?", sagte die Inspektorin.

"Die Gangster haben sie wohl über Bord geworfen, als sie herausfanden, dass die Pistolen die Verräter sind. Tut mir leid um die Waffen und die Sender - aber wir haben den Frachter gestoppt und die Beute wurde sichergestellt", erklärte Dorn.

"Verstehe! Und es ist auch OK, denn, aufgrund der erfolgreichen Kooperation mit Höllrigls Abteilung, den deutschen Kollegen, dem UNODC, also Dr. Develdt, und anschließend mit den Koreanern, hat mich Oberst Itzinger belobigt und für eine Beförderung vorgeschlagen. Prost und Danke!", sagte die Inspektorin und hob ihr Glas in Dorns Richtung. Sie stießen an und tranken.

"Den Frachter konnten wir nur verfolgen und finden, weil Sie im Vorfeld den Zusammenhang zwischen dem 'Steinbock-Fall', den Pistolen und dem Überfall auf das Zollager in Hamburg erkannten und gut gearbeitet haben, Frau Stoeber – und natürlich, weil unser Elwin mir einen perfekten Empfänger mitgegeben hat. Insofern muss ich mich bedanken. Und noch was, ohne die Amerikanerin Carol Greener hätte ich es nicht geschafft und wäre jetzt tot", erläuterte Dorn.

"Erzählen Sie uns das Ganze endlich genauer! Elwin hat uns zwar schon berichtet, aber wir wollen die Story von Ihnen hören.

Übrigens, Sie gehören jetzt, wie ich, auch zum *Club der Angeschossenen*, hat uns Elwin erzählt, Willkommen im Club!", sagte Höllrigl.

"Möchte jemand einen Single Malt? Denke, für die Aufnahme in diesen erlesenen Club passt Whisky besser als Champagner.", schlug Dorn vor, "Dann erzähle ich euch die wichtigsten Ereignisse."

Die Gäste stimmten zu und der Bogenschütze schenkte jedem einen tüchtigen Schluck Loch Lomond ein. Sie tranken sich zu und Höllrigl reichte Dorn die Hand, um die Aufnahme in den imaginären *Club der Angeschossenen* zu besiegeln. Susanne Stoeber und Elwin gratulierten ebenfalls. Dann lehnte sich Dorn zurück in seinem Lederfauteuil und steckte sich eine Zigarette an.

"Mittlerweilen schildere ich das Ganze zum vierten Mal – musste natürlich Simone in Wales berichten, Elwin auf der Fahrt, Severin sowieso und jetzt erneut – Dr. Develdt wird demnächst Meldung erstattet. Hoffe, die Erzählung wird nicht jedes Mal bunter und abenteuerlicher dadurch", sagte Dorn und begann seinen Bericht.

Natürlich unterbrachen die aufmerksamen Zuhörer den Bogenschützen immer wieder, um verschiedene Details nachzufragen und so dauerte seine Erzählung, bis es draußen dunkel war und die Flasche Champagner und die Flasche Whisky leer waren.

"Wow, offenbar hatten Sie Glück, dass Sie in einem Stück wieder heimgekehrt sind. Was für eine spannende Story! Offenbar steht wirklich eine größere Organisation hinter der internationalen Wilderei und den damit verbundenen Geschäften", sagte Höllrigl, als Dorn seinen Bericht beendet hatte.

"Ja, das Symbol dieser mörderischen Gauner scheint dieses Skorpion-Medaillon zu sein", sagte Dorn und zog die funkelnde Goldkette mit dem Skorpion-Anhänger aus seiner Hosentasche.

"Die Kette, die Sie dem Araber im Stollen abgenommen haben?", fragte der Inspektor und gab die Kette zur Betrachtung an Susanne und Elwin weiter.

"Genau!"

"Diese Carol Greener ist eine kompetente junge Frau!", bemerkte Susanne Stoeber.

"Ja. Sie weiß jetzt, dass die Welt, vom Schreibtisch mit dem Cafe Latte aus betrachtet, nicht unbedingt der rauen, tödlichen Realität entspricht. Sie hat sich prächtig entwickelt und, zu guter

Letzt, mein Leben gerettet. Sie ist ein tolles Mädchen", stimmte Dorn zu.

Elwins Augenlider waren schwer, denn für gewöhnlich trank er kaum Alkohol. Er raffte sich auf und fragte: "Was ist mit dem Bogenschieß-Zauberpulver der Amazonen, das du von dem Schamanen bekommen hast? Schon probiert? Wie wirkt es?"

"Nein, ich habe es noch nicht getestet. Es ist noch im Gepäck verstaut. Ich will es morgen zu Bruder Lukas dem Arzt und Apotheker bringen, wenn Severin es erlaubt. Lukas soll das Pulver analysieren, schauen woraus es gemacht wurde. Es ist sicher eine Art Droge, die sowohl beruhigt, aber zugleich die Sinne, den Fokus, schärft. Mal sehen", antwortete der Schütze.

Bald war alles besprochen. Nach einer herzlichen Verabschiedung brachen Susanne Stoeber und Max Höllrigl nach Wien auf und Elwin zog sich in sein Quartier zurück. Dorn fiel müde, aber selig ob seiner Freunde, ins Bett. Mylene kam zu ihm und mit ihrem Schnurren im Ohr, schlief er ein.

Am nächsten Morgen, nach einem ruhigen und tiefen Schlaf, nachdem er seine Tiere gefüttert hatte, nach einer Tasse Earl Grey und einer Zigarette, setzte sich Dorn vor den Laptop und nahm sich die seit seiner Abwesenheit eingegangenen E-Mails vor. Mylene sprang auf seinen Schoß und schnurrte glücklich; Ethon saß, wie fast immer, ruhig auf seinem Ast. Dorn fragte sich, wie schon oft, woran ein blinder Adler wohl dachte.

Zuerst las er eine Nachricht von John D. aus Michigan. John war ein alter Freund, der im Irak stationierte US-Truppen ehrenamtlich mit gebrauchter Bogensport-Ausrüstung versorgte. In Bagdad war schon vor Jahren, mit Johns Hilfe, der *Camp Cuervo Archery Club* von US-Marines gegründet worden. Dorn hatte John immer wieder unterstützt. Ab und zu schickte er einen Bogen, einige Pfeile oder einen Köcher zu John, der diese entweder in den USA für Programme mit Veteranen oder aktiven Soldaten verwendete oder das Material zu den Streitkräften im Irak verschiffte. Diesmal ging es in Johns Nachricht um eine andere Sache. Er fragte Dorn, ob er Interesse daran hätte, auf der US-Navy-Basis *Manda Bay* in Mombasa, Kenia, Bogenschieß-Kurse für US-Marines zu geben. John habe ein bescheidenes Budget dafür und es wäre ihm eine Freude, den österreichischen Bogenschützen dahin zu entsenden, da er selbst, zu der in Frage kommenden Zeit, in den USA unabkömmlich sei. Zwei bis drei

Wochen sollte das Engagement in Kenia dauern. Während er John D. antwortete und freudig zusagte, lächelte Dorn; das war eine Anfrage nach seinem Geschmack.

Zwischen vielen Spam-Mails fand er eine Nachricht, die ebenfalls aus den USA, aus New York kam. Ein Mr. Donald A. Rexburgh schrieb ihm, dass er im Frühjahr, auf einer Auktion in Hamburg, die deutsche Yacht *Gismara* ersteigert hätte. Weil die Yacht in den 1940er Jahren gebaut worden war, hätte er, Rexburgh, sich für die Geschichte der *Gismara* interessiert und entsprechend recherchiert. Dabei war er zuletzt auf den Hamburger Vorbesitzer Jonas Axham und die haarsträubende Story um die letzte Fracht der Yacht gestoßen. Die Planken des Sonnendecks wären, als er die *Gismara* erstand, noch von eingetrockneten Blutflecken gebeizt gewesen. Es würde Mr. Rexburgh freuen, bei Gelegenheit einmal die ganze Geschichte zu erfahren. Dorn solle sich gerne melden. Der Schütze nahm sich vor, Mr. Rexburgh demnächst zu antworten.

Gegen 13:30 Uhr stand Dr. Arda Develdt vom Schreibtisch auf und ging zum Fenster ihres geräumigen Büros. Vom 24. Stockwerk der UNO City in Wien, hatte sie einen schönen Blick über die Stadt und auf das Kaiserwasser. Es glitzerte ihr entgegen wie ein lebendiger Spiegel. Sie hatte die Schuhe ausgezogen und wippte auf den Fußballen hoch. Die großgewachsene Frau ging in das kleine Badezimmer. Sie stellte sich vor den Spiegel am Waschtisch, zupfte ihre Frisur zurecht und zog ihre Lippen mit einem Lippenstift in dezentem Rotton nach.

Die letzte Stunde hatte sie in Damien Challacombes Dossier aus Kenia gelesen. Seit er von Mombasa ins Schutzgebiet zurückgekehrt war, berichtete er, dass die Wildererbanden organisierter und immer dreister vorgingen, dass im Umland seines Reviers neuerdings abscheuliche Verbrechen verübt würden, welche die Lage in der Gegend destabilisierten.

Auf Dr. Develdts aufgeräumten Schreibtisch befanden sich ein Laptop, eine hellblaue Aktenmappe, eine Füllfeder, ein Cosmopolitan Magazin, zwei Nature Magazine und ihre Handtasche. An der linken Wand standen eine nüchterner Besprechungstisch und ein Sideboard. Über dem Sideboard hing ein Gemälde, das die Schwanzflosse eines großen, abtauchenden Wals in stürmischer See mit einem Segelschiff im Hintergrund zeigte. Auf dem Board standen ein Chanukka-Leuchter aus Messing und ein kleiner holländischer Holzschuh. An der Wand rechts vom Schreibtisch hing eine große Weltkarte mit bunten Stecknadelköpfen, darunter befand sich eine Glasvitrine, in der verschiedene Fußabdrücke aus Gips lagen.

Sie atmete durch, strich ihren knielangen Rock glatt und zog die High Heels an. Keine Sekunde zu früh. Es klopfte an der Tür und sie setzte sich auf ihren Sessel hinter dem Schreibtisch. Dorn war pünktlich.

"*Come in!*", rief Arda Develdt.

"Guten Tag, Dr. Develdt."

"Nehmen Sie Platz", sagte sie.

Er öffnete einen Knopf des leichten Trachten-Sakkos und setzte sich. Sie musste gerade frischen Lippenstift aufgelegt haben und er lächelte sie an. Dr. Develdt musterte ihn mit steinerner Miene. Sie ist eine beeindruckende Erscheinung, dachte Dorn einmal mehr. Die Frau öffnete die hellblaue Aktenmappe und überflog die erste Seite, was sogleich drei schmale Falten auf ihrer hohen Stirn verursachte. Sie sagte nichts, sondern blickte Dorn kopfschüttelnd ins Gesicht.

"Ich nehme an, sie wollen, dass ich Ihnen den Ablauf der Mission schildere", sagte der Bogenschütze, um die drückende Stille im Raum zu unterbrechen.

"Sie brauchen mir nichts zu erzählen! Das hier vor mir ist der Bericht von Carol Greener, sie hat die Ereignisse zusammengefasst. Ich bin also im Bilde", sagte Dr. Develdt.

"Hm, dann wissen Sie ja, dass wir den Frachter gekriegt haben. Es war nicht einfach."

"Ich bin entsetzt, Dorn! Sie hatten den Auftrag, gemeinsam mit Carol das Schiff ausfindig zu machen und die örtlichen Behörden zu informieren", erwiderte sie mit kalter Stimme.

"Das ist uns gelungen! Patentes Mädchen, Ihre Carol! Kompliment! Ohne sie hätte ich es nicht geschafft."

"Ihr Auftrag war nicht, vier Männer in Südkorea zu töten und Pfeile nach Nordkorea zu schießen, die vermutlich ebenfalls Schaden anrichteten!", stellte Develdt klar.

"Es gab nur zwei Möglichkeiten, entweder dranzubleiben und den Frachter zu stoppen oder aufzugeben und die Gangster ungestraft entkommen zu lassen. Die Dinge nahmen ihren Lauf, Carol und ich wurden mehrmals überfallen und entgingen nur knapp dem Tod", erklärte Dorn. "Wir haben nur getan was nötig war, Boss."

"Ist Ihnen klar, welche Kontakte ich anflehen musste, um ein diplomatisches Desaster abzuwenden?", pfauchte Develdt. "Sie und Carol würden jetzt noch in U-Haft in Korea sitzen, hätten nicht Chun Doo und einige gewichtige Personen in der UNO, sowie einige Politiker, unsere Sache unterstützt."

"Es tut mir aufrichtig leid, dass wir Ihnen derartige Schwierigkeiten verursacht haben. Wir hatten aber auch unsere kleinen Probleme, sogar die arme Carol musste einen der Gangster erschießen."

"Ich weiß, Sie, und auch Carol, wären fast getötet worden, das wiederum tut mir leid. Ich hätte nicht gedacht, dass diese Mission so gefährlich werden könnte", sagte Develdt nun etwas sanfter.

"Es waren mörderische Ratten, eine internationale Wilderer-Drecksbande! Wir taten nur was nötig war. Dieses Luder, Elsa Winter, ist wieder entkommen, wie es scheint."

Arda Develdt schloss resigniert die Augen, sie lehnte sich zurück und strich mit den Fingern durch ihr offenes Haar, das in vollen Wellen über ihre Schultern fiel. Ihre Fingernägel waren kurz und in der Farbe ihres Lippenstifts lackiert.

"Dorn, Sie sind ein Barbar! Ich hatte gehofft, der Besuch der Insel der *Reinen Jungfrauen* würde Ihnen etwas Spiritualität vermitteln oder Carol könnte positiv auf Sie einwirken, Ihnen ein paar grundlegende Manieren beibringen, aber es ist sinnlos, Sie sind wohl unverbesserlich – ein Wilder, ein verstaubtes Relikt!"

"Danke! Ich habe Ihnen trotzdem etwas mitgebracht", sagte Dorn.

Er zog die goldene Kette mit dem Skorpion-Medaillon aus der Tasche seines Sakkos und hielt es mit zwei Fingern über den Schreibtisch.

Sie blickte ihn überrascht an und betrachtete den baumelnden Anhänger. Er war ebenfalls aus Gold und der stilisierte Skorpion war als Relief dargestellt, wie ein Adler auf einer Münze.

"Ich glaube, das ist das Symbol, wie ein Firmen-Logo, das Erkennungszeichen der größeren Organisation, die hinter den internationalen Geschäften mit den gewilderten Tieren steckt", erklärte der Bogenschütze. "Nach diesen Leuten müssen wir suchen."

"Oh, das ist interessant! Der Bush Ranger Damien Challacombe schrieb mir aus Kenia, dass ihm an einigen, der jüngst festgenommenen Wilderern Skorpion-Tätowierungen aufgefallen wären", sagte Dr. Develdt nachdenklich.

"Hier, nehmen Sie die Skorpion-Kette! Sie können sie behalten – ich hole mir demnächst eine neue", sagte Dorn lächelnd und verabschiedete sich.

ENDE

BAND 1 DER BOWMAN-TRILOGIE

In den österreichischen Alpen wird ein weißer Steinbock mit einem Pfeil gewildert. Chefinspektor Höllrigl heuert den Bogenschützen "Bowman" Thomas Dorn als Bogen und Pfeil-Experten an und ein tödliches Abenteuer beginnt. Immer tiefer dringen der Vegetarier Höllrigl und der Jäger Dorn in die Geheimnisse alten Aberglaubens und mörderischer Geschäfte ein. Die Blutspur führt "Bowman" auf einen Pfad der Gewalt und in die Fänge international agierender Banden. Die Jagd beginnt. Ein Kampf der nie endet.

Dieser Bowman-Band ist ein abgeschlossener Abenteuer-Thriller und auf Amazon erhältlich.

BAND 3 DER BOWMAN-TRILOGIE

Ein Auftrag führt Thomas Dorn und Tara Heller nach Mombasa. Der österreichische Bowman kämpft in diesem spannenden Abenteuer gegen grausame Wilderer in Afrika. Eine blutige Fährte führt zu skrupellosen Killern und in die tödlichen Fänge eines geheimnisvollen Clans. Dorn verfolgt die mächtigen Feinde in den Nahen Osten.

Dieser Bowman-Band ist ein abgeschlossener Abenteuer-Thriller und demnächst auf Amazon erhältlich.

Printed in Poland
by Amazon Fulfillment
Poland Sp. z o.o., Wrocław

90234030R00141

Stadt und Fjord). **Continental**, Stortingsgt. 24/ 26, Tel. 22824000 (zentral, gediegener Luxus). **Scandic Hotel KNA Oslo-City**, Parkvn. 68, Tel. 23155700 (sehr ruhig gelegen, gutes Buffet).

ⓈⓈ **Anker Hotel**, Storgate 55, Tel. 22997500 (gutes norwegisches Restaurant). **Best Western Fagerborg Hotel**, Storgata 37-39, Tel. 64847400, zentral gelegen. **Carlton Hotel**, Parkvn. 78, Tel. 23274000 (angenehme Atmosphäre, gemütliche Zimmer). **City Hotel**, Skippergt. 19, Tel. 22413610. **Norlandia Hotel Karl Johan**, Karl Johans gt. 33, Tel. 2316 1700. **Hotell Bondeheimen**, Rosenkrantzgt. 8, Tel. 23214100 (zentral, viele Gruppen). **Thon Hotel Europa**, St. Olavsgt. 31, Tel. 2325 6300 (am Schlosspark, Reisegruppenhotel). **P-Hotels Oslo**, Grensen 19, Tel. 23318000 praktisches, unkompliziertes City-Hotel, ruhig.

Ⓢ **Anker Hostel**, Storgt. 55, Tel. 22997200, Sommer-Herberge im Zentrum. **M/S Innvik, Art Bed & Breakfast**, Langkaia i Bjørvika, Tel. 22419500, www.msinnvik.no, Theaterboot im Zentrum. **Perminalen**, Øvre Slottsgate 2, Tel. 23093081, gemütliches Familien- und Backpackerhostel im Zentrum. **Bella Vista**, Årrundvn. 11 B, Tel. 22654588 (kleines, ruhiges Haus am Stadtrand). **Cochs Pensjon**, Parkvn. 25, Tel. 23332400.

JUGENDHERBERGE: **Oslo Vandrerhjem Haraldsheim**, Haraldsheimvn. 4, Grefsen, Tel. 22222965.

Bogstad Camping, Tel. 22510800. **Ekeberg Camping**, Juni-August, Tel. 22198568.

Larvik

ⓈⓈⓈ **Quality Grand Hotel Farris**, Storgate 38/40, Tel. 33187800, eigener Yachthafen.

Ⓢ **Seierstad Gjestegård**, Hedrum, E18, Tel. 33111092, gut für Zwischenübernachtungen.

3 SÜDNORWEGEN

Brevik / Langesund / Skien

ⓈⓈ **Korvetten Hotel**, Brevik, Tel. 35571166. **Quality Skærgården Hotell og Badepark**, Stathelleveien 35, Langesund, Tel. 35978100, mit luxuriöser Schwimmhalle und Freibad. **Langesund Bad Gjestegård**, Badeveien 5, Langesund, Tel. 35973529, am Meer, auch Hütten und Camping.

Ⓢ **Fjellstad Gård,** Hyttesenter Fjellstad, Stathelle, Tel. 35972618, Mai-Sept., Hütten. **Rognstranda Camping**, Stathelle, Tel. 3597 3911, direkt am Rognfjord, Sandstrand, Hütten. **Langesund Bad**, Badeveien 5, Langesund, Tel. 35973529, Hütten.

Kragerø / Risør

ⓈⓈ **Victoria Hotel**, P.A. Heuchsgt. 31, Kragerø, Tel. 35987525. **Villa Bergland**, Kragerøveien 73, Tel. 35983000, 300 m vom Meer, Apartments. **Det Lille Hotel**, Storgt. 5, Risør, Tel. 37151495, kleines Haus mit nur 2 Zimmern. **Jegertunet Hotell**, Øysang, Søndeland, Tel. 37154690. **Risør Hotell**, Tangengt. 16, Risør, Tel. 37150700.

Ⓢ **Furumo Gjestehus**, Sisrisvei 13, Risør, Tel. 37153234. **Ferieleiligheter Øya, Aud og Reidar Risøy**, Galeioddveien 19, Kragerø, Tel. 3598 0939, Apartments, Charterboot für Ausflüge. **Kragerø Sportell, Konferenssenter, Vandrerhjem**, Lovisenbergvn. 20, Kragerø, Tel. 35985700, Febr.-Nov.

Arendal

ⓈⓈⓈ **Clarion Collection Hotel Tyholmen**, Teaterplassen 2, Tel. 37026800, Golfplatz, Fahrradverleih. **Thon Hotel Arendal**, Friergangen 1, Arendal, Tel. 37052150, günstige Sommertarife.

ⓈⓈ **Arendal Hotell**, Vestregate 11, Arendal, Tel. 37025300. **E18 Hotellet**, Harebakken, an der E18, Tel. 3703 6200.

Ⓢ **Breidablikk Gjestegård**, Tromøya, Færvik, Tel. 37085127.

Grimstad

ⓈⓈ **Helmershus Hotel**, Vesterled 23, Grimstad, Tel. 37041022. **Strand Hotel Fevik**, Fevik, Tel. 3725000. **Grimstad Hotell**, Kirkegt. 3, Grimstad, Tel. 37252525, historischer Bau im Zentrum der Holzhausstadt. **Sørlandet Hotell og Kurssenter**, Televn. 5, Grimstad, Tel. 37090500, Apartments.

Ⓢ **Ekely Gjestgivergård**, Fevik, Tel. 37047149. **Skottevig Maritime Senter**, Høvåg, Tel. 37274600, Hütten, Apartments, Strand, Angel- und Tauchzentrum, Bootsausflüge.

Moysand Camping, Grefstad, Grimstad, Tel. 37040978, an einem Badestrand, Hütten.

KNA Marivold Camping, Grimstad, Tel. 37044623, geöffnet Mitte Mai-Ende August, Hütten. **Bagatell Camping**, Fevik, Tel. 37047467, direkt am Meer, Hütten. **Morvigsanden Camping**, Stølevn. 25, Grimstad, Tel. 37043636, geöffnet Juni-August, 5 km von Grimstad, besonders kinderfreundlicher Sandstrand, Hütten.

Kristiansand

Radisson SAS Caledonien Hotel, Vestre Strandgt. 7, Tel. 38112100, direkt am Strand.

Comfort Hotel Skagerrak, Henrik Wergelandsgt. 8, Tel. 38079400, Innenstadthotel nahe Einkaufsstr. Marken. **Hotel Bondeheimen**, Kirkegt. 15, Tel. 38024440, kleines Hotel im Zentrum. **Rica Dyreparken Hotel**, Dyreparken (Zoo), Tel. 38146400, gestaltet als Arche Noah, am Zooeingang.

Ansgar Sommerhotell, Fr. Franssons Vn. 4, Tel. 38106400, www.ansgarhs.no/hotell, geöffnet Mitte Juni-Anfang August, Schwimmbad, 150 m zum Strand.

Dvergsnestangen Senter, Randesund, Tel. 38041980, 12 km von Kristiansand, Hütten und Camping, am Meer.

JUGENDHERBERGE: **Tangen**, Skansen 8, Tel. 38028310, geöffnet 15.1.-15.12., östlich der Altstadt. **Centrum Motel**, Vestre Strandgt. 49, Tel. 38027969, am Bahnhof.

Mandal

First Hotel Solborg, Neseveien 1, Tel. 38272100, günstige Sommerpreise, schöne, aussichtsreiche Lage oberhalb des Stadtzentrums.

Tregde Feriesenter, Tregde, Tel. 38268800, 8 km von Mandal im Schärengarten, Apartments. **Kjøbmandsgaarden Hotel** (Vandrerhjem), Store Elvegate 57, Tel. 3826 1276, gemütliches Holzhaus im Zentrum. **Sjøsanden Feriesenter**, Tel. 38266037, ausgedehnte Anlage beim Sandstrand, in Waldgebiet, Hütten.

Stavanger

Radisson SAS Royal Hotel, Løkkevn. 26, Tel. 51766000, im Stadtzentrum, Marktnähe, 202 moderne Zimmer, mehrere Restaurants. **Victoria**, Skansegt. 1, Tel. 5186 7000, www.victoria-hotel.no, Bau im viktorianischen Stil, im Zentrum.

Radisson SAS Atlantic Hotel, Olav V's gate 3, Tel. 51761000, nahe Bahnhof. **Utstein Kloster Hotell**, Tel. 51843800, auf der Insel Mosterøy.

Stavanger Bed & Breakfast, Vikedalsgt. 1, Tel. 51562500, preiswert, zentral, Internet kostenlos.

JUGENDHERBERGE: **Stavanger Vandrerhjem Mosvangen**, Henrik Ibsens gt. 21, Tel. 51872900.

Hornnes / Evje

Dølen Hotell, Evje, Tel. 37930200. **Grenaderen Motel**, Tel. 37930400.

Hornnes Camping, Tel. 37930305, nahe Setesdal Mineralpark. **Odden Camping**, Evje, Tel. 37930603, 500 m vom Zentrum.

Dalen / Vinje

Dalen Hotel, Tel. 35079000, www.dalenhotel.no, schlossartiger Holzbau im so genannten „Schweizer Stil", direkt am See gelegen; Endstation des Telemark-Kanals. **Vinje Hotel Park**, Ytre Vinje, Tel. 35071300.

Groven Camping og Hyttegrend, Ytre Vinje, Tel. 35071421.

4 VON OSLO NACH BERGEN

Kongsberg

Quality Grand Hotel, Christian Augustsgt. 2, Tel. 32772800.

Gyldenløve Hotel, Hermann Fossgt. 1, Tel. 32865800.

JUGENDHERBERGE: **Kongsberg Vandrerhjem**, Vinjesgt. 1, Tel. 32732024.

Notodden

Bolkesjø Hotell, Bolkesjø, Tel. 3501 8600.

Norlandia Telemark Hotel, Torvet 8, Tel. 35012088.

Tuddal / Rjukan

Gaustablikk Høyfjellshotel, Rjukan, Tel. 35091422, gemütl. Hochfjellhotel, idealer Stützpunkt für Wanderungen und Wintersport. **Euro Park Hotel**, Sam Eydes gt. 67, Rjukan,

Tel. 3509 0288. **Skinnarbu Høyfjellshotel**, Møsvatn, Tel. 3509 5461.

$ **Rjukan Gjestehus**, Såheimsvn. 11, Rjukan, Tel. 35092161.

⛺ **Rjukan Hytte- og Caravanpark**, Rjukan, Tel. 35096353, Hütten. **Bøen Camping**, Tuddal, Tel. 35024016, Hütten. **Hogstul Hytter**, Tuddal, Tel. 35024092, Hütten. **Øystul Camping**, Øystul, Tuddal, Tel. 35024088.

Haugesund

$$$ **Rica Maritim Hotel**, Åsbygt. 3, Tel. 52863000, sehr schönes Hotel mit großen Zimmern.

$$ **Best Western Hotel Neptun**, Haraldsgt. 207, Tel. 52865900, zentral, günstig.

JUGENDHERBERGE: **Røvær Vandrerhjem**, Insel Røvær, Tel. 52718035, 15.6.-15.8., stündl. Fähre ab Haugesund.

Hønefoss

$$ **Quality Ringerike Hotel**, Kongensgt. 3, Tel. 32127200. **Grand Hotel**, Stabellsgt. 8, Tel. 32122722.

$ **Euro Bergland Hotell**, Sokna, Tel. 32145144, günstige Sommerpreise.

⛺ **Onsakervika Camping**, Røyse, Tel. 32157333, mit schönem Sandstrand, Hütten. **Vik Camping**, Røyse, Tel. 32159240, 10 km von Hønefoss, am See, Hütten. **Utvika Camping**, 3531 Krokkleiva, Tel. 32160670, Hütten.

Gol

$$$ **Storefjell Resort Hotel**, Golsfjellet, Tel. 32078000, *das* Wintersporthotel, schön gelegen, aber sehr teuer.

$$ **Eidsgaard Turist Hotel**, Sentrumsvn. 130, Tel. 32075644.

$ **Torvstua Appartement** und **Restaurant**, preiswerte und reichhaltige norwegische Küche, Sentrumsvn. 85, Tel. 32075195.

⛺ **Tubbehaugen Camping**, Tel. 32073916, sehr schön gelegen.

Bergen

$$$ **Neptun Hotell**, Valkendorfsgt. 8, Tel. 55306800, mit sehr gutem Restaurant. **Clarion Hotel Admiral**, Sundsgt. 9, Tel. 55236400, in historischem Lagerhaus, unbedingt Zimmer zum Wasser hin bestellen, allerdings sehr teuer.

$$ **Scandic Hotel Bergen City**, Håkonsgt. 2, Tel. 55233962, entspricht fast der Luxuskategorie, ist aber preiswerter. **Hotel Victoria**, Kong Oscarsgt. 29, Tel. 55315030, gepflegt, älteres Haus. **Steens Hotel**, Parkveien 22, Tel 55308888, 20-Zimmer-Hotel in Gebäude d. 19. Jh., zentral.

$ **Kjellersmauet Gjestehus**, Kjellersmauet 22, Tel. 55962608, im historischen Holzhausviertel. **Strandhotel**, Strandkaien 2B, Tel. 55310815, schöner Blick auf den Hafen.

JUGENDHERBERGE: **YMCA Interrail Centre**, Korskirkealmenningen 4, Tel. 55606050, zentral.

⛺ **Bergen Camping Park**, Breistein, Tel. 55248808.

5 VON BERGEN NACH TRONDHEIM

Florø

$$ **Victoria Hotell** AS, Markegt. 43, Tel. 57741000, modernes Stadthotel.

⛺ **Krokane Camping**, an der R5 2 km vor Florø, Tel. 57752250, ganzjährig, winterfeste Hütten.

Skei I Jølster

$$ **Skei Hotel**, 6850 Skei i Jølster, Tel. 5772 7800, www.skeihotel.no, Ende Jan.-Mitte Dez., günstige Sommertarife.

$ **Stardalen Hyttegrend**, Skei i Jølster,Tel. 577 28988. **Kjøsnes Feriehytter**, Skei i Jølster, Tel. 57728529, **Dvergsdal Feriehytter**, Skei i Jølster, Tel. 57728126; am Südende des Jølstravatnet: **Øvrebø Hytter og Motell**, 6847 Vassenden, Tel. 57727126.

⛺ **PlusCamp Jølstraholmen**, Vassenden, Tel. 57728907, Familien-Ferienzentrum, Camping, Hütten.

Byrkjelo

$$ **Karistua Hotell**, Utvik, Tel. 57876513, 91396220, geöffnet nur Mai-Mitte Sept.

⛺ **Reed Camping**, Reed, Breim, Tel. 57868133, Hütten.

Olden

$$ **Olden Fjordhotel**, Tel. 57873400, www.olden-hotel.no, in Terrasen am Wasser. **Yris Hotel**, Tel. 57873240.

$ **Briksdalsbre Fjellstove**, Briksdalsbre, Tel. 57876800, Ende April-September, Hütten.
⛺ (mit Hütten): **Gytri Camping**, Tel. 5787 5934, 13 km von Olden, am Weg zum Briksdalsbreen. **Melkevoll Bretun**, Oldedalen, Tel. 57873864, an der Grenze zum Nationalpark, Gletscherführungen. **Oldevatn Camping**, Tel. 57875915, zw. Olden und Briksdalsbreen am See,mit Bootsverleih.

Loen

$$ **Hotel Alexandra**, Tel. 57875000, www.alexandra.no, Sport und Wellness. **Loen Hotel**, Tel. 57877800, schönes Haus mit großem Buffet, ganzjährig geöffnet.
$ **Loen Pensionat og Gard**, Tel. 57877624, www.loen-pensionat.com.

Stryn

$$ **Euro Stryn Hotel**, Tel. 57870700, www.eurohotels.no. **Walhalla Gjestgiveri**, Tel. 57871072.
$ **Vesla Pensjonat**, Myrane 50, Tel. 57871006.

Ålesund

$$$ **Rica Parken**, Storgt. 16, Tel. 70132300, sehr schön am By Park.
$$ **Comfort Hotel Scandinavie**, Løvenvoldgt. 8, Tel. 70157800. **Clarion Hotel Collection Bryggen**, Apotekergt. 1, Tel. 70126400, direkt am Wasser.
JUGENDHERBERGE: **Ålesund Vandrerhjem**, Parkgt. 14, Tel. 70115830.

Molde

$$$ **Rica Seilet Hotel**, Gideonvegen 2, Tel. 71114000, mod. Glasbau in Segelform.
$$ **Comfort Hotel Nobel**, Amtman Kroghsgt. 5, Tel. 71251555, 1999 renovierter Altbau. **Hotell Molde**, Storgt. 19, Tel. 71203000, Innenstadthotel mit 36 Zimmern.

Kristiansund

$$ **Hotel Rica**, Storgate 41/43, Tel. 71571200. **Quality Hotel Grand**, Bernstorffstr. 1, Tel 71571300.

Voss

$$$ **Park Hotell Vossevangen**, Tel. 56511322. **Fleischer's Hotel**, Evangervn. 13, Tel. 56520500, klassisches Landhotel des 19. Jahrhunderts. **Stalheim Hotel**, 20 km Richtung Gudvangen in Stalheim, Tel. 5652 0122, www.stalheim.com.
$$ **Euro Oppheim Hotel**, Tel. 56522500. **Hotel Jarl**, Tel. 56511933.
$ **Voss Sommarhotell Turistheim**, Tel. 56511577.

Flåm / Aurland / Lærdal

$$ **Fretheim Hotell**, Flåm, Tel. 57636300.
$ **Heimly Pensjonat**, Flåm, Tel. 57632300. **Furukroa**, Flåm Turistsenter, Tel. 57632050. **Flåm Camping og Vandrerhjem**, Flåm, Tel. 57632121, Jugendherberge, Hütten, Camping.
⛺ **Lunde Camping**, Aurland, Tel. 57633412, Hütten.

Sogndal

$$$ **Quality Hotel Sogndal**, Tel. 57627700, Fahrradverleih und Bootsliegeplätze.
$$ **Hofslund Fjordhotel**, Tel. 57627600.
$ **Loftesnes Pensjonat**, Fjørevn. 17, Tel. 57671577, Mitte Juni-Mitte Aug.

Jotunheimen

$$$ **Walaker Hotell**, Solvorn, Tel. 5768 2080, berühmtes erstes Hotel in der Gegend, sehr schön renoviert, Mitte April-Mitte Okt.
$ **Jotunheimen Fjellstue**, Bøverdalen, Tel. 61214700. **Juvasshytta**, Bøverdalen, Tel. 61211550, täglich Gletscherführungen.

Lom

$$ **Fossheim Turisthotell**, Tel. 61219500, eingerichtet wie ein Museum.
Fossberg Hotell, Motell, Hytter og Kafeteria, Lom, Tel. 61212250.
$ **Brimi Fjellstugu**, Tessanden, Tel. 6123 9812, geöffnet Februar bis Oktober.
Nordal Turistsenter, Lom, Tel. 61219300, Hütten.
⛺ **Gjeilo Camping**, Skjåk, Tel. 61213032, 7 km westl. von Lom, Hütten. **Furulund**, Lom, Tel. 61211057, Hütten, Mai-Sept.

Geiranger

$$$ **Union Hotel**, Altbau mit Fjordblick, Tel. 70268300, www.union-hotel.no.

$$ **Union Hotel**, Neubau. **Villa Utsikten Bellevue Hotel & Restaurant**, Tel. 70269660, www.villa-utsikten.no.

$ **Grande Fjordhotel & Hytter**, Tel. 70263090.

Åndalsnes

$$ **Grand Hotel Bellevue**, Andalsgt. 5, Tel. 71227500, schlichter Neubau.

$ **Romsdal Gjestegård**, Tel. 71221383.

Trollstigen Camping og Gjestegård, am Rv 63, Tel. 71221112, einfach, preiswert.

6 VON OSLO NACH TRONDHEIM

Eidsvoll

$$ **Feiring Kurssenter**, Feiring, Tel. 63966210.

Hamar

$$ **Scandic Hotel Hamar**, Vangsvn. 121, Tel. 21614000. **Quality Astoria Hotel**, Torggt. 23, Tel. 62707000.

$ **Seiersted Pensjonat**, Holsetgt. 64, Tel. 62521244.

Lillehammer

$$$ **Radisson SAS Lillehammer Hotel**, Turisthotellvn. 6, Tel. 61286000, schönes Haus mit Schwimmbad, direkt neben Maihaugen.

$$ **First Hotel Breiseth** , Jernbanegt. 1, Tel. 61247777. **Norlandia Oppland Hotel**, Storgt. 2 A, Tel. 61258500. **Clarion Collection Hotel Hammer**, Storgt. 108, Tel. 61267373. **Bjørns Kro og Motell**, Vingnes, Tel. 61258300.

$ **Birkebeineren Hotel**, Apartm., Olympiaparken, Birkebeinerv. 24, Tel. 61264700;

Lillehammer Camping, Dampsagveien 47, Tel. 61253333, einige Hütten, neue Anlage, nahe dem „Skibladner"-Anleger.

Elverum

$$ **Central**, Storgt. 22, Tel. 62410155.

Peer Gynt-Weg

$$$ **Thon Skeikampen Høifjellshotell**, Svingvoll, Tel. 61285000, www.thonhotells.no/skeikampen, günstige Apartments; **Gudbrands Gard**, Ringebu, Tel. 61284800.

$$ **Fefor Høifjellshotell**, Vinstra, Tel. 61290099, www.feforhotel.no. **Wadahl Høifjellshotell**, Gålå, Tel. 61298300.

$ **Fagerhøi Fjellskole og Aktivitetssenter**, Hundorp, Tel. 61297000, Sportlerherberge; **Skei Fjellandsby**, Skei/Gausdal, Hütten.

Gudbrandsdal

$$ **Rondablikk Høyfjellhotell**, Kvam, Tel. 61294940, beim Peer-Gynt-Seterweg. **Ringebu Hotell**, Brugt. 27, Tel. 61281250. **Feforkampen Fjellhotell**, Fefor, Vinstra, Tel. 61291644. **Sødorp Gjestgivergård**, Vinstra, Tel. 26291000. **Vinstra Hotell**, Vinstra, Tel. 61290199. **Venabu Fjellhotell**, Venabygd (Ringebu), Tel. 61284055. **Dovrefjell Hotel**, Dombås, Tel. 61241005. **Rondane Høyfjellshotell**, Otta, Tel. 61233933.

$ **Øyer Fjellstue**, Øyer, Tel. 61278237, Gebirgspension. **Gaiastova-Hafjelltoppen**, Øyer, Tel. 61275000, großes Hüttencenter. **Otta Turistsenter**, Otta, Tel. 61230323, Hütten. **Fagerli Fjellstue**, Vinstra, Tel. 61298566, Gebirgspension mit Hütte. **Killis Overnatting**, Ola Dahls gt. 35, Otta, Tel. 61230492, Pension mit Selbstverpflegung. **Skotten Seter Storhytte**, Ringebu, Tel. 61282961, Gebirgspension. **Toftemo Turiststasjon**, Dovre, Tel. 61240045.

Rustberg Hytteutleie og Camping, Øyer, Tel. 61278184. **Rybakken Hytter og Camping**, Øyer, Tel. 61278270, Bauernhof mit Hütten. **Bøygen Camping**, Vinstra, Tel. 61290137, Campinghütten. **Otta Camping og Motell**, Otta, Tel. 61230309, zwölf Hütten.

Røros

$$$ **Quality Røros Hotel**, An-Magritts vei., Tel. 72408000. $$ **Bergstadens Hotel**, Oslovn. 2, Tel. 72406080.

$ **Vauldalen Fjellhotell**, Brekkebygd, Tel. 72413100.

Trondheim

$$$ **Radisson SAS Royal Garden Hotel**, Kjøpmannsgt. 73, Tel. 73803000, das Luxushotel schlechthin, die Lobby ist ein begrünter Glaspalast; mit vornehmem Nachtclub (Opera). **Britannia Hotel**, Dronningensgt. 5, Tel. 73800800, das Traditionshotel von Trondheim im Stil des 19. Jh., aber komplett renoviert.

Clarion Hotel Grand Olav, Kjøpmannsgt. 48, Tel. 73808080.

$$ **Fru Schøller Apartment**, Dronningensgt. 26, Tel. 73870800, www.scholler.no, gemütliche Apartments im Zentrum. **Thon Hotel Trondheim**, Kongensgt. 15, Tel. 7388 4788, ideal im Zentrum gelegen.

$ **Singsaker Sommerhotell**, Rogertsgate 1, Tel. 73893100, www.sommerhotell.singsaker.no. **Hotel Munken**, Kongensgt. 44, Tel. 73534540, www.munken.no, einfache Zimmer, gutes Frühstück.

7 DER LANGE WEG ZUM NORDKAP

Stiklestad / Verdal

$$ **Saga Park Hotell**, Jernbanegt. 11, 7650 Verdal, Tel. 74072200. **Verdal Hotell**, Jernbanegat. 13, 7650 Verdal, Tel. 74078800. **Nye Verdal Vertshus**, Magnus den Godesvei, 7650 Verdal, Tel. 74076366, kleines Hotel, günstige Sommerpreise.

Steinkjer

$$$ **Quality Hotel Grand**, Kongensgt. 37, Tel. 74164700, modernes Stadthotel mit mehreren Restaurants.

$$ **Tingvold Parkhotel**, Gamle Kongeveg 47, Tel. 74141100, www.tingvoldhotel.no.

$ **Steinkjer Kurssenter**, Infanterivegen, Tel. 74137500, www.steinkjerkurssenter.no.

Namdalen

$$ **TINO's**, Namsos, Verftsgt. 5, Tel. 74218000, kleines Hotel mit italienischem Restaurant. **Namsen Motorhotell**, Spillum, Tel. 74276100, www.namsen-motorhotell.no. **Børstad Gjestgiveri**, Carl Gudbransons gt. 19, Namsos, Tel. 74272131, kleines Hotel, 14 Betten. **Sjøåsen Hotell**, Sjøåsen, Namdalseid, Tel. 74278700, Wandern, Fischen, Bootfahren a. Lyngnenfjord.

Inselstrecke nach Mosjøen

$$ **Thon Hotel Brønnøysund**, Valvn. 11, Tel. 75008900. **Rica Hotel**, Sandnessjøen, Torolv Kveldulvsonsgt. 16, Tel. 75065000.

$ **Corner Motell**, Storgt. 79, Brønnøysund, Tel. 75018010, B & B im Zentrum, ganzjährig geöffnet.

Belsvåg Gard og Camping, Sandnessjøen (Alstahaug), Tel. 75045319.

Snåsa / Grong

$$-$ **Snåsa Hotell**, Snåsa, Tel. 74151057.

$ **Grong Gård**, Grong, Tel. 74331116.

Mosjøen

$$$ **Fru Haugans Hotel**, Strandgt. 39, Tel. 75114100, 1866 erbautes Haus, 1999 renoviert; Traditionshotel mit günstigen Sommerpreisen.

$$ **Norlandia Lyngengården Hotell**, Vollanvn. 15, Tel. 75174800

$ **Mosjøen Hotell**, Vollanvn. 35, Tel. 7517 1155. **Møllekiosken**, Fustvatn, Mai-Sept., Tel. 75186725, nur 2 Zi., für Naturfreunde.

Mosjøen Camping, Kippermoen, Tel. 75177900, Hütten ganzjährig geöffnet, Camping Mai-Sept., viele Aktivitäten, auch Wintersport.

Mo I Rana

$$ **Meyergården Hotell**, Fr. Nansensgt. 28, Tel. 75134000, www.meyergarden.no. **Golden Tulip Rainbow Hotel Holmen**, Th. von Westensgt. 2, Tel. 75151444.

$ **Bech's Hotel & Camping**, Hammerveien 10, Tel. 75144144. **Fammy Leilighetshotell**, Ole Tobias Olsensgt. 4, Tel. 75151999, auch Apartments. **Mo Hotell og Gjestegård**, Hans Wølnersgt. 10, Tel. 75152211.

Fauske

$$ **Fauske Hotell**, Storgt. 82, Tel. 75602000, 200 Betten, www.rica.no. **Brygga Hotell**, Enganbrygga, Tel. 75646345, 60 Betten, Mitte Juni-Ende Juli.

Bodø

$$$ **Rica Hotel Bodø**, Sjøgt. 23, Tel. 75547000, zentral und am Hafen gelegen. **Radisson SAS Hotel**, Storgt. 2, Tel. 75519000, Stadt- und Konferenzhotel.

$$ **Bodø Hotell**, Prof. Schyttesgt. 5, 8005 Bodø, Tel. 75547700, www.bodohotell.no. **Clarion Collection Hotel Grand**, Storgt. 3, Tel. 75546100, geöffnet 1.1.- 23.12.; in beiden Hotels günstige Sommerpreise.

$ **Kristensen Pensionat**, Rensåsgt. 45, Tel. 75521699, nur 9 Betten.

Geitvågen Bad og Camping, Tel. 75510142, 16 Hütten, am Wasser, Schwimmen in künstlich angelegter Lagune, Ende Mai-Mitte August.

Hamarøy

$ **Hamarøy Gjestegård**, Oppeid, Tel. 75770305, www.hamaroy-gjestegard.no. **Hamarøy Hotell**, Innhavet, Tel. 75772560, www.hamaroyhotel.no.

Tømmerneset Camping, Innhavet, nahe E6, Tel. 75772955, Juni-Aug.

Narvik

$$ **Quality Hotell Grand Royal**, Kongensgt. 64, Tel. 76977000, schöner Blick auf den Ofotfjord. **Nordstjernen Hotel**, Kongensgt. 26, Tel. 76944120, www.nordstjernen.no. **Norlandia Narvik Hotell**, Skistuavn. 8, Tel. 76964800, www.norlandia.no.

Tromsø

$$$ **Grand Nordic Hotel**, Storgt. 44, Tel. 77753777, www.nordic.no.

$$ **Thon Hotel Polar**, Grønnegt. 45, Tel. 77751700. **Clarion Collection Hotel With**, Sjøgt. 35-37, Tel. 77664200, guter Blick auf den Fjord. **Scandic Hotell**, Heilovn. 23, Tel. 77755000.

$ **Hotell Nord**, Parkgt. 4, Tel. 77668300.

Kvænangsfjellet

$$ **Hotel**, **Restaurant**, **Café Gildetun**, Sørstraumen, Tel. 77769958, etwas skurriles Haus mit wunderschönem Ausblick, geöffnet April-Mitte Oktober.

Alta

$$$ **Rica Hotel Alta**, Løkkevn. 61, Tel. 78482700, www.rica.no.

$-$$ **Gargia Fjellstue**, Gargiavn. 96, Tel. 78433351, www.gargia-fjellstue.no, 11 Zimmer, drei Hütten; zahlreiche Ausflugmöglichkeiten.

Kautokeino

$$ **Arctic Motell**, Suomaluodda 16, Tel. 7848 5400, Motel, 25 Hütten, auch Camping in Flussnähe.

$ **Madam Bongos Fjellstue**, Cuonovuohppi, Tel. 78486160, einfach, mit Restaurant.

Karasjok

$$ **Rica Hotel Karasjok**, Tel. 78468860.

$ **Ravnastua Fjellstue**, Tel. 95848867, einf. Hütten, Gasthof.

Hammerfest

$$ **Rica Hotel**, Sørøygt. 15, Tel. 78411333. **Quality Hammerfest**, Strandgt. 2-4, Tel. 78429600, im Zentrum am Hafen.

$ **Hammerfest Turistsenter**, Storsvingen, Tel. 78411126, Motel, Hütten, Camping.

Skaidi

$ **Skaidi Fjellstue**, Tel. 90963717, www.arcticnature. **Skaidi Kroa**, Tel. 78416123.

Nordkap

$$ **Rica Hotel Nordkapp**, Skipsfjorden, Honningsvåg, Tel. 78473388 (viele Reisegruppen).

Rica Hotel Honningsvåg, Nordkappgt. 4, Tel. 78472333 (keine Gruppen).

$ **Mini Price Motellet**, Skarsvåg, Tel. 7847 5248, www.minimotellet.no, Mai-Okt., Spielplatz, div. Aktivitäten.

8 FJORDE AM EISMEER

Lakselv

$$ **Lakselv Hotell**, Karasjokvn., Tel. 78465400, www.lakselvhotell.no, relativ großes Haus direkt am Fjord.

Porsanger Vertshus, Lakselv, Tel. 78461377, www.porsangervertshus.com.

$ **Stabbursdalen Feriesenter**, E6, Indre Billefjord, Tel. 78464760, Ende Feb.-Dez. über 100 Betten, familienfreundlich.

JUGENDHERBERGE: **Lakselv Vandrerhjem Karalaks**, Tel. 78461476, 1.6.-1.9., sonst n.V.

Solstad Camping, Tel. 78461404. **Olderfjord Hotel, Russenes Camping**, E6/ 69, Russenes, Tel. 78463711; **Skoganvarre Turist og Camping**, E6, Skoganvarre, Tel. 78464846, www.skoganvarre.no.

Båtsfjord / Berlevåg

$$ **Polar Hotell**, Vålen 2, Båtsfjord, schönes Haus, das man in der Gegend nicht erwartet. Tel. 78983100, www.polarhotel.no.

$ **Berlevåg Pensjonat & Camping**, Havnegt. 8, Berlevåg, Tel. 78981610, 15.1.-20.12.,

Camping nur im Sommer, Apartments ganzjährig.

Ifjord / Kjøllefjord / Gamvik

Iford Camping, Rv 98, Lebesby (Ifjord), Tel. 78499817, auch Hütten. **Camp 71° N**, Gamvik, vier Hütten, Tel. 78496235.

Friborg Gård Hytter, Lebesby, Tel. 78499162, www.home.no.net/ilseand.

Vadsø

Rica Hotel Vadsø, Oscarsgt. 4, Tel. 78955250.

Nobile Hotell, Brugt. 2, Tel. 78953335.

Vestre Jakobselv Camping, Tel. 78956064, 18 Hütten, geöffnet Juni-August.

Vardø

Vardø Hotell, Kaigt. 8, Tel. 78987761, www.vardohotel.no.

Gjestegården, Strandgat. 72, Tel. 7898 7529, 5 Zimmer.

Neiden

Neiden Fjellstue, Øvre Neiden, Tel. 78996141, www.samitour.no/norsk/neiden, 14 Hütten/64 Betten für Angler und Wanderer, herrliche Lage in den Bergen, Februar-September.

Kirkenes

Rica Arctic Hotel, Kongensgt. 1-3, Tel. 78995900, www.rica.no/arctic.

Barents Frokosthotell, Prestevn 3, E6, 9900 Kirkenes, Tel. 78993299, B & B, 14 Zimmer, ganzjährig.

Kirkenes Camping, Maggadalen, Tel. 78998028, 7 km v. Kirkenes, Hütten, Campingwagen, Zelte.

9 LOFOTEN, VESTERÅLEN UND SVALBARD

Svolvær (Lofoten)

Best Western Svolvær Hotell Lofoten, Austnesfjordgt. 12, Tel. 76071999. **Marina Sommerhotell**, Tel. 76070777, nur 10.6.-15.8., direkt am Hafen. **Norlandia Vestfjord Hotel**, Havna, Tel. 76070870. **Norlandia Royal Hotel**, Sivert Nielsensgt. 21, Tel. 76049000, www.norlandia.no/royal.

Lofoten Sport & Turistsenter, Leirskolevn. 10, Tel. 76072164, ganzjährig geöffnet, Hütten und Camping. **Svinøya Rorbuer**, Tel. 76069930.

Hammerstad Sjøcamping, Vaterfjorden, Svolvær, Tel. 76070305, www.hammerstad.info, ganzjährig; Angeln, Bootfahren.

Nusfjord (Lofoten)

Nusfjord Rorbuanlegg, Vermietung von historischen *Rorbuer* (Fischerhütten) durch Rica Hotels, Tel. 76093020.

Å (Lofoten)

Å-Hamna Rorbuer, Sørvågen, Tel. 76091211, www.lofotenferie.com. **Å Vandrerhjem**, Sørvågen, Tel. 76091121.

Stokmarknes (Vesterålen)

Vesterålen Hotel & Kongressenter, Hurtigrutens Hus, 1 km vom Zentrum, Tel. 76152999, www.hurtigrutenshus.no.

Andenes (Vesterålen)

Norlandia Andrikken Hotell, Storgt. 53, Tel. 76141222, www.norlandia.no.

Andenes Camping/Vandrerhjem, Tel. 76142850, 9 Zimmer; Juni-August.

Harstad (Vesterålen)

Quality Arcticus Hotel, Havnegt. 3, Tel. 77040800, www.arcticus-hotel.no; Ermäßigungen nur mit Nordisk Hotellpass.

Grand Nordic Hotel, Strandgt. 9, Tel. 77003000. **F 2 by Nordic Hotels**, Fjordgt. 2, Tel. 77003200, für beide: www.nordic.no.

Midnattsol Pensjonat, Skolegt. 6, Tel. 77061786, im Zentrum. **Harstad Vandrerhjem Trondarnes**, Frilynte Folkehøgskole, Tel. 77040077, Juni-Mitte Aug.

Longyearbyen (Spitzbergen, Svalbard)

Radisson SAS Polar Hotel, Tel. 7902 3450, moderner Luxus. **Spitsbergen Hotell**, Haugen, Tel. 79026200, Traditionshotel. **Base Camp**, Tel. 79024600, auch Fahrten auf Schoner „Noorderlicht“. **Spitsbergen Guesthouse**, Nybyen, Tel. 79026300, ganzjährig.

Gjestehuset 102, www.wildlife.no, Tel. 79 025716. **Camping**,Tel. 79021444, Mai-Sept.

LIEFERBARE TITEL

Ägypten
Australien - Tasmanien
Bali - Lombok
Baltische Staaten: *Estland, Lettland, Litauen, Kaliningrad*
Burma → Myanmar
Brasilien
China - Hongkong - Tibet
Costa Rica
Dominikanische Republik
Griechenland: *Nord- und Zentralgriechenland, Ionische Inseln, Peloponnes*
Griechische Inseln - *Ägäis*
Indien: *Der Norden*
Indien: *Der Süden*
Indonesien: *Sumatra, Java, Bali, Lombok, Sulawesi*
Israel - Jordanien
Kambodscha - Laos
Kanada: *Der Osten - Ontario, Québec, Atlantikprovinzen*
Kanada: *Der Westen - Pazifikküste, Rockies, Prärieprovinzen*
Kanarische Inseln
Karibik: *Große Antillen, Bermudas, Bahamas*
Karibik: *Kleine Antillen*
Kenia
Kreta
Kroatische Adriaküste
Kuba
Malaysia - Singapur - Brunei
Malediven
Marokko
Mexiko
Moskau - St. Petersburg
Myanmar *(Burma)*
Namibia
Nepal
Neuseeland
Norwegen
Peru
Philippinen
Polen
Schweden
Spanien: *Der Norden - Pyrenäen, Atlantikküste, Zentralspanien*
Spanien: *Der Süden - Mittelmeerküste, Balearen, Andalusien, Extremadura, Madrid, Kastilien*
Sri Lanka
Südafrika
Südsee
Syrien - Libanon
Tansania
Thailand
Tschechien
Türkei
USA: *Der Osten, Mittlerer Westen, Südstaaten*
USA: *Der Westen, Rocky Mountains, Kalifornien, Der Südwesten*
Vereinigte Arabische Emira
Vietnam
Zypern

Nelles Guides – anspruchsvoll, aktuell und informativ.
Immer auf dem neuesten Stand, reich bebildert und mit erstklassigen Reliefkarten ausgestattet.
256 Seiten, ca. 150 Farbbilder, ca. 25 Karten